모닝스타

II

MORNING STAR:
The Red Rising Trilogy #3
by Pierce Brown

Korean Translation Copyright © Minumin 2017

Korean translation edition is published by arrangement with
Pierce Brown c/o Liza Dawson Associates, New York
through Danny Hong Agency.

이 책의 한국어판 저작권은 대니홍 에이전시를 통해
Liza Dawson Associates와 독점 계약한 ㈜민음인에 있습니다.
저작권법에 의해 한국 내에서 보호를 받는 저작물이므로 무단 전재와 무단 복제를 금합니다.

모닝

MORNING
STAR

스타

II

피어스 브라운

이윤진 옮김

황금가지

차 례

3부 영예 7

제35장 **빛**   9

제36장 **술잔**   30

제37장 **마지막 독수리**   45

제38장 **제의**   57

제39장 **마음**   77

제40장 **누런 바다**   86

제41장 **위성 지배자**   102

제42장 **시인**   119

제43장 **다시 이 상황을**   151

제44장 **운 좋은 놈들**   160

제45장 **일리움의 전투**   173

제46장 **헬다이버**   185

제47장 **지옥**   204

제48장 **최고사령관**   218

제49장 **콜로서스**   236

4부 별들 249

제50장 **천둥과 번개**   251

제51장 **판도라**   280

제52장 **이**   290

제53장 **침묵**   304

제54장 **고블린과 골드**   318

제55장 **품위 없는 바르카 가문**   337

제56장 **이윽고**   356

제57장 **루나**   367

제58장 **희미해지는 빛**   386

제59장 **화성의 사자**   395

제60장 **드레곤 모우**   412

제61장 **레드**   436

제62장 **옴니스 비르 루푸스**   458

제63장 **침묵**   470

제64장 **만만세**   485

제65장 **계곡**   499

에필로그   509

작가의 말   512

3부

영예

우리가 가진 것은 바람에 대고 소리치는 그것밖에 없다고.

우리가 어떻게 사는지. 어떻게 죽는지.

그리고 쓰러지기 직전에 어떻게 서 있었는지.

— 카르누스 오 벨로나

제35장
빛

　라그날의 죽음 뒤로 7일 동안 나는 세피와 함께 얼음 땅 위로 여행하며 브로큰스파인(부러진 척추)의 남성 부족들과, 북쪽 해안의 블러디드브레이브스(피투성이 용감한 자들), 그리고 숫양의 뿔을 쓰고 '마녀의 길'에서 보초를 서는 여자들과 이야기를 한다. 우리는 발키리들과 함께 그래브부츠를 착용하고 날아다니며 아스가드가 함락된 소식을 전하러 다닌다.

　그 상황은…… 극적이다.

　세피와 그녀의 발키리 20명 정도가 홀리데이와 나로부터 그래 브부츠와 펄스 무기 들을 사용하는 방법에 대한 훈련을 받기 시작 했다. 다들 처음에는 어설프다. 한 명은 2마하 속도로 날아가다 산의 옆 자락에 부딪혔다. 하지만 30명이 바람에 머릿수건을 휘날리며 얼굴의 왼쪽에는 고요의 세피의 퍼런 손자국을, 그리고 오른쪽에는 리퍼의 슬링블레이드를 그린 채 착륙하면 사람들은 꽤나 귀를 기울이는 편이다.

우리는 옵시디언 지도자들 중 제일 뛰어난 자들을 정복된 산으로 데려간다. 그곳에서 그들의 신들이 먹고 잤던 통로들을 거닐게 해 주고 죽은 골드들의 차갑게 보존된 시체들을 보여 준다. 자신의 신들이 죽은 모습을 보고나면 대부분은, 심지어 노예라는 그들의 진정한 상태를 암묵적으로 알던 자들도, 우리의 화해의 손짓을 받아들였다. 받아들이지 않은 자들, 우리를 맹렬히 비난한 자들은 자신의 종족 사람들의 반발에 당했다. 두 전쟁 지도자들은 수치심에 산 밑으로 그들의 몸을 던져 버렸다. 또 한 명은 단도로 자신의 정맥을 찢어 온실 바닥에 피 흘리며 죽었다.

게다가 한 명은, 특히나 정신병자 같던 왜소한 여자였다. 그녀는 우리의 안내에 따라 산의 데이터허브로 가는 내내 엄청난 악의를 품고 우리를 지켜봤다. 산에 도착하자 세 명의 그린들이 그녀의 지배에 대항하는 쿠데타가 계획됐다는 사실을 그녀에게 알려 주었다. 또 사람들이 그 쿠데타를 모의하는 모습을 비디오로 보여 줬다. 우리는 그녀에게 레이저 한 대와 집으로 돌아가는 비행 수단 하나를 빌려줬다. 그리고 이틀 후 그녀는 내 일에 2만 명의 전사들을 지원해 줬다.

어쩌다 한 번씩 나는 라그날의 전설을 듣게 된다. 그의 전설이 부족들 사이에 퍼져 있다. 사람들은 그를 '스피커(말한 자)'라고 부른다. 진실을 가지고 온 자, 예언자들을 데려오며 자신의 종족들을 위해 생명을 희생한 자로 기린다. 하지만 내 친구의 전설과 함께 내 전설도 자란다. 새 부족들과 만나러 날아가 보면 슬링블레이드 상징이 산자락 전역에서 타오르며 나와 발키리들을 환영한다. 그들은 나를 '모닝 스타(샛별)'라고 부른다. 그것은 수개월 간의 어두운 겨울에 그리핀라이더와 여행자 들이 황무지에서 길을 찾을 때 보는 별이다. 봄의 일광이 돌아올 때 마지막으로 사라지는 별이기도 하다.

내 전설이 이들을 하나로 묶어 준다. 이들 간에는 연대감 같은 것이 없다. 이 클랜들은 수세대를 걸쳐 서로 전쟁해 왔다. 하지만 나는 이 땅에 아무런 추악한 역사를 남기지 않았다. 세피나 다른 위대한 옵시디언 전쟁 지도자들과는 다르게 나는 그들에게 있어서 건드려지지 않은 눈밭이다. 그들이 갖고 있는 모든 이질적인 꿈들을 투하시킬 수 있는 빈 도화지다. 머스탱이 말했듯이 나는 뭔가 새로운 존재다. 그리고 전설들로, 조상들로, 그리고 전에 있었던 존재들로 푹 적셔진 이 오래된 세상에서 뭔가 새로운 것이란 뭔가 매우 특별한 것이다.

하지만 이렇게 클랜들을 모으는 일에 진척이 있음에도 불구하고 우리가 마주하는 어려움은 엄청나다. 우리는 괴팍한 옵시디언들이 명예를 건 결투 중에 서로를 죽이지 못하게 막아야 한다. 뿐만 아니라 많은 클랜들이 다른 곳으로 이주시켜 주겠다는 내 제안을 받아들였다. 수십만 명이 극지방 고향으로부터 골드들의 폭

11

격을 피해 레드의 터널로 옮겨가야 한다. 골드들은 이곳의 상황을 알게 되면 반드시 이곳을 폭격할 테니까. 게다가 이 모든 일을 벌이는 와중에도 자칼이 우리의 책략을 알지도, 눈치 채지도 못하게 해야 한다. 아스가르드에서부터 머스탱은 방첩 활동을 이끌어 왔다. 거기에는 퀵실버의 해커들의 도움을 받아 아게아에 있는 품질 통제 위원회 HQ에 수주 전의 보고 내용들을 다시 올려 우리의 존재를 덮은 일도 포함된다.

아무도 보지 못하게 옵시디언들을 이동시키는 방법은 없었기에 머스탱은 골드 귀족답게 아레스의 아들들 역사상 가장 대담한 전략을 세웠다. 그녀는 거대한 부대를 통째로 이동시킬 때의 방법을 적용해 극지방의 인구를 12시간 만에 이주시키기로 한다. 그 과정에 퀵실버의 무역 함대에서 얻은 수천 대의 셔틀함선과 화물선, 그리고 아레스의 아들들의 해군 함선 들이 1000대의 함선들이 동원된다. 헬륨을 태우며 남부 바다 위를 저공비행하다 옵시디언 도시들 앞의 얼음 땅에 정박해 수많은 거인들에게로 출입구 경사로를 내려 줄 것이다. 그리고 털가죽과 철로 몸을 단단히 싸맨 그 거인들은 선체 안으로 늙은이, 병자, 전사, 아이 그리고 동물 들의 고약한 악취를 채워 넣을 것이다. 그 다음에 아레스의 아들들의 함선들이 가림막 역을 해 주는 동안 그 사람들은 지하로 분산해서 퍼지고, 많은 전사들은 궤도에 있는 우리 군수용 함선으로 옮겨 갈 것이다. 내가 보기에 이 세계에서 머스탱만큼 이런 일을 빠르게 준비시킬 수 있는 사람은 아무도 없을 것 같다.

* * *

아스가드가 함락된 후 8일째가 되던 날, 세브로와 함께 대이동을 위한 마지막 준비를 감독하기 위해 나는 세피, 머스탱, 홀리데이 그리고 카시우스와 이곳을 떠난다. 발키리들은 이 비행선에 라그날을 함께 태운다. 그들은 그의 언 몸을 거친 천으로 싸매 놓았다. 그렇게 우리의 함선이 해수면으로부터 5미터 상공에서 소리의 전파속도에 살짝 못 미치는 빠르기로 나는 동안 그들은 두려움에 질린 채 그를 꼭 안고 간다. 우리가 아레스의 아들들의 수많은 반지하 접근 지점들 중 한 군데를 통과해 화성의 터널로 진입하는 동안 발키리들은 감탄하며 주위를 바라본다. 이 터널은 남쪽 산맥에 있는 옛 채굴 식민지들 중 하나다. 묵직한 겨울 재킷과 방한모를 착용하고 망을 보던 아레스의 아들들은 우리가 터널 안으로 진입하자 주먹을 허공에 치켜들며 경례한다.

지하로 12시간 비행한 뒤 우리는 티노스에 도착한다. 그곳은 함선 활동의 중심지다. 수백 대의 함선들이 종유석 도킹장에 세워져 있거나 공중을 천천히 날아다닌다. 그리고 우리 셔틀함선이 교통신호를 지나 종유석 격납고에 착륙하는 동안 도시 전체가 이를 지켜보는 느낌이다. 이 안에 나와 우리 새 옵시디언 협력자들뿐만 아니라 깨져 버린 '티노스의 방패'도 있다는 것을 아는 듯하다. 흐느끼는 얼굴들이 흐릿하게 지나간다. 벌써 난민들 사이로 소문이 돌았다. 옵시디언들이 오고 있다. 싸우기 위해서만이 아니라 티노스에서 살기 위해서, 난민들의 음식을 먹기 위해서, 난민들의 이미 북적한 거리를 공유하기 위해서 온다. 댄서의 말에 따르면 이곳은 폭발하기 직전의 화약고란다. 그의 생각에 동의하지 않는다고는 말 못하겠다.

아레스의 아들들의 분위기는 시무룩하다. 함선의 경사로 출입구가 펼쳐지는 동안 그들은 말없이 모여든다. 내가 먼저 경사로를 내려간다. 세브로가 댄서와 미키 옆에서 기다리고 있다. 그는 부딪히듯 나를 안아 준다. 절제된 얼굴에는 염소수염을 막 기르기 시작한 흔적이 있다. 세브로는 최선을 다해 사각으로 어깨를 편다. 마치 뼈만 앙상한 그 어깨가 홀로 수천 명의 '아들들'의 희망을 받쳐줄 수 있으리라 여기는 것 같다. 그 '아들들'은 지금 티노스의 방패가 제2의 고향으로 돌아오는 모습을 보기 위해 도킹장을 메우고 있다.

"그는 어디 있어?"

세브로가 탁하게 말한다.

나는 함선 쪽을 돌아본다. 마침 세피와 발키리들이 라그날을 안고 경사로를 내려오고 있다. 하울러들이 그들을 먼저 환대한다. 클라운이 세피에게 존중의 의미가 담긴 말을 하고 있는데 세브로가 나를 지나쳐 발키리들 앞에 선다. 세브로는 발키리들에게 나갈어로 말한다.

"티노스에 온 것을 환영한다. 나는 세브로 오 바르카, 라그날 볼라루스의 의형제다. 그리고 이들도 그의 형제와 자매 들이다."

14

그는 하울러들을 손짓으로 가리킨다. 그들은 모두 늑대 망토를 입고 있다. 세브로가 라그날의 곰 망토를 꺼내든다.

"그는 전쟁터에 이것을 입고 나갔다. 너희 측의 허락 하에 지금도 그가 이것을 입었으면 한다."

"당신은 라그날의 형제였다. 그러니 나의 형제이기도 하다."

세피가 말한다. 그녀가 혀를 끌끌 차자 발키리들은 세피의 오라비의 시신에 대한 관리권을 세브로에게 넘긴다. 머스탱이 내 쪽을 힐끗 본다. 세피의 너그러운 반응은 좋은 조짐처럼 느껴진다. 그녀가 탐욕스러운 존재였다면 라그날의 시신을 자신의 땅에 두고 옵시디언식으로 화장한 뒤 그 재를 얼음에 묻었을 것이다. 그러는 대신 그녀는 나에게 오빠의 진짜 고향이 어디인지 안다고 말했다. 그곳은 그의 옆에서 함께 싸웠던 자들, 그가 자신의 종족 사람들에게 돌아올 수 있도록 도와준 자들의 옆자리라며…….

머스탱이 내 곁으로 더 가까이 오는 사이에 하울러들이 라그날의 몸에 망토를 덮어 주고는 관중 사이로 이고 간다. 아레스의 아들들이 비켜서며 길을 터준다. 사람들은 라그날을 쓰다듬으려고 손을 뻗는다.

"봐."

머스탱이 고갯짓으로 아레스의 아들들이 수염과 머리에 맨 검은 리본들을 가리키며 말한다. 그녀의 손이 내 새끼손가락을 찾아 살짝 쥔다. 그러자 그녀가 내 생명을 구했던 숲속으로 다시 돌아간 것 같은 기분이 든다. 라그날의 시체와 함께 격납고를 떠나는

15

세브로의 모습을 보고 있는데도 마음속이 따뜻해진다.

머스탱이 나를 세브로가 있는 쪽으로 살짝 민다.

"가 봐. 댄서와 나는 퀵실버랑 빅트라와 만나 회의하기로 했어."

"머스탱에게는 경호원이 필요해요. 당신이 믿는 아레스의 아들들로 구해 주세요."

나는 댄서에게 말한다.

"난 괜찮을 거야. 옵시디언들로부터도 살아남았는걸."

머스탱이 두 눈을 굴리며 말한다.

"그녀에게 핏바이퍼들을 붙이지."

댄서가 말한다. 머스탱을 살피는 그의 눈빛에는 그간 익숙하게 보이던 상냥함이 없다. 라그날의 죽음이 오늘 그의 기운을 많이 앗아간 모양이다. 그는 손을 흔들어 나를 삼촌을 부르며 셔틀 쪽을 고개로 가리킨다. 그 모습이 유난히 나이 들어 보인다.

"벨로나도 함선에 타고 있나?"

"홀리데이가 승객실에 데리고 있어요. 카시우스의 목은 아직도 상당히 찢어져 있어요. 그러니 비라니 선생님에게 저 친구 상태를 한번 보여 줄 필요가 있을 거예요. 이 일은 신중하게 다뤄 줘요. 카시우스에게는 독실을 주고요."

"독실이라고? 이곳은 이미 가득 차 있어, 대로우. 선장들에게도 독실을 못 주는 판이야."

"카시우스는 정보를 갖고 있어요. 그걸 우리에게 넘기기도 전에 총에 맞아 죽기를 바라는 겁니까?"

내가 묻는다.

"그래서 그를 살려 놓은 거야?"

댄서는 마치 머스탱이 내 결정에 벌써 영향을 주고 있다는 듯이 그녀를 회의적으로 바라본다. 그가 모르는 사실은 카시우스를 죽게 내버려두는 일에 있어서라면 머스탱이 나보다 훨씬 더 마음의 준비가 되어 있다는 것이다. 댄서는 내가 수그러들지 않자 한숨을 쉰다.

"그는 안전할 거야. 내가 보장하지."

"나중에 날 찾아 와."

내가 떠나려하자 머스탱이 말한다.

세브로를 찾아간다. 그는 미키의 조각실에 비치된 라그날의 몸 위로 상체를 수그리고 있다. 친구의 죽음에 대한 소식을 듣는 것은 그럭저럭 극복할 수 있다. 하지만 죽은 자가 남기고 간 것들의 그림자를 직접 보는 것은 또 다른 문제다. 우리 아버지께서 돌아가신 후 아버지의 낡은 작업용 장갑들을 보는 것이 그렇게나 싫을 수가 없었다. 어머니께서는 너무 현실적이셨기에 그 장갑들을 버리지 않으셨다. 우리가 그것들을 버릴 수 있는 경제적 상황이 아니라고 하셨다. 그래서 어느 날 나는 그 장갑들을 직접 갖다 버렸다. 어머니께서는 내 양쪽 뺨을 후려치신 후 다시 찾아오라고 시키셨다.

라그날로부터 풍기는 죽음의 냄새가 점점 강해지고 있다.

그의 고향에서는 추위가 그의 몸을 보존했다. 하지만 티노스는 정전으로 고생해 왔으며 저 아래 도시의 냉각 유닛은 정수 시스템과 공기 정화 시스템에 우선순위에서 뒤로 밀리는 상황이다. 곧 미키가 그를 방부처리 한 후 라그날이 요청했던 방식으로 장례식을 치르기 위해 준비를 할 것이다.

나는 30분간 아무 말 없이 앉아 세브로가 입을 열기를 기다린다. 이곳에 있고 싶지 않다. 죽어 있는 라그날을 보고 싶지 않다. 이 슬픔 속에 머물고 싶지 않다. 그럼에도 불구하고 나는 세브로를 위해 이곳에 남는다.

내 겨드랑이에서 악취가 난다. 몸은 피곤하다. 디오가 가져다 준 빈약한 음식 쟁반은 비스킷 외에 거의 건드리지도 않았다. 나는 그 비스킷을 먹먹히 씹으며 라그날이 저 책상 위에 있으니 진짜 우스꽝스럽다는 생각을 하고 있다. 저기에 있기에는 그의 체격이 너무 크다. 라그날의 발들이 가장자리 밖으로 튀어나와 있다.

냄새에도 불구하고 라그날은 죽음 속에서 평화로워 보인다. 낙상홍 열매처럼 붉은 리본들이 그의 흰 수염 속에 묶여 있다. 손 안에서 쉬고 있는 레이저 두 대는 맨 가슴 위에 서로 포개져 있다. 문신들은 더욱 짙어 보인다. 문신이 그의 팔, 가슴, 그리고 목을 뒤덮고 있다. 라그날이 나와 세브로에게도 똑같은 것으로 새겨 줬던 해골 문신이 너무도 슬퍼 보인다. 자신을 새긴 남자가 죽었음에도 불구하고 문신은 스스로의 이야기를 전하고 있다. 그의 모든 것이 더 확연해진 것에 비해 부상 부위만은 그대로다. 상처는 그의 옆구리를 따라 지어진 뱀의 미소처럼 악의 없고 가냘프다. 아자가 라그날의 배에 낸 구멍들은 너무나 작아 보인다. 어떻게 저렇게나 작은 것들이 이렇게나 큰 영혼을 세상으로부터 앗아갈 수 있단 말인가?

라그날이 이 자리에 있었으면 좋겠다.

사람들은 그를 전에 없이 많이 필요로 하고 있다.

세브로의 눈은 물기어려 반질반질하다. 그의 손가락이 라그날의 흰 얼굴에 새겨진 문신들을 따라 미끄러진다.

"그게, 라그날은 금성에 가고 싶어 했어."

세브로는 아이의 목소리처럼 부드럽게 웅얼거린다. 지금까지 들어본 중에 가장 부드러운 목소리다.

"내가 금성의 쌍동선에 대한 홀로비디오 하나를 이놈한테 보여 줬거든. 라그날이 홀로를 보려고 고글들을 썼을 때 말이야, 그렇게나 환히 미소를 짓는 사람은 처음 봤다니까. 마치 천국을 발견했는데 죽지 않고도 거기 갈 수 있다는 것을 깨달은 사람 같았어. 그 뒤로 가끔씩 야밤에 몰래 들어와 내 홀로 장비를 빌려 가더라고. 그러기에 어느 날 그 쓰레기를 라그날에게 그냥 줘 버렸지. 아무리 비싸 봤자 400크레딧 정도밖에 안 되는 거였어. 그런데 이놈이 나에게 보답한다며 어떻게 했는지 알아?"

나는 모른다. 세브로가 오른손을 들어 올려 나에게 해골 문신을 보여 준다.

"나를 자기 의형제로 삼았어."

그는 라그날의 턱에 느릿하고도 애정 어린 주먹질을 한다.

"그런데 이 큰 뚱땡이 멍청이는 아자를 피해 도망가는 대신 그녀를 향해 돌진해야 했지."

발키리들이 아자의 흔적을 찾기 위해 여전히 황무지를 샅샅이 뒤지고 있지만 아직까지는 별 소득이 없다. 크레바스의 더 깊숙한 곳에서까지 발견되었던 그녀의 흔적이 마지막에는 얼어붙은 검은 피로 덮여 있었다. 뭔가 그녀를 발견해서 얼음 속 자신의 동굴로 데려간 뒤 천천히 끝내 버렸다면 좋겠다. 하지만 그러지 않았을 가능성이 더 크다. 그런 여자는 그렇게 쉽게 사라지지 않는다. 아자의 운명이 어떻든 간에 살아 있다면 그녀는 군주나 자칼에게 연락을 취할 방도를 찾을 것이다.

"그건 내 탓이었어. 아자를 제거하자는 내 쓰레기 같은 계획 때문이었지."

내 말에 세브로가 중얼거린다.

"그녀는 퀸을 죽였어. 우리 아버지를 죽이는 것도 도왔고. 네가 갇혀 있었을 때에도 우리 편을 수십 명씩 죽였지. 네 탓이 아니었어. 내가 그 자리에 있었다면 너는 나도 잃었을 거야. 라그날조차도 내가 그녀에게 덤비는 걸 막지 못했을걸."

세브로는 책상 가장자리를 따라 손 마디뼈를 굴리며 피부에 흰 자국을 낸다.

"라그날은 우리를 언제나 보호하려고 했지."

"티노스의 방패였으니까."

내가 말한다.

"티노스의 방패였으니까."

세브로도 끊기는 목소리로 내 말을 반복한다.

"그렇게 불리는 걸 정말 좋아했는데."

"그랬지."

"내 생각에 라그날은 우리를 만나기 전까지는 언제나 자신을 칼이라고 여겼던 것 같아. 우리는 그가 원하는 존재가 될 수 있도록 해 줬어. 보호자가 될 수 있도록."

세브로는 눈을 훔친 뒤 라그날에게서 떨어진다.

"어쨌든. 그 조그만 왕자 새끼가 살아 있더라."

내가 고개를 끄덕인다.

"카시우스도 우리가 셔틀 함선에 태워 왔어."

"아깝네. 딱 2밀리미터 부족했군."

세브로는 엄지와 검지를 함께 붙여 꼬집듯이 머스탱의 화살이 얼마나 간발의 차로 카시우스의 경정맥을 놓쳤는지 표현한다. 세피가 부족들에게 그리핀라이더를 파견한 뒤 나는 그녀와 그녀 부족의 여러 전쟁 지도자들을 함선에 태워 아스가드로 데려갔다. 그곳에 있는 요새를 그들에게 보여 주기 위해서였다. 그때 나는 카시우스도 함께 데려갔다. 아스가드에 있던 옐로우가 그의 생명을 살렸다.

"왜 그놈을 살려두는 거야, 대로우? 그놈이 네 자비에 감사할 거라고 착각한다면 또 한 번 대가를 치르게 될 거야."

"카시우스를 그냥 죽게 내버려둘 수 없었어."

"그놈이 내 아버지를 죽였어."

"나도 알아."

"나에게 이유를 알려 줘."

나는 조심스럽게 말한다.

"어쩌면 이 세상에 카시우스가 존재하는 것이 더 나을 수도 있겠다고 생각했던 것 같아. 너무나 많은 사람들이 카시우스를 이용하고 배신하고 그에게 거짓말을 했어. 그 모든 것들이 그를 정의하고 있지. 그건 공평치 않아. 나는 카시우스가 어떤 사람이 되고 싶은지 스스로 결정할 수 있는 기회를 가졌으면 해."

"어떤 사람이 되고 싶다고 해서 그렇게 진짜로 살아갈 수 있는 사람은 우리들 중 아무도 없어. 최소한 한동안은 말이야."

세브로가 투덜거린다.

"그래서 우리가 싸우는 것 아니었어? 네가 라그날에 대해 방금 했던 말도 그런 것 아니었어? 라그날은 칼이 되도록 만들어졌지만 우리가 그에게 방패가 될 수 있는 기회를 준 거잖아. 카시우스도 그런 똑같은 기회를 받을 자격이 있어."

세브로가 눈을 굴린다.

"똥대가리야. 네 말이 맞다 해서 네가 옳은 건 아니야. 어쨌든 독수리는 사자만큼이나 증오의 대상이라고. 여기에 있는 누군가가 그놈을 죽여 버리려고 시도할걸. 네 여자도 마찬가지고."

"머스탱에게는 핏바이퍼들을 붙였어. 그리고 걔는 내 여자가 아니거든."

"마음대로 말해라."

세브로는 미키의 훔친 가죽 의자들 중 하나에 털썩 주저앉더니 손으로 모호크 모양 머리의 가장자리를 따라 문지르며 말한다.

"걔가 텔레마누스들을 함께 데리고 움직였었다면 좋았을 텐데. 그랬다면 네가 아자를 제대로 뭉개 버렸을 테니까."

그는 두 눈을 감고 머리를 뒤로 기댄다. 세브로는 갑자기 기억 났다는 듯이 말한다.

"아, 맞다. 널 위해 함선들 좀 구해 놨다."

"봤어. 고마워."

내 말에 세브로가 콧방귀를 끼며 웃는다.

"드디어 우리가 어떤 변화를 만들고 있다는 증거야. 토치함 20대, 소형 구축함 10대, 구축함 4대, 그리고 드레드노트 함선 1대. 너도 그걸 봤어야 했어, 리퍼. 화성 해군들이 포보스에 군단을 가득 펌 프질해 넣고 자기 함선들을 비웠어. 그런데 우리는 그냥 그 공격 용 셔틀 함선들을 훔쳐서는 올바른 비번을 입력한 다음에 그대로 비행해 우리 격납고에 착륙시켰지. 총 한 번 안 쐈어. 퀵실버네 애 들도 해군 함선의 PA시스템을 해킹하지도 않았고. 모두들 네 연설 을 들었던 거야. 우리가 그 함선에 타기도 전부터 레드, 오렌지, 블 루 심지어 그레이 들까지 거의 폭동을 일으킨 상태였어. 이 전략 으로 반복적인 효과를 보진 못하겠지. PA시스템에 관한 부분은 말 이야. 골드들은 네트워크상에서 접속을 끊어 우리가 안으로 해킹

해 들어가지 못하게 하는 법을 배우겠지. 하지만 이번 주에는 이 전략으로 그놈들을 제대로 엿 먹었어. 팍스 함선에다 오리온의 다른 함선들과 합체하면 우리에겐 제대로 그 픽시놈들을 뭉개 버릴 수 있는 진짜 세력이 생길 거야."

이런 순간들이 있기에 나는 내가 혼자가 아니라는 것을 깨닫는다. 내 곁에 이 초라하고 작달막한 수호천사만 있다면 빌어먹을 세상이 어찌되든 상관하지 않겠다. 세브로가 나를 잘 수호하는 만큼 나도 그를 잘 수호할 수 있다면 좋으련만. 다시 한 번 그는 내가 바라던 모든 것을 그 이상으로 해 줬다. 내가 옵시디언들을 결집시키던 동안 그는 자칼의 방어 함대에 휑한 구멍을 뚫어 버렸다. 그 함대의 1/4을 무력화시켰다. 그래서 그 나머지가 데이모스의 바깥 쪽 위성을 향해 후퇴해 자칼의 남은 세력과 재편하여 세레스와 칸으로부터 추가적인 보조 세력들이 오기를 기다릴 수밖에 없게 만들었다.

한 시간이라는 짧은 시간 동안 세브로는 화성의 남반구 전역에 대한 제해권을 쥐고 있었다. 고블린 왕이었다. 그 후 그는 강제로 후퇴해 포보스 가까이에서 웅크리고 있어야 했다. 그곳에서 그의 수하들은 갇혀 있던 현 체제의 지지자 세력의 해군을 제거했다. 롤로의 분대들이 그들의 공기를 끊고 그들을 우주 진공으로 날려 버린 것이다. 나는 조금도 착각하고 있지 않다. 자칼은 우리가 위성을 갖고 있도록 내버려두지 않을 것이다. 그는 자기 사람들에게는 신경 쓰지 않을지도 모르지만 그 정거장에 있는 헬륨 정제 공

24

장들을 파괴할 처지는 못 된다. 그러니 또 한 번의 공격이 곧 다가올 것이다. 그것은 내가 전쟁에 들이는 노력에 영향을 주지는 않을 것이다. 하지만 자칼은 우리로 인해 각성한 대중들과 싸우느라 발이 묶일 것이다. 그 과정은 나를 한 자리에 가두지 않으면서도 그의 자원을 소모시킬 것이다. 자칼의 입장에서는 최악의 상황인 것이다.

"무슨 생각해?"

나는 세브로에게 묻는다. 세브로의 눈은 초점 없이 천장만 응시하고 있다.

"우리도 저 판자 조각 위에 눕게 되기까지 얼마나 걸릴까 생각하고 있어. 그리고 왜 이 위태로운 전선에 서는 놈들이 우리여야 하는지도 의문이고. 평범한 사람들에 관한 비디오를 보거나 이야기를 듣잖아? 가니메데나 지구나 루나에서 삶을 살아 볼 기회를 얻은 자들에 대한 얘기들 말이야. 그러면 그 사람들을 질투하지 않고는 못 배기겠어."

"너에게는 삶을 살아 볼 기회가 없었다고 생각해?"

내 질문에 세브로가 대답한다.

"제대로는 아니지."

"제대로 사는 게 뭔데?"

세브로는 팔짱을 낀다. 그 모습은 마치 진짜 세상을 내려다보며 왜 그것이 자신처럼 환상적일 수 없는지 고민하는 요새 속 아이 같다.

"나도 모르겠어. 흉터를 입은 비할 데 없는 자가 되는 것과는 뭔가 한참 동떨어진 인생이랄까? 어쩌면 픽시로 사는 것이라든지, 심지어 행복한 미드컬러 사람으로 사는 것일 수도 있고. 나는 그냥 '저것은 안전하다, 저것은 내 것이다, 그리고 아무도 저것을 빼앗아 가려고 하지 않을 것이다'라고 여기며 바라볼 수 있는 무언가가 있었으면 좋겠어. 집이라든지. 자식이라든지."

"자식?"

내가 묻는다.

"나도 모르겠어. 아빠가 죽기 전까지는, 또 그들이 너를 데려가기 전까지는 나도 그런 것에 대해 생각도 안 해 봤어."

"빅트라를 만나기 전까지겠지……."

나는 윙크를 날리며 말한 다음 덧붙인다.

"참, 염소수염 멋지다."

"입 닥쳐."

"빅트라랑 너, 너희 둘……."

세브로가 내 말을 끊더니 주제를 바꾼다.

"하지만 그냥 세브로로 지내는 것도 좋았을 거야. 아빠를 갖고. 우리 엄마를 알고 지내고."

세브로는 필요 이상으로 스스로를 비웃는다.

"때때로 나는 처음으로 돌아가는 것에 대해 상상해. 품질 통제 위원회가 오는 것을 우리 아버지가 알았더라면 어떤 일이 벌어졌을지. 아버지가 우리 엄마와 함께, 나와 함께 도주에 성공했다면 어땠을지."

나는 고개를 끄덕인 후 동떨어진 미소를 보인다.

"나도 언제나 이오가 죽지 않았다면 삶이 어땠을까 생각해. 내가 가졌을 아이들에 대해. 내가 그들에게 어떤 이름들을 지어 줬을까 이런 거. 나는 나이가 들었을 거야. 이오가 나이가 드는 것도 봤을 거야. 그리고 나는 이오가 우리의 소소한 삶을 경멸하게 됐을지라도 새 상처가 생길 때마다, 매 해가 지날 때마다 그녀를 더 많이 사랑했을 거야. 나는 우리 어머니에게, 또 어쩌면 내 형과 여동생에게도 작별을 고했을 거야. 그리고 운이 좋으면 어느 날, 이오의 머리가 백발로 변했을 때, 그녀의 머리가 빠지고 그녀가 기침을 시작하기 전에, 드릴을 타고 있다 내 머리 위에서 돌들이 움직이는 소리를 듣게 되겠지. 그리고 그걸로 끝이었겠지. 이오는 나를 소각장으로 보낸 뒤 내 재를 뿌려 줬을 거고, 그 뒤로 우리 아이들도 똑같이 했을 거야. 그리고 클랜에서는 우리가 행복하고 착한 사람들이었으며 우라지게 잘난 아이들을 키웠다고 말했겠지. 또 그 아이들도 죽으면 우리에 대한 기억이 희미해질 테고, 그 아이들의 아이들도 죽으면 그나마 남았던 기억도 다 쓸려 없어질 테지. 우리가 되어 버린 티끌처럼 기나긴 터널들을 따라 밑의 저 멀리로. 소소한 삶이었을 거야."

나는 어깨를 으쓱한다.

"하지만 나는 그 삶을 좋아했을 거야. 그리고 매일 내 자신에게 물어. '다시 되돌아갈 기회가 주어진다면, 다시 현실을 모르는 상태가 된다면, 그 모든 것들을 다시 가질 수 있게 된다면, 정말로 돌아갈까?' 하고."

"그럼 그에 대한 대답은 뭔데?"

"그 모든 시간 동안 나는 이게 다 이오를 위한 짓이라고 생각했어. 날아가는 화살처럼 앞만 바라보고 달렸어. 왜냐하면 내 머릿속에는 완벽한 이상 하나가 있었거든. 그녀가 이것을 원했다고. 나는 그녀를 사랑한다고. 그러니 내가 그녀의 꿈을 실현시켜 주겠다고. 하지만 그건 다 개뻥이야. 나는 내 우라질 삶의 반밖에 안 살고 있었어. 한 여자를 우상화시키고 그녀를 순교자로 만들어 버렸지. 한 사람이 아니라 하나의 존재로 여겼어. 그녀가 완벽했던 것처럼 굴었어."

나는 기름진 머리를 손으로 빗어 넘긴다.

"이오는 내가 그러기를 바라지 않았을 거야. 그리고 밖의 '할로우스'를 바라보니 그냥 알게 됐어. 아니, 연설을 하면서 깨달았다고 하는 게 맞겠다. 정의는 과거를 고치는 일이 아니라 미래를 고치는 일이라는 것을 말이야. 우리는 죽은 자들을 위해 싸우는 게 아니야. 살아 있는 자들을 위해 싸우는 거지. 그리고 아직 태어나지 않은 자들을 위해 싸우는 거야. 또 아이들을 가질 수 있는 기회를 위해 싸우는 거야. 이 모든 것 다음에 와야 할 미래가 그거야. 그렇지 않다면 싸울 의미가 없잖아?"

세브로는 조용히 앉아 내가 말한 것을 곰곰이 곱씹고 있다.

"너와 나는 계속 어둠 속에서 빛을 찾아 헤매며 그것이 나타나리라고 기대해 왔지. 하지만 그건 이미 나타났던 거야."

나는 세브로의 어깨를 건드린다.

"꼬맹아, 우리가 바로 그 빛이야. 이렇게나 망가지고 갈라지고 멍청한 우리지만 우리가 그 빛이라고. 그리고 우리는 사방으로 퍼지고 있어."

제36장
술잔

세브로를 라그날 곁에 남겨 두고 나오는 길에 통로에서 빅트라와 마주친다. 늦은 시각이다. 자정이 지났으나 그녀는 퀵실버의 보안팀, 아레스의 아들들, 그리고 우리의 새 해군들을 도와 마지막 준비사항을 조직적으로 편성하기 위해 이제 막 도착한 참이다. 우리가 오리온과 함께 다시 합류하기 전까지 나는 빅트라에게 새 해군의 지휘권을 맡겼다. 그 또한 댄서를 불편하게 만드는 또 하나의 결정이었다. 그는 다른 의중이 있을지도 모를 골드들에게 내가 너무 많은 힘을 맡기는 것이 아닐까 걱정하고 있다. 머스탱이 이곳에 오면서 그의 인내가 한계에 부닥쳤을지도 모르겠다.

"그는 좀 어때?"

빅트라가 세브로에 대해 묻는다.

"전보다는 나아. 그래도 너를 보면 반가워할 거야."

빅트라는 내 말에 자신도 모르게 미소를 짓는다. 게다가 진짜로 얼굴을 붉히는 것 같기도 하다. 빅트라의 새로운 모습이다.

"너는 어디 가는데?"

그녀가 묻는다.

"머스탱과 댄서가 서로의 머리를 잡아 뜯지 못하게끔 그들을 보러 가."

"좋은 의도지만 이미 너무 늦었는데."

"무슨 일 있었어? 다 문제 없이 돌아가는 것 아니었어?"

"그건 상대적으로 생각해 봐야 할 문제인걸. 댄서는 작전 회의실에서 골드들의 우월 콤플렉스, 거만함 등에 대해 흥분해서 투덜거리고 있어. 그가 그렇게 욕을 많이 하는 건 처음 봤어. 나도 그자리에 오래 있지는 않았고 그도 나에게 별말 안 했어. 그가 나를 그다지 좋아하지 않는다는 건 너도 알잖아."

"그리고 너는 머스탱을 그다지 좋아하지 않지."

"그 여자애에 대한 악감정은 전혀 없어. 걔 보면 고향이 떠올라. 특히나 네가 데려온 새로운 협력자들을 생각하면 더더욱 그렇지. 나는 그냥 걔가 사기성 짙은 어린 암말 같다고 생각할 뿐이야. 그게 다야. 그렇지만 최고의 말들은 꼭 타고 있던 사람을 패대기치듯 떨어뜨려 버리곤 하잖아. 그렇게 생각하지 않아?"

나는 웃음을 터뜨린다.

"네 말의 의도가 빈정거리는 것인지 아닌지 잘 모르겠네."

"빈정거리는 것 맞아."

"머스탱이 어디에 있는지 알아?"

빅트라가 다소 슬픈 표정을 지어 보인다.

"자기야, 대부분의 사람들의 생각과는 다르게 나도 모든 것을 다 알지는 못한단다."

그녀는 내 머리를 토닥거리며 나를 스쳐 지나고는 세브로의 곁으로 향한다.

"그래도 내가 너라면 3층 식당을 확인해 보겠어."

"너는 어디로 가는데?"

내 질문에 빅트라는 짓궂게 미소를 짓는다.

"네 일이나 신경 쓰시지."

나는 머스탱이 식당에서 나롤 삼촌, 카박스 그리고 닥소와 함께 금속 병 하나 위로 몸을 수그리고 있는 모습을 발견한다. 핏바이퍼들의 구성원 열댓 명이 다른 식탁에서 휴식을 취하고 있다. 그들은 버너 담배를 태우며 여념 없이 머스탱의 말을 엿듣고 있다. 머스탱은 식탁 위에 부츠 신은 두 발을 올리고 닥소를 등받이로 사용하며 앉아 같은 식탁 앞에 자리한 나머지 두 사람에게 기관에서의 일화를 이야기하고 있다. 내가 처음 이곳에 들어섰을 때는 텔레마누스 부자의 거구 때문에 미처 보지 못했지만 우리 형과 어머니도 앉아서 머스탱의 이야기를 듣고 있다.

"……그래서 저는 당연히 큰 소리로 팍스를 불렀죠."

"놈은 내 아들이라오."

카박스가 우리 어머니에게 상기시켜 준다.

"……그래서 그가 언덕을 넘어왔어요. 제 하우스 구성원들 한 무리를 이끌고요. 대로우와 카시우스는 땅이 흔들리는 것을 느끼고 비명을 지르며 호수 속으로 달려 들어갔어요. 개네들은 몇 시간을 그 안에 갇혀 떨며 퍼렇게 질렸죠."

"퍼렇게!"

카박스가 어린아이처럼 크게 웃으며 말한다. 그 바람에 이야기를 엿듣던 아레스의 아들들도 웃음을 참지 못한다. 그가 아무리 골드더라도, 카박스 오 텔레마누스를 안 좋아하기란 참으로 어려운 일이다.

"블루베리만큼 퍼렜대, 소포클스. 그렇지? 놈에게 하나 더 주시오, 디애나."

내 어머니는 소포클스 쪽으로 젤리빈 하나를 식탁 위로 굴려 준다. 놈은 병 옆에서 그것을 게걸스럽게 먹어 버리려는 기대를 품고 기다리고 있다.

"이게 다 무슨 일이야?"

나는 묻는다. 그러면서 우리 형이 골드들의 머그잔을 채우느라 들고 있는 병을 눈여겨본다.

"요 아가씨가 해 주는 이야기를 듣고 있지. 너도 한 모금 마셔."

나롤 삼촌이 버너 담배 연기 구름 사이로 걸걸하게 말한다. 머스탱이 그 연기에 코를 찡긋 거린다.

"정말 안 좋은 버릇이에요, 나롤 아저씨."

머스탱이 말한다.

키 어런 형이 우리 어머니를 콕 집어 본다.

"나도 저 둘에게 그 말을 수년째 하고 있어요."

"안녕, 대로우. 네가 레이저를 안 들고 있을 때 만나니 반갑네."

닥소가 말하며 일어나 내 팔을 잡는다. 그가 긴 손가락 하나로 내 어깨를 찌른다.

"닥소 형. 그 일은 죄송했어요. 제 사람들을 돌봐주신 일로 빚을 좀 졌네요."

"그 쪽 일은 거의 다 오리온이 처리했어."

닥소가 눈을 빤짝이며 말한다. 그는 우아하게 자신의 자리에 다시 착석한다. 우리 형은 머리에 천사 문신을 새긴 이 남자에 사로 잡혔다. 어떻게 형이 안 그러겠나? 닥소는 그의 체중의 두 배에 달하며, 말쑥하고, 마테오 같은 로즈보다도 더 예의가 바르다. 참고로 마테오는 퀵실버의 함선들 중 한 대에서 몸을 잘 회복하고 있으며 내가 살아 있다는 사실에 기뻐하고 있단다.

"댄서와는 무슨 일이 있었던 거야?"

내가 머스탱에게 묻자 머스탱은 양볼에 홍조를 띠며 웃는다.

"글쎄, 그 사람 나를 별로 안 좋아하는 것 같던데. 그래도 걱정 마. 그도 생각이 바뀔 거야."

"너 취했어?"

내가 웃으며 묻는다.

"조금. 너도 빨리 마셔, 우리와 맞춰야지."

머스탱은 다리를 돌려 내리고 발을 바닥에 대며 벤치 위, 그녀의 옆자리를 비워 준다.

"이제 막 네가 팍스와 진흙탕에서 레슬링하던 얘기를 하려던 참이었어."

어머니께서는 나를 조용히 지켜보고 계신다. 어머니의 입술은 마치 지금 내가 속으로 얼마큼 당황했을지 알고 있다는 듯이 작은 미소를 띠고 있다. 내 인생의 두 반쪽이 내 감독 없이 서로 충돌하고 있다. 나는 그 상황에 과히 충격을 받은 채 불편한 마음으로 앉아 머스탱의 이야기를 마저 듣는다. 그간 벌어진 일들에 휘둘려 나는 이 여자의 매력을 잊고 있었다. 그녀의 자연스럽고 명랑한 성품. 다른 이들의 이름을 불러 주며 그들의 존재를 확인해 주고 스스로 중요한 존재로 대접받는다는 생각을 하게끔 만들어 자신의 편으로 끌어들이는 방식. 그녀는 내 삼촌과 형에게 주문을 걸어 그들의 관심을 묶어 뒀다. 그 주문 또한 그녀를 향한 텔레마누스 부자의 존중으로 강화된 것이다. 나는 머스탱을 흠모하는 눈빛으로 바라보다 어머니에게 들킨다. 양볼을 붉히지 않으려고 노력한다.

머스탱은 팍스와 내가 그녀의 성 앞에서 결투를 하던 일을 세세하게 이야기한 뒤 말한다.

"이제 기관에 대한 이야기는 그만하죠. 디애나 아주머니, 대로우가 어렸을 적의 이야기를 해 주시기로 약속하셨잖아요."

"가스 포켓 사건에 대한 이야기는 어때? 로런만 여기 있었어도……."

삼촌이 말하자 키어런 형이 끼어든다.

"에이, 그거 말고요. 그건 어때요? 그……."

"나도 해 줄 이야기가 하나 있네."

어머니께서 남자들의 말을 끊으며 운을 떼신다. 우리 어머니는 천천히 이야기를 시작하신다. 단어들이 혀짤배기소리로 느릿느릿 나온다.

"대로우가 어렸을 때, 아마 서너 살쯤 됐을 때일 거야. 대로우의 아버지는 할아버지로부터 물려받은 오래된 시계를 대로우에게 줬어. 황동으로 된 거였지. 디지털 숫자 대신 속에 바퀴가 돌아가는 거였고. 너는 그 시계가 생각나니?"

나는 고개를 끄덕인다.

"아름다운 물건이었어. 네가 가장 소중히 여기던 거였지. 그리고 수년 후, 이 애들의 아버지가 죽었을 때, 여기 있는 키어런이 병이 나 기침을 했어. 광산에서는 의약품들이 언제나 부족하게 배급됐지. 그래서 감마나 그레이에게서 약을 얻어 와야 하는 상황이었지만 매번 얻을 때마다 그 값을 어떻게든 치러야 했어. 그 값을 어떻게 치를지 몰라 하고 있었는데 대로우가 약을 가지고 집으로 온 거야. 어떻게 그걸 얻어 왔는지는 결코 말을 안 하더라고. 하지만 몇 주 후, 나는 그레이들 중 한 명이 그 오래된 시계로 시간을 확인하는 모습을 봤지."

36

나는 내 손만 쳐다보지만 나를 향한 머스탱의 시선이 느껴진다.

"이제 잘 시간이 된 것 같구나."

어머니가 말한다. 나롤 삼촌과 키어런 형이 불만을 토로하지만 어머니는 목청을 가다듬고 일어선다. 어머니는 내 머리에 키스를 해 주신다. 평소보다 더 오랫동안 입을 대고 계신다. 그 후 어머니는 머스탱의 어깨를 토닥인 후 형의 부축을 받으며 절뚝대는 걸음으로 그 공간을 벗어나신다. 나롤 삼촌의 부하들이 그들과 함께 간다.

"굉장한 분이시네. 그리고 너를 많이 사랑하고 계시고."

카박스가 말한다.

"다들 이렇게 서로 만나게 돼서 기쁘네요."

나는 그에게 말하고는 머스탱에게 덧붙인다.

"특히 네가."

"내가 왜?"

머스탱이 묻는다.

"지난번처럼 내가 둘의 만남을 일부러 만들어 보려 하지 않아도 돼서 좋다고."

"맞아, 그때는 참으로 참극이었다고 표현할 수밖에."

닥소가 말한다.

"이렇게 만나는 것이 옳은 일처럼 느껴져."

내 말에 머스탱이 미소 짓는다.

"나도 그래. 옳은 일처럼 느껴져. 나도 너에게 우리 어머니를 소개시켜 줄 수 있었으면 좋았을 텐데. 너는 우리 어머니를 아버지보다 훨씬 좋아했을 거야."

그 미소를 되돌려주면서도 우리 사이에 흐르는 이 기류가 무엇인지 궁금해진다. 그리고 그것을 정의해야 할지도 모른다는 생각에 두렵다. 머스탱 옆에 있으면 찾아오는 편안함이 있다. 하지만 나는 그녀에게 무슨 생각을 하냐고 묻기가 무섭다. 평화라는 이 소소한 환상을 깨뜨릴까 봐 그 주제에 접근하기가 겁난다. 카박스가 어색하게 목청을 가다듬어 그 순간이 녹아 없어지게 만든다.

"그럼 댄서와의 회의는 잘 안 풀린 거네요?"

내 질문에 닥소가 대답한다.

"애석하게도 그렇게 됐어. 그가 우리를 향해 품고 있는 분노의 뿌리가 너무 깊어. 시오도라는 상대적으로 더 열린 태도를 보였지만 댄서는…… 비협조적이었지. 그것도 꽤나 호전적으로."

"그 사람은 무슨 암호 같았어."

머스탱은 술을 한 모금 더 마시고 그 저질 알코올에 인상을 찡그리며 명확히 밝힌다.

"우리로부터 정보를 움켜쥐려고 하더라. 내가 이미 알고 있는 것 외에는 단 한 가지도 공유하지 않더라고."

"내 생각에는 너도 아마 그다지 열린 태도를 보이지 않았을 것 같은데."

머스탱이 얼굴을 찌푸린다.

"안 그랬지. 하지만 나는 다른 사람들이 내 대신 굽히고 들어오는 것에 익숙하단 말이야. 그 사람은 똑똑해. 고로 내가 우리 동맹 관계를 성공적으로 풀어가고 싶어 한다고 그 사람을 설득하기란 쉽지 않겠지."

"고로 너는 우리 동맹을 원한다는 거군."

"네 가족 덕분에 그렇게 결정할 수 있었어. 너는 그들을 위해, 네 어머니와 네 형의 아이들을 위한 세상을 만들고 싶은 거잖아. 나도 그건 이해해. 내가…… 군주와 협상하는 것을 선택했을 때, 나도 똑같은 일을 하려고 했었어. 내가 사랑하는 이들을 보호하는 일 말이야."

텔레마누스 부자가 서로 눈빛을 교환한다. 머스탱의 손가락이 식탁의 패인 부분들을 따라 움직인다.

"우리가 굴복하지 않는 이상 전쟁이 없는 세상은 기대할 수 없을 것 같았거든."

그녀의 시선은 상징이 없는 내 손들을 향한다. 그리고 그렇게 그 맨살을 살핀다. 마치 거기에 우리의 모든 미래에 대한 비밀들이 깃들어 있는 것처럼. 어쩌면 정말 그럴지도 모르겠다.

"하지만 이제는 그러지 않아도 그런 세상을 만들 수 있을 것만 같아."

"그게 정말 진심이야? 모두들 그래요?"

내 질문에 카박스가 말한다.

"가족이야말로 유일하게 가치 있는 것이지. 그리고 너는 우리 가족이야."

닥소가 우아한 손 하나를 내 어깨 위에 얹는다. 심지어 소포클 스조차도 이 순간의 무거운 진지함을 이해하는 것처럼 식탁 밑에 서 놈의 턱을 내 발 위에 괴고 있다.

"아니야?"

"맞아요."

나는 감사해하며 고개를 끄덕인다.

"저는 여러분들의 가족이에요."

딱딱한 미소와 함께 머스탱은 주머니로부터 종잇조각을 꺼내 내 쪽으로 밀어 준다.

"그건 오리온의 연결 주파수야. 나도 그들이 어디에 있는지는 몰라. 아마도 소행성대에 있을 거야. 나는 그들에게 간단한 지시를 내렸어. 혼란을 일으키라고. 그리고 골드의 수다를 엿들은 바로 그 들은 정확히 그 지시대로 해내고 있어. 우리가 옥타비아를 끌어내 리려면 오리온과 그녀의 함선들을 대동해야 할 거야."

나는 그들 모두에게 인사한다.

"고마워요. 저는 우리에게 두 번째 기회가 주어질 거라고는 생 각하지도 못했어요."

닥소가 응답한다.

"그건 우리도 마찬가지였어. 너에게 직설적으로 말할게, 대로 우. 걱정할 거리가 하나 있어. 네 책략 문제야. 클로우드릴들을 사 용해 옵시디언들이 화성 전역의 주요 도시들을 침략하게 만드는 그 계획…… 우리는 그게 잘못됐다고 생각해."

"정말요? 왜요? 우리는 자칼의 힘의 원천인 곳들을 무력으로 빼앗고 대중들의 관심을 끌어와야 하잖아요."

내 의문에 닥소가 조심스럽게 말한다.

"아버지와 나는 너를 신뢰하듯 옵시디언들을 신뢰하지는 못하고 있어. 만일 그들을 화성의 대중에게 풀어놔 버리면 네 의도가 뭐였든 별 의미를 갖지 못하게 될 거야."

카박스가 말한다.

"야만인들. 그들은 야만인들이라고."

"라그날의 여동생은……."

"라그날이 아니야."

닥소가 대꾸한다.

"그녀는 이방인이지. 그리고 그녀가 골드 포로들에게 무슨 짓을 했는지 듣고 나니…… 우리는 죄책감 없이 화성의 도시들에 옵시디언들을 풀어놔 버릴 계획에 협조할 수는 없겠어. 아르코스 가문 여자들도 마찬가지 입장일 테고."

"이해합니다."

머스탱이 말한다.

"그리고 우리가 그 책략에 문제가 있다고 생각하는 이유가 하나 더 있어. 그 계획으로는 우리 오빠를 제대로 다루지 못할 거야. 우리 오빠의 능력을 좀 더 인정하라고. 오빠는 너보다 똑똑해. 나보다도 똑똑해."

심지어 카박스조차도 이에 반박하지 않는다.

"오빠가 무슨 짓을 했는지 봐 봐. 오빠는 게임을 하는 방식과 그 변수들을 알면 며칠씩 구석에 앉아 가능한 수, 그에 대항하는 수, 외부 인자 그리고 결과를 머릿속으로 굴리고 있는 사람이야. 그 게 오빠 생각에는 유흥거리야. 클라우디우스 오빠가 죽기 전에, 그리고 우리가 다른 집으로 보내져 따로 살게 되기 전에, 오빠는 비가 오든 맑든 집 안에 틀어박혀 퍼즐을 끼워 맞추고, 종이에 미로를 그렸어. 그리고 내가 아버지와 함께 승마하거나 클라우디우스 오빠와 팍스와 함께 낚시를 하고 오면 오빠는 나에게 자기가 그린 미로의 중앙을 찾아보라며 계속 조르고는 했지. 그래서 내가 정말로 중앙을 찾으면 오빠는 웃으며 정말 영리한 여동생을 뒀다고 나를 칭찬해 줬어. 나는 그 일에 대해 별로 신경을 쓰질 않았지. 그런데 그러다 어느 날 오빠가 방에 혼자 있고, 아무도 자신을 쳐다보지 않는다고 생각할 때의 모습을 보게 됐지. 오빠는 비명을 지르며 자기 얼굴을 때리고 있었어. 나에게 진 것에 대해 스스로를 벌하는 것이었지.

다음번에 오빠가 나에게 미로의 중앙을 찾아 보라고 요청했을 때, 나는 못 찾는 척했지만 오빠는 그런 나를 믿지 않았어. 마치 자신이 방에 있던 모습을 나에게 들켰다는 것을 아는 듯 했어. 다른 모든 사람들이 보는 그 내성적이지만 명랑하고도 유약한 소년의 모습이 아니라 자기의 진짜 모습을."

머스탱은 숨을 돌린 뒤 그 생각을 떨쳐 버린다.

"오빠는 내가 미로를 끝까지 풀게 만들었어. 그리고 내가 중앙을 찾자 미소를 짓고 내가 정말 영리하다고 말한 뒤 걸어 가 버렸어. 하지만 오빠가 다음번에 미로를 그렸을 때, 나는 중앙을 찾지 못했어. 아무리 열심히 노력해도 안 되더라고."

머스탱은 불편한 마음으로 자세를 바꾼다.

"오빠는 내가 바닥에 앉아 자기 연필들을 흩어놓은 채 그걸 풀고자 노력하는 모습을 마냥 지켜봤어. 마치 늙고 사악한 유령이 작은 도자기 인형 안에 있는 모습 같았지. 내가 기억하는 오빠는 그런 사람이야. 그리고 오빠가 아버지를 죽인 것을 생각할 때면 지금도 그렇게 보여."

텔레마누스 부자는 불길한 예감을 암시하는 듯이 침묵을 지키며 머스탱의 이야기를 듣는다. 그들은 나만큼이나 자칼을 무서워하고 있다.

"대로우, 우리 오빠는 절대 네가 기관에서 자길 이긴 것을 용서하지 않을 거야. 자신의 손을 잘라 버리게 만든 것도 용서하지 않을 거야. 또 내가 오빠의 옷을 홀딱 벗겨서 네 앞에 대령한 것도 절대 용서하지 않을 거야. 우리는 오빠의 집착 대상이야. 옥타비아만큼 강력한, 그리고 과거의 아버지만큼 강력한 집착 대상이라고. 그러니 세브로가 클로우드릴 하나를 들고 자기 요새 안으로 춤추며 들어와 오빠가 보는 앞에서 너를 훔쳐간 일을 그냥 잊을 거라 생각한다면 너는 많은 사람들을 죽게 만들 거야. 네가 도시들을 점령하고자 하는 책략은 성공하지 못할 거야. 오빠는 저 멀리서도 그 수를 읽고 있을 거야. 그리고 오빠가 설사 그러지 못할지라도,

우리가 정말 화성을 장악하게 되더라도, 이 전쟁은 수년간 지속될 거야. 우리는 경정맥을 노려야 해."

"또 그 뿐만이 아니야. 우리에게는 네가 승리했을 경우 독재 정부나 완전한 민주주의를 시작하려는 의도가 아니라는 확신이 필요해."

닥소의 말에 나는 히죽 웃으며 묻는다.

"독재 정부요? 정말 제가 통치하고 싶어 한다고 생각하나요?"

닥소가 어깨를 으쓱한다.

"누군가는 해야 하니까."

여자 한 명이 문 앞에서 목청을 가다듬는다. 뒤로 도니 홀리데이가 서 있다. 그녀는 양 엄지손가락을 벨트 고리에 걸고 있다.

"방해해서 죄송합니다. 하지만 벨로나가 당신을 보고자 요청했습니다. 꽤 중요한 사안으로 보입니다."

제37장

마지막 독수리

카시우스는 보강된 의료용 들것의 레일 난간에 수갑으로 묶인 채 아레스의 아들들의 병원 중앙에 있다. 이곳에서는 나의 종족 사람들이 나를 그의 손아귀로부터 구하다 얻은 부상에 시달리다 죽어간다. 나는 그 모습을 지켜봐야 했는데 그가 같은 경험을 하게 됐다. 포보스 전투와 서믹 바다에서 벌어졌던 다른 작전 활동들로부터 부상당한 반역자들이 침대에 줄줄이 누워 넓은 공간을 메우고 있다. 환풍기가 돌며 삑 소리를 내고 사람들이 기침을 한다. 하지만 그 시선들의 무게가 가장 크다. 바닥에 너부러진 채 줄을 이룬 휴대용 침대와 초라한 침상을 지날 때마다 나를 향해 손을 뻗어 온다. 입으로는 내 이름을 속삭인다. 그들은 내 팔을 만져 보고 싶어 한다. 상징이, 주인들의 인장이 없는 인간을 더듬어 보고 싶어 한다. 나는 할 수 있는 한 최선을 다해 그들에게 내 몸을 내준다. 하지만 나에게는 이 공간의 가장자리까지 들를 시간이 없다.

분명 카시우스에게 독실을 배정해 달라고 댄서에게 요청했다. 대신 카시우스는 팔다리가 잘린 환자들 사이의 주요 병실 한복판, 화상 병동을 덮는 거대한 플라스틱 텐트 바로 옆으로 떡하니 보내졌다. 이곳에서 그는 로우컬러들을 보고 그들로부터도 관찰을 당하며 그들과 같은 방식으로 이 전쟁의 무게를 느끼리라. 이 일에 있어서 댄서의 의도된 손길이 느껴진다. 그는 카시우스에게 공평한 대우를 해 준 것이다. 잔혹함도, 배려도 없이 그냥 다른 사람들과 똑같이 해 준 것이다. 그 나이든 사회주의자에게 술 한 잔 사주고 싶은 기분이다.

나롤 삼촌의 수하 몇 명, 그레이 한 명, 그리고 세상을 험하게 구른 두 명의 전 헬다이버가 카시우스의 침대 근처, 두 개의 금속 의자에 구부정히 앉아 카드놀이를 하고 있다. 그들은 등 뒤에 무거운 스코처 총을 걸고 있다. 내가 다가가자 그들은 자리를 박차고 일어나 경례를 한다.

"그가 나를 보고자 요청했다고 들었는데."

내 말에 레드들 중 키가 더 작은 사람이 내 뒤에 있는 홀리데이를 눈여겨보며 걸걸하게 대답한다.

"대부분의 밤 같으면…… 리퍼님을 번거롭게 하지 않았을 겁니다……. 하지만 그는 우라질 올림픽 나이트에요. 그래서 저희는 위쪽으로 그의 요청을 전하는 것이 마땅하다고 생각했습니다."

그가 너무나 가까이 기대오는 바람에 착색된 잇새로 합성 담배의 멘톨 냄새가 맡아진다.

"게다가 이 멍청한 놈은 자기가 정보를 가고 있다고 말했습니다, 리퍼님."

"그는 말할 수 있나?"

"네. 많은 이야기는 안 해요. 하지만 당시의 공격은 그의 후두를 빗나갔습니다."

군인들이 투덜거린다.

"나는 그와 개인적으로 이야기를 해야 한다."

내가 말한다.

"저희가 아무도 접근 못하게 덮어 드리겠습니다, 리퍼님."

의사와 경비대들이 카시우스의 들것을 병원 저 뒤쪽에 있는 약국으로 밀고 간다. 그곳은 그들이 자물쇠와 열쇠를 동원해 감시하는 공간이다. 그 안에는 플라스틱 의약품 상자들이 줄줄이 있다. 그 사이에 카시우스와 나는 홀로 남겨진다. 그는 침대에 묶인 채 나를 바라본다. 흰 붕대가 그의 목을 두르고 있으며 목젖과 목 우측의 경정맥 사이로 바늘에 찔린 듯한 핏자국이 아주 희미하게 배어 나와 있다.

"네가 죽지 않은 건 기적이야."

내 말에 카시우스는 어깨를 으쓱한다. 그의 팔과 모르폰 팔찌에는 튜브들이 하나도 안 꽂혀 있다. 나는 인상을 찌푸린다.

"너한테는 진통제도 안 준 거야?"

"벌 주려고 그런 게 아니라 투표한 거였어."

카시우스는 목의 봉합 부위를 찢지 않기 위해 조심하며 매우 천천히 말한다.

"모두에게 돌아갈 만큼 모르폰 진통제가 충분치 않았어. 비축물량이 적었대. 의료진이 설명하는 동안 환자들은 지난주에 그 부족한 약품들을 화상 환자와 사지 절단 환자에게 주기로 투표했어. 그들이 작고 외로운 강아지들처럼 밤새 아파 신음하지만 않았어도 그 행동이 숭고하다 생각했을 거야."

그는 말을 멈춘다.

"항상 궁금했는데, 엄마들은 자신들을 위해 흐느끼는 자식의 울음소리를 들을 수 있을까?"

"네 어머니께서는 들으신 것 같아?"

"나는 흐느끼지 않았어. 그리고 내 생각에 우리 어머니께서는 복수 외에 별로 신경을 쓰지 않으시는 것 같아. 이제 와서 그게 다 무슨 소용일지는 모르겠지만."

"너에게 정보가 있다고 말했다지?"

나는 달리 무슨 말을 해야 할지 몰라 이 질문을 뱉어 다시 일로 돌아온다. 이 남자와 나의 사이에는 철갑의 연대감이 느껴진다. 세브로는 내가 왜 그를 구했는지 물었다. 용맹과 명예와 같은 관념들을 들먹일 수도 있었을 것이다. 하지만 뼛속 깊이 자리한 이유는 그저 카시우스가 다시 내 친구가 되기를 간절히 바란다는 것이다. 나는 카시우스의 인정을 받고 싶다. 그런 마음을 품은 나는 바보인가? 불충한 사람인가? 죄책감이 작용한 것일까? 그의 자성적 매력이 작용한 것일까? 아니면 단지 내가 존경하는 사람들로부터 사랑을 받고 싶다는 내 허영심이 작용한 것일까? 나는 진심으로 카시우스를 존경한다. 그는 명예롭다. 부패한 일종이기는 하지만 그럼에도 그것이 진실한 명예임은 분명하다.

"그녀였어, 너였어?"

카시우스가 조심스럽게 묻는다.

"무슨 말이야?"

"옵시디언들이 내 눈을 끓여 뽑고 혀를 잘라 가는 것을 막은 사람 말이야. 너였어, 버지니아였어?"

"우리 둘 다였어."

"거짓말. 사실을 말하자면 그녀가 쏘지 않을 거라고 생각했어."

카시우스는 자신의 목을 만져 보기 위해 손을 위로 뻗는다. 하지만 수갑들이 그 움직임을 홱 막은 탓에 당황스럽게도 의약품 진열장 사이로 몸이 도로 끌려간다.

"이걸 벗겨 줄 수는 없겠지? 가려울 때도 이걸 차고 있으려니 끔찍해."

"그 정도는 네가 참고 살 수 있을 거라 생각해."

카시우스는 그래도 시도는 해 봐야 했다고 말하듯 껄껄 웃는다.

"그래, 이제 네가 나를 구해 줘서 도덕적으로 더 우월하다는 걸

행세하는 순간인가? 골드보다 더 교양 있는 사람이라고?"

"어쩌면 네 정보를 끄집어내기 위해 너를 고문할지도 모르지."

내가 말한다.

"글쎄, 그건 엄밀히 말해 명예로운 행위라고 할 수는 없는데."

"누군가가 나를 3개월간 고문하고 나서 9개월간 상자 안에 가둬 두도록 내버려 두는 것도 명예로운 행위는 아니지. 어쨌든 대체 내가 뭐 때문에 조금이라도 명예로이 행동하는 일을 신경이나 쓰겠어?"

"그렇긴 해."

카시우스가 두 눈썹을 일그러뜨리며 인상을 찌푸린다. 그 모습은 마치 미켈란젤로가 조각할 법한 작품처럼 눈 돌아가게 잘생겨 보인다.

"군주가 너와 협상하리라고 생각한다면 착각이야. 그녀는 나를 살리기 위해 단 한 가지도 희생하지 않을 거야."

"그럼 왜 그녀를 섬기는 건데?"

"의무니까."

카시우스가 그 단어를 뱉지만 이제 와서 그 말이 얼마나 진심일까 궁금해진다.

카시우스의 눈빛에서 나는 외로움을, 그가 마땅히 누렸어야 할 삶에 대한 갈망을, 의무감으로 인해 겉으로 보이려 하는 인간상 밑으로 그가 진짜 되고 싶어 하는 인간상의 그림자가 도사리는 모습을 언뜻 확인한다.

"아무래도 좋아. 내 생각에 우리는 서로에게 충분히 많은 악을 저질렀어. 나는 너를 고문하지는 않을 거야. 너, 정보가 있는 거야? 아니면 말을 빙빙 돌리며 10분을 더 보내야 해?"

"대로우, 너는 왜 군주님이 평화를 청하고 계셨는지 궁금해진 적은 없어? 네가 그런 생각을 안 했을 리가 없는데. 그분은 꼭 그래야 하는 것이 아니라면 형벌을 감량해 주는 사람이 아니잖아. 왜 그분이 버지니아에게, 또 림 지역에게 너그러운 태도를 보이셨을 것 같아? 그분의 함대 수는 반역을 저지른 위성 지배자들의 것에 비해 3대1로 우세해. 코어 지역이 물품 공급도 더 잘 돼 있어. 로물루스는 로크를 상대하기에 역부족이야. 너도 로크가 얼마나 실력이 좋은지 알잖아. 그러니 왜 군주님이 우리를 보내 협상하게 만드셨겠어? 왜 타협했겠어?"

"나는 이미 그녀가 자칼을 대체하고 싶어 한다는 걸 알고 있어. 그리고 그녀가 림 지역에서 완전한 모반이 벌어졌을 때 로물루스의 귀를 쳐 버리는 동시에 아레스의 아들들과 싸울 수는 없는 일이잖아. 그녀는 자신이 벌일 전쟁 무대를 한정시켜 한 문제씩 차례대로 총력을 기울일 수 있도록 하려는 거지. 그다지 복잡한 전략도 아니야."

"하지만 군주님이 어째서 자칼을 제거하고 싶어 하셨는지도 알겠어?"

"내 탈출, 난민 캠프, 헬륨 처리 과정에의 방해……. 정신병자를 대총독 자리에 앉히는 것이 부담되는 이유라면 앞으로 100가지도 더 대겠다."

카시우스가 내 말을 끊는다.

"그것들도 다 일리 있는 이유지. 심지어 설득력도 있고. 그래서 우리가 버지니아에게 댄 이유도 그것들이야."

나는 카시우스가 하는 의미심장한 말을 들으며 한 걸음 뒤로 물러선다.

"너희가 그녀에게 말하지 않은 이유란 게 뭐야?"

카시우스는 머뭇거린다. 심지어 지금도 그는 나에게 그것을 밝혀야 마땅한지 고민하고 있는 모양이다. 하지만 결국 밝힌다.

"올해 초기에 우리 정보원들은 에너지국과 광산관리국으로 보고되는 분기별 헬륨 생산 기록들과 광산 식민지 자체에 있는 우리의 요원들이 보고한 총생산량 간에 차이가 있는 것을 발견했어. 우리는 아레스의 아들들이 야기한 혼란으로 헬륨이 손실됐다며 자칼이 올린 거짓 보고들을 최소 125건이나 확인했지. 그 혼란들은 존재하지 않는 것이었어. 자칼은 또한 아레스의 아들들의 공격을 받아 광산 14군데가 파괴됐다고 주장했어. 그 공격들 또한 한 번도 벌어진 적 없는 것들이었고."

내가 어깨를 으쓱하며 말한다.

"그럼 자칼이 위에서 살짝 남겨먹고 있는 거네. 이 세계에서 그렇게 부패한 대총독이 처음 존재하는 것도 아니잖아."

"하지만 그는 그것을 시장에 다시 되팔지 않고 있어. 그는 홀로 자원을 비축하며 인위적 부족 현상을 유발시키고 있어."

"비축한다고? 여태까지 얼마나 비축했기에?"

내가 긴장하며 말한다.

"14 광산들로부터 생산된 잉여의 재고에 화성 자체의 비축량을 더한다면? 이런 식이라면 그는 2년 만에 루나와 금성에 있는 제국의 비축량과 케레스에 있는 전쟁용 비축량을 다 합친 것보다도 더 많이 보유하게 될 거야."

"그건 100가지도 넘는 의미가 있잖아."

나는 그 연료량이 과연 얼마나 많은 것인지를 깨달으며 조용히 말한다. 세계에서 가장 소중한 물질의 3/4이다. 그 많은 것이 단 한 사람의 통제 하에 있게 되는 것이다.

"그는 군주가 되기를 노리는 거군. 의원들도 매수하고 있어?"

카시우스가 인정한다.

"이제까지는 40명이 매수됐어. 우리가 그의 편이라 예상했던 사람들의 수보다 많았지. 하지만 그가 그들을 연루시킨 일에는 새로운 국면이 또 하나 있어."

카시우스는 휴대용 침대에서 더 반듯하게 앉아 보려고 시도한다. 하지만 양 손을 두른 수갑들 때문에 반쯤 구부정한 자세만 취할 수 있다.

"질문 하나 할게. 꼭 사실대로 대답해 줘야 해."

카시우스가 이렇게까지 진지한 태도가 아니었더라면 나는 분명이 요구를 비웃었을 것이다.

"아레스의 아들들은 3월, 네가 탈출한 날로부터 며칠 뒤에 심우주 소행성 창고 하나를 턴 적이 있어? 대략 4개월 전에?"

"더 구체적으로 말해 봐."

"카린 성단에서 주요 소행성대를 구성하는 작은 소행성. 지명 S-1988. 주로 규산염으로 이루어진 쓰레기 소행성이기도 함. 거의 채굴 가능성 0퍼센트인 곳. 이정도면 충분히 구체적인가?"

나는 미키와 신체를 회복하는 중에 세브로의 전략 작전 활동들을 전부 검토한 적이 있다. 소행성대들 사이에 위치한 정부 부대 군수기지들을 상대로 공격이 몇 차례 벌어진 적은 있었으나 카시우스가 얘기하는 것과 흡사한 일은 전혀 없었다.

"없었어. 내가 아는 한 S-1988을 대상으로 벌인 작전 활동은 전무했어."

"젠장 지독하군. 그럼 우리가 맞게 판단한 거네."

카시우스가 혼잣말로 중얼거린다.

"그 창고 안에는 뭐가 있었는데? 카시우스······."

"핵탄두 500대."

카시우스가 음울하게 대답한다. 그의 붕대에 스민 핏자국이 번져 벌어진 입 하나의 크기를 이뤘다.

"500대."

나는 그의 말을 반복한다. 스스로의 목소리가 저 멀리서 공허하게 들려온다.

"위력은?"

"각각 30메가톤 급의 폭발력을 갖고 있지."

"세계를 몰살할 수 있는 것들이잖아……. 카시우스, 그것들이 애초에 왜 존재했던 건데?"

"애시 로드가 레아에 벌였던 일을 되풀이해야 할 상황에 대비한 거였지. 그 창고는 코어와 림 지역 사이에 위치하고 있어."

카시우스가 설명한다.

"레아에서 벌였던 일을 되풀이한다고……. 네가 섬기는 자는 그런 사람이야? 혹시 몰라서 행성 전체를 파괴할 만큼 충분한 양의 핵탄두를 비축하는 여자냐고?"

카시우스는 내 말투를 무시한다.

"모든 증거들은 아레스를 가리키고 있었지만 군주님은 그 판단이 세브로의 능력을 너무 높이 사는 것이라고 생각하셨어. 그분은 모이라에게 개인적으로 그 사건을 조사하게 하셨지. 모이라는 납치범 함선의 꼬리표로 전에 줄리 산업이 소유했으며 지금은 말소된 해운회사를 찾을 수 있었어. 만약 아레스의 아들들이 진정 그것들을 훔치지 않았다면 자칼이 그 무기들을 가지고 있을 거야. 하지만 우리는 그가 그걸 써서 무엇을 하려는지 모른다는 거지."

나는 그 자리에 먹먹하게 서 있다. 생각이 질주한다. 자칼이 그렇게나 많은 원자력 무기들을 어떻게 이용할지를 짜깁기하고 있다. 사회적 협약에 의하면 화성의 군사들은 자기 무기고에 20대까지만 보유할 수 있도록 허가를 받았다. 함선과 함선 간의 전쟁을 위해서다. 그리고 모두 5메가톤 이하의 폭발력을 보유한 것이어야 한다.

"이게 사실이라면 왜 나에게 알려주는 건데?"

내가 묻는다.

"왜냐하면 화성은 내 고향이기도 하기 때문이야, 대로우. 우리 가족은 네 가족만큼이나 여기 오래 있었어. 우리 어머니께서는 아직도 여기, 우리 집에 계시고. 군주님은 자칼의 장기 전략이 무엇이든 간에 그가 궁지에 몰리면 그 무기들을 이곳에서 사용할 거라고 판단하고 계셔."

"너는 우리가 이길까 봐 겁내는 거구나."

나는 깨닫는다.

"세브로가 이끄는 전쟁이었을 때는 아니었어. 아레스의 아들들은 망한 상태였지. 하지만 지금은? 지금 벌어지는 상황을 보라고."

카시우스는 나를 위아래로 훑는다.

"우리는 견제할 힘을 잃었어. 옥타비아님은 내가 어디에 있는지 모르시지. 아자가 살았는지 죽었는지도 모르시고. 그분에게는 이 상황에 대한 눈이 되어 줄 사람이 전혀 없어. 자칼은 옥타비아님이 그를 배신해 그의 여동생에게 넘기려 했다는 것을 알지도 몰라. 그는 미친개야. 그를 자극하면 그는 물 거야."

카시우스는 목소리를 낮춘다.

"그렇게 되면 대로우, 너는 살아남을 수 있을지도 모르지. 하지만 과연 화성도 그럴까?"

제38장

제의

"핵탄두 500대라고? 이런 젠장 우라질. 지금 이거 농담 아니지? 계속 말해봐."

세브로가 속삭인다. 댄서는 전략회의실 책상 앞에 조용히 앉아 관자놀이를 문지른다. 홀리데이가 벽면에서 툴툴거린다.

"이건 개뻥이에요. 놈이 그걸 가졌으면 이미 썼겠죠."

"우리, 그런 추론은 실제로 그 인간을 만나 본 사람들에게 맡겨 두자고. 응? 아드리우스의 머리는 결코 보통의 인간처럼 돌아가지 않아."

빅트라가 말한다.

"그것만은 지랄 맞게 확실하지."

세브로가 말한다.

"그래도 그건 의문을 가져 볼 만한 점이야. 그가 그것들을 가지고 있다면 왜 아직 사용하지 않았지?"

댄서가 말한다. 그는 너무나 많은 골드들에게, 그리고 특히 머스탱이 내 옆에 선 채 이 자리에 함께하고 있는 이 상황에 짜증이 난 상태다.

나는 말한다.

"왜냐하면 그런 식으로 전쟁을 확대한다면 거의 우리만큼이나 그도 피해를 볼 것이기 때문이에요. 그리고 그것들을 사용한다면 군주가 그의 자리에 다른 사람을 앉힐 만한 합당한 이유를 제대로 얻게 된다는 점도 있고요."

"아니면 그가 그것들을 가지고 있지 않거나."

퀵실버가 오만하게 말한다. 그의 모습이 담긴 홀로가 우리 앞으로 떠오른다. 홀로의 푸른 픽셀들이 디스플레이 패널 위에서 빛을 발한다.

"그건 계략일세. 대로우, 벨로나놈은 네가 무엇을 아끼는지 알고 있어. 그놈이 밑도 끝도 없는 말들로 네 마음의 줄을 잡아당기는 거라고. 헛소리야. 자칼이 미사일을 이동시켰다면 내 장비에 거대한 파장들이 감지됐을 걸세. 그리고 군주가 정말 플루토늄 농축 무기들을 만들었다면 소식이 내 귀에 들렸을 거고."

"그것들이 옛날 미사일들이라면 얘기가 달라지죠. 많은 유물들이 그냥 너부러져 있었다면 말이에요."

내 말에 머스탱이 침착하게 덧붙인다.

"이 태양계의 규모가 크기도 하고요."

"정보를 모으는 내 귀도 크다네."

퀵실버가 응답한다.

"그건 옛날 얘기죠. 저들은 우리가 논의하는 이 순간에도 당신의 정보통들을 제거해 나아가고 있잖아요."

빅트라가 말한다.

반란의 지도자들은 소행성 S-1988을 띄운 홀로 프로젝터 앞에 반원을 이루며 앉아 있다. S-1988은 척박한 돌덩이로 화성과 목성 사이에 있는 주소행성대의 소행성 코로니스족, 카린 부족의 일부다. 코로니스 소행성들은 지구에서 운영하는 에너지 컨소시엄 산하의 고역 채굴 작업을 위한 기지이다. 또 밀수업자와 해적 들이 이용하는 몇몇 평판 안 좋은 소행성 길로 정거장의 고향이기도 하다. 그 정거장들 중 대표적인 곳으로 208 라크리모사 정거장이 있으며 세브로는 명왕성에서 화성까지 이동하던 중에 그곳에 잠시 들려 연료를 다시 채웠던 적이 있다. 토박이들은 그 밀수업자의 만을 '우리 슬픔의 귀부인'이라고 칭하며 그곳에서는 생명의 가치가 얼린 헬륨 1킬로그램이나 데몬더스트 1그램보다도 못하단다. 세브로가 한 말이다. 그는 그 장소와 그곳에서 보냈던 자기 경험에 대해 유난히 말이 없다.

골드 전략 회의실에서 벌어지는 회의는 보통 사람들이 원이나 직사각형을 이루도록 착석해 서로를 바라보는 형식으로 이루어진다. 그렇게 자리하는 것이 서로의 옆에 앉아 있는 것보다 지적인 논쟁을 벌이게 될 가능성이 크기 때문이다. 골드들은 그런 논쟁을 즐긴다. 나는 그것과 사뭇 다른 전략을 시도해 내 친구들이 모두 문제 자체를 직시하게 만들고 있다. 즉 다들 홀로 프로젝터를 바라보게 했다. 이러면 그들이 서로와 다투고 싶을 때 목을 길게 빼고 해야 하는 번거로움이 생긴다.

"우리에게 군주의 오라클이 없다는 것이 안타깝네. 손목에 하나 채우기만 하면 카시우스가 진정 얼마나 진실하게 말하는지 알 수 있었을 텐데."

머스탱의 말에 댄서가 말한다.

"당신이 익숙하게 쓰시던 장비들을 우리 쪽에서 구비시켜 놓지 못해 죄송합니다, 도미나."

"난 그런 의미로 한 말이 아니에요."

"그를 고문하는 방법도 있어."

세브로가 말한다. 그는 책상 한가운데에서 칼로 손톱 떼를 제거하고 있다. 빅트라는 그의 뒤쪽 벽면에 기댄 채 책상 위에 손톱 조각이 떨어질 때마다 짜증으로 움찔거리고 있다. 댄서는 세브로의 왼쪽에 있다. 또 퀵실버를 담은 1미터 길이의 홀로그램은 그의 오른쪽, 그와 나의 사이에서 빛을 발하고 있다. 반란을 대표하여 포보스를 정부로부터 자유로운 도시라 선언한 후, 그는 그곳의 총독 자리에 임하고 있다. 그리고 지금은 플라티늄 문어 껍질 박리용 칼을 든 채 엄지 크기만 한 하트형 굴 한 더미를 소소하게 쌓아 놓고 그 위로 몸을 수그려 껍질들을 다섯 묶음으로 균일하게 다시 쌓아올리고 있다. 그가 설혹 자칼의 보복을 걱정하고 있더라도 전혀 그런 티를 내고 있지 않다. 세피는 부족 특유의 털가죽 아래로 땀을 흘리며 갇힌 짐승처럼 책상 주변을 성큼성큼 걸어 다니고 있다. 그 모습에 댄서는 불안해하며 자세를 튼다.

"진실을 원해? 내게 17분과 나사돌리개 하나만 줘 봐."

세브로가 말한다.

"저 애 앞에서 이런 이야기를 진짜 해도 되는 거야?"

빅트라가 머스탱의 존재에 대해 의문을 제기한다.

"머스탱은 우리 편이야."

내가 말한다.

"그거 확실한 거야?"

댄서가 묻는다.

"머스탱은 옵시디언을 모아오는 일에 중요한 역할을 했어요. 또 우리를 오리온과 연결시켜 줬고요."

나는 카시우스와 이야기를 한 뒤 오리온과 연락을 한 상태다. 그녀는 팍스 함선과 꽤나 많이 남은 내 옛 함대의 다른 함선들을 챙겨서 나를 만나러 오느라 열심히 달리고 있다. 그 성질 고약한 블루와 라이코스 이래로 처음 고향같이 느껴졌던 그 함선을 다시 보게 되다니. 아직도 믿기지 않는다.

"머스탱 덕분에 우리에게 정말 해군다운 해군이 생겼어요. 머스탱은 내 지휘를 유지시켜 줬다고요. 오리온을 팍스 함선의 선장 자리에 남겨 뒀고요. 그녀도 우리와 같은 목표를 품고 있지 않았다면 굳이 그렇게 했겠어요?"

"그 목표가 뭔데?"

댄서가 묻는다.

"룬과 자칼을 무찌르는 것이죠."

머스탱이 말한다.

"그것은 우리가 원하는 것의 시작에 불과해."

댄서가 말한다.

"머스탱은 우리와 함께 일하고 있어요."

내가 강조한다.

"지금으로서는 그렇지. 앤 영리하다고. 우리를 이용해 자기 적들을 제거하고 싶어 하는 것일 수도 있잖아? 자기가 권력의 자리에 앉으려는 것일 수도 있고. 화성을 원하는 것일 수도 있고. 어쩌면 그보다도 더 많은 것을 원할 수도 있지."

빅트라가 말한다. 예전에 빅트라가 신뢰할 만한 사람인지 아닌지 논의했던 것이 불과 얼마 전 같건만. 당시 아무도 그녀의 편을 안 들어 줄 때 로크가 나서서 그녀를 강력히 변호했다. 보다시피 이 모순된 상황을 빅트라는 못 알아차리고 있는 모양이다. 아니면 그녀는 1년 전, 머스탱이 빅트라의 의도에 대한 불신을 강경히 표출했던 것을 기억하고 그 묵은 빚을 되갚기로 결정한 것이거나.

댄서도 말한다.

"나도 줄리 가문 사람의 말에 동의하고 싶지는 않지만…… 이 사안에 있어서는 그녀의 말이 맞아. 아우구스투스 가문 사람들은 선수들이야. 그 가문에서 선수가 아닌 자는 이제껏 한 명도 태어나지 않았다고."

보아하니 댄서는 이전에 겪었던 머스탱의 불투명한 태도에서 그다지 좋은 인상을 받지 않은 모양이다. 머스탱은 이런 상황을 예상하고 있었다. 사실, 그녀는 자신의 방에 남아 있으면 안 되겠냐고 나에게 허락을 구하기도 했다. 그래야 이 상황으로부터 그녀가 거리를 둬 내 계획에 차질을 일으키지 않으리라 생각했던 것이다. 하지만 이 일을 성공시키기 위해서는, 그리고 종래에 조각조각들을 어떻게든 이어붙이기 위해서는 모두의 협력이 불가피하다.

그들은 내가 머스탱을 변호하리라고 예상한다. 그것은 그들이 그녀에 대해 얼마나 모르고 있는지를 증명한다.

머스탱은 직접 입을 연다.

"다들 꽤나 비논리적으로 굴고 있네요. 모욕을 주려는 의도로 한 말이 아니에요. 그냥 사실 있는 그대로를 말하는 겁니다. 만일 내가 당신들에게 해를 끼칠 의도를 품고 있었다면 나는 군주나 오빠에게 연락을 한 뒤 함선에 추적 장치를 달고 왔을 거예요. 군주가 티노스를 찾기 위해 무슨 짓이든 하리라는 걸 여러분도 잘 알잖아요."

내 친구들은 서로 걱정 어린 표정들을 교환한다.

"하지만 나는 안 그랬어요. 난 여러분이 나를 믿지 않을 것을 알고 있어요. 하지만 여러분은 대로우를 믿고 있고, 그는 나를 믿고 있지요. 그리고 대로우가 여기에 있는 다른 어느 누구보다도 나를 잘 아니 그가 이 결정을 내리기에 가장 적합한 사람이라 생각해요. 그러니 지독한 애들처럼 질질 짜는 건 그만 두고 이제 과업에 좀 집중하자고요. 네?"

"둥근 톱이 있으면 3분 안에도 해낼 수 있는데……."

세브로가 말하자마자 댄서가 세브로를 향해 꽥 소리친다.

"이런 빌어먹을, 입 좀 닥치지 않을래?"

댄서가 화를 참지 못하는 모습은 처음 본다.

"네가 누군가의 발톱을 뽑아 버리면 그 사람은 잇새로 거짓말이든 뭐든 네가 듣고 싶은 말을 그대로 말해 줄 거야. 고문은 효과가 없어."

그 자신도 자칼에 의해 고문을 당했었다. 이비와 하모니처럼 말이다.

세브로가 팔짱을 낀다.

"글쎄, 그건 불공평한 데다 엄청나게 일반화시킨 생각 같은데, 할아범."

"우리는 고문하지 않는다. 그 얘기는 이걸로 끝내."

"오, 그래, 그래, 알았어. 우리는 착한 놈들이지. 착한 놈들은 절대 고문하지 않고. 또 언제나 이기고. 하지만 얼마나 많은 착한 놈들의 머리가 잘려 상자 속에 들어가게 되지? 또 얼마나 많은 착한 놈들이 친구들의 척추가 반으로 잘려나가는 모습을 지켜보게 되냐고?"

세브로의 말에 댄서가 나를 돌아보며 도와 달라는 눈빛을 보낸다.

"대로우……."

퀵실버가 굴 하나를 똑 하고 연다.

"고문도 좁은 범주의 확실한 정보를 가지고 올바르게 수행한다면 효과적일 수 있다네. 다른 모든 도구들과 마찬가지로 그것이 만병통치약은 아니야. 제대로 사용되어야 하지. 개인적으로 나는 우리에게 모래밭에 도덕적 선을 그을 만한 여유가 없다고 생각하네. 오늘은 없어. 바르카에게 한번 해 보라고 해. 손톱 좀 뽑아. 필요하면 눈도 좀 뽑고."

"저도 동의해요."

시오도라가 그렇게 말해 회의실 사람들이 모두 놀란다.

내가 퀵실버에게 묻는다.

"대상이 마테오라고 생각해도 그렇게 말할 수 있어요? 세브로가 그의 얼굴을 산산조각 냈잖아요."

퀵실버의 칼이 새로 잡은 굴에서 미끄러져 그의 손바닥 살에 콱박힌다. 그는 움찔하며 피를 뺀다.

"그때 마테오가 의식을 잃지 않았다면 내가 어디에 있었는지 밝혔을 거야. 내 경험상 고통이 가장 좋은 협상 도구라네."

머스탱도 말한다.

"나도 저들과 동의해, 대로우. 우리는 카시우스가 사실을 말하는 것인지 확실히 알아야 해. 그렇지 않으면 우리의 전략이 그에게 휘둘리는 꼴이 될 거야. 그건 그의 입장에서 고전적인 방첩 활동인 거고. 너도 그렇게 했을 거지."

그리고 그것은 내가 고문당하기 전까지 자칼에게 하려고 하던 일이기도 하다.

이제껏 이 사안에 대해 말이 없던 빅트라는 급작스럽게 책상 주위로 돈 뒤 홀로 투영 영상 앞에 선다. 검은 우주와 별들의 모습이 그녀의 피부 위로 비친다. 들쭉날쭉한 백금발 머리가 분노로 이글거리는 두 눈 앞에서 흩날리는 동안 그녀는 회색 티셔츠를 벗어 버린다. 그 밑의 몸은 근육질이며 유연하고 압축브라를 착용한 상태다. 대략 7.5센티미터에 달하는 여섯 개의 레이저 흉터들이 그녀의 납작한 배에 사선으로 늘어져 있다. 칼잡이 팔에 남은 흉터는 12개 이상이다. 또 얼굴, 목, 그리고 쇄골에도 흉터가 몇 개씩 있다.

빅트라가 흉터들에 대해 설명한다.

"몇 개는 생겨서 자랑스럽고…… 몇 개는 그렇지 않아."

그녀는 뒤로 돌아 등 아래 부분을 보여 준다. 그 자리에는 밀랍에 녹은 피부 한 폭이 있다. 빅트라의 여동생이 산을 뿌려 남긴 자국이다. 그녀는 뒤로 돌아 우리를 다시 향하며 반항적인 태도로 고개를 치켜든다.

"난 선택의 여지가 없어서 이곳에 왔어. 그리고 선택의 여지가 생겼을 때도 이곳에 남았지. 내가 그 결정을 후회하게 만들지 마."

빅트라의 무방비한 면을 확인하니 상당히 놀랍다. 내 생각에 머스탱은 절대 이런 식으로 공공연하게 스스로의 방어벽을 내릴 것 같지 않다. 세브로는 강렬한 시선으로 그 키 큰 여자를 뚫어지게 쳐다본다. 그 동안 그녀는 다시 티셔츠를 당겨 입고 홀로를 향해 돌아선다. 그녀는 홀로그램을 늘리기 위해 양손으로 소행성 그림을 향해 뻗는다.

"더 나은 해결책을 강구할 수 없을까?"

내가 대답한다.

"이 사진은 인구조사국의 드론에 의해 찍힌 거야. 거의 70년 전의 사진이지. 우리에게는 최신 소사이어티 군사 기록에 대한 접근권이 없어."

그 말에 퀵실버가 말한다.

"내 수하들이 그걸 얻어 보려고 하고 있다네. 하지만 그들도 일이 낙관적으로 풀릴 거라 보고 있지는 않아. 우리는 지금 당장 소사이어티의 반격 부대와 싸우고 있어. 지독하게도 대혼란 속으로 말려들고 있고."

"이럴 때야말로 네 아버지가 있었다면 꽤나 도움이 됐을 텐데."

세브로가 머스탱에게 말한다.

"우리 아버지께서는 단 한 번도 나에게 이런 일을 언급하셨던 적이 없었어."

머스탱이 응답하자, 빅트라가 생각에 잠겨 말한다.

"어머니께서는 하셨어. 한 번. 안토니아와 나에게. 림 지역이 탈선하면 최고사령관들이 비행길에 챙겨 갈 수 있는 소소하고도 끔찍한 선물 주머니들이 있다는 식의 이야기였는데."

"그건 카시우스가 한 말과 일치하네."

빅트라가 우리를 다시 돌아본다.

"그럼 나는 카시우스가 사실을 말하는 거라 생각해."

"나도 그래."

나는 무리를 향해 말한다.

"그리고 카시우스를 고문한다 해도 아무것도 해결되지 않아요. 그의 손가락들을 하나씩 차례대로 잘라 버린다 쳐요. 그러고 나서도 그가 계속 진실이라고 주장한다면? 그가 거짓이라고 말할 때까지 계속 손가락들을 잘라 나아가야 하나요? 어느 쪽이든 도박인 건 마찬가지에요."

내 말에 몇 명이 마지못해 고개를 끄덕인다. 그러지 나는 최소한 싸움 하나는 이겼다는 안도감을 느낀다. 내 친구들이 얼마나 야만적으로 변할 수 있는지 알게 된 것은 조금 우려스럽지만.

"그럼 그 친구의 제안은 뭔데? 그가 제안하긴 했을 것 아니야."

댄서가 말한다.

"그는 제가 군주와 홀로상으로 회담을 갖기를 바라요."

내가 말한다.

"왜?"

"자칼에 대항하여 동맹을 맺을 논의를 하라고요. 그들은 우리에게 정보를 제공하고 우리는 자칼이 폭탄들을 폭파시킬 수 있기 전에 그를 죽이는 거죠. 그게 카시우스의 계획이에요."

내 말에 세브로가 낄낄거린다.

"미안. 하지만 그거야말로 지켜보면 우라지게 재밌겠네."

그는 자기 왼손을 들어 올려 말하는 모양을 흉내 낸다.

"안녕, 이 늙고 녹슨 개년아, 내가 네 손자를 납치해 갔을 때를 기억해?"

그는 오른손을 들어 올린다.

"아니 당연하지, 내 굿맨이여. 내가 네 종족 전체를 노예로 만들어 버린 뒤의 일이었잖아."

그는 고개를 젓는다.

"그 픽시와는 얘기할 가치도 없어. 우리가 함대를 이끌고 그녀의 문 앞을 두드린다면 모를까. 우리 어여쁜 자칼을 사냥하러 나와 하울러들을 보내줘. 머리가 없으면 폭파 버튼도 못 누를 것 아니야."

"발키리들이 하울러들과 함께 이 임무를 수행할 것입니다."

세피가 말한다.

"아니야. 자칼은 개인적인 공격을 환대할 거야. 자칼은 우리를 너무 잘 알아서 우리가 과거에 했던 방식들로는 놀라지 않을 거야. 나는 그가 우리의 힘에 대해 이해하고 있는 범주 안에서 놀다 생명들을 허비하지 않을 거야."

나는 머스탱을 흘깃 보며 말한다. 그녀는 이미 이쪽 방법에 관하여 나에게 주의를 주고 나를 말린 상태다.

"레굴러스, 자칼의 중추 세력 안쪽에 심어놓은 사람은 아무도 없어?"

댄서가 퀵실버에게 묻는다. 놀랍게도 그 두 남자는 서로에게 꽤나 호감을 갖고 있는 모양이다.

"있었지. 자네 그레이들이 대로우를 탈출시키기 전까지는. 그 후 아드리우스는 참모부장을 시켜 자신의 중추 세력을 숙청했어. 내 수하들은 죽었거나 감옥에 갇혔거나 하염없이 흉터를 입은 상태지."

"당신은 어떻게 생각합니까, 아우구스투스?"

댄서가 머스탱에게 묻는다.

모든 시선이 머스탱을 향한다. 그녀는 대답하기 전에 충분히 뜸을 들인다.

"나는 여러분 모두가 이렇게나 오래 살아남을 수 있었던 이유가 골드들이 개인적 자존심에 심히 빠져서 그들이 어떻게 지구를 정복했는지 잊었기 때문이라고 생각해요. 각 개개인마다 자신이 통치할 수 있다고 생각해요. 오리온이 돌아오고 세브로가 수확한 전리품들을 동원한다면 여러분의 가장 큰 힘은 이제 여러분의 해군과 옵시디언 군대에 있게 돼요. 군주를 돕지 마세요. 그녀는 여전히 가장 위험한 적이에요. 그녀를 도우면 그녀는 여러분에게 집중하게 돼요. 더 많은 불화의 씨앗들을 뿌리고 다니세요."

댄서가 머스탱의 말에 동의하며 고개를 끄덕인다.

"하지만 자칼이 핵무기를 행성에 실제로 사용하리라고 확신해야 하는 상황입니까?"

"우리 오빠가 언제나 유일하게 원하던 것은 아버지의 인정이었어요. 그는 그것을 얻지 못했죠. 그래서 그는 우리 아버지를 죽였어요. 이제 그는 화성을 원해요. 그가 화성을 얻지 못하면 무슨 짓을 할 것 같나요?"

위협적인 침묵이 회의실 전체를 메운다.

"나에게 새로운 계획이 있어요."

내가 말한다.

"그러길 우라지게 바라고 있다. 나 뭐 안에 잠복할 수 있게 되는
거야?"

세브로가 빅트라를 향해 투덜거린다.

"우리가 분명 널 위한 뭔가를 특별히 마련해 줄 수 있을 거야,
자기."

빅트라가 말한다.

나도 동의하는 의미로 고개를 끄덕인다.

세브로는 손 하나를 흔든다.

"그래, 그럼 계획을 들어보자고, 리퍼."

"우리가 화성 도시들의 절반을 차지한다고 가정해 봐요."

내가 일어서서 책상으로부터 영상을 불러오며 말한다. 그 영상
에는 화성의 구형 전역으로 붉은 조류가 넘쳐흐르며 도시를 장악
하고 골드를 무찌르고 있다.

"오리온이 우리와 합류하면 우리가 2대1로 열세한 상황에서도
자칼의 함대를 궤도상에서 짓밟는다 쳐요. 우리가 그의 군대들을
깨부순다 칩시다. 발키리들의 도움으로 우리는 옵시디언을 정부
부대로부터 떼어내 우리 쪽으로 합류시키고 대중의 지지도 받고
있다고 칩시다. 화성에서는 산업이라는 기계가 끽끽거리며 완전

히 정지한다고 가정해 봐요. 우리는 수없이 많은 소사이어티의 증강 병력을 처치하고 모든 거리마다 반란이 일어난 상태며 우리가 수년의 전쟁 끝에 자칼을 어떻게든 구석에 몰아넣었다고 칩시다. 그리고 실제로도 이렇게 되려면 수년씩 걸리겠죠. 그 다음에는 어떻게 될까요?"

"산업이라는 기계는 화성에서 멈추지 않을 거야. 계속 굴러가겠지. 그리고 우리의 적들은 계속 병사와 자원을 이곳으로 펌프질해 보내겠지."

빅트라의 말에 내가 말한다.

"아니면……."

"자칼이 폭탄들을 쓰거나."

댄서가 말한다.

"나는 또한 우리가 '라이징 타이드(이는 조류)' 작전을 그대로 진행한다면 그가 옵시디언과 우리 군대를 대상으로 그 폭탄들을 쓸 거라 추측하고 있어요."

내 말에 댄서가 항의한다.

"우리는 그 작전을 수개월간 준비해 왔잖아. 옵시디언과 함께라면 성공할지도 몰라. 너는 그걸 다 그냥 폐기하고 싶은 거야?"

"네. 이 행성은 우리가 싸우는 이유에요. 역사 속에서 반란군의 힘은 언제나 그들에게 보호할 것이 더 적다는 점에 있었어요. 그들은 방랑하고 이동하기에 한 곳에 묶어 두기가 불가능했죠. 하지만 우리는 잃을 것이 너무 많아요. 보호해야 할 것이 너무 많다고요.

이 전쟁은 며칠, 또는 몇 주 안에 이길 수 있는 게 아니에요. 10년은 걸릴 거예요. 화성은 피를 흘릴 거고요. 스스로 물어보세요. 그렇게 해서 종래에 우리가 무엇을 물려받게 되지요? 한때 우리의 고향이었던 것의 시체잖아요. 우리는 이 전쟁에서 싸워야 하지만 나는 그 전쟁을 이곳에서 벌이지 않을 겁니다. 나는 화성을 떠날 것을 제안합니다."

퀵실버가 기침한다.

"화성을 떠나자고?"

세피가 석조 회의실의 그림자 속에서 나온다.

"당신은 내 종족 사람들을 보호해 준다고 했어."

댄서가 그 말을 받는다.

"우리의 힘은 이곳에 있어. 이 터널들 속에. 우리 인구에. 그들에게 우리의 책임이 있어, 대로우."

그는 머스탱을 힐끗 본다. 그의 의심은 명백하다.

"네가 어디에서 왔는지 잊지 마. 왜 이 일을 벌이는지를 잊지 말라고."

"나는 잊지 않아요, 댄서."

"확실한 거니? 이건 화성을 위한 전쟁이야."

"그것보다 많은 것을 위한 전쟁이에요."

내가 반박하자, 댄서는 목소리를 점점 키우며 말한다.

"로우컬러들을 위한 거야. 여기서 이기고 그 승리를 소사이어티 전역으로 퍼뜨린다. 헬륨이 있는 곳이 여기야. 이곳은 소사이어티의, 그리고 레드의 심장이라고. 여기에서 승리하고 그것을 퍼뜨려라. 아레스의 의도는 그거였어."

"이 전쟁은 모두를 위한 거예요."

머스탱이 댄서의 말을 정정한다.

"아니."

댄서가 텃세를 부리며 말한다.

"이건 우리의 전쟁입니다, 골드. 나는 당신이 사람을 노예화하는 방법에 대해 막 배우고 있던 때부터 이 전쟁을 벌이고 있었고……."

친구들이 티격태격하기 시작하자 세브로가 짜증난다는 눈빛으로 나를 바라본다. 내가 그를 향해 살짝 고개를 끄덕이자 그는 레이저를 꺼내 책상을 쾅 내리친다. 책상의 반 정도의 깊이까지 가르고 들어간 레이저가 그 자리에서 진동한다.

"리퍼가 말하려고 하고 있잖아, 이 똥먹보들아. 게다가 이런 컬러 차별 주의는 지루하다고."

세브로는 주위를 둘러보며 침묵에 끔찍하게 만족스러워한다. 그는 혼자 고개를 끄덕인 후 드라마틱하게 손을 흔든다.

"리퍼, 제발, 하던 말을 계속해. 이제 막 재밌는 부분을 얘기해주려던 참이었잖아."

"고마워, 세브로. 난 자칼의 덫에 걸려들지 않을 겁니다. 어떤 전쟁이든 패배하기 가장 쉬운 방법은 전투 조건에 대한 결정권을 적에게 내주는 거예요. 우리는 자칼과 군주가 결코 우리가 하리라

예측하지 못할 행동을 해야 해요. 우리만의 패러다임을 구현해 그들이 '우리의' 게임에 놀아나게 만들어야 합니다. '우리의' 결정에 반응하게 만들어야 한다고요. 대담해져야 해요. 지금 우리는 불꽃을 일으켰어요. 반란은 거의 모든 소사이어티 지역에서 벌어지고 있어요. 우리가 이곳에 남는다면 우리는 갇혀 있는 꼴이 돼요. 난 갇혀 있지 않을 겁니다."

나는 데이터패드상의 이미지를 책상으로 이동시켜 목성의 홀로그램을 허공에 띄운다. 그 주변에는 63개의 작은 위성들이 점점이 있지만 4개의 거대한 목성 위성들이 궤도 위로 군림하고 있다. 이 4개의 가장 큰 위성들, 즉 가니메데, 칼리스토, 이오 그리고 유로파는 통합적으로 '일리움'이라고 불리고 있다. 그 위성들 주위로는 태양계에 존재하는 가장 큰 함대들 두 개가 있다. 하나는 위성 지배자들의 것이고 또 하나는 '소드 아르마다'다. 세브로는 너무나 기뻐 혼절해 버릴 것 같은 표정이다.

나는 세브로 자신이 원하는지도 몰랐던 전쟁을 그에게 주고 있는 것이다.

"벨로나와 아우구스투스 가문 사이의 내전은 코어 지역과 바깥림 지역 사이의 첨예한 대립을 노출시켰습니다. 옥타비아의 주요 함대인 소드 아르마다에서 가장 가까운 지원세력도 그것에서 수억 킬로미터나 떨어져 있습니다. 루나 주위에 있는 셉터 아르마다를 제외하면 소드 아르마다는 옥타비아가 지니고 있는 가장 큰 무기죠. 옥타비아는 우리의 어여쁜 친구, 로크 오 파비를 파견해, 위성 지배자들이 고개를 숙이게 만들라고 명령했습니다. 로크는 자신에게 대항하는 모든 함대들을 깨부쉈습니다. 심지어 림 지역이 머스탱, 텔레마누스 가문 그리고 아르코스 가문 세력의 도움을 받았는데도 불구하고 그는 상대를 무찔렀죠. 이 함선들에는 200만 명 이상의 남자와 여자 들이 타고 있습니다. 1만 명 이상의 옵시디언들. 20만 명의 그레이들. 3000명의 생존한 최고의 살인자들, 다시 말해 흉터를 입은 비할 데 없는 자들 말이죠. 집정관, 특사, 기사, 분대 지휘자. 기관에서 가장 능력 좋은 골드들 말입니다. 게다가 이 함대는 안토니아 오 세베루스-줄리에 의해 세력이 보강됐어요. 소드 아르마다는 행성들을 군주의 의지대로 묶어 주는 두려움의 도구입니다. 또한 이놈은 자신의 지휘관과 마찬가지로 한 번도 패배한 적이 없습니다."

나는 말을 멈춰 사람들에게 내 말을 받아들일 시간을 준다. 그렇게 그들 모두가 내 제안의 무게를 깨닫는다.

"40일 후 우리는 소드 아르마다를 파괴하고 소사이어티 전쟁 기계의 박동하는 심장을 찢어 내 버릴 겁니다."

나는 세브로의 레이저를 책상에서 뽑아내 다시 그에게 던져준다.

"자, 이제 여러분, 우라질 질문을 받을게요."

제39장

마음

댄서가 나를 찾아온다. 나는 세브로와 머스탱과 함께 우리를 궤도에 있는 함대로 데려다 줄 셔틀에 타기 위해 마지막 준비를 하고 있었다. 티노스는 벌 떼처럼 활기를 띤다. 댄서와 아레스의 아들들의 지도층 주위에는 수백 대의 운송선이 모여 있다. 셔틀과 이송 함선 들은 거대한 터널들로 출발하며 남극을 향한 이주를 시작한다. 남극에 도착하면 운송선들은 옵시디언 아이와 노인 들을 고향으로부터 안전한 광산으로 이동시킬 것이다. 하지만 옵시디언 전사들은 궤도로 가 내 함대와 합류할 예정이다. 24시간 후, 이주 함선들은 아레스의 아들들의 역사 이래로 가장 큰 노고를 들여 80만 명의 인간들을 이주시킬 것이다. 피치너가 남긴 유산으로 가장 많은 노력을 들이게 된 이번 일은 생명을 앗아가는 것이 아니라 구하는 것이다. 피치너 역시 이 사실을 알게 된다면 기뻐할 것이라는 생각에 미소가 나온다.

함대로 피난 과정을 감춘 뒤, 나는 목성 작전에 맹렬히 임할 것이다. 댄서와 퀵실버는 뒤에 남아 자신들이 시작한 일을 계속하고 전략의 다음 진화 단계가 시작될 때까지 자칼을 화성에 붙들어 놓을 예정이다.

"참으로 잊지 못할 광경이야, 그렇지?"

댄서가 푸른 엔진 불꽃이 만드는 바다를 바라보며 말한다. 불꽃들은 날아가며 종유석을 지나 티노스의 천장에 위치한 거대한 터널을 향한다. 빅트라는 열린 격납고 가장자리, 세브로 옆에 서 있다. 그 둘의 어두운 실루엣이 두 종족들의 희망이 어둠 속으로 날아가는 모습을 지켜보고 있다.

"레드 아르마다가 전쟁에 투입되다니. 이런 날을 보게 될 줄은 몰랐는데."

댄서가 나직하게 말한다.

"피치너가 이 자리에 있었어야 했어요."

내가 대꾸하자 댄서가 인상을 쓴다.

"그래. 그랬어야 했지. 살아서 아들이 자신의 투구를 쓴 모습을 보지 못한 것, 그리고 네가 자신의 기대대로 변모한 모습을 보지 못한 것. 내 생각에는 그 친구가 그 두 가지를 가장 유감스러워할 것 같군."

"피치너가 나에게 기대했던 모습이 뭔데요?"

레드 하울러가 그래브부츠로 두 차례 띈 후 격납고 가장자리에서 로켓처럼 날아, 지나가는 군대 수송기의 열린 화물칸 승강구로 들어가는 모습을 지켜보며 묻는다.

"사람들을 믿어 주는 사람."

댄서가 섬세하게 대답한다.

나는 돌아서 댄서와 마주한다. 나의 종족들 가운데 선 마지막 순간에 그가 나를 찾아 이곳으로 온 것이 기쁘다. 내가 다시 여기로 돌아올 수 있을지는 모르겠다. 그리고 만약 돌아오더라도 댄서가 나를 다른 인격의 모습으로 보게 될까 두렵다. 그를, 우리의 종족을, 이오의 꿈을 배신한 사람의 모습으로. 나는 전에도 이런 상황을 겪었다. 착륙장에서 이별의 인사를 하는 상황을. 당시 그 요크톤 나탑에서 작별 인사를 하는 동안에는 하모니가 함께 서 있었으며 미키도 있었다. 어째서 나는 그리 끔찍한 과거를 생각하며 이리 울적해지는 것일까? 어쩌면 그게 그냥 우리의 천성일지도 모르겠다. 언제나 현재의 상황과 앞으로 벌어질 일들보다는 과거에 벌어졌던 일이나 벌어질 수도 있었을 일을 그리워하는 것 말이다.

희망을 품는 것은 추억하는 것보다 더 많은 노고가 든다.

"네 생각에는 위성 지배자들이 정말로 우리를 도와줄 것 같아?"

댄서가 묻는다.

"아니요. 요는 그들이 자신들의 이득을 위해 벌이는 일이라고 생각하게끔 만드는 것이 될 테죠. 그러고 나서 그들이 우리를 공격하기 전에 내빼야죠."

"위험부담이 있는 일이야, 얘야. 하지만 그런 일이 네 취향이지, 그렇지?"

나는 할 수 없다는 뉘앙스로 어깨를 으쓱한다.

"그게 우리에게 남은 유일한 기회잖아요."

뒤쪽에서 부츠가 금속 갑판 위로 쿵쿵 거리는 소리가 들린다. 홀리데이가 신입 하울러들 몇 명과 함께 장비 가방을 들고 경사로 출입구 위로 지나가고 있다. 댄서와 내가 만난 지 거의 7년이 다 되어 간다. 댄서의 입장에서 보면 30년이 지난 듯할 것이다. 대체 그는 몇십 년 동안 전쟁을 치렀을까? 얼마나 많은 친구들과 작별 인사를 나눴을까? 그들 중 내가 알지 못하는 사람들, 그가 절대 언급하지 않은 사람들도 수두룩할 것이다. 내가 세브로와 라그날을 사랑하는 만큼 그가 사랑했던 사람들일 것이다. 한때는 그에게도 가족이 있었다. 하지만 이제 그는 그들에 대한 이야기는 거의 하지 않는다.

우리 모두 한때는 뭔가를 가지고 있었다. 우리 모두 각자 나름의 방식으로 빼앗기고 부서졌다. 그래서 피치너가 이 군대를 만든 것이다. 우리를 하나로 이어붙이기 위해서가 아니라 그의 아내의 죽음이 그 안에 남긴 심연의 구렁텅이로부터 자신을 구하기 위해서였다. 그에게는 빛이 필요했다. 그리고 그는 그것을 만들었다. 그가 바람에 대고 고함친 소리는 사랑이었다. 그것은 내 아내도 마찬가지였다.

"한번은 론 스승님이 말씀하시기를, 스승님이 내 아버지셨으면 날 좋은 사람이 되도록 키웠을 것이라고 하셨죠. '위대한 사람에게는 평화가 없어.'라고 그분은 말씀하셨어요."

나는 그 추억에 미소를 짓는다.

"그분께 여쭤 볼 걸 그랬어요. 스승님 생각에는 그 많은 좋은 사람들을 위해 평화를 만들어주는 사람이 누구라고 생각하시냐고요."

"너도 좋은 사람이 맞아."

댄서가 나에게 말해 준다.

내 양손은 흉터가 진 잔혹한 존재들이다. 주먹을 쥐니 손 마디 뼈들이 익숙한 창백한 빛깔로 변한다.

나는 활짝 미소를 짓는다.

"그래요? 그럼 왜 난 나쁜 행동이 하고 싶어지는 걸까요?"

댄서는 내 말에 웃음을 터뜨리고, 내가 그를 끌어안자 놀란다. 그의 성한 팔이 내 엉덩이를 두른다. 그의 머리는 가까스로 내 가슴까지 온다. 나는 그에게 말한다.

"세브로가 투구를 쓰고 있을지는 몰라도 당신이 이곳의 마음이에요. 당신은 언제나 그랬어요. 너무 겸손해서 그 사실을 알아채질 못했을 뿐이지 당신은 아레스만큼이나 위대한 사람이에요. 그리고 어째서인지 아직도 좋은 사람으로 남아 있고요. 지저분한 쥐새끼 망나니 같았던 그 아저씨랑은 다르게요."

나는 뒤로 물러서며 그의 가슴을 주먹으로 툭 친다.

"그리고 난 당신을 사랑해요. 그냥 알아두라고요."

"오, 이런 우라질."

댄서가 투덜거린다. 그의 눈에 눈물이 고인다.

"나는 네놈이 살인자인 줄 알았는데. 애야, 나한테 유난히 관대해진 거냐?"

"절대 아니에요."

내가 윙크를 하며 말하자 댄서는 나를 밀쳐낸다.

"떠나기 전에 네 어머니께 얼른 작별 인사나 드려."

댄서를 뒤에 남기고 돌아선다. 그는 아레스의 아들들 한 무리를 향해 고함친다. 나는 번잡한 무리 사이로 길을 뚫고 지나며 페블과 주먹을 마주 친다. 스크루페이스가 그녀가 탄 휠체어를 밀어 함선의 출입구 경사로로 향하고 있다. 나는 또 낯익은 아레스의 아들들을 향해 경례를 날리고 핏바이퍼 한 부대와 함께 걸어가는 나롤 삼촌을 향해 헛소리를 씨불인다. 삼촌과 핏바이퍼들은 자칼의 심우주 방송 통신 중계에 대항하는 사보타주 미션을 수행할 운명이다. 내가 도착하자 우리 어머니와 머스탱이 동시에 갑작스럽게 말을 멈춘다. 둘 다 심란한 표정이다.

"무슨 문제 있어?"

내가 묻자 머스탱이 대답한다.

"그냥 작별 인사를 하고 있었어."

어머니가 가까이로 다가오신다. 어머니는 작은 플라스틱 상자를 열어 그 안에 있는 흙을 나에게 보여 주신다. 우리 아담한 어머니가 미소를 지으며 나를 올려다본다.

"디오가 이걸 라이코스에서 가져왔단다. 너는 밤 속으로 날아 들어가겠지. 그리고 모든 것들이 어두워지면 네 자신이 누군지를 기억하렴. 네가 절대 혼자가 아니라는 것을 기억하렴. 우리 종족의 희망과 꿈 들이 너와 함께 움직이고 있단다. 고향을 기억하렴. 네가 사랑받고 있다는 것을 기억하렴."

어머니는 나를 아래로 끌어당기신 뒤 내 이마에 입을 맞추신다. 나는 어머니를 꽉 안은 뒤 물러선다. 그러고는 어머니의 딱딱한 두 눈에 눈물이 고여 있는 것을 발견한다.

"저는 괜찮을 거예요."

나는 어머니를 안심시킨다.

"나도 알아. 나는 네가 행복할 자격이 없다고 생각한다는 것도 안단다. 하지만 너는 자격이 충분하단다, 얘야. 내가 아는 그 어느 누구보다도 더 행복할 자격이 있어. 그러니 해야 할 일을 한 후 고향에 있는 나에게 돌아오렴."

어머니는 말씀하시며 내 손과 머스탱의 손을 잡으신다.

"너희 둘 다 고향으로 돌아오렴. 그 후에 너희들의 삶을 살기 시작해."

나는 어머니를 남기고 돌아선다. 혼란스럽고 감정적이다.

"왜 저러시는 거지?"

내가 머스탱에게 묻는다. 그녀는 마치 내가 알고 있어야 되는 것이 아니냐는 표정으로 나를 바라본다.

"두려우신 거잖아."

"왜?"

"네 어머니이시니까."

나는 셔틀의 착륙장으로 걸어 올라간다. 착륙장의 밑바닥에서 세브로와 빅트라도 나와 머스탱의 곁으로 온다.

"헬다이버……."

우리가 꼭대기에 도달하기 전에 댄서가 외친다. 뒤로 돌아보니 그 쭈글쭈글한 남자가 하늘 높이 주먹을 들어 올리고 있다. 그리고 그의 뒤로 종유석 격납고에 있는 모든 사람들이 나를 지켜보고 있다. 수백 명의 갑판원들이 기계화된 적재 트램을 타고 있다. 블루, 레드, 그리고 그린 조종사 들이 함선 출입구 경사로나 조종실로 이어지는 사다리 위에 선 채 손에는 투구를 들고 있다. 그레이와 레드와 옵시디언 소대 들은 서로 나란히 선 채 전투 장비와 물품을 들고 있다. 낫 그림을 어깨에 수 놓고 얼굴에 그렸다. 그렇게 그들은 내 함대로 향할 셔틀에 올라탄다. 화성의 남자와 여자 들, 모두다. 자신들보다 더 큰 무언가를 위해 싸우고 있다. 우리의 행성을 위해, 종족 사람들을 위해. 그들의 사랑의 무게가 느껴진다. 아레스의 아들들이 포보스를 장악하기 위해 일어섰던 것을 지켜봤던 모든 속박당한 사람들의 희망이 느껴진다. 우리는 그들에게 무언가를 약속했으며 이제 그 약속을 지킬 때가 됐다. 하나씩 차례대로 내 군대가 손을 올리자 주먹이 바다를 이룬다. 이오가 아우구스투스 앞에서 쓰러지며 헤만서스 꽃을 들고 있었을 당시에 그녀가 손을 쥐던 모양을 따라한 것이다.

세브로와 빅트라와 머스탱, 그리고 심지어 우리 어머니도 하나가 되어 손을 들어 올리자 내 온몸으로 차디찬 전율이 흐른다.

"사슬을 끊어라."

댄서가 고함친다. 나는 내 흉터 진 주먹을 들어 올린 뒤 말없이 셔틀 안으로 걸어 들어간다. 그렇게 나는 전쟁터로 향해하는 레드 아르마다에 합류한다.

제40장

누런 바다

이오의 누런 바다가 내 검은 부츠 주위로 파도쳐 들어온다. 맨눈으로 볼 수 있는 가장 먼 곳까지도 유황이 섞인 모래들이 날카로운 규소암 산등성이를 갖춘 거대한 사구를 이루고 있다. 강철같이 시퍼런 하늘에는 대리석무늬가 넘실거리는 목성이 떠 있다. 지구에서 보는 루나 지름의 130배에 달하는 존재가 떠오른다. 대리석으로 만들어진 광대하고도 사악한 신의 머리 같다. 전쟁이 놈의 67개 위성들을 장악하고 있다. 도시는 펄스 실드 밑에서 쪼그리고 있다. 스타셸을 착용한 사람들의 까맣게 그을려진 껍데기들이 위성마다 어질러져 있으며 전투 소함대들은 부대들끼리 싸우고 사냥하며 가스상 거대혹성의 희미한 빙하 테두리 주위로 이동수단을 공급한다.

그것은 꽤나 볼 만한 광경이다.

나는 사구 위에 서 있다. 세피와 발키리 5명은 검은 펄스갑옷을 입고 위성 지배자의 셔틀을 기다리는 동안 내 양옆을 호위한다. 우리의 공격함은 뒤에 안착해 있다. 엔진은 부하 없이 돌아가고 있다. 함선은 귀상어처럼 생겼다. 어두운 회색이다. 하지만 화성에서 출발한 여정 중에 발키리와 레드 갑판원 들이 그것의 머리를 함께 칠했다. 그 결과, 함선에는 두 개의 튀어나온 푸른 눈, 그리고 크게 벌어진 입에 금방이라도 잡아먹을 듯한 피투성이 이빨들이 생겼다. 그 두 눈 사이 부분 위에서 홀리데이가 배 깔고 누운 채 스나이퍼 라이플로 남쪽의 암반 성상을 스캔하고 있다.

"뭐 있어?"

그렇게 묻는 내 목소리가 호흡 마스크 밑에서 깨져서 나온다.

"아무것도 없어."

세브로가 컴 너머로 말한다. 그와 클라운은 2킬로미터 떨어진 곳에서 이 소소한 정착지를 정찰하고 있다. 맨눈으로는 그들을 볼 수 없다. 나는 내 슬링블레이드를 들고 꼼지락대며 말한다.

"그들은 올 거야. 머스탱이 시간과 장소를 정했어."

이오는 기이한 위성이다. 네 개의 거대한 갈릴레이 위성들 중 가장 안쪽에 있으며 가장 작은 이 위성은 루나보다 아주 살짝만 클 뿐이다. 골드들의 테라포밍 기계에 의해 완전히 바뀌는 것은 결코 그녀의 운명이 아니었다. 단테가 자부할 법한 지옥이다. 또한 태양계에서 가장 건조한 존재이며 수시로 화산이 폭발하여 유황

침전물과 뜨거운 내부 조수가 만연한 곳이다. 이오의 표면은 노랑과 주황의 평원으로 이루어진 캔버스다. 평원은 표면이 변모하는 과정에서 생긴 거대한 충상 단층에 의해 군데군데 깨져 있다. 유황 사구를 드라마틱하게 깎아 만들어진 벼랑은 높이 치솟아 하늘을 긁는다.

동심원형의 거대한 초록빛 얼룩이 이오의 적도 지역에 주근깨처럼 나 있다. 태양으로부터 이렇게나 멀리 떨어져 있기에 이곳은 작물이나 가축을 키우기가 어렵다. 그래서 소사이어티의 작물 공학부는 이곳 표면의 수백만 평방미터를 펄스 필드로 덮고, 코스모스 운반차로 세 세대가 평생 쓰고 살 수 있을 정도의 흙과 물을 수입했으며, 목성의 엄청난 방사선을 여과해 줄 수 있을 정도로 행성의 대기를 두텁게 만들었고, 행성의 내부 조수 가열을 이용해 거대한 발전기들을 돌려 식량을 재배해 왔다. 그 식량거리는 목성 궤도 전체와 코어 지역으로의 수출, 또 가장 중요한 림 지역을 위한 것이다. 이오는 화성과 천왕성 사이에서 가장 큰 곡창지대를 지닌 농장 갑판으로 낮은 중력과 값싼 땅을 갖추고 있다.

그 모든 노동은 누가 했는지 알아맞혀 보라.

펄스 필드 너머로는 유황 바다가 극지방에서 극지방으로 뻗어 있으며 오직 화산과 마그마 호수만이 군데군데 튀어나와 있다.

나는 이오가 좋아지지 않더라도 이곳의 사람들은 존중할 수 있다. 이오인 남자와 여자 들은 지구나 루나나 화성이나 금성의 인간들과 다르다. 그들은 체구가 더 딱딱하고 유연하며 태양으로부터 6억 킬로미터 떨어져 침침해진 빛을 흡수하기 위해 눈이 살짝 더 크다. 또 피부는 창백하고 키는 더 크며 몸은 더 많은 방사선량을 견딜 수 있다. 이 사람들은 자신들이 지구를 정복하고 인류 역사상 처음으로 인류 평화를 이룬 아이언 골드들과 가장 흡사하다고 믿고 있다.

오늘 검은색을 입지 말았어야 했는데. 장갑, 망토, 재킷까지. 나는 우리가 목성을 바라보지 않는 쪽의 이오로 가는 줄 알았다. 그쪽에서는 이산화황 눈밭들이 행성의 표면에 껍질을 이루고 있어 검은색 옷이 적합하다. 하지만 위성 지배자들의 작전팀은 마지막 순간에 새로운 만남의 장소를 정하라고 요구했다. 그렇게 우리는 유황 바다의 가장자리로 오게 됐다. 이곳의 기온은 섭씨 120도다.

세피가 걸어와 내 옆자리에 선다. 그녀는 새 옵틱 렌즈를 이용해 노란 지평선을 살피고 있다. 그녀와 발키리들은 빠르게 전쟁 장비에 적응했다. 그들은 우리가 목성으로 이동하는 1달 반간의 여정동안 홀리데이와 주야로 공부하고 훈련했다. 함선 승선법과 에너지 무기 전술뿐만 아니라 그레이 수신호까지 연습했다.

"더위를 겪어 보니 어때?"

내가 묻는다.

"이상하다. 왜 사람들이 이런 곳에서 사나?"

세피가 말한다. 아마 얼굴만 무더위를 느낄 것이다. 신체의 나머지 부분들은 갑옷의 쿨링 시스템 덕을 보고 있다.

"사람은 살 수 있는 곳이라면 어디든 살아."

"하지만 골드들은 살 곳을 선택한다. 그렇지 않나?"

"그래."

"나라면 이런 집 선택하는 인간들 조심하겠다. 이곳 영혼들 사악하다."

낮은 중력 속에서 모래가 바람에 격하게 일더니 흔들리는 모래기둥을 형성하며 저 밑으로 날아간다. 머스탱의 생각에 내가 조심해야 할 인간은 세피란다. 우리가 목성으로 여행하던 중, 세피는 수백 시간치의 홀로영상을 봤다. 그렇게 그녀는 한 종족으로서의 역사를 배웠다. 나는 그녀의 데이터패드 활동을 지속적으로 추적하고 있다. 하지만 머스탱이 걱정하는 부분은 세피가 다우림 비디오나 홀로 가상체험을 좋아한다는 것이 아니라 가늠할 수 없을 정도로 오랜 시간 동안 우리의 전쟁에 관한 홀로들을, 특히 레아를 핵폭발로 전멸시켰던 사건에 대한 영상들을 돌려 봤다는 것이다. 그 영상에 대한 세피의 생각이 궁금하다.

"좋은 조언이야, 세피. 좋은 조언이야."

내가 대꾸한다.

세브로는 드라마틱하게 우리 앞에 착지하며 우리에게 모래를 흩뿌린다. 고스트클록 망토가 파문을 일며 사라진다.

"이런 젠장 우라질 똥통 같으니라고."

나는 짜증난 상태로 얼굴을 털어낸다. 세브로는 이곳까지 여행하는 내내 제멋대로 굴었다. 웃고, 장난 치고, 아무도 안 보고 있다고 생각할 때마다 빅트라의 방으로 슬쩍 들어갔다. 이 못생기고 조그만 남자는 사랑에 빠진 것이다. 하지만 그건 그렇다 치고, 그 사랑은 쌍방향인 것 같다.

"너는 어떻게 생각해?"

나는 세브로에게 묻는다.

"이곳 전체에서 방귀 냄새가 나."

"정말 그게 당신의 전문적인 평가입니까?"

홀리데이가 컴 너머로 물어온다.

"엉. 저 산마루 너머에 웨이갈 정착지가 있어. 구부정한 고글머리 레드 무리가 정수 장비를 카트로 나르고 있어."

세브로의 하울러 늑대 가죽이 바람에 거칠게 날리며 가죽과 갑옷과 이어 주는 작은 쇠줄들이 쩔렁거린다.

"모래도 훑었어?"

내가 묻는다.

"보스, 내가 이 일 처음 하는 것도 아니잖아. 이렇게 서로 얼굴 보는 개똥같은 만남은 내 취향이 아니지만 결론은 확실하네. 위성쟁이들은 시간을 정확히 지키는 줄 알았는데. 이 개자식들이 30분이나 늦네."

세브로는 자신의 데이터패드를 힐끔 살핀다.

"아마 그들도 조심하는 걸 거야. 우리가 공중 지원을 대동해 왔다고 생각한 모양이야."

내가 말한다.

"그래. 왜냐하면 공중 지원을 대동하지 않는 우리는 우라질 똥

대가리들일 테니까."

"같은 생각입니다."

홀리데이가 컴 너머로 세브로의 말에 동의한다.

"나한테는 네가 있는데 무슨 공중 지원이 필요하겠어."

내가 세브로의 그래브부츠를 향해 손짓하며 말한다. 그의 뒤쪽 바닥에는 회색의 플라스틱 케이스가 놓여 있다. 그리고 그 안에는 발포 단열 패드로 포장된 '사리사' 미사일 발사기가 있다. 라그날이 카시우스의 비행선에 쐈던 것과 같은 종류다. 필요한 상황이 오면 나에게는 정신 나간 고블린 크기의 전투기가 있는 셈이다.

"머스탱은 그들이 이곳으로 올 거라고 했어."

내가 말하자 세브로가 어린애 같은 목소리로 내 말을 따라하며 비아냥거린다.

"머스탱은 그들이 이곳으로 올 거라고 했어. 꼭 와야지. 함대가 저 밖에 오래 앉아 있다가는 발각되고 말 테니까."

머스탱이 셔틀을 이오의 수도인 네서스로 몰고 갔기에 내 함대는 궤도에서 오리온과 함께 대기 중이다. 50대의 토치선과 구축함들이 황무지 위성인 시노페에서 방패막을 철수하고 엔진의 불을 끄고 있다. 더 큰 골드 함대들이 갈릴레이 위성 가까이 우주를 누비는 동안 내 함대는 쪼그리고 앉아 있다. 골드 함대들이 조금이라도 더 가까이 다가온다면 그들의 센서가 우리를 감지할 것이다. 하지만 내 함대는 숨어 있는 동안 공격에 취약한 상태다. 지나가던 쥐꼬리만 한 립윙 소함대 하나에도 파괴될 수 있다.

"위성쟁이들은 올 거야."

내가 확언한다. 하지만 나도 내 말에 확신을 가질 수가 없다.

이 목성의 골드들이란 차갑고 자긍심 있으며 배타적인 사람들이다. 대충 8000명의 흉터를 입은 비할 데 없는 자들이 목성의 갈릴레이 위성을 고향이라 부른다. 그들의 기관들도 이쪽에 있다. 그리고 소사이어티의 의무를 위해서나, 그들 중에서도 가장 부유한 자들이 명목상 휴가를 갈 때에나 그들은 코어 지역으로 간다. 루나는 이 사람들의 선조 때까지는 고향이었을지 모르지만 이들 대부분에게는 생경한 곳이다. 메트로폴리탄 가니메데가 그들 세계의 중심이다.

군주는 림 지역을 독립적으로 놔두는 것의 위험을 알고 있다. 그녀는 10억 킬로미터 반경의 제국 전역으로 자신의 세력을 행세하는 것에 따르는 어려움을 토로한 적이 있다. 그녀의 진짜 두려움은 절대 아우구스투스 가문과 벨로나 가문이 서로를 파괴하는 일이 아니었다. 그것은 림 지역이 반란을 일으켜 소사이어티를 반으로 가를지도 모른다는 가능성이었다. 60년 전, 치세 초기에 그녀는 토성의 위성인 레아의 지도자가 그녀의 권위를 부정하자 애시로드를 보내 그곳을 핵무기로 쓸어 버렸다. 그 선례가 60년간 버텨 줬다.

하지만 내 '트라이엄프'로부터 9일 후, 부모의 정치적 협조를 이끌어내기 위해 군주의 루나 궁정에 인질로 잡혀 있던 위성 지배자들의 아이들이 탈출했다. 그들은 머스탱이 시타델에 남기고 간 첩자들의 도움을 받았다. 그로부터 이틀 후, 내 트라이엄프에서 살해당한 대총독 레부스 오 라아의 후계자들이 칼리스토 도킹장에 있던 소사이어티의 가리손 함대 전체를 훔치거나 파괴했다. 그들은 이오의 독립을 선언했으며 다른 상대적으로 더 인구가 많고 강력한 위성들에 자신들과 손을 잡도록 압박을 가했다.

그 이후로 얼마 안 지나, 악명 높게도 카리스마가 넘치는 로물루스 오 라아가 림 지역의 군주로 뽑혔다. 토성과 천왕성이 곧이어 이오와 합류했으며 첫 번째 위성 반란으로부터 60년하고도 211일 후, 두 번째 위성 반란이 시작됐다.

위성 지배자들은 명백하게도 군주가 10년, 또는 그 이상은 화성에 붙잡혀 있을 것이라고 예상했다. 그들은 코어 지역에서 특정 로우 컬러 내란이 일어난 것을 감안하면 군주가 그들의 갓 시작한 반란을 뭉갤 자원상의 여력이 안 될 것이라 추측했다. 즉, 군주가 그들을 뭉갤 만큼 충분한 크기의 함대를 6억 킬로미터 떨어진 그곳으로 보내지 못할 것이라 봤던 것이다. 그 추측은 누구든 납득할 수 있었을 테지만, 그들은 잘못 판단했다.

"귀항선들이 있어. 함선 3대야. 180킬로미터 떨어진 곳에 있어."

페블이 셔틀의 센서보드 앞, 그녀의 자리에서 말한다.

"드디어 그놈의 우라질 위성쟁이들이 납시네."

세브로가 투덜거린다.

열기에 의해 지평선 위로 떠오른 신기루 사이로 전함 3대가 나타난다. 라아가의 문장인 머리 네 개 달린 흰 용이 발톱 사이로 주피터 신의 번개를 쥐고 있는 그림이 사르페돈 급의 검은 전투기 두 대에 그려져 있다. 그리고 그 두 대는 뚱뚱한 황갈색 프리아모스 급 셔틀을 호위하고 있다. 그 함선들은 우리 앞에 착륙한다. 먼지가 회오리치며 날아오르고 함선의 배 쪽에서 경사로 출입구가 펼쳐진다. 나보다 키도 더 크고 마른 일곱 명의 낭창한 체구들이 모래밭으로 걸어 내려온다. 모두들 골드다. 그들은 조각가가 만든 유기적 호흡 마스크 '크릴'로 코와 입을 가리고 있다. 크릴은 다리를 양쪽 귀로 뻗고 있는 메뚜기의 허물 같이 생겼다. 그들이 입고 있는 황갈색 전투 장비는 코어 지역의 갑옷보다 가벼우며 밝은 빛깔의 스카프로 장식돼 있다. 등에는 개인 맞춤형 아이보리 탄환을 장착한 긴 총신의 레일건을 메고 있다. 허리춤에는 레이저를 걸고 있다. 주황색 옵틱 고글로 눈을 덮고 발에는 스키퍼를 신고 있다. 스키퍼는 중력 대신 압축된 공기를 이용해 사용자를 이동시켜 주는 가벼운 부츠다. 그걸 사용하면 호수 위로 물수제비 뜨듯 땅 위를 뛰어다닐 수 있게 된다. 그다지 높이 뛸 수는 없지만 거의 시속 60킬로미터에 달하는 속도로 이동할 수 있다. 스키퍼는 대략 내 부츠의 1/4 무게밖에 안 되며 한 해 동안 사용할 수 있는 배터리를 장착하고 있고 열 시야로 확인하면 죽은 듯이 차갑게 보인다.

이들은 암살자다. 기사가 아니다. 홀리데이는 다른 종류의 위험이 도사리고 있다는 것을 인식한다.

"그녀가 안 보이는데. 텔레마누스 사람들은 하나도 없어요?"

홀리데이가 컴 너머로 말한다.

"없어. 잠깐. 그녀가 보인다."

내가 말한다.

머스탱이 비행선 밖으로 걸어 나와 자신보다 훨씬 키가 큰 이오인들과 합류한다. 그녀는 그들과 똑같은 복장을 입고 있지만 라이플은 들고 있지 않다. 다른 이오인 여자가 그녀와 함께하는데 이 사람은 치타처럼 어깨가 앞으로 구부정하게 나왔다. 사구의 꼭대기에서 우리는 머스탱과 만난다. 나머지 이오인들은 함선 근처에 남는다. 위협하는 것이 아니라 안내하는 것일 뿐이다.

"대로우. 늦어서 미안해."

머스탱이 말한다.

"로물루스는 어디에 있어?"

내가 묻는다.

"그는 오지 않을 거야."

"개뻥이었어. 리퍼, 내가 이럴 거라고 말했지."

세브고가 씩씩거리자 머스탱이 말한다.

"세브로, 그런 거 아니야. 이 사람은 그의 여동생 벨라야."

키가 큰 여자는 납작하게 짓눌린 코 밑으로 우리를 응시한다. 피부는 창백하며 신체는 저중력 환경에 적응돼 있다. 마스크와 고글 너머로 얼굴을 확인하기가 어렵지만 그녀는 어렴풋이 50대 초반 정도 돼 보인다. 그녀의 목소리는 일정한 음색이다.

"오라버니의 인사를 대신 전합니다. 그리고 환영해요, 화성의 대로우여. 저는 특사, 벨라 오 라아입니다."

세피는 우리 주위로 슬그머니 움직이며 이 낯선 골드와 그녀가 장착하고 다니는 이상한 장비들을 살핀다. 나는 세피가 사람들 주위로 빙글빙글 돌 때 그들이 말하는 방식이 마음에 든다. 조금 더 진실한 말투를 쓰는 듯하다.

나는 다정하게 고개를 끄덕인다.

"잘 만났습니다, 특사님. 당신께서 오라버니를 대신하여 입장을 전하실 겁니까? 저는 직접 오라버니분과 만나 제 입장을 전할 수 있기를 기대했거든요."

벨라의 고글 측면의 피부에 주름이 진다.

"아무도 우리 오라버니를 대신하여 입장을 전하지 못합니다. 그건 저조차도 안 되는 일이죠. 그는 '카락의 불모지'에 있는 사택에서 당신과 만나기를 바라고 있습니다."

그 말에 세브로가 끼어든다.

"그렇게 우리를 덫 안으로 유인하려고? 더 좋은 생각이 떠올랐어. 네 오빠라는 개새끼에게 그의 우라질 협약을 지키라고 전하는 건 어때? 내가 그 라이플을 가져가 네 똥꼬 속으로 쭉 밀어 넣어 너를 말라깽이 픽시 시시케밥으로 만들어 버리기 전에?"

"세브로, 그만해. 여기서는 하지 마. 이 사람들에게 그러는 것 아니야."

머스탱이 말한다.

벨라는 세피가 우리 주위를 도는 모습을 지켜본다. 그 거대한 옵시디언의 허리춤에 있는 거대한 레이저를 잘 봐두고 있다.

"나는 이 사람이 누구든 개똥만큼도 관심이 없어. 그녀는 우리가 누군지 알고 있잖아. 그런데도 우라질 화성의 리퍼와 정면으로 마주보고 있으면서 조금도 오줌을 지리지 않는다면 그녀는 똥 닦을 화장지 한 움큼보다도 뇌세포가 모자란 거야."

"저 사람은 올 수 없습니다."

벨라가 세브로를 가리키며 말한다.

"이해합니다."

내가 대답한다.

세브로는 흉측한 몸짓을 보인다.

"저건 뭡니까?"

벨라가 고개로 세피 쪽을 가리키며 묻기에 나는 대답해 준다.

"저 사람은 여왕입니다. 라그날 볼라루스의 여동생이죠."

벨라는 세피를 경계하고 있다. 그리해야 마땅하기도 하다. 라그날의 이름은 널리 알려져 있다.

"그녀도 함께 올 수 없습니다. 하지만 제가 물은 것은 당신이 이곳으로 타고 온 금속덩이 쪽이었습니다. 저것도 함선이라고 지은 물건인 건가요? 보아하니 금성에서 만들어졌나 보네요."

벨라는 코웃음을 치며 턱을 치켜든다.

"빌린 물건입니다. 하지만 그쪽에서 저것과 다른 함선을 교환할 생각이 있으시다면……."

벨라는 웃음을 터뜨려 나를 놀라게 만든 후 다시금 진지한 태도를 보인다.

"당신들이 외교적 사유로 위성 지배자들 앞에 서고자 한다면 제 오라버니를 존중해 줘야 할 것입니다. 또 그의 환대의 명예도 믿어야 할 것입니다."

"저는 명예로움이 불리해질 때 그것을 버리는 남자와 여자를 충분히 많이 봐 왔습니다."

나는 벨라의 의중을 캐며 말한다.

"'코어'에서는 그러셨을지도 모르죠. 하지만 이곳은 '림'입니다. 우리는 선조들을 기억합니다. 아이언 골드들이 어때야 하는지를 기억합니다. 우리는 루나에 있는 그 개년이나 화성에 있는 자칼처럼 손님들을 살해하지 않습니다."

"그래도 제 입장은 여전합니다."

내가 말하자 벨라가 어깨를 으쓱한다.

"그건 당신이 선택하셔야 할 사항입니다, 리퍼. 결정을 내리실 시간으로 60초 드리겠습니다."

벨라가 물러선 사이에 나는 머스탱과 세브로와 상의한다. 또 세피에게 가까이 오라고 손짓한다.

"각자 의견들은?"

"로물루스는 손님을 죽일 바에 차라리 자살할 사람이야. 네가 이 사람들을 신뢰할 이유가 전혀 없다는 건 나도 알아. 하지만 명예는 이들에게 정말 중요한 덕목이야. 이들은 그냥 그 단어만 쉽게 내뱉는 벨로나 사람들과는 달라. 이곳에서는 골드의 말이 그의 피만큼이나 중하게 여겨져."

머스탱이 말한다.

"그의 사택이 어디에 있는지 알아?"

내가 묻자 머스탱은 고개를 젓는다.

"알았다면 내가 너를 직접 그쪽으로 데려갔겠지. 그들은 그 안에 방사선과 전기 추적 장치가 있는지 확인할 장비를 갖추고 있어. 그들은 너를 연구했어. 그곳에서 우리는 홀로 서야 할 거야."

"상황 참 아름답게 돌아가네."

하지만 이것은 전략에 관한 일이 아니다. 여기에 단기 게임은 없다. 내가 크게 도박을 건 바는 군주에게는 없는 협상 카드가 나에게 있다는 것을 알고 '림'까지 나온 것이다. 그 협상카드는 그 어느 누구의 명예보다도 내 어깨에 머리가 붙어 있도록 지켜 줄 것이다. 그럼에도 불구하고 나는 전에도 잘못 판단한 적이 있었다. 그래서 나는 이제 재차 확인하고 남들의 말에 귀를 기울인다.

"그들이 손님들을 대할 때의 규율이 손님이 레드일 때도 지켜지나? 아니면 골드 손님들에게만 해당되는 건가? 우리가 알아야 할 건 그거야."

세브로의 말에 나는 뒤에 있는 벨라를 힐끔 확인한다.

"일리 있는 말이네."

"로물루스가 너를 죽이면 그는 나를 죽이는 셈이야. 나는 네 옆을 떠나지 않을 거야. 그리고 그가 그렇게 한다면 내 수하들이 그를 공격할 거야. 텔레마누스 가문도 그를 공격할 거야. 심지어 론 님의 며느리들도 그를 공격할 거야. 그건 거의 그의 해군의 1/3에 달하는 크기야. 그가 감당할 수 없는 혈수가 되겠지."

머스탱이 말한다.

"세피, 너는 어떻게 생각해?"

세피는 자신의 푸른 문신이 이 황무지의 영혼을 볼 수 있도록 두 눈을 감는다.

"가."

"우리에게 6시간을 줘, 세브로. 그때까지 우리가 돌아오지 않으면……."

"덤불 뒤에서 자위해?"

"다 초토화시켜."

"기꺼이."

세브로는 주먹을 내 주먹과 부딪힌 후 윙크를 한다.

"얘들아, 즐겁게 외교해."

그는 머스탱을 향해서도 주먹을 내민다.

"예쁜 말아(머스탱, Mustang은 야생마를 뜻한다—옮긴이), 너도. 우리는 이 똥통에 같이 있는 거잖아, 그치?"

머스탱은 즐겁게 손 마디뼈를 그의 것과 부딪힌다.

"우라지게 맞는 소리지."

제41장

위성 지배자

갈릴레이 위성들에서 가장 강한 남자의 사택은 작은 정원과 조용한 구석으로 이루어진 단순하고도 산책하기 좋은 곳이다. 휴화산의 그림자 속에 자리한 그곳은 지평선까지 뻗어 있는 노란 평야를 내려다보고 있다. 지평선에는 또 하나의 화산이 연기를 피우고 서쪽으로는 마그마가 스멀스멀 기어가고 있다. 우리는 암반층 옆에 은폐된 작은 격납고에 착륙한다. 우리가 타고 온 것까지 포함해서 함선이 딱 두 대 있다. 나머지 한 대는 날렵하게 생긴 검은 레이싱 비행선으로 오리온이 비행하고 싶어 환장할 만한 것이다. 그 옆에는 먼지 덮인 비행 오토바이들 몇몇이 한 줄로 서서 자리하고 있다. 우리는 누구의 시중도 받지 않고 함선에서 내려 유황 백악 안에 조각된 하얀 석조 보행로를 따라 사택에 다가간다. 보행로는 집의 측면으로 돈다. 이 작은 저택 전체는 신중한 펄스 버블 안에 밀폐돼 있다.

안내인들은 이 저택에 오자 편안히 행동한다. 그들은 저택 앞 잔디 안뜰로 이어지는 철문을 한 줄로 통과한다. 그 후 먼지가 두둑이 덮인 스키퍼 부츠를 벗어 입구 통로 바로 앞에 놓는다. 벗어 놓은 부츠 옆에는 검은 군수용 부츠 한 쌍이 있다. 머스탱과 나는 서로 눈빛을 주고받은 후 우리의 부츠도 벗는다. 부피가 큰 그래 브부츠를 벗느라 내가 가장 오래 걸린다. 각 그래브부츠마다 거의 9킬로그램에 달하며 다리를 안에 가둬 두기 위한 평행 걸쇠들이 세 개씩 있기 때문이다. 발가락 사이로 잔디를 느끼니 이상하게 위안이 된다. 내 발의 악취가 신경이 쓰인다. 열댓 명의 적들의 부츠들이 문 앞에 쌓여 있는 모습을 보니 이상하다. 마치 내가 뭔가 아주 사적인 공간에 들어서게 된 기분이다.

"여기서 기다려 주십시오."

벨라가 나에게 말한다.

"버지니아, 로물루스는 먼저 당신과 둘이서만 이야기를 나누고 싶어 합니다."

"내가 위험해지면 비명을 지를게."

머스탱이 머뭇거리기에 나는 활짝 미소를 지어 보인다. 그녀는 벨라를 따라나서면서 윙크를 한다. 벨라는 우리 사이의 미묘한 교류를 확인한다. 내 생각에 우리보다 나이가 더 많은 이 여자가 놓치는 것은 별로 없을 듯싶다. 또 그녀가 비판하지 않는 것은 더더욱 적을 듯싶다. 나는 정원에 홀로 남겨진다. 나무 위에 달린 풍경에서 노랫소리가 들려온다. 안뜰 정원은 균일한 직사각형 모양이다. 그 폭은 30걸음 정도쯤일 것 같다. 대문에서 저택의 정문으로 이어지는 흰색의 작은 계단까지의 길이는 10걸음 정도다. 흰 석고벽은 매끄러우며 집 안으로까지 은밀히 방황하는 얇은 덩굴이 벽을 뒤덮고 있다. 덩굴에서는 작은 오렌지 꽃이 활짝 피어나 우거진 숲속의 화끈한 향취로 공기를 메운다.

저택이 이어지면서 방과 정원이 겹겹이 펼쳐진다. 이 집에는 천장이 없다. 하지만 천장이 있을 이유 또한 없다. 펄스 버블이 이 저택 전체를 바깥 날씨로부터 차단시켜 준다. 여기서 그들은 비를 직접 만든다. 오전에 작은 분무기로 아담한 시트러스 나무에 물을 준 모양인지 물방울이 뚝뚝 흐르고 있다. 나무의 뿌리가 정원 중앙에 있는 흰 석조 분수 바닥에 금을 냈다. 이런 장소를 잠깐 흘끗본 일 때문에 내 아내는 교수대로 끌려갔었다.

그녀는 이를 얼마나 기이한 여정이라 생각했을까.

하지만 또한, 어떤 면으로는 이 얼마나 경이로운 여정인가.

"원하신다면 귤 하나 따 드셔도 돼요. 아버지는 신경 안 쓰실 거예요."

작은 목소리 하나가 내 뒤에서 말한다. 뒤로 도니 아이 한 명이 또 다른 대문 앞에 서 있다. 그 대문은 중앙 안뜰에서 갈라져 나와 저택의 왼쪽을 감고 도는 길로 이어진다. 아이는 8살 쯤 돼 보인다. 아이는 손에 작은 삽을 들고 있으며 바지의 무르팍은 흙으로 얼룩져 있다. 머리는 아주 짧게 깎아 지저분하고 얼굴은 창백하며 눈은 화성에 있는 그 어떤 소녀의 것보다 1/3이 더 크다. 아이의 뼈가 여리하게 길쭉한 것이 눈에 띤다. 마치 갓 태어난 망아지 같다. 아이에게는 야생적인 면이 있다. 나는 골드 아이들을 많이 만나 보지 못했다. '코어'의 비할 데 없는 가문들은 흔히 아이들이 암살당할지도 모른다는 걱정에 아이들을 개인 사유지나 학교에 두어 대중의 눈으로부터 감춘다. '림'은 그런 '코어'와 다르다고 들었다. 여기에서는 아이들을 죽이지 않는다고 한다. 하지만 모두들 아이들을 죽이지 않는 척하기를 좋아하니까…….

"안녕."

나는 다정하게 인사한다. 조카들을 봤을 때 이후로 사용한 적 없는 유약하고도 어색한 말투다. 나는 아이들을 사랑한다. 하지만 요새 들어 아이들이 너무나 낯설게 느껴진다.

"아저씨가 화성인이군요, 그렇죠?"

아이는 감탄하며 묻는다.

나는 고개를 끄덕이며 대답한다.

"내 이름은 대로우야. 네 이름은 뭐야?"

아이는 자랑스럽게 대답한다.

"저는 세라 오 라아에요. 아저씨는 진짜로 레드였어요? 우리 아버지께서 말씀하시는 걸 들었어요. 사람들은 제게 이게 없다고 해서……."

세라는 설명하며, 손가락 하나로 자신의 볼을 따라 그어 상상

105

속의 흉터를 그린다.

"저한테 귀도 없는 줄 알아요. 어떤 때는 제가 기어오르거든요."

세라는 덩굴로 덮인 벽들을 고갯짓 해 가리키고는 짓궂게 미소를 짓는다.

"나는 아직도 레드야. 레드가 아니었던 적은 없단다."

나는 대답한다.

"아. 레드처럼 보이시지는 않는데요."

세라는 내가 누군지 모른다. 아마 홀로들을 안 보나 보다.

"어쩌면 어떻게 생겼는지의 문제가 아닐지도 모르잖아. 어쩌면 무슨 행동을 하는지에 관한 문제일 수도 있어."

나는 넌지시 말해 본다. 6살짜리에게 하기에는 너무 어려운 이야기였나? 아이의 눈높이를 내가 대체 어떻게 알겠는가. 그녀는 우웩 하는 표정을 짓고 나는 내가 실수했을까 봐 걱정한다.

"레드를 많이 만나 봤니, 세라?"

아이는 고개를 젓는다.

"교과서에서만 봤어요. 아버지께서는 레드와 어울리는 게 적절치 못하다고 하셨어요."

"너희 집엔 하인들이 없어?"

세라는 까르르 웃다 내가 진지하게 물었다는 것을 깨닫는다.

"하인들요? 하지만 저는 아직 하인을 가질 자격을 얻지 못했는걸요."

세라는 다시 자신의 얼굴을 톡 건드린다.

"아직은 아니에요."

이 소녀가 기관의 숲속에서 살고자 도망칠 모습을 상상하니 암울한 마음이 든다. 아니면 그녀는 사냥하는 쪽이 될까?

"만약 네가 우리 손님을 내버려두지 않으면 앞으로도 절대 얻지 못할 거다, 세라피나."

저택의 정문에서 낮고 허스키한 목소리가 말한다. 로물루스 오라아가 자신의 사택 문틀에 기대어 있다. 그는 고요하고도 난폭한 남자다. 내 키와 똑같지만 더 날씬한 체구에 두 번 부러진 코를 지녔다. 내 눈보다 1.3배 큰 그의 오른쪽 눈이 좁고 노여운 얼굴에 자리하고 있다. 그의 왼쪽 눈꺼풀에는 흉터가 지나고 있다. 파란색과 검은색이 섞인 매끈한 대리석 구가 눈알 자리에서 나를 응시하고 있다. 꽉 다물어 모은 두터운 입술의 윗부분에는 흉터 3개가 더 나 있다. 어두운 금발은 길며 말총머리로 묶고 있다. 오래된 부상 흔적을 제외하면 그의 피부는 완벽한 도자기다. 하지만 그의 외모보다는 그에게서 풍겨 나오는 분위기가 로물루스라는 사람을 더 많이 결정하고 있다. 단호한 태도가 느껴진다. 마치 그가 언제나 문앞에 있었다는 듯이, 나를 언제나 알고 있었다는 듯이 풍기는 그의 편안한 자신감도 느껴진다. 그리고 그가 자신의 딸을 향해 윙크를 하는 순간 나는 스스로가 당황스러울 정도로 그 남자에게 호감을 느낀다. 또한 그가 나를 좋아했으면 하는 마음도 정말 많이 든다. 그가 어찌나 폭군인지 알고 있음에도 불구하고 말이다.

"그래서 우리 화성인이 어떤 것 같니?"

107

그가 딸에게 묻는다.

"그는 체구가 두텁네요. 아버지보다도 크고요."

세라피나가 말한다.

"하지만 텔레마누스 가문 사람들만큼 크지는 않지."

내 말에 세라는 팔짱을 낀다.

"그야 텔레마누스 가문 사람들만큼 큰 것은 없잖아요."

나는 웃음을 터뜨린다.

"그게 사실이었다면 얼마나 좋겠니. 나는 내가 너보다 큰 만큼
나보다 큰 사람도 알고 지냈단다."

세라피나가 눈을 휘둥그레 뜨며 말한다.

"말도 안 돼요. 옵시디언이었어요?"

나는 고개를 끄덕인다.

"그의 이름은 라그날 볼라루스였어. 그는 문신이 새겨진 자였
지. 화성의 남극에 사는 옵시디언 부족의 왕자였어. 그들은 자신들
을 발키리라고 부른단다. 그리고 그들은 그리핀을 타고 다니는 여
자들의 지배를 받지. 그의 여동생이 나와 함께 있지."

나는 로물루스를 바라본다.

"그리핀을 타고 다니는 사람들이라고요?"

그 생각에 소녀는 황홀해한다. 세라는 아직 거기까지 배우지는
못한 모양이다.

"그는 지금 어디에 있어요?"

"그는 죽었어. 그리고 우리는 네 아버지와 만나러 오는 중에 태

108

양을 향해 그를 쏘아 보냈지."

세라는 오직 아이들만이 가질 법한 맹목적인 상냥함으로 말한다.

"아, 유감이네요……. 그래서 아저씨가 그렇게 슬퍼 보였던 거예요?"

나는 움찔한다. 그 마음이 그렇게나 쉽게 드러났을 거라고는 상상도 못하고 있었다.

로물루스는 내 반응을 알아채고 내가 대답을 하지 않아도 되게끔 해 준다.

"세라피나, 삼촌이 너를 찾고 있더구나. 토마토가 스스로 땅에 심어지진 않을 거야, 그렇지 않니?"

세라피나는 고개를 숙이고 나를 향해 손을 흔들어 작별 인사를 한 후 산책로를 따라 도로 내려간다. 나는 아이가 사라지는 모습을 지켜보며 뒤늦게 깨닫는다. 내 아이도 살았다면 지금쯤 그녀와 동갑일 것이다.

"당신이 제가 따님과 만나도록 주선하셨나요?"

내가 로물루스에게 묻는다.

그는 정원 안으로 발을 들인다.

"제가 아니라고 해도 제 말을 믿을 수 있겠습니까?"

"요새 저는 그 누가 어떤 말을 하든 별로 믿지 않습니다."

"그렇게 살면 숨은 붙어 있겠지만 별로 행복하지는 않을 겁니다."

그는 진지하게 말한다. '논쟁 학교'에서 자란 남자의 딱 부러지는 스타카토 전달법 말투다. 여기에는 아무런 애정도 깃들어 있지 않다. 아무런 가르랑거리는 모욕이나 게임도 없다. 이것은 신선한, 그리고 다소 거리를 두게 만드는 직설화법이다.

"이곳은 우리 아버지의 은신처이자 우리 할아버지의 은신처였습니다."

로물루스가 말하며 나에게 돌 벤치들 중 한 곳에 앉으라는 몸짓을 보인다.

"제 가족의 미래를……."

그는 나무에서 귤 하나를 딴 뒤 반대편 벤치에 앉는다.

"그리고 당신 가족의 미래를 논의하기에 적합한 장소라 생각했습니다."

"이상할 정도로 많은 노고를 들이신다는 생각이 드는군요."

내가 말한다.

"무슨 말입니까?"

"나무, 흙, 잔디, 물. 모든 것들이 전부 이곳에 원래는 없었던 것들이잖습니까."

"인간은 절대로 불을 길들일 운명이 아니었습니다. 그러기에 그것을 성공했을 때 아름다운 거죠. 이 위성은 작고 증오스럽고 끔찍한 존재입니다. 하지만 비상함으로 우리는 이곳을 우리의 것으로 만들었지요."

그는 도전적으로 말한다.

"아니면 이 위성의 입장에서 우리가 그냥 스쳐지나가는 존재일지도 모르지 않습니까?"

내가 묻는다. 그는 나를 향해 검지를 좌우로 흔든다.

"당신은 현명하기로 유명한 사람은 아니었죠."

나는 그의 말에 반박한다.

"현명한 척하는 게 아닙니다. 저는 겸허해진 거예요. 그리고 이는 정신이 번쩍 나게 만드는 경험이죠."

로물루스가 묻는다.

"상자 이야기가 진짜였나요? 우리는 지난달에 그런 소문을 들었습니다."

"진짜였습니다."

"상스럽군요. 그러나 당신의 적의 질을 알려주는 사건이기도 하네요."

그가 경멸조로 말한다.

그의 딸은 돌 산책로에 작은 진흙 발자국들을 남겼다.

"따님은 제가 누군지 모르고 있었어요."

로물루스는 귤의 껍질을 섬세한 리본형으로 까는 일에 집중한다. 그는 자신의 딸의 그런 점을 내가 알아봐 줘서 만족스러워하고 있다.

"제 가족들 중 어느 아이도 12세가 되기 전에 홀로를 보지 못합니다. 우리 모두가 자연과 보살핌으로 인격의 틀을 갖춰나갑니다. 세라피나는 자신의 의견을 형성할 수 있을 때가 돼서야 다른 사람들의 의견도 보게 될 겁니다. 그 전에는 절대 안 보여 줄 겁니다. 우리는 디지털 생물이 아니에요. 우리는 살과 피로 만들어진 존재

111

들입니다. 세상이 그 아이를 발견하기 전에 그 아이가 그 점부터 배우는 것이 더 바람직해요."

"그래서 여기에 하인이 아무도 없는 건가요?"

"하인은 있습니다. 하지만 오늘은 그들이 당신을 볼 필요가 없어요. 그리고 그들은 세라피나의 것이 아닙니다. 대체 무슨 부모가 자기 아이들에게 하인을 주고 싶어 한단 말입니까?"

그는 그 생각을 혐오스러워하며 묻는다.

"아이들은 자신들이 무언가를 당연히 받을 자격이 된다고 여기는 순간 모든 것을 다 받아 마땅하다고 생각하기 시작해요. 왜 '코어'가 그렇게 바빌론이 됐다고 생각합니까? 왜냐하면 아무도 그쪽 사람들에게 안 된다고 말한 적이 없기 때문이에요.

당신이 다녔던 기관을 봐요. 동료 골드들을 성노예로 삼고, 살인하고, 식인 대상으로 삼다니요?"

그는 고개를 젓는다.

"야만적이에요. 선조들이 의도했던 바는 그런 게 아니에요. 하지만 코어 세계 거주자들은 폭력에 너무나 무뎌져서 그것을 행할 때는 목적이 있다는 것을 잊어버렸어요. 폭력은 도구에요. 쇼크를 주기 위한 것이죠. 변화를 주기 위한 거예요. 대신, 코어 사람들은 그것을 일반화시키고 기념해요. 그리고 착취 문화를 만들어 버렸죠. 그들이 성과 힘을 가질 자격이 너무나 마땅하다보니 원하는 것을 거절당하면 칼을 뽑아들고 원하는 대로 하는 그런 문화요."

"그들이 당신의 민족에게 한 것과 똑같이요."

"그들이 내 민족에게 한 것과 똑같이요."

그는 내 말을 반복한다.

"또 우리가 당신의 종족 사람들에게 한 것과 똑같이요."

그는 귤껍질을 마저 깐다. 하지만 지금 그 행위는 내 머리 가죽을 벗기는 행위처럼 느껴진다. 그는 그 과육을 섬뜩하게 반으로 찢은 뒤 한 부위를 내 쪽으로 툭 던진다.

"저는 제가 어떤 존재인지 낭만화시키지 않겠습니다. 또한 당신의 종족 사람들을 복속시킨 것에 대해 변명하지도 않을 거고요. 우리가 그들에게 하는 짓은 잔인합니다. 하지만 필요악이죠."

여기까지 여행하는 중에 머스탱은 로물루스가 포로 로마노(고대 로마의 공회장—옮긴이)에서 나온 돌을 베게로 쓴다고 알려 준 적이 있다. 그는 상냥한 사람이 아니다. 최소한 그의 적들에게는 절대 그렇지 않다. 그리고 그의 환대와는 무관하게 나는 그의 적이다. 나는 입을 연다.

"폭군이 아닌 척하는 당신과 이야기를 나누는 것이 저로서는 어려운 일입니다. 당신은 명예의 신념을 지키고 절제를 보인다는 이유만으로 이곳 사람들이 루나인들보다 더 문명화됐다고 생각하며 이 자리에 앉아 있어요."

나는 단순한 저택을 향해 몸짓을 보인다.

"하지만 당신은 그들보다 더 문명화되지 않았어요. 다만 자기 통제가 더 잘 될 뿐이에요."

"그게 문명 아닌가요? 질서? 안정성을 위해 동물적 충동을 거부하는 것?"

로물루스는 과일을 절제되게 베어 물며 먹는다. 나는 내 것을 돌 위에 놓아둔다.

"아니에요. 그렇지 않아요. 하지만 저는 철학이나 정치를 논하러 이곳에 온 것이 아니에요."

"신에게 감사해야겠군요. 우리가 서로 동의할 내용들이 별로 없으리라 생각되네요."

그는 나를 조심스럽게 지켜본다.

"저는 우리 둘 모두가 가장 잘 아는 것을 논하러 왔습니다. 바로 전쟁을요."

"우리의 흉측하고도 오랜 친구군요."

그는 우리가 둘만 있다는 것을 재차 확인하느라 저택의 문 쪽을 힐끔 확인한다.

"하지만 우리가 그 주제로 넘어가기 전, 사적인 질문 하나를 드려도 될까요?"

"꼭 하셔야 한다면 하십시오."

"제 아버지와 딸이 화성에서 열린 당신의 트라이엄프 중에 살해당한 것은 알고 계시죠?"

"그렇습니다."

"어떤 면에 있어서는 그 사건이 이 모든 것의 발단이었죠. 그들이 살해당하는 모습을 직접 봤나요?"

"그렇습니다."

"그들이 하는 얘기와 같았나요?"

"저는 '그들'이 누군지도 모를 뿐더러 그들이 하는 이야기에 대해서도 아는 바가 없네요."

"안토니아 오 세베루스-줄리가 제 딸의 두개골을 밟아 함몰시켰다고 합니다. 제 아내와 저는 그 내용이 사실인지 알고 싶어요. 그건 우리가 그 상황으로부터 용케 탈출한 몇 안 되는 사람들 중 한 명으로부터 들은 이야깁니다."

"네. 사실입니다."

귤 즙이 그의 손가락들 사이로 뚝뚝 흐른다. 그는 귤을 쥐고 있다는 사실도 잊은 듯하다.

"그 애가 고통스러워했나요?"

그 순간에 그 소녀를 본 기억은 거의 안 난다. 하지만 나는 꿈속에서 그날 밤의 일을 백 번은 다시 겪었다. 내 기억이 덜 좋았기를 바랄 정도로 충분한 횟수였다. 평범한 얼굴의 그 소녀는 번개 용 모양 브로치가 달린 회색 드레스를 입고 있었다. 그녀는 분수 주위로 도망가려고 뛰었다. 하지만 빅수스는 그녀를 지나치며 그녀의 슬와 부근 뒤쪽을 베어 버렸다. 그녀는 기어가며 바닥에서 울다 안토니아에 의해 끝을 맞이했다.

"그녀는 고통스러워했어요. 몇 분간요."

"그 애가 울었나요?"

"네. 하지만 애원하지는 않았어요."

로물루스는 유황 모래 티끌 악마들이 그의 조용한 저택 밑의 황량한 평야를 춤추며 가로지르는 동안 철문 밖을 바라본다. 나는 그의 아픔을 안다. 온화한 뭔가를 사랑하다 그것이 딱딱한 세상에 의해 갈기갈기 찢겨지는 모습을 봐야 하는 끔찍하고도 사무치는 슬픔을. 그의 딸아이는 이곳에서 사랑과 보호를 받으며 자랐다. 그러고는 모험을 떠나 두려움을 배웠다.

로물루스가 말한다.

"진실은 잔인할 수 있죠. 하지만 그것은 유일하게 가치가 있는 것입니다. 당시의 솔직함에 감사드립니다. 그리고 저 또한 털어놓을 나름의 사실이 있지요. 당신이 별로 좋아하지 않을 것 같다는 생각이……."

"당신에게 또 한 명의 손님이 있지요."

내 말에 로물루스는 놀란다.

"문 앞에 부츠들이 있잖습니까. 행성용이 아니라 함선용으로 다듬어진 것이더군요. 그래서 먼지가 끔찍하게 붙게 돼요. 저는 기분이 상하지 않았습니다. 당신이 저와 사막에서 만나 주지 않았을 때부터 반쯤은 예상하고 있었어요."

"제가 맹목적으로, 또는 충동적으로 결정을 내리지 않는 이유를 이해하시나요?"

"그렇습니다."

"두 달 전, 저는 평화를 위해 협상하자는 버지니아의 계획에 동의하지 않았습니다. 그녀는 자진해서 우리의 손실에 겁을 먹은 자들의 지원을 받으며 떠났죠. 저는 전쟁이 정책을 위한 효과적인 도구가 될 때에만 전쟁을 벌이는 것이 옳다고 생각해요. 그리고 저는 우리 세력을 고려했을 때 최소한 한두 번 승리해야 전쟁으로부터 무언가를 얻어갈 수 있는 입장이라고 판단했습니다. 평화는 예속의 다른 표현이니까요. 제 논리는 탄탄했지만 우리의 무기들은 그렇지 못했습니다. 우리는 승리를 단 한 번도 이루지 못했어요. 파비 최고사령관은…… 전쟁에 있어서는 그 누구보다도 효과적이었어요. 그리고 '코어'는 제가 그들의 문화를 경멸하는 만큼이나 매우 출중한 살인자들을 배출하지요. 또한 그들에게는 매우 훌륭한 군수 물품과 지원이 제공되고요. 우리는 거인을 상대로 오르막길에서 싸우고 있는 형상이에요. 그리고 이제 당신이 이곳에 왔어요. 그래서 저는 전쟁으로 이루지 못한 무언가를 평화 속에서 얻어낼 수 있게 됐네요. 그러니 저는 제 선택안들을 필히 비교해야 하는 상황입니다."

로물루스의 말인즉슨 그는 내가 이곳에 있다는 사실을 이용해 전쟁이 이어졌을 때 군주가 그에게 제시했을 협상 조건들보다 더 나은 것들을 이끌어 내겠다는 심보다. 뻔뻔할 정도로 사리를 추구하는 수다.

나는 이 길로 나설 때부터 이 일에 위험이 따른다는 것을 알고 있었다. 하지만 나는 그가 그 여자와 1년간 전쟁을 치른 후 피가 끓을 정도로 다혈질이 돼 그녀에게 앙갚음하고 싶어 하기를 바랐다. 보아하니 로물루스 오 라아에게는 특별할 정도로 차가운 피가 흐르는 모양이다.

"군주가 보낸 자는 누군가요?"

내 질문에 로물루스는 재미있어하며 뒤로 기댄다.

"누구일 거라고 생각하나요?"

제42장

시인

로크 오 파비는 저택의 측면을 따라 자리한 과수원의 돌 식탁 앞에 앉아 딱총나무 열매 치즈케이크와 커피 디저트를 마저 먹고 있다. 음울한 난쟁이 화산으로부터 연기가 소용돌이치며 황혼의 지평선 속으로 올라간다. 그 모양새는 로크의 도자기 컵받침으로부터 올라오는 김과 동일한 나태함을 보인다. 로크는 연기를 바라보다 고개를 돌려 우리가 들어가는 모습을 확인한다. 검은색과 금색이 혼재한 제복을 입은 그는 눈에 띄게 멋지다. 여름날의 금빛 밀싹 한 줄기처럼 길쭉하며 도드라진 광대뼈에 따뜻한 눈빛을 지녔지만 거리감 있고 단호한 표정을 하고 있다. 지금쯤이면 그는 열댓 개의 전투 명예 배지로 가슴 전체를 장식할 수 있었을 것이다. 하지만 허영심이 너무나 뿌리 깊기에 그는 그런 꾸밈이 천박

119

한 퇴폐의 흔적이라고 생각한다. 양 어깨에는 소사이어티의 피라미드들이 자리하고 있다. 피라미드는 양쪽으로 최고사령관 날개가 추가돼 비상하는 모양이다. 왕관이 씌워진 금빛 두개골이 그의 가슴에 묵직이 달려 있다. 그것은 애시 로드의 보증에 대한 상징이다. 로크는 섬세하게 차받침을 내려놓고 냅킨의 구석으로 입술을 톡톡 두드리더니 맨발로 일어선다.

"대로우, 정말 오랜만이구나."

로크는 너무나 예의바르고 우아하게 말한다. 그 태도에 우리가 오랜 공백 후에 재회하는 옛 친구사이라고 설득당할 것만 같다. 하지만 결코 이 남자를 향해 뭔가 감정을 갖지는 않을 것이다. 그를 용서하면 안 된다. 빅트라는 그 때문에 거의 죽을 뻔했다. 피치너는 실제로 죽었다. 론 스승님도 돌아가셨다. 그리고 내가 아버지를 찾으라며 세브로를 파티장에서 일찍 떠나보내지 않았더라면 얼마나 더 많은 사람들이 죽어 나갔을까?

"파비 최고사령관."

나는 일정한 목소리로 대답한다. 하지만 내 거리감 느껴지는 환대 뒤에는 아픈 마음이 있다. 하지만 그의 표정에는 슬픔의 흔적이 조금도 없다. 그에게도 슬픔이 있었으면 싶다. 그리고 그 생각과 함께 내가 여전히 이 남자에게 애정을 갖고 있다는 것도 깨닫는다. 그는 그의 종족의 군인이다. 나는 내 종족의 군인이다. 그의 이야기에서의 그는 악당이 아니다. 그는 리퍼를 세상에 까발린 영웅이다. 나를 포획한 다음 날 밤에 데이모스의 전투에서 아우구스투스-텔레마누스 함대를 짓밟은 영웅이다. 그는 스스로를 위해 이 일을 하는 것이 아니다. 그는 나만큼이나 뭔가 고결한 것을 위해 살아간다. 그의 종족 사람들을 위해. 그의 유일한 죄는 스스로의 방식대로 그들을 너무 과하게 사랑한 것이다.

머스탱이 나를 걱정스러운 눈길로 바라본다. 그녀는 내가 무슨 기분인지 아는 것이다. 그녀는 화성에서 이곳까지의 여정 중에 나에게 로크에 대해 물어본 적이 있었다. 나는 그가 더 이상 내게 아무런 존재도 아니라고 말했지만 우리 둘 다 그 말이 사실이 아님을 알고 있다. 그녀는 지금 내 곁에 있다. 이 포식자들 사이에서 내 무게중심을 잡아 주고 있다. 그녀가 없었더라도 나는 적들과 대면했겠지만 정신을 이렇게나 온전히 유지하고 있지는 못했을 것이다. 나는 더 어두웠을 것이다. 더 분노에 차 있었을 것이다. 나는 영혼을 메어 놓을 수 있는 그녀와 같은 사람들이 곁에 있다는 행운을 감사히 여긴다. 그러지 않으면 그 행운이 나로부터 달아나 버릴 것 같아 겁난다.

"너를 다시 보게 돼서 반갑다는 말은 차마 못하겠다, 로크. 하지만 군주가 우리를 상대하는 일에 정치꾼을 보내지 않았다는 건 꽤 놀라운걸."

머스탱이 말하며 나에게 집중됐던 관심을 자신에게로 옮긴다.

"군주님은 정치꾼을 보내셨었지. 그런데 너희들이 모이라를 시체로 만들어 돌려보낸 거야. 군주님은 그 일로 깊은 상처를 입으셨어. 하지만 그분은 내 무기와 판단력을 신뢰하셔. 내가 로물루스

121

의 환대를 신뢰하는 것처럼."

로크가 설명한 후 안주인에게 말한다.

"여담이지만, 식사는 감사했습니다. 우리 식당은 애석하게도 당신들도 상상하다시피 군사적이거든요."

"곡창지대를 소유하는 일의 이점이지요. 포위를 당해도 결코 배고픈 상황이 되지 않아요."

로물루스가 말한다. 그는 우리에게 자리에 앉으라는 손짓을 보낸다. 머스탱과 나는 로크와 마주보는 두 자리를 차지하고 로물루스는 식탁머리 앞에 앉는다. 그의 좌우에 놓인 다른 두 의자들에는 타이탄의 대총독과 내가 모르는 나이 들고 구부정한 여자가 착석해 있다. 그 여자는 최고사령관의 날개를 달고 있다.

로크가 나를 본다.

"대로우, 네가 시작한 전쟁에 너도 드디어 참여하기 시작했다는 것이 정말 기분 좋구나."

"대로우에게는 '이번' 전쟁에 대한 책임이 없어. 그 책임은 네 군주에게 있지."

머스탱이 반격한다.

"군주님께서 질서를 지키시기 때문에? 소사이어티의 사회적 협정에 따르시기 때문에?"

로크가 묻는다.

"오, 말 참 식상하게 하네. 시인이여, 나는 그녀를 너보다 조금 더 잘 알고 있단다. 그 노파는 못되고 탐욕스러운 존재야. 퀸을 죽인 것이 아자의 의지였다고 생각하니?"

머스탱은 대답을 기다린다. 대답은 없다.

"그건 옥타비아의 의지였어. 그녀는 귀에 꽂힌 컴 너머로 아자에게 그렇게 하라고 지시했던 거야."

"퀸은 대로우 때문에 죽었어. 다른 누구 때문도 아니야."

로크가 말한다.

"자칼은 나에게 그가 퀸을 죽였다고 자랑했어. 너 그거 알고 있었어?"

내가 말하지만 로크는 내 주장에 전혀 감흥을 보이지 않는다.

"자칼이 퀸을 그대로 뒀다면 그녀는 살았을지도 몰라. 우리 나머지가 살기 위해 싸우는 동안 자칼은 함선의 뒤쪽에서 그녀를 죽였어."

"거짓말."

나는 고개를 젓는다.

"미안하다. 하지만 네 작은 말라깽이 내장 속에서 느껴지는 그 죄책감은 있지, 그건 너를 계속 따라다닐 거야. 왜냐하면 내 말이 사실이니까."

"너는 내가 내 종족 사람들을 대량으로 학살하게 만들었어. 내가 벨로나-아우구스투스 가문 간의 전쟁에 참여했기에 나의 군주님과 소사이어티에 진 빚은 아직 다 청산되지 않았어. 수백만 명이 화성 포위 중에 생명을 잃었어. 그 수백만 명은 내가 네 계략을 간파하고 내 종족 사람들에 대한 의무만 다했다면 죽지 않아도 됐을 사람들이었어."

그렇게 말하는 로크의 목소리가 떨린다. 나는 그의 눈에서 보이는 저 길 잃은 듯한 눈빛을 안다. 나 역시 루나의 개인 전용실에서 악몽을 꾸다 깨면 창백한 화장실 불빛 아래에서 내 자신을 뚫어지게 쳐다보곤 했다. 그때마다 거울에 비친 내 모습에서도 저 눈빛을 확인할 수 있었다. 그 수백만 명의 사람들이 모두 어둠 속에서 그에게 울부짖으며 그때 왜 그랬냐고 묻고 있는 것이다.

로크는 말을 이어간다.

"내가 이해할 수 없는 것은, 버지니아, 네가 포보스에서의 회담을 버린 이유야. 그 회담은 골드를 분열시키는 상처들을 아물게 하고 우리가 진짜 적에게 집중할 수 있게 만들어 줄 수 있었잖아."

그는 무거운 눈빛으로 나를 바라본다.

"이 남자는 네 아버지가 죽기를 바랐어. 이 남자는 우리의 종족 사람들의 멸망 외에 아무것도 바라지 않는 자야. 팍스는 이 남자의 거짓말을 위해 죽었어. 네 아버지께서는 이 남자의 계략 때문에 돌아가셨고. 이 남자는 네 마음을 이용해 너에게 불리하게 행동하고 있어."

"나는 그냥 좀 내버려 둬라."

머스탱이 경멸의 코웃음을 친다.

"내 의도는 그냥……."

"시인이여, 나를 얕보는 투로 얘기하지 마. 여기서 눈물 짜는 타입의 사람은 너뿐이야. 나는 아니라고. 이건 사랑에 관한 일이 아니야. 무엇이 옳은지에 관한 일이야. 그리고 감정과는 완전히 별개야. 이건 정의를 실현하는 일이어야 해. 이는 사실들을 바탕으로 이뤄져야 하는 것이고."

위성 지배자들은 정의에 관한 언급에 불편해하며 자세를 튼다. 머스탱은 그들을 향해 고개를 휙 돌린다.

"이들은 내가 림의 독립을 지지한다는 걸 알아. 그리고 이들은 내가 개혁가라는 걸 알지. 또한 이들은 내가 그 두 가지 이념들을 융합시키거나 내 감정과 믿음 사이에서 혼동을 일으키지 않을 만큼 영리하다는 것도 알고 있어. 너와는 다르게 말이지. 그러므로 여기서 네가 벌이는 수사적 놀음에 아무도 귀 기울이지 않을 거야. 그러니 언쟁이나 하며 우리 자신들에게 치욕을 안기는 대신 각자의 제안을 내서 이 전쟁을 어느 쪽으로든 끝내는 게 어때?"

로크는 머스탱을 노려본다.

로물루스는 살짝 미소를 짓는다.

"더 덧붙일 말은 없나요, 대로우?"

"머스탱이 모두 상세히 짚어 준 것 같네요."

로물루스가 대답한다.

"좋아요. 그럼 저는 제 입장을 표명한 뒤 당신들도 각자의 입장을 밝힐 시간을 드리겠습니다. 당신들은 둘 다 제 적입니다. 한쪽은 노동자 파업, 반정부주의 선전, 반란으로 저를 괴롭혔습니다. 다른 쪽은 전쟁과 포위 작전으로 저를 괴롭혔죠. 그럼에도 어둠의 가장자리인 이곳에서, 양쪽 다 각자의 힘의 원천으로부터 떨어진 채, 당신들은 저를, 제 함선을, 그리고 제 부대를 필요로 하고 있습니다. 이 상황의 모순을 알아보시리라 믿겠습니다. 제 유일한 질문은 이것이에요. 저에게 보답으로 더 많은 것을 줄 수 있는 편이 어느 쪽입니까?"

그는 먼저 로크를 바라본다.

"최고사령관, 시작해 주시기 바랍니다."

"영예로운 지도자들이여, 군주님께서는 저만큼이나 우리 종족 간에 발생한 이 갈등에 애석해하고 계십니다. 이는 과거의 논란이 뿌린 씨앗들로부터 발생한 것입니다. 하지만 사사로운 정치적 다툼이나 세금 및 대의권에 대한 논쟁보다 더 크고 치명적인 악이 존재한다는 것을 림과 코어 지역이 모두 유념한다면 이는 지금 이 순간에 끝낼 수 있는 것입니다. 그 악이란 바로 민주주의입니다. 사람은 모두 평등하게 창조됐다는 그 숭고한 거짓말 말입니다. 그것이 화성을 찢어발기는 모습을 여러분들도 보셨습니다. 아드리우스 오 아우구스투스는 소사이어티를 대표해 그곳에서 고결하게 싸워 줬습니다."

"고결하게요?"

로물루스가 묻는다.

"효율적이라 정정하겠습니다. 하지만 그럼에도 전염병은 퍼졌습니다. 이제 우리 입장에서의 최선은 그것이 승리를 거머쥐기 전에 말살하는 것입니다. 전염병이 승리한다면 우리는 절대로 다시 현 체제를 회복하지 못할지도 모르니까요. 우리의 의견 차이에도 불구하고 우리 선조들은 모두 '정복' 중에 지구 위로 떨어졌습니다. 그 사실을 기억하자는 의미로 군주님께서는 모든 적대 행위들을 멈추고자 하십니다. 그분은 림과 코어 모두를 파괴하고자 하는 레드의 위협을 저지하기 위해 당신들의 부대와 아르마다 함대의 지원을 요청하고 계십니다.

그에 대한 대가로 전쟁 이후에 군주님은 목성에 있는 소사이어티 주둔군을 회수하실 겁니다. 하지만 토성과 천왕성의 주둔군은 그대로 남길 것입니다."

그 말에 타이탄의 대총독이 경멸조로 코웃음을 친다.

"군주님께선 세금과 림의 수출 관세의 감면에 대한 우호적인 회담에 참여하실 겁니다. 또한 코어 회사들이 현재 소유하고 있는 소행성대 채굴 산업 허가증을 당신들에게도 똑같이 드릴 겁니다. 그리고 상원에서 림의 대표자 수를 코어와 동등이 뽑자는 이쪽의 제안을 받아들일 것입니다."

로물루스가 묻는다.

"그리고 군주의 선거 절차에 대한 개정은요? 그녀는 절대로 여제가 되라고 뽑힌 것이 아니었습니다. 그녀는 선거를 통해 당선된 공식 인사일 뿐이에요."

"군주님께서는 새 의원들이 뽑힌 뒤 선거 절차를 개정하실 겁니다. 또한 올림픽 나이트들도 당신들의 요구에 따라 군주님의 명령이 아닌 대총독들의 투표를 통해 뽑힐 것입니다."

머스탱이 고개를 뒤로 젖히고 균일한 소리로 딱딱하게 웃는다.

"죄송해요. 그냥 제가 의심이 많은 편이라고 생각해 주세요. 하지만 로크, 당신이 말하는 바에 따르면 군주는 로물루스가 원할지도 모를 모든 사안들에 대해 허락하다 그러지 않아도 될 상황이 오면 다시 거절할 거라는 얘기잖아요."

그녀는 익살맞게 콧김을 내뿜는다.

"제 말을 믿으세요, 친구들이여. 제 가문이야말로 군주의 약속이 남기는 따끔함을 아주 잘 안답니다."

로물루스가 머스탱의 회의적 태도를 인지하며 묻는다.

"그리고 안토니아 오 줄리에 대해서는 어찌할 겁니까? 그녀가 내 딸과 아버지를 살해한 일에 대해 정의로 심판할 겁니까?"

"그러겠습니다."

로물루스는 이 조건에 만족해한다. 그는 레드가 가하는 위협에 대한 로크의 말에 마음이 움직인 상태다. 로크가 약속한 내용들이 매우 그럴듯하게 들린다는 점도 우리 쪽에 도움이 안 되고 있다. 그의 약속은 실리적이다. 너무 많게도, 너무 적게도 약속하지 않았다. 그 약속 내용과 맞서 싸우기 위해 내가 펼칠 수 있는 수라고는 내가 이들에게 환상을, 그것도 아주 위험한 꿈을 제안하고 있다는 사실을 있는 그대로 받아들이게 만드는 것이다. 로물루스가 내 쪽을 바라보며 기다린다.

"컬러가 다름에도 불구하고 여러분들과 저 사이에는 공통점이 있습니다. 군주는 정치인입니다. 저는 칼을 쓰는 사람입니다. 저는 상황의 판도와 금속을 다룹니다. 여러분들과 마찬가지로요. 그것이 제 피 같은 생명줄입니다. 제 존재의 이유 그 자체입니다. 제가 여러분들 중 한 명이 아님에도 불구하고 여러분들의 자리까지 올라온 것을 보십시오. 제가 화성을 쟁취했던 일을 보십시오. 수세기 만에 있었던 가장 성공적인 아이언 레인이었습니다."

나는 앞으로 몸을 기울인다.

"지도자들이여, 저는 당신들에게 당신들이 누려야 마땅한 독립을 안겨 드리겠습니다. 어중간한 것도, 일시적인 것도 아닌, 루나로부터의 영원한 독립을 말입니다. 세금도 없고, 그레이와 옵시디언을 얻어오기 위해 코어 지역에서 20년간 의무적으로 근무하는 일도 없을 것입니다. 바빌론으로 변한 그 코어 지역으로부터 아무런 지시도 받지 않을 것입니다."

"대담한 약속이군."

로물루스는 그의 기질의 숨은 면모를 보이며 말한다. 감히 레드가 그에게 그의 독립을 안겨주겠다고 약속하는 상황에 그가 느낀 모멸감을 드러낸 것이다.

"그건 터무니없는 약속이군요. 대로우는 오직 그의 주변에 있는 사람들 때문에 저런 존재가 될 수 있었습니다."

로크의 말에 머스탱이 쾌활하게 말한다.

"동의합니다."

"그리고 내 주변에는 여전히 모두가 남아 있어, 로크. 그런데 네 주변에는 누가 있나?"

"아무도 없지. 우리 오빠의 부역자가 된 어여쁜 안토니아 뿐이잖아."

머스탱이 대답한다.

그 말들은 로크와 로물루스의 가슴에 와 닿는다. 나는 위성 지배자들 앞에서 입장을 밝히는 일로 돌아간다.

"여러분들은 세계에서 가장 큰 함선 정비소를 보유하고 있습니다. 하지만 전쟁을 너무 일찍 시작했죠. 충분한 함선의 수를 동원하지 못한 채, 충분한 연료 없이 말입니다. 군주가 이곳으로 함대를 그렇게나 빨리 보낼 수는 없을 것이라 생각했죠. 여러분들은 잘못 판단했었습니다. 하지만 군주도 마찬가지로 실수 하나를 저질렀죠. 그녀의 남은 함대들은 모두 코어에 남아 오리온과 대항하며 위성과 세계를 방어하고 있습니다. 하지만 오리온은 코어에 없어요. 그녀는 저와 함께 있습니다. 그녀의 세력은 제가 자칼로부터 훔친 함선들과 하나가 돼 아르마다 함대를 형성했습니다. 그리고 그것으로 저는 창공에서 '소드 아르마다'를 뭉개 버릴 계획입니다."

"너에겐 그럴 수 있을 만큼 함선들이 많이 있지 않잖아."

로크가 반박한다.

"너는 내가 뭘 갖고 있는지 전혀 모르잖아. 그리고 내가 그것들을 어디에 숨겨두고 있는지도 모르고."

내가 다시 반박한다.

"그에게 함선들이 얼마나 있죠?"

로물루스는 머스탱에게 묻는다.

"충분히 많이 있어요."

"로크는 여러분들이 저를 야생 들불쯤으로 여기길 바라고 있어요. 제가 야성적으로 보이나요?"

최소한 오늘만큼은 그래 보이지 않는다.

"로물루스, 당신은 코어에 전혀 관심이 없어요. 저 또한 마찬가지로 림에 전혀 관심이 없습니다. 이곳은 제 고향이 아니에요. 우리는 서로의 석이 아닙니다. 제 전쟁은 당신의 종족에 대항하는 것이 아니라 제 고향의 지도층에 대항하는 것이에요. 우리가 소드 아르마다를 깨부수는 일을 도와주세요. 그럼 여러분도 여러분의 독립을 쟁취할 수 있을 것입니다. 돌 하나로 새 두 마리를 잡는 셈인 거죠. 우리가 여기에서 시인을 무찌른 뒤 제가 코어 지역에서 군주를 무찌르지 못하더라도, 제가 1년 안으로 패배하더라도, 우리는 너무나 많은 피해를 남길 것입니다. 그러면 옥타비아가 다시금 10억 킬로미터의 어둠을 건너올 수 있을 만큼의 함선, 자금, 인력, 지휘자를 끌어 모으기까지 평생이 걸릴 거예요."

위성 지배자들이 내 말에 몸을 앞으로 기대온다. 어쩌면 아직 그들을 내 편으로 설득할 수 있을지도 모르겠다.

로크가 조소를 보인다.

"여러분들은 자칭 해방자라는 이 사람이 정말로 림 지역에 있는 로우 컬러들을 버릴 것이라고 생각합니까? 갈릴레이 위성들에 있는 수만 따져도 1억 5000만 명이 '노예'로 지내고 있습니다."

나도 그 말에 인정한다.

"제가 그들을 해방시켜 줄 수 있었다면 그랬을 것입니다. 하지만 저는 그럴 수 없습니다. 저는 그 사실을 인지하고 있으며 그렇기에 제 가슴이 미어집니다. 그들도 제 종족 사람들이기 때문입니다. 하지만 모든 지도자는 희생을 치러야 하죠."

이 말에 골드들이 수긍하며 고개를 끄덕인다. 내가 적임에도 불구하고 그들은 내 종족 사람들을 향한 내 충성심을 존중하며 내가 느낄 고통 또한 공감해 주고 있다. 내 적들의 눈빛에서 그런 경의를 확인하니 기분이 이상하다. 나는 이런 상황에 익숙하지 않다.

로크 또한 그 끄덕이는 고개들을 확인한다. 그는 자신의 입장을 밀고 나간다.

"저는 여기에 있는 그 어느 누구보다도 이 남자를 잘 압니다. 저는 그를 형제처럼 알고 지냈습니다. 그런데 그는 거짓말쟁이입니다. 그는 우리를 하나로 묶어 주는 연결고리를 깨뜨리기 위해서라면 무슨 말이든 할 것입니다."

"절대로 거짓말하지 않는 군주와는 다르게 말이죠."

내가 가볍게 농담하자 몇 명이 소리내어 웃는다.

"군주님께서는 당신이 합의하신 내용을 지키실 겁니다."

로크가 주장하자 머스탱이 통렬하게 묻는다.

"그녀가 우리 아버지와 했던 것처럼 말이지요? 작년에 그녀가 갈라파티에서 아버지를 죽이려고 계획했을 때처럼요? 당시에 저는 그녀의 창기병이었는데도 그녀는 제 코앞에서 그런 계획을 세웠어요. 그리고 왜 그랬냐고요? 왜냐하면 아버지께서 그녀의 정치적 사안들에 대해 동의하지 않으셨기 때문이었지요. 그런 그녀가 그녀와 진짜로 전쟁을 벌였던 사람들에게는 어떻게 나올지 상상이나 해 보시라고요."

타이탄의 대총독이 자신의 손 마디뼈로 책상을 탕탕 두드리며 말한다.

"옳소! 옳소!"

그러자 로크가 묻는다.

"그래서 그 대신 테러리스트이자 변절자인 자를 신뢰하겠다는 건가요? 그는 6년간 우리 소사이어티를 파괴하려는 음모를 품었습니다. 그의 존재 자체가 속임수예요. 이제 와서 그를 어떻게 믿는다는 말입니까? 어떻게 레드가 골드보다 여러분들을 더 많이 생각해 주고 있다고 여긴단 말입니까?"

로크는 비통하게 고개를 젓는다.

"형제 자매들이여, 우리는 '아우리어트'들입니다. 우리가 인류를 지키는 질서입니다. 우리 이전에 존재했던 종족은 알고 있던 유일한 고향조차도 파괴하려고 하던 사람들이었습니다. 하지만 그 뒤로 우리가 평화를 가져왔습니다. 대로우가 여러분들을 조종해 이전에 있었던 암흑기를 도로 불러들이게 내버려두지 마십시오. 저들은 자신들의 배와 욕망을 채우기 위해 우리가 창조한 모든 경이로움을 말살할 것입니다. 우리에게는 지금 여기에서 그를 저지할 수 있는 기회가 찾아왔습니다. 우리는 언제나 하나가 되어야 마땅했습니다. 우리에게 그럴 기회가 한 번 더 찾아왔습니다. 우리의 아이들을 위해서요. 우리 아이들이 어떤 세상을 물려받기를 원하십니까?"

로크는 한 손을 그의 가슴 위에 올린다.

"저는 화성의 사람입니다. 저는 여러분들만큼이나 코어 지역에 전혀 애정을 느끼지 못하고 있습니다. 루나의 탐욕은 제가 태어났을 때보다도 훨씬 전부터 제 행성을 약탈해 왔습니다. 그것은 바꾸어야 하는 것입니다. 그리고 바뀔 것입니다. 하지만 저 남자의 칼끝으로 이룰 일은 아닙니다. 그는 깨진 창문을 고치기 위해 집을 태워 먹을 사람입니다. 아니에요, 친구들이여. 그런 방식은 옳지 않습니다. 더 나은 방향으로 바꾸기 위해서 우리는 오늘날의 정치적 입장 차이를 뒤로 하고 우리 황금기의 정신을 기억해야 할 것입니다. 그 어떤 것보다도 아우리어트로서 하나가 되어야 할 것입니다."

이런 말놀음이 진행될수록 로크가 저들의 애국심을 자극해 그의 편에 서도록 설득할 가능성이 높아진다. 머스탱과 나, 둘 다 이를 알고 있다. 내가 이곳에 오기 위해서는 무언가를 희생해야 할 것을 알았던 것처럼 말이다. 나는 내가 앞으로 약속하려는 것까지 내주지 않아도 될 상황이길 바랐다. 하지만 위성 지배자들의 눈빛으로 미루어보아 나는 로크의 말이 저들의 마음을 강타했다는 것을 알 수 있다. 저들은 반란을 두려워하고 있다. 나를 두려워하고 있다.

이것은 아레스의 아들들의 가장 큰 걱정거리다. 세브로가 내 조각 영상을 유포하고 아레스의 아들들을 진정한 전쟁터로 이끌고 나가면서 저지른 거대한 실수다. 그림자 속에서 우리는 저들이 서로를 죽여 나아가게 만들 수 있었다. 우리는 하나의 발상에 불과한 존재였다. 하지만 로크는 이제껏 존재해 왔던 모든 주인들이 하나로 뭉치게 된 이유를 저들도 생각하게 만들었다. '노예들이 내 소유를 자신들의 것으로 가져가 버리면 어쩐단 말인가?'

삼촌이 나에게 슬링블레이드를 줬을 때, 그는 팔다리 하나를 값으로 치르면 그것이 내 생명을 구할 것이라고 말했다. 모든 광부들은 그 말을 듣는다. 그래서 자신이 광산에 발을 들인 첫날부터 위급한 순간에는 사지를 희생할 가치가 있다는 것을 알게 된다. 이제 나는 사지 하나를 희생하려고 한다. 이 일로 나는 절대 용서받지 못할지도 모르겠다.

"저는 여러분들에게 아레스의 아들들을 내드리겠습니다."

내가 조용히 말한다. 로크가 연설을 이어 나아가는 통에 아무도 내 말을 듣지 못한다. 머스탱만 들었다.

"저는 여러분들에게 아레스의 아들들을 내드리겠습니다."

나는 더 큰 소리로 내 말을 반복한다.

책상 위로 침묵이 자리한다.

로물루스가 앞으로 기대자 그의 의자가 삐거덕거린다.

"그게 무슨 말입니까?"

나는 설명한다.

"저는 림에 아무런 관심이 없다고 여러분들에게 말씀드렸습니다. 이제 그 말을 증명하겠습니다. 여러분들의 영토 전역으로 아레스의 아들들이 사용하는 거처가 350군데 이상 있습니다. 우리가 여러분들의 도킹장 파업을 일으켰습니다. 우리가 위생시설에 사보타주를 했으며 우리가 네소스의 거리들이 똥으로 가득한 이유입니다. 오늘 여러분들이 저를 군주에게 넘기더라도 아레스의 아들들 때문에 여러분들은 1000년간 피를 흘릴 것입니다. 하지만 저는 림에 존재하는 모든 아레스의 아들들의 거처를 알려드리겠습니다. 저는 이곳에 있는 로우 컬러들을 버리고 제 싸움을 코어에서만 펼치겠습니다. 제가 살아 있는 한 절대 소행성대를 통과해 오지 않을 것입니다. 제가 저놈의 우라질 함대를 죽일 수 있도록 여러분들이 저를 도와주신다면 말입니다."

나는 손가락 하나로 로크를 푹 찌른다. 그는 충격을 받은 표정이다.

로크는 내 말의 파급력을 인지하며 말한다.

"그건 정신 나간 말이에요. 그는 거짓말을 하고 있어요."

하지만 나는 거짓말을 하고 있지 않다. 아레스의 아들들의 거처들에다 림 밖으로 대피하라고 지시를 내린 상황이다. 대피에 성공하는 자들은 많지 않을 것이다. 수천 명이 붙잡히고 고문당하고 죽을 것이다. 그것이 전쟁이며 지도자의 아픔이다.

"지도자들이여, 총사령관은 여러분들에게 고개를 숙이라고 하고 있습니다. 이제 진저리가 나지 않습니까? 고향에서 6억 킬로미터나 떨어져 있는 왕좌를 향해 굽신거리기도 지치지 않나요?"

그들은 고개를 끄덕인다.

"군주는 제가 여러분들에게 위협적인 존재라고 주장하고 있습니다. 하지만 여러분들의 도시를 폭파시킨 자는 누구였습니까? 여러분들의 사람들 수백만 명을 죽인 자가 누구였습니까? 또 여러분들의 아이들을 루나에 인질로 잡고 있던 자가 누구였습니까? 화성에서 당신의 아버지와 딸을 살해한 자는 누구였습니까? 위성 전체를 불태운 자가 누구였습니까? 저였나요? 제 종족 사람들이었나요? 아니었습니다. 여러분들의 가장 큰 적은 코어 지역의 탐욕입니다. 레아를 불태운 자들입니다."

"그것은 다른 시대의 일이었습니다."

로크가 항의한다.

"지금과 같은 여자가 치세하고 있을 때였습니다."

나는 으르렁거리며 로물루스의 왼쪽에서 내 말에 전적으로 몰입한 토성인 골드를 바라본다.

"누가 레아를 불태웠나요? 군주는 잊었습니다. 왜냐하면 그녀의 왕좌가 림에 등을 돌린 상태로 놓여 있기 때문이죠. 하지만 여러분들은 레아의 유리 같은 시체를 당신들의 하늘에서 매일 밤마다 보고 있어요."

"레아는 실수였어요. 절대 되풀이되어서는 안 될 일이에요."

로크는 말한다. 그렇게 그는 머스탱의 도움으로 내가 준비한 함정에 빠진다.

"절대 되풀이 되지 않아야 된다고요?"

머스탱이 그 질문과 함께 덫의 입구를 확 닫아 버린다. 그리고는 벨라를 돌아본다. 그녀는 몇 명의 다른 이오인 골드들과 함께 저택의 계단에서 지켜보고 있다.

"제 친구 벨라여, 저에게 제 데이터패드를 사용할 기회를 주시기를 간곡히 요청 드립니다."

"그녀의 게임에 놀아나지 마십시오."

로크가 말하자 머스탱이 순진한 척하며 묻는다.

"제 게임이라고요? 제 게임은 진실 그 자체랍니다, 최고사령관님. 진실이 이 자리에서는 환영받지 못할 존재인가요? 여기는 미사여구만이 허락되는 자리였습니까? 개인적으로 저는 진실들을 두려워하는 사람을 절대 믿지 않습니다."

그녀는 자신의 가시 돋친 말에 스스로 재밌어하며 다시 벨라를 돌아본다.

"제 대신 데이터패드를 작동시켜 주셔도 돼요, 벨라. 비밀번호는 L17L6363이에요."

그녀는 내가 놀라자 미소를 짓는다.

벨라는 그녀의 오빠를 바라본다.

"그녀가 바르카에게 메시지를 보낼 수도 있어요."

"제 통신선을 끊으세요."

머스탱이 말한다. 로물루스가 벨라에게 고개를 끄덕인다. 그녀는 통신선을 끊는다.

"데이터폴더 안의 내용을 확인해 주세요. 캐시 3번 폴더요. 부탁 드립니다."

그녀는 그렇게 한다. 처음에는 그 조용한 골드는 자신이 바라보고 있는 내용에 혼란스러워하며 눈을 가늘게 뜬다. 그 후 그 내용을 읽어 나아가며, 그녀의 입술이 미소로 휘고 팔의 피부에는 닭살이 인다. 이 작은 모임의 나머지 사람들은 점차 불안해하며 그녀의 반응을 지켜본다.

"이 상황을 간파하는 데에 많은 도움이 되는 거예요. 그렇지 않아요, 벨라?"

"뭡니까? 우리에게 보여 주세요."

로물루스가 요구한다.

벨라는 로크를 증오하는 눈빛으로 바라본다. 로크는 다른 어느 누구만큼이나 혼란스러워하고 있다. 그 후 벨라는 그 장치를 그녀의 오빠에게 넘긴다. 데이터를 읽는 그의 얼굴은 용케도 일관되게 무표정을 유지한다. 그는 손가락을 움직여 파일들을 넘긴다. 나는 지금 카시우스의 정보를 그의 주인에게 불리하게끔 이용하고 있다. 그의 선물은 군주의 심장을 겨누는 화살이 됐다. 하지만 머스탱과 나는 나보다 그녀가 이 정보를 전달하는 것이 나을 것이라 판단했다. 이렇게 로물루스와 머스탱의 우정을 바탕으로 쌓은 신뢰를 이용해 거짓을 유포하고 있는 것이다.

"이 내용을 스크린에 올리세요."

로물루스가 말하며 데이터패드를 벨라에게 툭 던진다.

로크가 화를 내며 묻는다.

"그게 뭔가요? 로물루스……."

그의 말끝이 흐려진다. 화성과 목성 사이에 자리한 카이퍼대 중의 코로니스족, 카린 부족 소속 소행성 S-1988의 이미지가 허공에 피어난 것이다. 그것은 책상 위에서 천천히 회전한다. 그 밑으로 줄줄이 지나는 초록색 데이터는 군주의 비운을 그린다. 그것은 가짜로 작성된 일련의 소사이어티 공식 서명으로 기지가 없는 소행성으로 물품을 운송한 일을 상세히 기록하고 있다. 데이터의 강은 계속 흐르며 그 소행성에서 '연료를 보급 받으라는' 명령이 소사이어티 고위층으로부터 내려왔음을 세세히 보고한다. 그 후 그것은 한 함선의 녹화 영상을 보인다. 그 함선은 우리 나머지 일원들이 목성으로 향하는 동안 내가 소행성을 조사하도록 주요 함대로부터 파견 보냈던 것이었다. 레드들이 떠다니며 어두운 창고를 드나든다. 작업복 차림의 작은 제트기 같은 존재들이 진공 속에서 소리 없이 움직이고 있다. 하지만 그들의 안전모에 싱크로 된 가이거 미터기들은 그곳의 막대한 방사선량에 지지직거린다. 그것은 우주 전투에 사용되는 합법적 5메가톤 핵탄두들로부터 방출되는 방사선량을 훨씬 능가하는 양이다.

로물루스는 로크를 뚫어지게 응시한다.

"만약 레아가 다시 되풀이되지 않을 일이라면 왜 당신은 우리의 궤도로 진입하기 전에 핵무기 창고의 내용물들을 당신의 함대에 털어 넣고 왔습니까?"

"우리는 창고에 들르지 않았습니다."

로크는 여전히 그가 본 내용과 그것이 시사하는 바를 이해하려고 머리를 굴리며 말한다. 증거 자료는 강력하다. 모든 거짓말은 진실을 충분히 동원했을 때 훨씬 설득력 있어진다.

"아레스의 아들들이 수개월 전에 그곳을 약탈했습니다. 저 정보는 거짓이에요."

그는 잘못된 정보를 바탕으로 수를 짜고 있다. 그 말인즉슨 군주는 자칼의 폭동 선동에 대한 정보를 거의 아무에게도 알리지 않고 비밀로 움켜쥐고 있었다는 것이다. 그리고 이제 그녀는 너무 적은 수의 사람들을 신뢰한 것에 대한 대가를 치르고 있다. 로크는 이 논쟁을 벌일 준비가 돼 있지 않으며 그것은 겉으로도 티가 난다.

"그렇다는 것은 창고가 존재하기는 한다는 것이군요."

로물루스가 묻는다. 로크는 그 사실을 인정한 것이 얼마나 치명적인 일이었는지 깨닫는다. 로물루스는 인상을 찌푸리며 말을 이어 나아간다.

"파비 최고사령관, 이곳과 루나 사이에 왜 핵무기들을 보유한 비밀 창고가 존재하는 것입니까?"

"그것은 기밀사항입니다."

"지금 농담하시는 거겠죠."

"소사이어티 해군의 책임은 우리의 보안을……."

"그것이 보안을 위한 것이었다면 왜 기지에 더 가까이 위치하지 않은 것입니까?"

로물루스가 묻는다.

"이 창고는 목성이 태양과 가장 가까운 궤도상에 있을 때 루나로부터 오는 함대가 지나갈 법한 길목에 있는 소행성대 가장자리 가까이에 위치하고 있습니다. 마치 내 고향으로 오는 길목에 어느 최고사령관이 무기를 실어 갈 만한 무기 은닉처인 것 같은……."

"로물루스, 이 상황이 어떻게 보이는지 저도 깨닫고……."

"젊은 파비여, 진정 깨닫고 있습니까? 왜냐하면 지금 상황은 당신이 형제와 자매라 부르는 사람들을 '몰살시키는' 것 또한 선택안으로 고려하고 있는 것처럼 보이거든요."

"이 정보는 명백히 거짓으로 지어진……."

"창고가 존재한다는 것은 제외하고 말이죠……."

"네. 그것은 존재합니다."

로크가 인정한다.

"그리고 그 핵탄두들도요. 그렇게 많은 방사선량을 보유하고 있는데도 말이죠?"

"그것들은 보안을 위한 것입니다."

"하지만 나머지 내용은 거짓이라는 거죠?"

"그렇습니다."

"그러니 당신은 진정 내 집으로 오면서 우리 위성들을 유리로 만들어 버릴 만큼 충분한 양의 핵무기들을 가지고 오지 않았다는 말이죠?"

로크가 대답한다.

"네, 그러지 않았습니다. 우리가 함선에 싣고 있는 유일한 핵탄

두는 함선 대 함선 전투를 위한 것입니다. 최대가 5메가톤급의 폭
발력입니다. 로물루스, 제 명예를 걸고…….”

“당신이 당신의 친구를 배신했을 때와 똑같은 명예 말입니
까…….”

로물루스는 나를 몸으로 가리킨다.

“당신이 명예로운 혼님을, 내 협력자 아우구스투스, 내 아버지,
레부스를 배신한 그 명예 말입니까? 정신병자 부친 살해자로부터
지시나 받는 정신병자 모친 살해자가 내 딸의 머리를 밟고 있는
모습을 지켜보며 거론하던 그 명예 말입니까?”

“로물루스…….”

“아니요, 파비 총사령관. 저는 더 이상 당신이 제 본명을 부를
만큼 저와 가까이 지낼 자격이 없다고 생각합니다. 당신은 대로우
를 야만인이자 거짓말쟁이라고 불렀어요. 하지만 그는 숨기는 것
없이 그의 입장을 솔직하게 밝혔습니다. 당신이야말로 거짓말을
들고 왔지요. 예의와 가문이라는 배경 뒤에 진짜 모습을 숨기면
서…….”

“라아 대총독님, 제 말을 꼭 들어주셔야 합니다. 이 모든 상황에
대해 설명할 수 있어요. 진정하시고 제 말 좀…….”

“그만.”

로물루스가 고함친다. 그리고 휙 일어서며 그의 큰 손으로 책상
을 친다.

“징징대는 코어 아첨꾼이여, 위선도, 계략도, 거짓말도 그만하

면 됐습니다."

그는 마침내 분노로 치를 떤다.

"당신이 제 손님이 아니었다면 저는 당신을 향해 장갑을 던지고 '피 흘리는 결투장'에서 당신의 성기를 잘라 버렸을 겁니다. 길을 잃어버린 당신의 세대는 골드로 사는 것이 무엇을 의미하는지 잊었어요. 당신들은 유산을 저버렸습니다. 권력의 젖이나 빨고 있어요. 대체 왜요? 무엇을 위해서죠? 당신의 어깨에 단 그 날개 훈장들을 위해서인가요? 최고사령관이라."

그는 그 직위를 비웃는다.

"이런 머리에 피도 안 마른 사람 같으니. 저는 당신이 론 오 아르코스와 같은 남자를 살릴지 죽일지 결정하는 세상을 동정합니다. 당신의 부모는 당신에게 대체 뭘 가르쳤나요?"

그의 부모는 로크를 가르친 적이 없다. 개인교사와 책이 그를 가르쳤다.

"명예 없는 자긍심이란 대체 무슨 소용입니까? 또 진실 없는 명예란 무슨 소용입니까? 명예는 그저 입으로 내뱉는 말이 아닙니다. 책으로 읽을 수 있는 내용도 아니에요. 명예는 실천해야 하는 행위입니다."

로물루스는 자신의 가슴을 친다.

"그렇다면 이 길을 가지 마십시오……."

로크가 말하자 로물루스는 무심하게 응답한다.

"당신의 주인이 이렇게 우리를 몰고 갔어요. 그녀는 우리가 고개를 숙이지 않으면 우리를 불태워 버리려고 합니다. 또다시."

머스탱은 미소를 참으려고 시도하다 실패한다. 그 사이에 로크는 자신의 손가락 사이로 위성 지배자들이 빠져나가는 모습을 지켜본다. 그의 교양 있는 말투에 어둠이 스민다. 그 목소리를 들으니 내 마음이 산산조각 난다. 저 말투로 한때 나를 옹호해 줬다니. 이제 그는 사랑에 훨씬 덜 보답하는 대상을 옹호하고 있다. 그것은 그를 전혀 개의치 않아하는 소사이어티다.

나는 언제나 왜 피치너가 마르스 하우스의 일원으로 로크를 뽑았는지가 궁금했다. 로크가 배신하기 전까지 나는 그가 가장 온화한 영혼이기만 한 줄 알았다. 하지만 이제 최고사령관은 그의 분노를 보이고 있다. 로크가 말한다.

"라아 대총독이여, 제 말을 귀담아 들으십시오. 우리가 당신들을 파괴할 심사로 이곳에 왔다는 생각은 잘못됐습니다. 우리는 소사이어티를 지키기 위해 왔습니다. 대로우의 간교에 넘어가지 마십시오. 당신들은 그런 짓을 할 정도로 저급한 사람들이 아닙니다. 군주의 제안을 받아들이십시오. 그렇다면 우리는 앞으로 1000년 더 평화를 누릴 수 있을지도 모릅니다. 그러나 진정 당신들이 이 길을 선택한다면, 휴전을 저버린다면, 자비는 없을 것입니다. 당신들의 함대는 누더기가 됐습니다. 대로우의 함대는 그것이 어디에 숨어 있든 간에, 탈영병들이 빌린 함선들을 합친 것에 불과할 것입니다.

하지만 우리는 소드 아르마다입니다. 우리는 정부 부대의 무쇠 손이며 소사이어티의 분노입니다. 우리의 함선은 당신들 세계의 빛을 꺼 버릴 것입니다. 당신들은 제가 무엇을 할 수 있는지 알지요. 당신들에게는 제 실력과 맞설 수 있는 지휘관이 없습니다. 그리고 당신들의 함선이 불탈 때, 코어 지역의 기사들이 유격대의 선두에 서서 당신들의 도시로 쏟아져 들어갈 것입니다. 공기는 재로 가득해지고 당신들의 아이들은 숨이 막히겠지요.

만일 당신들이 자신의 컬러를, 사회적 협정을, 소사이어티를 배신한다면…… 참고로 이 길을 가기란 그러는 것입니다……. 일리움은 불타 버릴 것입니다. 저는 당신들에게 폐허를 선사할 것입니다. 당신들이 알고 지냈던 모든 사람들을 일일이 다 사냥해 죽일 것이며 이 세계에서 그들의 씨앗을 전멸시킬 것입니다. 저는 무거운 마음으로 그리 할 것입니다. 하지만 저는 화성의 사나이에요. 전쟁의 사나이입니다. 그러니 제 분노에는 끝이 없을 것을 알고 계십시오."

로크는 얇은 손을 내민다. 마르스 하우스의 늑대 입이 벌어진 채 굶주린 듯이 고요히 울부짖고 있다.

"동류의식을 갖고 당신들의 종족 사람들과 골드를 위해서 제 손을 잡으십시오. 그러지 않으면 저는 이 손으로 여러분들의 가문들을 잿더미로 만들고 그 위해 평화의 시대를 세울 것입니다."

로물루스는 책상 가장자리를 돌아가 로크와 마주본다. 그들 사이로 둘 중 더 젊은 남자가 손을 내밀고 있다. 로물루스는 자신의 허리춤에 감겨 있던 레이저를 꺼내든다. 그것은 거친 소리를 내며 견고한 형태로 바뀐다. 칼날에는 지구와 그것의 '정복'에 대한 그림들이 새겨져 있다. 그의 가문은 머스탱의 것만큼이나, 그리고 옥타비아의 것만큼이나 오래됐다. 그는 그 칼날을 이용해 그의 손바닥을 가르고 그 상처로부터 진홍색 피를 뺀다. 그 후 로크에게 다가가 피 섞인 침을 그의 얼굴에 뱉는다.

"이것은 우리 사이의 혈수입니다. 파비, 우리가 다시 만나게 된다면 당신이 제 것이 되거나 제가 당신의 것이 될 겁니다. 우리가 다시 같은 공간 안에서 숨을 쉬게 된다면 한쪽의 숨은 멎을 것입니다."

차갑고 공식적인 선언이다. 그 말을 들은 이상 로크에게 요구되는 것은 오직 하나다. 그는 고개를 끄덕인다.

"벨라, 총사령관을 셔틀까지 모셔다 드려라. 그는 함대의 전투 준비를 해야 할 것이다."

"로물루스, 그가 이곳을 떠나게 놔둬서는 안 돼요. 그는 너무 위험한 인물이에요."

머스탱이 말한다.

"저도 동의합니다. 이 전투가 끝날 때까지 그를 포로로 붙잡고 있으세요. 그 후 그를 온전히 풀어 주세요."

내가 말한다. 하지만 나는 다른 이유에서 그렇게 말한 것이다. 나는 로크가 이 전투에서 빠지기를 바란다. 그의 피가 내 손에 묻지 않았으면 한다.

"이곳은 제 집입니다. 이곳에서 우리는 이렇게 행동합니다. 저

는 그에게 이곳을 안전히 들렀다 갈 수 있게 해 주겠다고 약속했
어요. 그러니 그는 그렇게 갈 것입니다."

로물루스가 말한다.

로크는 자신이 치즈 케이크를 먹은 뒤 사용했던 냅킨과 같은 것
으로 피와 침을 톡톡 닦아 낸 후 벨라를 따라 식탁을 뒤로하고 안
뜰에서 저택 안으로 이어지는 계단을 향한다. 그는 그 자리에서
멈춰서더니 뒤로 돌아 우리와 마주본다. 그가 마지막으로 시를 낭
송하는 순간, 그것이 나를 향한 것인지 이곳에 모여 있는 골드들
을 향한 것인지 모르겠다. 하지만 그것이 인류의 만대를 향한 것
임에는 분명하다.

> "형제들이여, 자매들이여, 마지막 순간까지
> 이 상황이 벌어졌음에 비통해하리
> 당신의 무덤 옆에서 나는 흐느낄 테지
> 당신이 잠들게 만든 자가 나였을 테니."

로크는 미세하게 고개 숙여 인사한다.

"환대에 감사드립니다, 대총독. 짧은 시일 내에 다시 뵙겠습니다."

로크가 회의장을 떠나는 동안 로물루스는 내가 안전하게 이오
를 떠날 때까지 그를 붙잡고 있으라고 벨라에게 지시한다.

로물루스가 그의 창기병들 중 한 명에게 말한다.

"최고사령관과 집정관을 소집하라. 20분 안에 홀로상에서 만나

야 한다. 우리는 전투 계획을 세워야 한다. 대로우, 당신의 집정관들도 함께 링크시켜 같이 얘기하고 싶으면……."

하지만 내 신경은 로크에게 가 있다. 나는 그를 다시는 보지 못할 수도 있다. 지금 내 가슴 속에서 들끓는 이 수많은 말들을 그에게 할 기회가 영원히 없을 수도 있다. 그러나 나는 그가 떠나게 내버려두는 것이 내 종족 사람들에게 어떤 의미로 다가올지 또한 알고 있다.

"가 봐."

내 눈빛을 읽은 머스탱이 말한다. 나는 급작스럽게 일어서서 자리를 비우는 것에 대한 용서를 구하고 로크가 정원에서 그의 부츠 끈을 다 맨 순간에 그를 간신히 붙잡는다. 벨라와 몇몇 다른 사람들이 그를 철문 쪽으로 이송하고 있다.

"로크."

그는 머뭇거린다. 내 말투에서 묻어나는 어떤 부분 때문에 그는 고개를 돌려 내가 다가가는 모습을 바라본다.

"내가 너를 언제 잃어버린 거야?"

내가 묻는다.

"퀸이 죽었을 때."

로크가 대답한다.

"너는 내가 골드라고 생각했을 때도 나를 죽이려 했던 거야?"

"골드. 레드. 어느 쪽이든 상관없어. 네 영혼은 시커매. 퀸은 선했어. 레아도 선했어. 그런데 너는 그들을 이용했어. 너는 파멸 그 자체야, 대로우. 네 친구들의 생명을 빨아가 네 자취 속에서 그들을 다 소진시키고 망친 뒤 버려 버리지. 매 죽음을 겪을 때마다 그것이 치를 만한 대가였다고 네 자신을 설득하며. 매 죽음을 겪을 때마다 정의 실현에 가까워지고 있다고 생각하며. 하지만 역사 속에는 너와 같은 쓰레기 인간들이 넘쳐나. 이 소사이어티에 잘못된 점이 없는 것은 아니야. 하지만 이 계층 구조는…… 이 세상은 인간이 실현시킬 수 있는 최선이야."

"그럼 그런 식으로 결정하는 것도 네 권리인가?"

"그래, 내 권리야. 하지만 나를 우주에서 재패해. 그럼 네 권리가 될 거야."

제43장

다시 이 상황을

머스탱의 손에서 피가 뚝뚝 흘러내린다.

아이들의 목소리가 허공을 떠다닌다.

"나의 아들들이여, 나의 딸들이여, 이제 너희가 피를 흘릴지니, 너희는 그 어떤 두려움도 알지 못하리라."

백발에 차가운 금속판 위를 맨발로 다니는 젊은 처녀 한 명이 무릎을 꿇은 채 줄 지어 있는 거인들 사이로 거닐며 아우리어트의 피가 뚝뚝 떨어지는 무쇠 칼을 들고 다닌다.

"패배란 없으리라."

골드 갑옷에는 선조들의 공훈이 새겨져 있다. 소년의 망토는 눈만큼이나 순수하다.

"오로지 승리만 있으리라."

그녀는 이미 상처가 나 있는 로물루스 오 라아의 손바닥을 가른다. 그의 눈은 감겨 있다. 그의 용 갑옷은 상아만큼 희고 매끄러우며 다른 쪽 손은 장남의 손을 잡고 있다. 그 소년은 17살이 채 안됐다. 가니메데 기관에서 이제 막 그의 년차에 승리를 거머쥔 상태다. 이날을 반기듯 번뜩이는 그의 눈빛은 야성적이다. 이 시간 이후에 무슨 일이 도사리고 있는지를 그의 용감무쌍한 젊은 영혼이 알았더라도 그의 눈빛이 저럴까. 그보다 나이가 많은 그의 사촌은 그 옆에서 무릎을 꿇고 앉아 무릎 위에 손을 올려놓고 있다. 그녀 옆에는 그녀의 오빠가 있다. 그 가족이 교량 너머까지 사슬처럼 이어진다.

"너희의 비겁함이 너희로부터 빠져나온다."

그 소녀 뒤로 더 많은 아이들이 무리 사이로 걸어 다닌다. 그들은 골드의 네 가지 기준들인 홀, 칼, 두루마리 종이, 그리고 그 두루마리 종이 끝에 씌워진 왕관을 들고 다닌다.

"너희의 격노가 밝게 타오른다."

그녀는 피가 떨어지는 칼을 카박스 오 텔레마누스와 그의 가장 어린 딸인 스락사 앞에서 들어올린다. 스락사는 야성적인 머리에 주근깨 난 얼굴, 그리고 땅딸막한 체구에 아버지의 웃음과 팍스의 단순한 친절함을 겸비한 소녀다.

"일어서라, 일리움의 아이들이여, 골드의 전사들이여. 그리고 너희들 컬러의 힘을 함께 가져가거라."

200명의 골드 집정관과 사절들이 일어선다. 머스탱과 로몰루스가 그들의 선두에 자리하고 있으며 그 양옆으로 텔레마누스와 아르코스 가문 사람들이 있다. 머스탱은 손을 들어 올려 피를 얼굴 위에 문지른다. 200명의 살인자들이 함께 그 동작을 한다. 하지만 나는 하지 않는다. 골드 협조자 장교들이 합쳐 생긴 부대가 자신들의 선조를 기리는 동안 나는 세피와 함께 구석에서 그 모습을 지켜본다. 화성 개혁가, 림 폭군, 옛 친구, 그리고 옛 적군이 머스탱의 기함인 200년 된 드레드노트, '데자 소리스'의 교량 위에 다닥다닥 모여 있다.

"오늘의 전투는 우리 소사이어티의 운명을 결정하기 위한 것이다. 우리가 폭군의 치세 하에 살아갈지 우리 자신의 운명을 직접 만들어 나갈지를 선택하는 것이다."

머스탱은 오늘 사냥할 적군의 목록을 분류해 나열한다.

"로크 오 파비, 시피아 오 팔스, 안토니아 오 세베루스-줄리, 시리아나 오 타누스."

마지막 사람은 시슬이다.

"이들이 우리가 원하는 생명들이다."

전에도 이 상황을 겪어 보았다. 이 축도를 본 적이 있다. 앞으로도 이 상황을 또 겪을 것이라는 느낌을 떨쳐 버릴 수가 없다. 이 의식은 그 빛을, 놀라운 사람들을 감싸는 위엄을 전혀 잃지 않았다. 이 사람들이 죽으러 가는 이유는 '계곡' 사후 세계를 위해서도 아니고, 사랑을 위해서도 아니다. 영예를 위해서다. 인류는 이제껏 이들과 흡사한 종족을 본 적이 없으며 그것은 앞으로도 마찬가지일 것이다. 수개월간 아레스의 아들들에 둘러싸여 있다 보니 이 골드들이 악마라기보다는 추락하는 천사 같아 보인다. 지평선 너머로 사라지기 전에 너무나 찬란한 빛을 내며 하늘을 가르고 지나는 귀중한 천사들…….

하지만 저들은 이런 날들을 앞으로 얼마나 더 누릴 수 있을까?

적의 강당에서는 로크가 우리의 이름과 내 친구들의 이름을 낭독하고 있을 것이다. 리퍼를 죽인 자는 영원한 영예, 포상 그리고 명성을 얻을 것이다. 넓은 어깨에 분노로 찬 눈빛을 한 젊은 짐승들이 코어 학교의 복도로부터 곧장 나와 나를 사냥할 것이다. 자신들의 이름을 날리기 위해서…….

나이 든 그레이 부대원들 또한 나를 사냥할 것이다. 그들은 내 반란을 어머니인 소사이어티에 대한, 그리고 자신들이 평생을 바쳐 사랑하고 몸 바쳐 싸운 부대에 대한 크나큰 위협으로 받아들인다. 거기에 옵시디언들도 주인들의 지시 하에 나를 잡으려 할 것이다. 그들은 내 머리를 대령하는 값으로 핑크 선물을 약속 받을 것이다. 저들 모두가 내 친구들을 사냥할 것이다. 세브로의 이름을, 그리고 머스탱의 이름을, 또 아직 라그날이 우리의 곁을 떠난 줄 모르기에 라그날의 이름도 부를 것이다. 저들은 텔레마누스 부자를, 빅트라를, 오리온을, 그리고 내 하울러들을 사냥할 것이다. 하지만 저들은 그들을 갖지 못할 것이다. 오늘은 아니다.

오늘은 내가 쟁취할 것이다.

나는 서서 내 골드 협력자들을 내려다본다. 무장용 금속으로 몸을 싸고 있다. 피처럼 붉은 펄스갑옷 슈트를 입은 나는 키가 2.1미터에 달하며 160킬로그램 무게가 나가는 저승사자다. 슬링블레이드는 팔목 바로 위에 찬 오른 완갑에 감겨 있다. 왼손에는 그래브 피스트가 있다. 속도는 떨어지는 대신 복도에서 충돌하기에 적합한 착장이다. 오빠의 갑옷을 입은 세피도 나만큼이나 괴물 같다. 적들이 떼 지어 있는 모습을 바라보는 그녀의 눈빛에는 증오가 서려있다.

내 협력자들은 세피를 봐야 했다. 나를 봐야 했다. 의심의 그림자 너머로 리퍼가 살아 팔팔 뛰어다니고 있다는 것을 알아야 했다. 화성인들 중 많은 수가 나와 함께 아이언레인에서 떨어졌다. 몇 명은 증오의 눈빛으로 나를 바라본다. 다른 이들은 호기심 어린 눈빛으로 본다. 또 몇은, 아주 극소수지만, 경례를 표한다. 하지만 대다수는 절대 없어지지 않을 경멸을 품고 있다. 그래서 내가 세피를 데려온 것이다. 사랑이 없는 자리에서는 두려움으로 즉각적인 효과를 거둘 수 있으니까.

로크의 함대가 유로파에서 여행길에 올랐다는 소식을 들은 후 나는 우리의 전투 계획을 세우는 것을 도왔던 로물루스와 그의 집정관 무리에게 작별 인사를 한다. 로물루스의 악수는 확고하다. 우리 사이에 서로를 존중하는 마음은 있지만 애정은 없다. 격납고에서 나는 머스탱과 텔레마누스 사람들에게도 작별 인사를 한다. 셔틀이 비행을 시작하고 수백 명의 비할 데 없는 자들이 자신들의 함선 안으로 돌아가면서 바닥이 진동한다.

"우리는 언제나 서로 작별 인사를 나누는 것 같네요."

나는 카박스에게 말한다. 그는 이미 작은 인형을 들어 올리듯 머스탱을 들어 올린 뒤 그녀의 머리에 뽀뽀를 하는 것으로 그녀와 작별 인사를 나눈 상태다.

"작별 인사라고? 이건 작별 인사가 아니야. 오늘 승리하면 이건 그냥 길게 서로 반기는 인사를 나누는 셈이 되는걸. 내 생각에는 우리 둘 다 아직 살날이 많이 남은 것 같은데."

카박스는 이가 보이도록 활짝 웃으며 낮게 울리는 목소리로 말한다.

"당신에게 어떻게 감사하는 마음을 다 표현할지 모르겠어요."

"뭐에 대해서?"

카박스는 묻는다. 그는 어느 때와 같이 혼란스러워한다.

"베풀어 주신 친절에……."

달리 어찌 표현해야 할지 모르겠다.

"제가 당신들 중 하나가 아니었을 때도 제 친구들의 뒤를 봐주신 것에 대해서요."

카박스의 붉으죽죽한 얼굴이 히죽 웃는다.

"우리들 중 하나라고? 멍청이. 너는 멍청이처럼 말하는구나. 내 아들이 너를 우리들 중 하나로 만들었지."

그는 격납고 반대편의 이동수단 근처에서 머스탱이 론의 며느리들 중 한 명과 얘기하는 모습을 바라본다.

"그녀가 너를 우리들 중 하나로 만들었어. 그리고 그런 이유들도 다 망할 것들이라 치부한다면 내가 너를 우리들 중 하나라고 여긴다. 그러니 너는 우리들 중 하나야."

내가 보일 수 있는 반응이라고는 눈에 고이려는 눈물을 참는 것뿐이다.

카박스는 소포클스가 천천히 달릴 수 있도록 자신의 어깨에 앉아 있던 놈을 바닥에 내려놔 준다. 원을 그리며 여우는 내 다리 위로 뛰어올라 내 갑옷 관절 사이에서 뭔가를 파낸다. 젤리빈 하나다. 스락사가 자신의 아버지 뒤에서 손가락 하나를 입술 가까이 댄다. 그 거대한 남자의 눈에 불이 켜진다.

"이건 무슨 신선한 맛있는 거니, 소포클스? 오, 네가 가장 좋아하는 종류구나! 수박 맛."

여우는 다시 돌아가 카박스의 어깨 위로 뛰어오른다.

"봐! 너는 이놈의 축복도 받고 있어."

"고마워, 소포클스."

나는 놈의 귀 뒤를 긁어주기 위해 손을 뻗으며 말한다.

카박스는 떠나기 전에 나를 거칠게 콱 껴안는다.

"몸조심해, 리퍼."

그는 경사로 출입구 위를 터덜터덜 올라간다. 그는 10미터도 가기 전에 아래에 있는 나를 향해 우렁차게 말한다.

"낚시 어때?"

"뭐라고요?"

"레드들도 낚시하나?"

"저는 한 번도 안 해 봤어요."

"화성에 있는 내 사유지 사이로 흘러가는 강 하나가 있어. 이 일이 끝나면 우리 둘이서 거기에 가자. 그리고 강가에 앉아 줄을 던져 넣는 거야. 내가 너에게 송어와 강까치고기를 구별하는 법을 알려 주마."

"위스키는 제가 준비해 갈게요."

내가 말하자 카박스는 나를 향해 손가락 하나를 가리킨다.

"그거야! 그리고 우리는 같이 취하는 거야. 그거야!"

그는 스락사에게 팔을 두르고 다른 딸들을 향해 그가 방금 본 기적에 대해 외치며 함선 안으로 사라진다.

"우리들 중 그가 가장 운이 좋은 사람일지도 모르겠는데."

마침 내 뒤에서 머스탱이 다가와 텔레마누스 함선이 떠나는 모습을 지켜보고 있기에 나는 그녀에게 말한다.

"너에게 조심해 달라고 부탁하는 건 웃긴 일이겠지?"

머스탱이 묻는다. 나는 윙크하며 대답한다.

"성급한 행동은 안 하겠다고 약속할게. 나는 발키리들을 데리고 다닐 거야. 우리와 오래 붙어보려 하는 사람들은 별로 없을 것 같은데."

머스탱은 내 어깨 너머를 바라본다. 내 셔틀 옆에 대기하고 있는 세피가 다른 함선들이 날아가는 동안 엔진을 보며 감탄하고 있는 모습이 보인다. 머스탱은 뭔가 하고 싶은 말이 있는데 어떻게 말해야 할지 고민하는 듯한 표정이다. 머스탱은 내 갑옷의 가슴판을 건드린다.

"너는 천하무적이 아니야. 어쩌면 이 모든 상황이 끝난 뒤에도 누군가는 네가 남아 있어 주기를 바랄지도 모르지 않아. 어쨌든 네가 내 눈앞에서 죽어 버린다면 이게 다 무슨 소용이겠어? 알아들었어?"

"알아들었어."

머스탱은 나를 올려다본다.

"정말이야? 나는 다시 홀로 남겨지고 싶지 않아. 그러니 나에게 돌아와 줘."

그녀는 손 마디뼈로 내 가슴판을 톡 친 뒤 돌아서서 자신의 함선 쪽으로 간다.

"머스탱."

나는 머스탱을 뒤쫓아 그녀의 팔을 잡은 뒤 그녀를 내 쪽으로 끌어당긴다. 그녀가 말할 새도 없이 나는 그 자리에서 금속과 엔진의 포효 소리에 둘러싸인 채 그녀에게 입을 맞춘다. 다소 섬세한 키스가 아닌 한껏 굶주린 키스다. 그렇게 그녀의 머리를 내 쪽으로 잡아당겨 의무의 무게 밑에 깔린 여성을 느껴 본다. 그녀의 몸이 내 몸에 와 닿는다. 이것이 우리의 마지막일지도 모른다는 두려움에 몸서리치는 머스탱이 느껴진다. 우리의 입술이 떨어지고, 나는 그녀의 몸에 내 체중을 맡긴다. 그리고 그 자리에서 몸을 앞뒤로 흔들며 그녀의 머리 향내를 맡고 옥죄는 마음에 숨을 헐떡인다.

"조만간 보자."

제44장

운 좋은 놈들

나는 우리에 갇힌 채 먹이가 그 철창 바로 너머에 있는 늑대처럼 교량을 빠르게 걸어 다닌다. 내 안의 상냥함은 다시금 리퍼의 야만인다운 표정 뒤로 숨었다.

"벌가, 하울러들은 다들 제자리에 있나?"

내가 묻는다. 내 뒤와 아래로 블루 기간 선원들이 살균된 함몰 선실 안에서 재잘거린다. 그들의 얼굴이 홀로스크린의 빛을 받아 빛난다. 피하 임플란트가 함선과 싱크로를 이루며 박동한다. 선장인 펠루스는 내 지시를 기다리고 있다. 그는 방랑기질이 있는 신사로 내가 팍스 함선을 처음 장악했을 때 거기에 타고 있던 중위였다.

"네, 리퍼님. 적군 함대의 전방부대가 4분 후 장거리 총의 사격

반경 안에 도달할 것입니다."

벌가가 그녀의 위치에서 말한다.

오만한 골드 세력이 검은 우주 전역으로 펼쳐진다. 창백한 백색 조각들이 끊이지 않는 바다를 이룬다. 저것들을 향해 손을 뻗어 모조리 박살낼 수 있다면 뭐든 했을 것이다. 내 주력함은 이오의 북극 위에서 우리의 강력한 드레드노트 주위로 세 무리를 이루고 있다. 머스탱과 로물루스는 자신들의 세력을 남부 지역 주위로 소집해 놨다. 그리고 우리는 서로 8000킬로미터 떨어진 채로 함께 로크의 함대를 지켜보고 있다. 그의 함대는 전쟁을 가져오기 위해 유로파와 이오 사이의 공백을 지나고 있다.

"적군 순양함들은 1만 킬로미터 지점에 있습니다."

블루 한 명이 읊조린다.

내 함대를 위한 서문은 없다. 골드들처럼 전투 전에 행하는 그 어떤 축도도 의식도 없다. 우리의 모든 권리에도 불구하고 우리는 저들에 비해 너무나 멀쩡고 단순해 보인다. 하지만 내 함선에는 연대감이 있다. 나는 그것을 엔진실, 폭격 스테이션 그리고 교량 위에서 확인했다. 우리에게는 우리를 하나로 이어주고 용감하게 만들어 주는 꿈이 있다.

"오리온과 연결시켜 줘."

나는 고개를 돌리지 않은 채 말한다.

과체중에 성질 더러운 블루의 홀로가 내 앞에서 파문을 이루며 살아난다. 그녀는 이곳에서 50킬로미터 떨어져 있는 '페르세포네의 울부짖음'의 심부에 있다. 그것은 내 다른 드레드노트 4대 중 하나다. 그녀는 지휘 의자에 앉은 채 내 기동타격대를 제외한 함대의 모든 선장과 싱크로를 이루고 있다. 오늘의 많은 부분이 그녀에게, 그리고 우리가 서로를 본 이래 수개월 동안 그녀가 집결시킨 해적 함대에게 달려 있다. 그녀는 코어 지역의 해운 회사들을 습격해 왔다. 자신의 명분 아래 블루들을 끌어 모았다. 그래서 아레스의 아들들을 도와 자칼로부터 훔친 함선들의 내부를 충직한 남자와 여자 들로 충분히 채워 넣을 수 있었다.

오리온이 우리의 적군을 보고 감탄하며 말한다.

"함대가 크네요. 제가 리퍼님의 연락을 절대 받으면 안 된다는 걸 알고 있었는데 말이죠. 저는 해적질하는 걸 꽤나 즐기고 있었다고요."

"그런 것 같더군. 네 개인 전용실은 실버도 얼굴을 붉히게 만들 만큼 야하던데."

지난 1년하고도 반 년간 팍스 함선은 오리온의 집이었다. 그녀는 내 옛 개인실을 차지한 뒤 그녀가 급습해 얻은 전리품들로 그 안을 바로 채워 넣었다. 금성에서 온 깔개. 개인 골드 소장품이었던 그림. 티치아노의 그림 하나가 책장 뒤에 끼워져 있는 것도 발견했다.

"거기에 대해서라면 뭐라 달리 설명할 수 없겠네요. 저는 예쁜 것들을 좋아하는걸요."

"그래. 그럼 오늘 이 작전이 성공하면 네 어깨에 올려 둘 앵무새

하나를 구해 줄게. 어때?"

"아! 제가 앵무새 한 마리를 구하고 있다고 펠루스가 알려 드렸나 보군요. 펠루스, 그는 좋은 남자에요."

방랑기질 있는 선장은 내 뒤에서 고상하게 고개를 사선 방향으로 끄덕인다.

"어디서든 행성 측에 도킹할 수 없다 보니 앵무새를 구하기가 그렇게 어려울 수 없어요. 매, 비둘기 그리고 올빼미도 찾아냈지만 앵무새는 없었죠. 빨간 놈으로 구해다 주신다면 제가 특별히 안토니아 오 세베루스-줄리의 교량에 구멍을 내 드릴게요."

"빨간 앵무새로 하지."

오리온은 혼자 몰래 웃더니 교량에 있는 안내인으로부터 차 한 잔을 받는다.

"좋아요, 좋아요. 저는 이제 전투에 임하러 가 봐야겠네요. 그냥 감사하다는 말을 하고 싶었어요, 대로우. 저를 믿어 줘서요. 저에게 이 기회를 줘서요. 오늘 이후로 블루에게는 주인이 없을 거예요. 행운을 빌어요, 소년이여."

"행운을 빌어, 제독."

오리온은 사라진다. 나는 중앙 센서 프로젝트 영상을 다시 돌아본다. 전략적인 판독이 목성계의 구들이 서로 일정한 간격을 이루는 듯한 모양새를 갖추며 창문 앞에 떠오른다. 4개의 거대한 갈릴레이 위성들보다 더 작은 내부 위성 4개가 목성을 돈다. 나는 테베에 시선을 집중한다. 테베는 저 위성들 중 가장 바깥쪽 궤도를 도는 것이며 이오와 가장 가까이에 있다. 질량은 작다. 포보스보다 살짝 큰 상태다. 그 위성은 오래전부터 값진 미네랄들을 채굴했던 곳이며 이제는 전쟁의 초창기에 폭파당해 분열됐던 군수기지의 고향이다.

"60초 후, 하울러 컴들이 꺼질 겁니다."

벌가가 자리에서 읊조리는 동안 빅트라가 가슴과 등 부위에 붉은 슬링블레이드가 그려진 두꺼운 금빛 갑옷을 착용한 채 교량에 들어선다.

"대체 너는 여기서 뭐하는 거야?"

내 질문에 빅트라가 순진한 척하며 응답한다.

"너 여기에 있었구나."

"너는 '마이코스의 외침'을 타기로 했잖아."

빅트라가 입술을 깨문다.

"이게 마이코스가 아니었어? 어째, 내가 길을 잃었나 보네. 다시는 그런 일이 없도록 그냥 너만 졸졸 따라다닐게. 괜찮지?"

"세브로가 너를 보냈구나. 그렇지?"

"걔 마음은 시커멓고 조그맣지. 하지만 걔도 마음이 다칠 수 있어. 나는 네 곁을 안락하고 따뜻하게 지켜 걔 마음을 지켜주려 해. 오, 그리고 로크에게 인사도 하고 싶었고."

"네 여동생은 어쩌고?"

내가 묻자 빅트라가 팔꿈치로 나를 쿡 찌른다.

"로크가 먼저야. 그 다음에 그녀지. 나도 팀플레이어가 될 수 있다고."

활짝 웃으며 나는 함몰선실 쪽으로 돌아선다.

"벌가, 투구 컴으로 하울러들에게 단체로 연결해 줘."

"네, 리퍼님."

내 귀에 있는 컴이 지지직거린다. 나는 갑옷의 투구를 가동시
킨다. 투명한 천정형 영상 표시기에 내 선원들, 그들의 지위, 이름,
그리고 중앙 함선 명부에 등록돼 있는 모든 것들이 보인다. 나는
컴의 홀로 기능을 가동시킨다. 그러자 내 친구들의 얼굴을 담은
반투명한 영상 모음이 내 함선의 교량 시야 앞에 뜬다.

"뭔 일이여, 보스? 작별의 키스 같은 뭐시기라도 필요한 거야?"

세브로가 묻는다. 전쟁 페인트로 붉게 칠한 얼굴은 기계 장치의
HUD 디스플레이의 퍼런 빛에 흠뻑 젖어 있다.

"그냥 다들 잘 자리 잡았는지 확인하려고."

"네 친척이 우리를 위해 좀 더 큰 공간을 조각해 줬으면 좋았을
것을. 이 안에 있으려니 발을 얼굴에, 얼굴을 똥꼬에 대게 된다고."

세브로가 투덜거린다.

"그러니 택터스였다면 그곳을 좋아했을 거라는 말이지?"

빅트라가 묻는다. 그녀도 패널에 연결돼서 그녀의 목소리도 함
께 들을 수 있다.

나는 웃음을 터뜨린다.

"택터스가 싫어하던 것도 있었나?"

"옷차림이었지, 대개."

머스탱이 자신의 교량에서 응답한다. 그녀 또한 전투용 갑옷을 착용하고 있다. 그것은 순수한 금색으로 가슴판에서 붉은 사자가 포효하고 있다.

"그리고 맨 정신으로 있는 것도."

빅트라가 덧붙인다.

"이 위성에서 왕족들의 똥내가 나는데. 죽은 말 냄새보다도 심해."

클라운이 그의 스타셸 기계장치로부터 웅얼거린다.

"당신은 지금 기계 장치 속의 진공에 있으니까요. 그 냄새는 위성의 것이 아닐 확률이 높아요."

홀리데이가 느릿하게 말한다. 내 함선의 격납고에 있는 그녀의 뒤로 사람들이 쨍그랑거리고 고함치는 소리가 들려온다. 홀리데이는 그녀의 얼굴에 거대한 파란색 손바닥 자국을 찍고 있다. 옵시디언들 중 한 명이 그녀에게 찍어 준 것이다.

"아, 그럼 이것이야말로 당연히……."

클라운이 말한다. 그리고 코를 킁킁거리더니 덧붙인다.

"오호라. 나잖아."

"내가 샤워하라고 말했지."

페블이 투덜거린다.

"하울러 규칙 17번. 전투 전에는 픽시나 샤워한다. 나는 내 군사들이 야만적이고 악취 나고 섹시한 게 좋아. 네가 자랑스럽다, 클라운."

세브로가 말한다.

"감사합니다."

"스레카! 안전장치를 켜 둬요. 당장요!"

홀리데이가 고함친다.

"죄송해요. 우라질 놈의 옵시디언들이 우라질 방아쇠에 손가락을 대고 돌아다니고 있어요. 겁나 무서운 상황이라고요."

"우리 왜 애들처럼 말하고 웃나?"

세피가 컴 너머로 우렁차게 말한다. 그 소리가 너무나 커서 고막이 떨릴 정도다.

"우라질 귀청 떨어져."

세브로가 비명을 지른다. 세피의 볼륨 조절에 대한 욕설이 코러스를 이룬다.

"네 출력 볼륨을 낮춰!"

클라운이 여왕에게 날카롭게 쏜다.

"나 이해 안 돼……."

"네 출력……."

"출력이 뭔가……?"

"'고요'라는 별명이 다소 부정확한 것 같은데, 그렇지?"

빅트라가 묻는다. 머스탱이 코웃음을 친다.

"세피, 허리를 숙여요. 제 손이 안 닿잖아요. 허리를 숙여요."

홀리데이가 꽥 소리를 지른다. 그녀는 격납고 안에서 세피를 발견한 뒤 출력 볼륨을 낮추도록 도와준다. 이 옵시디언 여왕은 매일 밤 그녀의 새 펄스피스트와 함께 잠을 잔다. 하지만 통신 장비에 대한 그녀의 이해도는 다소 뒤쳐진 상태다.

"그래서 우리 키 큰 아가씨가 물었다시피 이렇게 잠깐 통신선상으로 대화하는 이유가 있는 건가요?"

홀리데이가 묻자 세브로가 홀리데이의 비음을 흉내 내며 대꾸한다.

"전통이야, 홀리. 리퍼는 감성적인 얼간이야. 아마 연설도 하나 할걸."

"연설은 없어."

내 말에 내 범상치 않은 작은 가족들이 징징거리며 야유한다.

"우리를 분노하도록 꾸짖지 않을 거라고? 꺼져가는 빛에 대항하여 분노하라고 안 해?"

세브로가 묻는다. 하지만 이 농담에 이상한 기분이 든다. 그것은 로크가 할 법한 말이라는 것을 알기 때문이다. 가슴이 다시 옥죄어 온다. 나는 이 사회적 부적응자이자 서약 깨는 자의 무리를 향해 너무나 많은 애정을 느끼고 있다. 그리고 너무나 많은 두려움도 느끼고 있다. 이들을 이 상황으로부터 보호해 줄 수 있었으면 좋겠다. 도래할 지옥으로부터 그들을 피신시켜 줄 수 있는 방도를 어떻게든 찾고 싶다. 나는 입을 연다.

"무슨 일이 벌어지든 간에 기억해. 우리가 운 좋은 놈들이야. 우리는 오늘 변화를 일으킬 기회를 만났어. 하지만 너희는 내 가족이야. 그러니 용기를 내 줘. 서로를 보호해 줘. 그리고 집으로 돌아와 줘."

"보스, 너도."

세브로가 말한다.

"사슬을 끊어라."

머스탱이 말한다.

"사슬을 끊어라."

내 친구들의 목소리가 메아리를 친다.

세브로는 으르렁거리는 표정을 지으며 우렁차게 내지른다.

"하울러들이여, 가라……."

"아우우우우우우우우."

그들은 멍청이처럼 울부짖으며 웃음을 터뜨린다. 한 명씩 차례 대로 그들의 이미지가 깜빡이며 꺼진다. 그리고 나는 내 투구 속에 홀로 남겨진다. 나는 숨을 쉰 후 누구든 듣고 있으면 들어 달라며 소리 없이 기도한다. 그들을 안전하게 지켜 달라고.

나는 투구가 다시 갑옷 목 부위 안으로 스르륵 들어가게 한다. 블루들이 디스플레이로 나를 지켜본다. 소소한 레드와 그레이 해군 집단 하나가 문 앞에 서서 나를 격납고로 안내하려고 대기하고 있다. 너무나 많은 세계로부터 너무나 많은 삶의 끈들이 모여 이곳에서, 이 순간에, 내 주위로 교차됐다. 얼마나 많은 끈들이 헤어질까? 얼마나 많은 자들이 오늘 삶을 마감할까? 빅트라가 나를 향해 웃는다. 그러자 이날이 기쁘게 끝나기에는 내가 이미 너무 운이 좋은 것 같은 기분이 든다. 그녀는 이곳에 있어서는 안 됐다. 그녀는 저 공동 너머에서 적군 전투 순양함을 지휘하고 있었어야 했다. 그럼에도 불구하고 그녀는 이곳, 우리의 곁에서 그녀가 절대 얻지 못하리라고 생각했던 구원을 구하고 있다.

"한 번 더 굴러 보자고."

빅트라가 말한다.

"한 번 더."

내가 응답한다. 나는 선원들에게 말한다.

"다들 기분이 어떤가?"

어색한 침묵이 흐른다. 그들은 서로 불안한 시선들을 교환한다. 어떻게 대답해야 할지 몰라 하고 있다. 그러더니 대머리인 젊은 블루 여자 한 명이 자신의 제어반에서 벌떡 일어선다.

"우라질 골드놈들을 좀 죽일 준비가 됐습니다⋯⋯ 리퍼님."

그들은 웃음을 터뜨린다. 긴장이 풀어진다.

"같이 할 사람 없어?"

빅트라가 우렁차게 외친다. 그들은 포효로 응답한다. 18살 젊은 이부터 지금 론이 살아 있었다면 그와 동갑일 노인까지 해군들은 이제 모두 부츠의 금속 뒤꿈치들을 바닥에 대고 친다.

"함대 전체로 내 선을 연결시켜 놔. 개방 주파수로 퀵실버에게 실시간 방송해. 골드들이 나를 찾으려면 어디로 와야 하는지 알게 끔 그들이 내 목소리를 확실히 들을 수 있게 해."

내 명령에 벌가가 고개를 끄덕인다. 나는 생방송 중이다.

"친구들이여, 저는 리퍼입니다."

내 목소리가 내 함대의 112개 주력함, 수천 대의 립윙, 리치크래프트와 엔진실, 그리고 바싹한 백색 이불보가 덮인 채 환자의 홍수를 기다리는 빈 침대 사이로 의사와 새로 임명된 간호사가 거니는 메드베이의 마스터컴 너머로 울려 퍼진다. 지금으로부터 38분 후, 퀵실버와 화성에 있는 아레스의 아들들도 이 소리를 들을 것이며 그들은 그 방송 신호를 코어 지역으로 보낼 것이다. 우리가 그때쯤에도 살아 있을지의 여부는 로크와 나의 춤사위에 달렸다.

"광산에서, 우주에서, 도시와 하늘에서, 우리는 두려움을 품고 살았습니다. 죽음에 대한 두려움, 고통에 대한 두려움. 오늘은 우리가 실패할 것에 대한 두려움만 가지십시오. 우리는 실패할 수 없습니다. 우리는 어둠의 가장자리에 서서 인류에게 남은 유일한 횃불을 들고 있습니다. 이 횃불은 꺼지지 않을 것입니다. 제가 숨을 쉬고 있는 한은, 여러분들의 심장이 가슴 속에서 박동하고 있는 한은, 우리의 함선이 아직 위협을 할 수 있는 한은 그럴 것입니다. 꿈꾸는 일은 다른 이들에게 맡기십시오. 노래하는 것도 다른 이들에게 맡기십시오. 선택받은 우리 소수는 우리 종족 사람들의 불꽃입니다."

나는 내 가슴을 친다.

"우리는 레드도, 블루도, 골드도, 그레이도, 옵시디언도 아닙니다. 우리는 인류입니다. 우리가 조류입니다. 그리고 오늘 우리는 우리가 빼앗긴 삶들을 되찾을 것입니다. 우리에게 약속된 미래를 건설할 것입니다.

여러분의 심장을 지키십시오. 친구들을 지키십시오. 저를 따라

이 사악한 밤을 지나십시오. 그런다면 저는 그 반대편에 아침이
기다리고 있을 것을 약속합니다. 그때까지 사슬을 끊으십시오!"

나는 팔에서 레이저를 꺼내 슬링블레이드로 변형시킨다.

"모든 함선들은 전투 준비."

제45장

일리움의 전투

함선 중 하나인 '이브닝 타이드'의 뱃속에서 '금지된 노래'를 전투식으로 변조해 연주하는 레드의 북소리가 스피커 밖으로 고동친다. 그것은 우리가 소드 아르마다를 향해 굴러가며 꾸준히 일정하게 저항하는 소리다. 그렇게나 큰 함대는 처음 본다. 심지어 우리가 화성에서 난리쳤을 때도 이런 크기는 못 봤다. 그때는 단지 두 라이벌 가문이 협력자를 불러 모은 상황이었다. 이것은 종족 사람들 간의 갈등이다. 그러니 이는 적절히 엄청나게 거대하다.

불행하게도 로크와 나는 같은 스승들 밑에서 배웠다. 그는 알렉산더의 전투, 한족 군대의 전투, 그리고 트라팔가의 전투를 모두 안다. 압도적인 세력을 가장 크게 위협하는 존재는 원활하지 않은 소통과 혼돈이라는 것도 안다. 그래서 그는 자신의 세력의 힘을 과신하지 않는다. 그는 함대를 20분할하여 더 작고 이동 용이하게 만들었다. 속도와 유연성을 발휘할 수 있도록 각 집정관들에게 상대적으로 자율성을 준 것이다. 우리는 하나의 거대한 망치가 아니라 레이저 떼를 마주하게 됐다.

"이건 악몽인걸."

빅트라가 웅얼거린다.

로크가 이럴지도 모른다고 생각했었다. 그래도 실제로 확인하니 욕이 나온다. 어떤 우주 전투에 임할 때라도 일단은 적군의 함선들을 죽일 것인지 그것들을 포획할 것인지 결정해야 한다. 로크는 우리 함선에 올라탈 의향을 보이는 듯하다. 그러니 우리는 그들과의 싸움을 질질 끌며 일이 최선으로 흘러가기만을 바랄 수는 없는 상황이다. 또한 처음부터 그의 함대를 내 덫 안으로 유인할 수도 없는 상황이다. 그들은 덫을 힘으로 뚫고 지나 하울러들을 죽일 것이다. 모든 것은 우리가 용케도 지닌 하나의 강점에 달렸다. 그리고 그것은 우리의 함선들이 아니다. 내가 리치크래프트에 실어 놓은 10만 명의 옵시디언들도 아니다. 그것은 로크가 나를 안다고 생각하기에 예상되는 내 행동을 바탕으로 그의 전략 전체를 짰다는 사실이다.

그러니 나는 로크가 나를 정신 나갔다고 생각하는 정도 이상으로 행동해 그가 진정 레드의 심리를 얼마나 이해하지 못하고 있는지 보여 줄 작정이다. 오늘 나는 팍스 함선을 자살 특공 임무에 투입해서 함대의 심장부로 이끌고 간다. 하지만 나는 전투를 시작하지 않는다. 오리온이 내 앞에서 '페르세포네의 울부짖음'을 비행하며 전투를 시작한다. 그녀는 내 함대의 3/4를 데리고 간다. 그들은 구형을 이루며 모여 다닌다. 가장 작은 콜베트함도 400미터에 달한다. 대부분은 반 킬로미터 길이의 토치선이며 구축함 몇 대, 그리고 거대한 드레드노트 함선 4대가 있다. 장거리 미사일이 골드 함선과 우리 함선에서부터 스르륵 나온다. 소형 컴퓨터 기반 미사일 유도 방향 조절 장치들이 배치된다. 그 후, 로크의 함대가 번뜩이며 움직이기 시작하며 두 함대 간의 검은 우주는 대공포, 미사일, 그리고 장거리 레일건 탄약으로 폭발한다. 수십억 크레딧 상당의 탄약들이 단 몇 초 만에 소비된다.

오리온은 로크의 함대까지의 거리를 줄인다. 그 사이에 머스탱과 로물루스의 함선들은 로크 측 함대 대형의 남쪽 가장자리, 즉 이오의 극지방을 향해 돌진하며 함선의 유일한 취약점인 엔진을 공격해 보려고 한다. 하지만 로크의 함대는 민첩하다. 그쪽 비행 소함대 10조가 나머지 함대로부터 분리된다. 그러고는 자신들의 웅긋쭝긋한 공격면들이 행성의 남극에서 올라오는 위성 지배자들의 함선 머리를 바라보도록 태세를 취해 레일건 폭격으로 반격한다. 10만 대의 총들이 동시다발적으로 발사된다.

금속이 금속을 갈가리 찢는다. 함선이 산소와 함께 사람들을 토해낸다.

하지만 함선이란 폭격에 견디도록 설계된 것이다. 거대한 금속 덩어리가 수천 개의 벌집형 교합 구획들로 분할되어 파괴된 구획들은 격리시킨다. 레일건 탄환 한 발에 함선 내부가 밖으로 빨려 나가는 일이 없도록 만든 구조다. 이 날아가는 성들로부터 수천 대의 미세한 1인용 전투기들이 흘러나온다. 그들은 작은 소함대 들을 이루며 나와 로크의 함대들 사이의 무인지대를 떼 지어 다닌 다. 몇 대는 주력 함대들을 죽일 용도로 소형 핵무기를 가득 싣고 있다. 아레스의 아들들에 의해 밤낮으로 시뮬레이션 프로그램 속 에서 훈련받은 헬다이버와 드릴보이가 싱크로 된 블루 소함대와 함께 비행한다. 그들은 금빛 줄무늬의 립윙의 지휘를 따라 비행하 는 소사이어티의 조종사 사이를 날카롭게 파고든다. 전쟁으로 굳 은살이 베긴 상대들을 상대하는 것이다.

로물루스의 세력이 머스탱의 세력에서 떨어져 나와 오리온과 합체한다. 그동안 머스탱은 적군 대열의 심부를 향해 계속해서 나 아가며 내 공격을 위한 길을 터 주고 있다.

우리가 300킬로미터 거리까지 접근하자 중간 거리용 레일건이 나타난다. 20킬로그램 상당의 탄환들이 거대한 탄막을 형성한 채 8마하 속도로 질주하며 우주를 가른다. 대공포 방패가 골드 대열 전체 위로 펼쳐진다. 그리고 함선에 더 가까이서는 펄스 방패들이 탄환을 맞아 금이 가며 무지갯빛 청색으로 박동한다. 그 사이에 그렇게 펄스 방패를 가격한 탄환은 그대로 우주로 날아간다.

내 공격 세력은 주요 전투 뒤로 빠져 남아 있다. 조만간 탑승 부 대들 간의 전쟁이 될 것이다. 리치크래프트들이 수백 대씩 발사될 것이다. 호전적인 집정관들은 적군의 함선을 장악하기 위해 그들의 해군과 옵시디언들이 타고 있는 함선들을 비워 낼 것이다. 그렇게 장악한 함선들은 해군법에 따라 그들이 전투 후에도 소유하게 된다. 보수적인 집정관들은 마지막까지 군사들을 데리고 있음으로 해서 함선에 올라타는 적군 부대들을 격퇴하고 그들의 함선을 전쟁의 주력무기로 사용할 것이다.

"오리온이 신호를 보냈습니다."

내 함선장이 말한다.

"'콜로서스' 주력함으로 향하라. 엔진들을 미친 듯이 빠르게 돌려라."

함선은 발밑에서 웅웅거린다.

"펠루스, 방아쇠는 네 것이다. 토치선은 무시하고. 구축함이나 그보다 큰 것들이 오늘의 목표물이다."

오리온의 함대 뒤쪽에서 우리가 돌진하니 우리의 함선이 신음 소리를 낸다.

"호위대들은 정신 줄 단단히 붙잡아라. 속도를 맞춰라."

우리는 포병 함선들을 지나고 4킬로미터 길이의 '페르세포네의 울부짖음'도 뒤로하며 숨겨진 창처럼 오리온이 적군과 대면하고 있는 전투 지역의 정중앙에 나타난다. 이제 우리는 그 50킬로미터 무인지대 안으로 돌진하며 적군의 심장을 노리고 있다. 오리온의 함선들이 금속 조각들을 발사해 우리의 미친 듯한 접근 길목을 보호하기 위한 통로를 만들어 준다. 로크는 이제 내가 의도하는 바를 알아챌 것이다. 그의 주력함들은 내것으로부터 물러서더니 거

177

대한 대형의 정중앙으로 나를 초대하며 내 공격세력에 대고 불비를 내린다.

우리의 방패들이 파랗게 깜빡인다. 적군의 탄환이 금속 조각들 사이로 슬며시 들어와 우리를 벌한다. 우리도 발사하며 반격한다. 그렇게 모든 화력을 다 동원해 공격하며 지나 구축함 한 대를 갉아 버린다. 그것은 힘을 잃는다. 리치크래프트들이 그 안에서 쏟아져 나와 금속 조각 터널 사이로 비집고 들어와 보려고 한다. 하지만 우리의 호위대가 그 작은 비행선들을 갈가리 찢어 버린다. 그럼에도 불구하고 우리는 열댓 대의 함선들이 발사하는 총에 맞는다. 방패 주위로 빨간 빛이 번뜩인다. 우현에 달린 부분 발전기가 누전되면서 방패들은 단계적으로 망가진다. 즉각적으로 우리의 선체에는 7부위에 구멍이 난다. 여압 유지 문들로 이루어진 벌집 구조 네트워크가 가동되면서 함선의 손상된 층들을 나머지 부분들과 격리시킨다. 나는 토치선 한 대를 잃는다. 그 함선 머리로부터 반 킬로미터 떨어진 곳에서 레일건 탄환으로 이루어진 완연한 탄막이 그것을 몸통부터 꼬리까지 긁어 버린 것이다. 그 탄막은 안토니아의 드레드노트 함선, '판도라'가 발사했다.

"내 동생이 내 함선을 꽤나 즐기고 있는 모양이네."

빅트라가 말한다.

토치선의 교량으로부터 시체들이 터져 나온다. 하지만 안토니아는 계속해서 훨씬 더 작은 함선들도 겨냥해 발사한다. 그 바람에 그녀 함선 엔진의 원자력 중심부가 파열된다. 흰 빛이 두 차례 박동하더니 그녀 함선의 뒤쪽 반을 먹어치운다. 그 충격 파장이 우리의 비행선을 옆으로 밀친다. 우리의 전자기펄스와 펄스 방패는 딱 한 번 불빛을 깜빡이며 충격에 버텨준다. 뭔가 거대한 것이 내 교량 너머로 자리한 10미터 두께의 칸막이벽에 충돌한다. 내 오른쪽에서 벽이 안쪽으로 구부러진다. 레일건 탄환이 아기 외계인의 형태로 금속을 안쪽으로 늘린 것이다. 우리의 사수들은 우리를 향해 발사한 1.5킬로미터 구축함을 찢어발긴다. 그 과정에서 우리는 레일건 80대를 그 구축함의 교량에 직접 대고 사용한다. 200명의 군사들을 잃었다. 이 단계에서 우리는 적군을 포로로 전혀 데려가지 않고 다 죽인다. 팍스 함선이 선사할 수 있는 폭력의 양은 가히 충격적이다. 또 우리가 버텨내는 폭력의 양 또한 충격적이다. 안토니아는 내 공격 세력의 또 한 부분을 해체해 버린다.

"'티노스의 희망'은 격추됐습니다. '테베의 외침'은 핵무장하고 있습니다."

내 블루 센서담당 장교가 조용히 말한다.

"'티노스'와 '테베' 조타수들에게 그들의 정중선으로부터 45도 밑으로 함선을 날리며 전원 퇴선하라 전해."

내가 날카롭게 말한다. 그 함선들은 내 명령에 따라 안토니아의 기함을 들이받기 위해 노선 변경을 한다. 안토니아는 그녀의 엔진 방향을 뒤집고 내 죽어가는 함선들은 아무런 해도 가하지 못한 채 우주로 날아 가 버린다. 그들 중 하나에서는 핵이 터진다.

적군 대형의 심장부인 이곳에서 우리는 함선 수와 레일건 수에 밀리고 있다. 갇혔다. 탈출할 길이 없다. 우리 주위로 구형 대형이 만들어지고 있다. 이제 나에게 남은 토치함선은 단 4대다. 방금 3대로 변했다.

"다중 갑판들에서 발사하라."

장교 한 명이 읊조린다.

"17번 갑판에서 탄약들이 폭파했다."

"엔진 1번부터 6번까지 죽었다. 7번과 8번에는 40퍼센트 기량만 남았다."

내 주위로 팍스 함선이 죽어 간다.

로크의 문브레이커는 저 앞에서 어렴풋이 날아가고 있다. 그것은 내 함선에 비해 길이는 두 배, 둘레는 세 배에 달한다. 8킬로미터 길이의 떠다니는 군수용 도킹장 도시인 셈이다. 함선 머리는 거대한 초승달 형태로 상어가 입을 벌린 채 옆으로 헤엄쳐가는 모양 같다. 문브레이커는 우리가 접근하는 속도와 동일하게 맞춰 우리로부터 물러선다. 그래서 우월한 무기류로 우리를 벌하는 사이 우리가 자신을 들이박지 못하도록 확실히 한다. 로크는 내가 카르누스를 상대로 썼던 작전을 여기서도 적용할 것이라 생각했다. 내 주력함과 그들의 주력함을 충돌시키려고 할 것이라 여긴 것이다. 이제 그런 수는 불가능해졌다. 엔진들은 거의 수명을 다했다. 선체는 훼손됐다.

"모든 전방 총들은 저들의 꼭대기 층에 있는 레일건들과 미사일 발사대들을 겨냥해서 우리가 은신할 그림자를 만들어라."

나는 함선에 대한 홀로그램 하나를 띄워 발사할 지역들에 손가락으로 동그라미를 그리며 발사 방향을 지시한다. 그 동안 빅트라는 우리가 이제까지 대기시키고 있던 공격 부대에게 명령을 내린다. 립윙들이 비명을 지르며 우주로 나선다. 팍스 함선은 몸을 돌려 총이 주로 배치된 갑판 둑을 '콜로서스' 쪽을 내보이며 공격로를 확보한다.

이쪽에서는 우리가 무슨 짓을 하든 상관이 없다. 우리는 곰에 의해 바닥에 내리꽂혀진 늑대다. 그 곰은 우리의 다리를 하나씩 차례대로 박살내고, 우리의 귀, 눈, 그리고 이빨 들을 깎아내면서도 우리의 배는 나중에 가르기 딱 좋도록 따끈히 준비시켜 놓고 있다. 내 함선이 사방으로 몸서리치고 있다. 블루들이 싱크로 상태에서 찢겨져 나와 함몰선실에서 토한다. 그들이 이어져 있는 함선의 데이터신경이 하나씩 차례대로 죽어 나가고 있는 것이다. 내 조타수, 아르누스는 엔진이 갈가리 찢겨지자 경련을 일으킨다.

"'파란의 댄서'도 죽었습니다. 빠져나온 대피용 포드들은 없었습니다."

펠루스 함선장이 말한다. 거기에 타고 있던 자들은 기간 선원들이었다. 하지만 그럼에도 40명이 죽었다. 1000명이 죽은 것보다는 나은 상황이다. 내가 처음에 갖고 시작했던 16대의 토시함선들 중 단 2대만이 남았다. 그들은 우리 뒤에서 안토니아의 '판도라' 주위로 질주한다. 하지만 그 함선은 거대하고도 시커먼 괴물이다. 그녀는 빠르게 움직이는 족속들을 갈가리 찢어 죽은 금속덩이들로 만들어 버린다. 그리고 그 조용해진 함선들로부터 대피용 포드들이 발사되자 그녀는 그들도 쏴서 떨어뜨려 버린다. 빅트라는 그 살인 장면을 말없이 지켜본다. 그것 또한 안토니아에게 갚을 빚 목록에 추가하고 있는 것이다.

로크는 '콜로서스'를 내 죽은 함선 가까이로 배치해 우리에게 리치크래프트를 발사하라는 초대장을 보내고 있다. '콜로서스'는 이제 1킬로미터 떨어져 있다. 나는 그 초대에 응한다. "모든 리치 크래프트들을 문브레이커의 표면에 발사하라. 지금. 스핏튜브들을 발포하라."

수백 개의 빈 슈트들이 아이언레인에서처럼 스핏튜브 밖으로 발포된다. 내 함선의 격납고 4군데서부터 200대의 리치크래프트가 발사된다. 흉측한 금속 강처럼 분출된 그것들은 각각 문브레이커의 내장 속으로 파고 들어갈 군사들을 50명씩 실을 수 있다. '페르세포네의 울부짖음'에 탑승한 블루 조종사들이 원격으로 조종하는 그것들은 두 주력함들 사이의 위험한 공간을 건너기 위해 질주한다. 그러다 그 거리의 반밖에 못 간 지점에서 모조리 박살난다. 로크가 저위력 핵탄두들을 연속으로 폭파시킨 것이다.

그는 내 수를 예상하고 있었다.

그리고 이제 내 소함선들의 비행 무리는 두 함선들 사이에 떠다니는 티끌에 지나지 않게 됐다. 비상경보등이 내 교량의 천장에서 번쩍인다. 장거리 센서들은 죽은 상태다. 총들도 박살났다. 다수의 갑판들은 침습당한 상태다.

"와해되지 마."

나는 중얼거린다.

"와해되지 마, 팍스."

"신호가 들어오고 있습니다."

벌가가 보고한다.

로크가 허공, 내 앞에서 나타난다.

"대로우."

그는 빅트라도 본다.

"빅트라, 이제 끝났어. 네 함선은 물속에서 죽은 고기야. 네 함대에게 항복하라 명령해. 그럼 너희들의 생명은 살려 줄게."

그는 우리를 무덤 속에 묻지 않고도 이 반란을 끝낼 수 있으리라고 생각하는 것이다. 이 결과가 당연하다는 듯한 그의 태도는 내 마음을 들쑤신다. 하지만 그가 내 시체를 세계에 보여 줘야 한다는 것은 우리 둘 다 아는 사실이다. 그가 내 함선을 파괴하고 나를 죽인다면 그들은 잔해 속에서 나를 절대 찾지 못할 것이다. 나는 빅트라를 바라본다. 그녀는 도전적으로 바다에 침을 뱉는다.

"너희들의 대답은 뭔가?"

로크가 대답을 재촉한다.

나는 손가락들을 투박하게 구부린다.

"엿 먹어라."

로크는 화면 밖을 쳐다본다.

"드루수스 사절, 모든 리치크래프트를 발사하라. 나에게 리퍼를 데려오라고 클라우드 나이트에게 전하라. 죽어 있든 살아 있든 상관없다. 그냥 그가 누구인지 알아볼 수 있는 상태면 된다."

제46장

헬다이버

나는 배치된 자리에 임하고 있는 블루들을 바라본다. 대부분은 내가 이 함선을 장악했을 때부터 여기에 있었던 자들이다. 내가 함선의 이름을 다시 지을 때도 있었다. 그들은 오리온과 함께 해적들이, 또 나와 함께 반란군들이 되어 줬다.

나는 말한다.

"다들 그의 말을 들었겠지. 잘했다. 팍스 함선이 자랑스러울 정도로 잘해 줬다. 이제 작별을 고하고 그대들의 셔틀 함선들로 가라. 나와는 조만간 다시 만날 것이다. 이 일에 수치는 전혀 없다."

그들은 경례를 한다. 그리고 펠루스 함선장은 함몰선실의 바닥에 자리한 승강구들을 연다. 블루들은 좁은 수직 통로를 미끄러져 내려가기 시작해 침상에 떨어진다. 그곳에는 대피용 포드들이 있

185

었어야 하지만 우리는 그것들을 중중히 무장한 셔틀함선으로 대체시켜 놨다. 내 개인 대피용 포드는 교량의 측면에 붙박이로 설치돼 있다. 하지만 빅트라와 나는 도망치지 않을 것이다. 오늘은 아니다.

"자기, 이제 갈 시간이야. 당장."

빅트라가 말한다.

나는 교량의 문틀을 쓰다듬는다.

"고마워, 팍스."

나는 함선에게 말한다. 이 명분을 위해 또 한 명의 친구가 희생되는 것이다. 나는 빅트라와 해군들을 따라 전력질주로 빈 통로들을 내려간다. 붉은 빛이 박동한다. 사이렌 소리가 비명을 지른다. 우리가 가는 동안 작게 쿵쿵거리는 진동이 선체 전역으로 퍼진다. 지금쯤이면 로크의 리치크래프트들이 팍스 함선에 떼로 붙어 있을 것이다. 함선의 측면을 녹여 구멍을 만들고 골드 기사들의 지휘를 따르는 그레이와 옵시디언 리치크래프트 탑승 부대원들을 안으로 펌프질해 넣고 있을 것이다. 나를 발견하는 대신, 그들은 버려진 함선을 확인하게 될 것이다. 우리가 그래브리프트에 탑승하는 동안 그 옆의 통로 벽 금속면이 원형으로 녹으며 박동하고 있다. 나는 그 주황빛이 깊어져 태양의 빛깔과 같아지는 모습을 지켜본다. 스피커 너머로 북소리가 여전히 연주되고 있다. 둥. 둥. 둥.

빅트라가 탑승 부대원들을 위한 선물 차 뒤에 지뢰를 남긴다.

그레브리프트가 우리를 지하 3층의 보조 격납고에 데려다주는 사이 그 지뢰가 우리로부터 10층 위에서 폭파하는 소리가 들린다. 이 보조 격납고에야말로 내 진정한 공격세력이 대기하고 있다. 30대의 묵직한 공격 셔틀들이 경사로 출입구를 내리고 정박해 있다. 블루들은 조종실 안에서 비행 전 점검을 하고 있다. 오렌지 정비공들은 맹렬히 일하며 엔진을 최상의 컨디션으로 올리고 연료 탱크를 채우고 있다. 각 함선마다 똑떨어지는 갑옷으로 완장한 발키리들을 100명씩 태우고 있다. 그들과 함께 레드와 그레이 들도 특수 무기 관련 임무를 위해 같은 수만큼 탑승해 있다. 내가 달리며 지나는 동안 옵시디언들은 펄스 도끼와 레이저를 쿵쿵 치며 우레와 같이 내 이름을 구호한다. 나는 격납고의 정중앙에서 홀리데이가 세피 그리고 발키리 한 무리와 함께 있는 것을 발견한다. 그들은 내 개인 분대가 될 것이다. 그들 곁에서 작은 무리를 지어 기도하고 있는 자들은 내가 댄서에게 부탁해 놓은 헬다이버들이다. 그들의 체구는 옵시디언 키의 반도 안 된다.

"함선은 침략됐어."

나는 홀리데이에게 말한다. 그녀가 레드 분대 하나를 향해 고개를 획 돌리자 그들은 우리의 뒤 상황을 도맡기 위해 재빠르게 떠난다.

"거리는 1킬로미터도 안 돼."

홀리데이가 신이 난 듯이 크게 웃으며 말한다.

"말도 안 돼……. 그렇게 가까워요?"

나도 들떠서 대답한다.

"나도 알아. 로크는 우리가 자기네 리치크래프트를 쏘아 떨어뜨리지 못하도록 가까이 다가오고 싶어 했어."

"그러니 이제 우리가 그들에게 키스를 해 줄 차례네. 혀도 좀 써 주고."

빅트라가 홀리데이에게 짧게 가르랑 거리며 말한다.

홀리데이는 콘크리트 블록 같은 머리를 위아래로 흔든다.

"그럼 잡담은 그만하죠."

세피는 사첼백에서 말린 마약 버섯을 한줌 꺼내며 묻는다.

"신의 빵 원해? 용 보게 될 거야."

"전쟁만으로도 충분히 무시무시하단다, 얘야."

빅트라가 말한다. 그러더니 부연설명을 덧붙인다.

"나도 전에 한번은 서믹 바다에서 카시우스와 함께 일주일간 저 지랄을 가지고 놀았던 적이 있었지."

그녀는 내 표정을 읽는다.

"그게, 내가 너를 만나기 전의 일이었어. 게다가 카시우스가 셔츠를 벗은 모습을 본 적이나 있는 거야? 봤다면 날 비난할 수 없을 걸. 참, 세브로에게는 얘기하지 마."

홀리데이와 나도 그 마약버섯으로부터 거리를 둔다. 격납고 바로 너머에 자리한 통로에서 자동 무기들의 발사 소리가 덜거덕거린다.

나는 공격 셔틀 안에 있는 3000명의 옵시디언들에게 우렁차게 고함친다.

"때가 됐다! 도끼들의 날을 갈아 놔라! 훈련했던 것을 기억하라! 히르그 라, 라그날!"

"히르그 라, 라그날!"

옵시디언들은 포효한다.

그 말은 '라그날이 산다'라는 뜻이다. 발키리의 여왕이 레이저로 나에게 경례를 표한 뒤 옵시디언 전쟁 구호를 시작한다. 그것은 검은 갑옷으로 무장한 공격 비행선 전체로 퍼진다. 그 끔찍하고도 무시무시한 소리가 이번에는 내 편에서 나는 것이다. 나는 발키리들을 천국으로 데려왔다. 그리고 이제 그들을 풀어 준다.

"빅트라, 너 괜찮아?"

나는 묻는다. 안토니아가 너무 가까이에 있어서 걱정이 든다. 내 친구의 정신은 그녀의 여동생에게 팔려 있을까?

"내 상태는 지독하게도 훌륭해, 자기. 너의 그 예쁘장한 아기 궁둥이나 잘 관리해."

그 키 큰 여자는 말하고는 뒷걸음질 치기 전에 내 엉덩이를 찰싹 때린 뒤 몹시 불쾌한 입맞춤을 날려 주고는 자신의 셔틀 쪽으로 가볍게 달려간다.

"나도 곧바로 따라갈게."

나는 헬다이버들과 함께 남았다. 그들은 버너 담배를 태우며 사악한 빨간 눈동자로 나를 지켜보고 있다.

"제일 먼저 도달하는 자가 우라질 월계관을 차지하기다. 투구들

189

쓰도록."

이런 남자들에게는 많은 말을 할 필요가 없다. 그들은 고개를 끄덕이며 활짝 웃는다. 우리는 떠난다. 나는 그래브부츠를 신고 30미터 위로 날아올라 우리가 소행성대 내측의 백금 채굴 회사로부터 압수한 클로우드릴 4대 중 하나 위에 올라탄다. 그것들은 격납고 갑판에서 서로 50미터의 간격을 두고 한 줄로 서 있다. 마치 주먹을 쥐는 손 같은 모양의 그것은 팔꿈치가 있을 자리에 조종실이 있고 손가락들이 있을 자리에 갑판과 맞닿아 있는 열댓 개의 드릴 조각들이 있다. 각각 롤로에 의해 개조되어 뒤쪽에는 반동 추진 엔진을 달고 측면 전체에는 두꺼운 갑옷판을 덮고 있다. 나는 조종실 안으로 미끄러져 들어간다. 내 체구와 갑옷이 들어가도록 확장한 공간이다. 그 상태로 나는 손을 디지털 제어 프리즘 안으로 쓱 집어넣는다.

"작동시켜."

내가 지시한다. 드릴 전체로 익숙한 진동의 에너지가 지나가며 주위의 유리가 떨린다. 나는 미친놈처럼 활짝 웃는다. 어쩌면 정말 미친놈일지도 모르겠다. 하지만 나는 패러다임을 바꾸지 않는 이상 이 전투를 이길 수 없으리라는 것을 알고 있었다. 그리고 로크는 자신의 상대적으로 큰 세력들이 기습 공격에 노출될지라도 절대 덫이나 소행성대 안으로 유인되지 않을 인물이다. 그러니 나에게는 오직 한 가지 방안만이 남았다. 기습 공격이 내 성격적 결함에 따라 욱해서 저지른 수라 생각되게끔 포장해 그것을 은닉하는 것이다. 그는 언제나 나에게 한 걸음 뒤로 물러서라고, 마음의 안식을 찾으라고 설교하곤 했다. 당연히 그는 자신이 나를 어떻게 이겨야 하는지 안다고 생각했다. 하지만 오늘 나는 그가 알던 사람처럼, 즉 골드처럼 싸우지 않을 것이다.

나는 우라질 헬다이버다. 내 뒤로는 거대하고도 살짝 정신 나간 여성 군사들과 최신식 함선들로 이루어진 함대가 있다. 그 함선에는 열 받은 해적, 엔지니어, 기술자 그리고 전에 노예였던 자들이 선원으로 타고 있다. 그런데 그가 나와 어떻게 싸워야 할지 안다 생각한다고? 클로우드릴에서 안장이 떨리는 동안 나는 웃음을 터뜨린다. 잠들어 있던 미친 듯한 힘이 내 안을 채운다. 적군 승선 부대는 우리가 탔던 그래브리프트와 같은 것을 타고 격납고로 침입한다. 그들은 거대한 클로우드릴들을 멍하니 올려다본다. 그러다 빅트라의 셔틀 함선이 그들을 향해 대놓고 레일건을 발사하자 증발해 버린다.

나는 헬다이버들에게 말한다.

"우리의 골드 지도자들의 말을 기억하라. 희생. 복종. 번영. 이것들은 인류의 최상의 덕목들이다."

한 명이 컴 너머로 말한다.

"그런 우라질 말은 갖다 버리라 하쇼. 내 인류의 최상의 덕목을 군주에게 꼭 보여 주겠소."

"드릴들 달궈."

내가 명령한다. 그들은 메아리치듯 한 명씩 차례대로 같은 말로 나에게 확인 보고를 한다.

"투구들 써. 이제 불타오르자고."

나는 내 클로우드릴에 있는 회전 토글 버튼을 시계 방향으로 돌린다. 밑에서 드릴이찡 소리를 낸다. 나는 양손을 모두 앞으로 내밀어 제어 프리즘 안에 쑥 넣는다. 존재 자체가 흔들린다. 이가 떨린다. 금속 갑판이 내 밑에서 가라앉는다. 녹은 금속 껍질들이 뒤로 벗겨진다. 나는 요동치며 함선 속으로 10미터 파고든다. 갑판은 5초 만에 뚫고 지났다. 그리고 그 다음 갑판도 마찬가지다. 나는 다시금 가라앉는다. 격납고의 바닥을 완전히 뚫고 떨어진 것이다. 드릴이 씹어 버린 금속들이 조종실 주위로 쌓인다. 그 다음 갑판도 뚫린다. 그 다음 것도 뚫린다. 내가 발키리들을 뒤에 남긴 채 함선을 더욱 들이받으며 뚫고 지나는 동안 열기가 드릴을 따라 쌓인다. 천천히 가면 드릴이 망가진다. 천천히 가면 나는 죽는다. 그리고 이 속도가 내 종족 사람들의 심박이다. 가속에 가속이 붙는다.

내 클로우드릴은 미친 듯이 계속해서 가속을 내고 있다. 갑판들을 들이박고 지나가고 있다. 녹은 탄화 텅스텐 이빨로 금속을 죽이고 있다. 우리가 침침하게 불이 켜진 판자 칸막이 공간들을 통과하는 동안 나는 다른 클로우드릴들도 함선의 심장을 뚫고 들어가는 부분적인 모습들을 힐끗 확인한다. 각 드릴마다 열기로 빛을 발하다 다음 갑판에 들이박고 있다. 장려하고도 끔찍한 광경이다. 식당을 통과하고 있다. 수조를 지나고 나서 통로를 뚫고 간다. 그곳에서 승선 부대들은 잔해로부터 허둥지둥 뒷걸음치며 거석의 드릴들이 어떤 우스꽝스러운 금속 신의 용융 손처럼 함선을 조각해 들어가는 모습을 빤히 쳐다보고 있다.

"속도를 늦추지 마라."

나는 포효한다. 내 온몸이 자리에서 경련하고 있다. 나는 통제를 잃었다. 너무 빨리 가고 있다. 드릴은 너무 많이 달궈졌다. 그 후…… 아무것도 없다. 나는 팍스 함선의 배를 뚫었다. 우주의 고요가 나를 휘어잡는다. 무게감이 없다. 나는 거대한 '콜로서스'를 향해 물속을 가르는 창처럼 떠간다. 팍스 함선을 목적지로 삼은 리치크래프트가 나를 휙 지나친다. 그것이 아주 가까이 지나갔기에 나는 그 조종실 안에서 선장의 눈이 휘둥그레진 것을 볼 수 있었다. 또 하나의 리치크래프트는 내 과열된 드릴의 입안으로 곧장 날아든다. 그것은 몇 초 만에 갈가리 찢겨졌다. 군사와 잔해가 옆으로 재주넘기를 하며 내 측면에서 날아간다. 다른 드릴들은 팍스의 배 부위 중 더 밑에 쪽에서 나온다. 그것들도 우주로 터져 나오며 문브레이커를 향해 다이빙한다. 우리 주위로 전투는 격렬히 진행되고 있다. 푸른 폭파. 광활한 대공포 지대. 머스탱의 무리는 로크의 대형의 가장자리를 따라 질주하며 로크의 함선과 살인적인 공격을 주고받고 있다. 세브로는 여전히 숨은 채 대기하고 있다.

나는 적군 사수들이 당황한 것을 느낄 수 있다. 나는 그들의 리치크래프트 공격 팀의 정중앙에 있다. 그들은 나를 향해 발사할 수 없다. 그들의 컴퓨터들은 등록된 함선 분류표로 내 비행선을 읽지도 못하고 있다. 이것은 팔을 팔꿈치 밑으로만 잘라다 놓은 모양의 잔해 덩어리처럼 보일 것이다. 심지어 적군의 교량에서도 그들의 맨눈으로 이것을 직접 보지 않는 이상 이것이 무엇인지 모를 것이라 생각한다.

"엔진들을 힘껏 돌려."

내가 말한다. 개조된 클로우드릴의 엔진들이 내 뒤에서 돌기 시작하더니 밑에 있는 '콜로서스'의 검은 표면을 향해 나를 던진다. 내 위협을 인지한 립윙 한 대가 나를 향해 기관총 공격을 수차례씩 뿌린다. 엄지만 한 총알들이 소리 없이 드릴에 박힌다. 내 드릴의 갑옷은 버텨 준다. 내 옆에 있는 클로우드릴의 경우에는 그리 버티지 못한다. 문브레이커의 맨 꼭대기 층을 따라 배치된 5미터짜리 기관총들이 그 드릴을 향해 한 차례로 한 공격은 그 조종실을 뚫고 안에 있던 헬다이버를 살해하며 그의 함선을 산산조각 냈다. 그의 드릴 조각 중 하나가 내 유리 조종실에 쾅 부딪힌다. 내 조종실에 금이 간다. 수십여 차례의 추가적인 공격이 내 옆에 있는 리치크래프트를 갈가리 찢는다. 로크는 내 함선으로부터 자신에게 날아드는 30미터짜리 발사체들이 무엇인지는 모름에도 그 접근을 막기 위해 자신의 편 군사들까지도 살해할 의향이 있어 보인다.

회색 금속이 나를 향해 흐릿하게 날아온다. '콜로서스'에서 발사된 레일건 탄환이 내 함선 앞에 있던 리치크래프트 3대를 뚫고 지난 후 내 클로우드릴의 아래쪽, "팔목" 부위를 친다. 그러고는 드릴의 세로 길이를 따라 올라와 조종실 바닥, 내 양 다리 사이, 음

낭으로부터 몇 센티미터 안 떨어진 지점을 뚫고 튀어 나오고, 가슴을 스치고 지나, 하마터면 내 턱을 명중해 머리를 날려 버릴 뻔한다. 내가 뒤로 확 피하자 그 탄환은 조종실의 금속 지지대로 가서 박힌다. 그 여파로 유리는 산산조각 났으며 봉은 녹아내리는 플라스틱 빨대처럼 밖으로 휘었다. 나는 숨을 헉 쉰다. 운동에너지가 전이되면서 내 몸을 강타해 내 의식이 반쯤 나가버렸다.

흰 반점들이 내 시야 전역에서 번뜩인다.

나는 몸을 흔든다. 감각이 돌아오게 만들려고 애를 쓴다.

나는 경로를 이탈한다. 이번 개조는 방향을 잘 잡도록 설계된 것이 아니다. 문브레이커의 갑판과 충돌하기 일보직전이다. 본능은 나를 살리지 못한다. 내 친구들이 나를 살린다. 클로우드릴의 엔진은 노예처럼 뒤쪽, 오리온의 함선에 있는 블루 한 무리에 연결돼 있다. 누군가가 마지막 순간에 반동 추진 엔진의 방향을 바꿔 내가 충돌하려던 것을 막아 줬다. 클로우드릴의 속도가 느려지는 반동으로 내 몸은 좌석 등받이에 격하게 부딪힌다. 그 후 클로우드릴은 '콜로서스'의 표면에 살포시 내려앉는다. 나는 자리에서 홱 움직이며 공포감에 웃음을 터뜨린다.

"이런 우라질."

나는 내 원거리 구제자들이 누구든 간에 그 사람들을 향해 함성을 지른다.

"고맙다!"

하지만 클로우드릴 그 자체는 다 수동이다. 내가 새총으로 돌멩

이를 날려 그것을 행성 주위로 돌릴 실력이 안 되는 것처럼 블루들도 이 손가락 놀림을 따라해 이것을 작동시킬 수 없다. 내 손은 제어장치 위에서 춤을 추며 예전에 내가 일하던 모드로 돌입한다. 나는 드릴을 재가동시켜 엔진들이 나를 대못처럼 함선의 표면 안으로 박아 넣게 만든다. 금속이 찌이잉 거린다. 볼트들이 달그락거린다. 그리고 나는 저들 말로 그 어느 리치크래프트도 뚫지 못한다고 하는 갑옷의 겉면을 갉아 구멍을 내기 시작한다.

압력이 내 드릴 주위에서 빠져나와 쌕쌕거린다. 나는 회전력을 높인다. 손은 제어장치 위에서 춤추며 드릴을 움직인다. 드릴 조각이 과열되고 회전해 냉각 유닛을 통과하고 있다. 우주가 사라진다. 나는 전함 안으로 파고들었다. 직선으로 구멍을 뚫고 있지 않다. 함선의 앞면 쪽으로 향하는 터널을 뚫고 있다. 한 층. 두 층. 통로와 판자 칸막이 공간, 발생기 그리고 가스 선을 씹어 버리며 통과하고 있다. 이 과정 또한 끔찍함과 야만스러움에 있어서 내가 이제껏 한 행위들 중 뒤지지 않는다. 나는 다만 내가 탄약 저장고를 건드리지 않기만을 기도할 뿐이다. 내가 침범한 여러 갑판 층으로부터 남자와 여자들 그리고 잔해들이 빨려 올라가 가을 낙엽처럼 뚫어 놓은 구멍을 통과해 우주로 날아간다. 칸막이벽이 함선의 열린 부상 부위를 닫고 폐쇄시킬 테지만 그 칸막이벽과 터널 사이에 붙잡힌 자들은 죽은 것이나 매한가지다.

함선 안으로 300미터 침투하고는 내 클로우드릴이 망가져 버린다. 드릴 조각이 소모되고 엔진은 과열된 것이다. 나는 조종실 덮개를 톡 열어 젖혀 드릴을 버리고 나오기 위해 아래의 조종 레버를 향해 손을 뻗는다. 하지만 손이 레버에서 미끄러진다. 피가 온통 덮고 있다. 나는 몸을 황급히 살핀다. 하지만 내 갑옷에는 구멍 난 곳이 없다. 그 피는 내가 흘린 것이 아니다. 오른쪽 조종실 벽으로부터 흘러나와 떠다니는 그 피에 리치크래프트 3대를 뚫어 버린 레일건 탄환 주위가 미끄덩하다. 그 리치크래프트들은 내 클로우드릴의 지지대에 파고들려고 했던 것들이다. 머리카락 조각과 뼈 조각이 응고되고 있는 피와 함께 엉겨 붙어 있다.

나는 클로우드릴을 뒤에 버린 채 내가 조각한 진공 터널을 향한다. 함선의 공기는 더 이상 휘몰아치고 있지 않다. 이제 차분하다. 압력은 벌써 배출됐으며 응급 격벽 문들이 파손된 선체를 격리시키기 위해 닫힌 것이다. 함선 이쪽 구역의 중력 발생기는 공격을 받아 망가진 모양이다. 내 머리카락이 투구 안에서 떠다닌다.

나는 위를 쳐다본다. 터널의 끝, 즉 내가 선체에 침투한 자리는 별들을 향한 작은 열쇠구멍이다. 그 바로 너머에 죽은 사람 하나가 천천히 나선형을 이루며 떠다닌다. 그림자 하나가 그를 덮친다. 안토니아의 기함이 그의 너머에서 지나가며 목성의 표면으로부터 반사되는 빛을 막은 것이다. 그 사람처럼, 나 또한 어둠 속에 남겨진다. '콜로서스'의 뱃속에 홀로 있다. 내 컴은 전쟁의 재잘거림으로 홍수가 났다. 빅트라는 격납고로부터 이륙하고 있다. 오리온과 위성 지배자들은 비행 중이다. 그들은 이오의 극지방들로부터 벗어나 목성을 향하고 있다. 머스탱의 기함은 이제 로크의 함선으로부터 공격을 받고 있다. 그 동안 안토니아는 로크의 나머지 함대를 이끌고 후퇴하는 텔레마누스와 라아 세력을 뒤쫓고 있다.

여전히 세브로는 대기한다.

30미터 위의 내가 뚫어 버린 층들 중 하나로부터 무언가가 움직이며 모습을 드러낸다. 그것은 지름이 20미터 되는 터널 안을 살핀다. 내 투구는 가동된 무기 하나를 인지한다. 나는 위로 날아간다. 가는 길에 펄스 방패를 가동시킨다. 응급 산소 마스크의 플라스틱 안면 플레이트 사이로 나를 뚫어지게 쳐다보는 젊은 그레이 한 명이 보인다. 그는 허공에 떠 있다. 그의 한쪽 팔은 다 허물어진 금속 벽의 세로 모서리를 붙잡고 있다. 피가 그를 덮고 있다. 그의 피가 아니다. 그의 친구들 중 한 명의 시체가 그의 뒤에 떠 있다. 그는 몸을 떨고 있다. 내 드릴이 그의 소대 전체를 밀고 지나간 뒤 우주가 그들의 시체들을 밖으로 끌어내고 그만 이곳에 홀로 남겨진 모양이다. 그의 눈에 내 무시무시한 모습이 반사된다. 그가 자신의 스코처를 들어 올리자 나는 생각 없이 반응한다. 내 레이저를 그의 심장의 측면에 꽂아 넣어 그를 시체로 만들어 버린 것이다. 두 눈을 크게 뜬 채 어린 나이로 죽은 그는 똑바로 선 자세로 그 자리에 떠 있다. 내가 칼을 뽑아내기 위해 그의 가슴에 발을 올리는 바람에 그의 자세가 흐트러진다. 우리는 허공에 뜬 채로 서로로부터 멀어진다. 작은 핏방울들이 무중력 속에서 내 칼날로부터 춤을 추듯 떨어져 나간다.

그 후 중력 발생기들이 재작동되면서 나는 두 발을 바닥에 쿵

딛는다. 피가 발 위로 흩뿌려진다. 아까 그 그레이 남자의 시체가 바닥에 툭 떨어진다. 내 뒤로 터널의 수직 통로에서 빛이 밀려들어온다. 나는 죽은 남자로부터 떨어지며 터널 위를 응시해 우주 저 멀리에서 셔틀 함선이 쌩하니 달려오고 있는 모습을 발견한다. 더 많은 함선들이 그 뒤를 따르고 있다. 공격용 비행선들의 대열이 한꺼번에 오고 있는 것이다. 빅트라가 그들을 이끌고 있다. 립윙이 그들을 쫓고 있다. 그러나 공격용 비행선의 뒤에 실린 총이 립윙을 향해 주먹만 한 고에너지 연발탄을 쏘고 있다. 립윙을 찢어발기고 있다. 더 많은 립윙이 올 것이다. 수백 대가 더 올 것이다. 우리는 빨리 움직여야 한다. 이 상황에서는 속도와 적극적인 공격성만이 우리가 가지고 있는 강점이다.

빅트라의 이동수단이 내 층 너머의 터널 안, 클로우드릴 바로 위에서 드라마틱하게 느려진다. 발키리들이 나와 합류하기 위해 그로부터 쏟아져 나온다. 더 많은 이동 수단이 위의 층에서 사람들을 내린다. 홀리데이와 전투용 갑옷을 입은 몇몇 레드들이 옵시디언과 함께 움직인다. 그들은 침입용 장비를 들고 공기가 없는 공간을 가로질러 우리를 나머지 함선 부분들로부터 격리시키는 격벽 문을 향해 가고 있다. 그들은 열성 드릴을 금속에 쾅 내리찍는다. 그것은 뻘겋게 빛을 발하기 시작한다. 또 우리가 침입할 때 더 많은 격벽 문들을 활성화시키지 않도록 그들은 금속 화물 출입구 위로 펄스 버블을 씌운다.

"15분 후 침입 완료입니다."

홀리데이가 말한다.

빅트라가 옆으로 비켜서서 적군의 말소리를 엿듣는다.

"대응부대들이 오는 중이야. 2000개 이상의 혼합 유닛들이야."

그녀는 또한 오리온의 함선에 있는 전략 사령부와도 연결돼 있다. 그래서 그녀는 그 기함에 있는 엄청난 센서 배열들로부터 전투 데이터를 모을 수 있다. 보아하니 로크는 리치크래프트로 우리를 향해 1만 5000명 이상의 군사들을 쏘아 보낸 모양이다. 지금쯤 대부분은 팍스 함선 안에 있을 것이다. 나를 찾기 위해 그 안을 파고들었을 것이다. 바보 같은 새끼들. 로크는 크게 도박을 했으며 잘못된 수에 판돈을 걸었다. 그리고 나는 대부분 비어 있는 이 전함으로 방금 3000명의 용맹하고도 정신 나간 옵시디언 전사들을 데리고 왔다.

로크는 제대로 분노할 것이다.

"10."

홀리데이가 말한다.

"발키리, 내 신호에 움직여라."

나는 양손을 들어 올려 삼각형 모양을 만들며 우렁차게 고함친다.

100명의 옵시디언들이 식당의 잔해 위를 밟고 지나가 내 뒤로 모인다. 우리가 목성에서 오는 여정 동안 그들을 훈련시킨 것과 똑같이 움직이고 있다. 세피는 내 왼쪽에, 빅트라는 내 오른쪽에, 그리고 홀리데이는 내 뒤에 있다. 과열된 금속 문이 녹아내린다. 레드와 그레이 들이 뒤로 물러선다. 내가 뚫고 지나간 10층짜리 터널 전체로 층마다 이런 팀들이 우리와 똑같이 침입할 준비를 하고 있을 것이다. 다른 클로우드릴 두 대가 또 목표지에 도달했다. 그곳에서도 2000명의 옵시디언이 침입하고 있을 것이다. 그레이, 레드, 그리고 몇 안 되는 골드 동조자 들이 그 옵시디언을 이끌고 트램과 그래브리프트를 이용해 함선 내의 새로운 전선으로 달려오는 치안 부대에 대항할 것이다.

이것은 폭풍 속에 번지는 불길이 될 것이다. 근거리 접전. 연기. 비명. 전쟁 중의 최악의 상황일 것이다.

"방패의 전력을 모두 가동하라."

나는 발키리들을 향하며 나갈어로 말한다. 방패가 발키리들의 갑옷 위로 깔리면서 무지갯빛 파문을 인다.

"무기를 든 것은 뭐든 죽여라. 들지 않은 것은 뭐든 해치지 마라. 컬러는 상관하지 마라. 우리의 목표를 기억하라. 나를 위해 길을 터라. 히르그 라, 라그날!"

"히르그 라, 라그날!"

발키리들은 포효하며 자신들의 가슴을 치고 전쟁의 광기를 받아들인다. 대부분은 셔틀 비행선 안에서 그들만의 용사용 곰팡이, 즉 마약 버섯을 먹은 상태일 것이다. 그러므로 아무런 고통도 느끼지 않을 것이다. 그들은 한발 한발 내디디며 전투의 구원을 고대한다. 빅트라가 내 옆에서 흥분으로 몸을 떤다. 그녀와 함께 미키의 작업실에서 앉아 있었을 때가 기억난다. 그때 그녀는 전투의 냄새를 정말 사랑한다고 나에게 말했었다. 장갑 안의 오래된 땀. 총 안의 윤활유. 결린 근육과 전투 후의 악수. 나는 깨닫는다. 전투의 솔직함. 그녀가 사랑하는 것은 바로 그것이다. 전투는 절대 거짓말하지 않으니까.

"빅트라, 내 옆에 남아 있어. 골드와 만날지도 모르니 둘씩 '히드라' 대형으로 짝지어라."

내가 말한다.

"느자르 라 타가그……."

세피가 내 뒤에서 말한다.

"……신 트즈르 르지카!"

'고통은 없다. 오직 기쁨만이 있다.' 발키리들이 구호하기 시작한다. 그들은 '신의 빵'이 주는 위안에 흠뻑 취해 있다. 세피가 전쟁 구호를 시작한다. 그녀의 목소리는 라그날의 것보다 높다. 그녀의 양쪽을 꼭 지키는 두 명의 자매들인 '윙 시스터'들이 그녀와 함께 외치기 시작한다. 그 후 그들의 윙 시스터들이 합류한다. 그렇게 반복되다 결국 수십여 명이 부르는 그들의 노랫소리가 컴선을 가득 채운다. 머리가 몸에게 도망치라고 말하고 있는 사이에 그 소리를 들으니 장엄함이 느껴진다. 이래서 옵시디언들은 구호를 외치는 것이다. 공포의 씨앗을 뿌리기 위해서가 아니다. 자신이 용감하다고 느끼기 위해, 고립감과 두려움 대신 연대감을 느끼기 위해서다.

땀이 등뼈를 따라 흘러내린다.

두려움은 진짜가 아니다.

홀리데이가 무기 안전 장치를 끈다.

"느자르 라 타가그……."

내 레이저가 딱딱하게 굳는다.

펄스무기들이 몸서리치고 찡 소리를 내며 준비한다.

몸이 떨린다. 입에는 재가 한 가득이다. 가면을 써라. 내면의 인간을 숨겨라. 아무것도 느끼지 마라. 모든 것을 다 보라. 움직이고 죽여라. 움직이고 죽여라. 나는 인간이 아니다. 저들은 인간이 아니다.

구호 소리가 커진다…….

"신 트즈르 르지카!"

두려움은 진짜가 아니다.

이오, 지켜보고 있다면 지금은 눈을 감아야 할 시간이야.

리퍼가 찾아왔단다. 그리고 그는 자신과 함께 지옥을 가져왔다.

제47장

지옥

"침입!"

홀리데이가 포효한다. 문이 무너지며 열린다. 나는 침입 지점을 에워싸고 있는 펄스 필드 안으로 빠르게 들어간다. 모든 것이 응결된다. 보이는 것, 들리는 것, 내 신체의 움직임. 모두 다 안개 속에 있는 것 같다. 홀리데이의 스캐터플래시가 2미터의 격벽문 틈새로 탁탁 소리를 내며 지나간다. 그리고 맞은편에서 방패를 쓰지 않은 모든 시신경들을 지져 버린다. 2차 퓨전 수류탄이 폭발한다. 나는 구멍 안의 연기 속으로 뛰어들어 오른쪽으로 향한다. 빅트라는 나와 함께 간다. 세피는 왼쪽으로 향한다. 적군의 총이 즉각적으로 우리를 강타한다. 내 방패는 우박이 주석 천장에 떨어지는 소리처럼 타탕 거린다. 통로 끝은 번뜩이는 총부리와 펄스 불꽃으로 혼돈 그 자체다. 과열된 발사 무기가 연기 속을 가르고 지난다.

나는 팔을 발작적으로 홱 움직이며 펄스피스트를 발사한다. 몸으로 출입구를 막지 않도록 고개를 수그리고 이동한다. 뭔가가 나에게 세게 부딪힌다. 나는 왼쪽 벽으로 굴러 넘어진다. 과열된 입자들이 내 주먹에서 비명을 지른다. 코일건의 연속 공격이 내 방패의 에너지 장벽에 충격을 준다. 그것은 타닥 소리를 내며 내 발앞의 바닥에 떨어져 납작해진다. 더 많은 옵시디언들이 내 뒤의통로를 채운다. 그들은 너무나 빠르게 움직인다. 그것은 소리의 불협화음이다. 내 전략적 머리는 현재 상황의 사실들을 최우선으로 놓고 생각한다. 우리는 이 자리에 붙잡혔다. 군사들이 침입 중에 죽어나간다. 필히 전진해야 한다.

뭔가가 쌩 소리를 내며 내 머리 근처로 지나간다. 그것은 내 뒤의 출입구에서 폭발한다. 사지와 갑옷이 바닥에 철퍽 떨어진다. 투구는 그 거대한 소리음을 소거해 내 고막을 구해 준다. 나는 앞으로 허둥거리며 움직이며 살인 지역으로부터 벗어나 보려고 한다. 또 하나의 수류탄이 우리들 사이로 떨어진다. 옵시디언 한 명이 그 위로 몸을 날린 후 그것은 폭발한다. 분쇄기를 위한 고기가 늘었다. 필히 거리를 좁혀야 한다. 한 치의 앞도 안 보인다. 연기가, 불이 너무 많다.

이것 다 집어치우자.

답답함에 포효하며 나는 그래브부츠들을 가동시키고 시속 80킬로미터로 좁은 통로를 따라 우리의 가해자들을 향해 로켓처럼 날아간다. 가는 길에 무기도 발사한다. 바닥으로부터 1미터 위에서 날아간다. 빅트라도 따라온다. 가해자들은 찬란한 은색 갑옷을 입은 골드 특사와 그를 따르는 20명의 온전한 그레이 부대다. 나는 골드에게 몸을 날린다. 레이저를 쭉 내민 채 그의 방패를 뚫고 뇌를 찌른다. 바닥에 충돌한다. 팔이 내 몸 밑에 깔렸다. 그레이 대응 부대는 서로서로 떨어지며 내가 힘겹게 일어서려고 하는 동안 내 주변을 둘러싼다. 한 명이 내 등에 이온 전하를 발사한다. 푸른 번개가 내 방패 위로 경련하면서 그들을 죽인다. 나는 레이저로 그레이 한 명의 목을 관통한다. 다른 두 명이 내 가슴에 발사 공격을 한다. 10여 발의 흔적으로 내 갑옷이 움푹 들어간다. 나는 뒤로 굴러 넘어진다. 약실에 위협적인 총알이 담긴 레일건이 내 머리를 겨냥한다. 나는 몸을 확 구부린 후 옆으로 피하면서 피에 미끄러진다. 밑으로 떨어진다. 총이 발사되면서 바닥에 사람의 머리만 한 구멍을 남긴다.

그 후 빅트라가 그레이들에게 달려든다. 그래브부츠로 이쪽저쪽에서 파열음을 내는 그녀는 진자에 매달린 쇠공 같다. 무겁게 갑옷을 완장한 자신의 몸으로 벽에 상대를 밀어붙여 뼈를 짓이겨 산산조각 낸다. 그 후 옵시디언들이 그레이들 사이에 뛰어든다. 그들은 펄스 도끼로 그레이들을 조각조각 잘라 버린다. 그레이들은 비명을 지르고 보조 발사 무기가 있는 구석 뒤로 넘어진다. 세피는 그레이 한 명의 다리를 잘라 버린다. 그는 굴러 넘어지며 벽에 대고 무기를 발사한다. 그녀는 그의 뒤에서 그의 머리를 깨끗하게 찢어내 버린다.

이것은 공포다.

연기다. 몸들이 경련하고 까맣게 탄 상처로부터 피가 끓으며 나와 증발한다. 죽어가는 한 남자의 오줌이 내 갑옷 주위로 고이다 펄스피스트의 과열된 총열에 닿아 쌕 소리가 나는 동안 빅트라가 나를 일으켜 세워준다.

"고마워."

빅트라의 무시무시한 새 모양 투구는 표정 없이 나를 향해 고개를 끄덕인다.

내 소대의 나머지는 침입 지점을 차례차례 통과한다. 그동안 나는 구석 뒤로 돈다. 몇 명의 그레이들이 이쪽으로 도망쳤다. 또 하나의 적군 대응 부대가 30여 미터 밑, 그래브리프트 출입구 근처에 떠 있는 그래브포드에서 급히 중화기를 설치한다. 발사와 동시에 내 위에 있던 벽의 1/4이 녹는다. 나는 홀리데이에게 트리그의 양측용 라이플을 들고 이쪽 구석의 내 자리를 대신 맡으라고 명령한다.

"틴('깡통'이라는 뜻으로 레드에게 '러스터'라 하듯 그레이들을 업신여기거나 친근하게 부르는 별칭 ― 옮긴이) 4명과 골드 1명이다. 그들은 QR-13을 장착해 놨다. 그들을 제거해 버려라."

내가 말하자 홀리데이는 라이플의 다용도 총열을 조정한다.

"충성."

침입 지점에서 발키리 6명이 쓰러졌다. 거대한 여자 한 명의 투구가 벗겨지며 그녀의 갑옷 안으로 다시 말려 들어간다. 그녀는 피를 토한다. 몸통의 반에서 연기가 난다. 용융된 갑옷이 아직도 그녀의 살을 녹이고 있는 것이다. 그녀는 일어서 보려고 한다. 그 고통에 크게 웃는다. 신의 빵에 한껏 취해 있는 것이다. 하지만 이 여자들의 입장에서 보면 그들은 새로운 유형의 전쟁을 벌이며 낯선 종류의 상처를 경험하고 있다. 자신의 몸을 지지하지 못하는 그 옵시디언은 자매에게 기대며 털썩 쓰러진다. 그녀의 자매는 세피를 부른다. 젊은 여왕은 부상을 확인한 뒤 빅트라가 고개를 젓는 모습을 본다. 나머지 발키리보다 상대적으로 빨리 배우던 세피는 이 전쟁이 자신의 종족 사람들에게 어떤 대가를 요구할지 잘 알고 있었다. 하지만 그것을 직접 눈으로 확인하기란 머리로 아는 것과 완전히 다른 일이다. 그녀는 그 여자에게 고향에 관한 무언가를 이야기한다. 하늘과 여름의 황혼녘에 보이는 깃털에 대한 어떤 이야기다. 나는 그녀가 죽어가는 그 여자의 두개골 기저부에 밀어 넣은 칼을 알아채지 못하다 그녀가 그것을 빼서야 비로소 확인한다.

머스탱의 얼굴 홀로그램이 내 화면의 구석에서 번뜩인다. 나는 그 연결선을 개통한다.

"대로우, 침입해 들어갔어?"

"나와 빅트라는 들어왔어. 내 부대들도 마찬가지고. 지금 교량을 향해 진입 중이야. 무슨 일이야?"

"서둘러야겠어. 내 함선은 엄청난 공격을 받고 있어."

"우리는 들어온 상태야. 너는 원래 내빼기로 했었잖아. 테베로 간다며."

"로크가 전자기펄스를 썼어. 방패 덕에 아직도 버티고 있는 거야. 하지만 내 함대의 엔진 절반이 묵사발이 됐어. 우리는 이동 능력을 잃고 이 자리에 죽은 듯이 앉아서 로크와 맞붙고 있다고. 네 클로우드릴이 공격하자마자 '콜로서스'는 살인을 목적으로 발사하기 시작했어. 로크의 세력이 우리를 박살내는 중이야. 우리는 화력에서 밀리고 있어. 그것도 심하게. 주요 배터리들은 이미 반이나 소모됐어."

머스탱의 목소리는 한껏 긴장한 상태다. 창자 속에서부터 역겨운 기분이 인다. 로크는 함선 안의 카메라로 우리를 볼 수 있다. 그는 내 승선 부대의 힘을 알고 있다. 내가 교량에 도달하는 것은 이제 시간문제일 뿐이다. 곧 그는 컴 너머로 나에게 항복하거나 그가 머스탱을 죽이는 꼴을 보라고 선언할 것이다.

"그 지독한 교량으로 빨리 가서 그를 죽여 버려. 오버?"

"오버."

나는 내 부대와 마주하기 위해 고개를 돌린다.

"움직여야 해. 빅트라, 분대 지휘를 맡아. 나는 디지털 속도로 달릴 거야. 세피, 앞장서서 이곳을 누비고 다녀."

"홀리데이, 언제든 준비되면 가게나. 그 조막만 한 사자에게 우리의 도움이 필요하다잖아. 어서! 어서!"

빅트라가 흥겹게 말하며 통로를 앞뒤로 왔다 갔다 한다.

"잠깐만 기다리시라고요."

홀리데이가 투덜거리며 라이플을 조정하고 코너 샷 장치의 토글 버튼을 누른다. 총열의 관절이 회전하더니 벽 모서리 너머로 코너 샷 장치의 머리를 빼꼼 내밀어 그녀의 생체공학적인 눈으로 영상 데이터 링크를 직접 넘긴다. 총에서 빠르게 네 차례의 화력이 발사된다. 매 화력마다 그녀의 갑옷 뒤쪽에 있는 탄약 탄창으로부터 30발씩이 쏟아진다.

"가요."

빅트라와 나는 뛰어나가며 구석을 돌아 수 미터의 거리를 해치운다. 그 사이에 그레이 한 명이 총 앞에 있던 그의 동료의 자리를 대신하려고 한다. 나는 펄스피스트로 그를 베어 버린다. 그리고 빅트라는 골드 지휘자와 크라바트 동작 네 세트를 주고받은 뒤 그의 가슴을 향해 칼을 찌른다. 그 동작에 그녀의 칼이 그에게 꽂힌다. 나는 그의 목에 칼을 찔러 그를 마저 처리한다. 홀리데이는 QR-13을 끈 특공대를 우리와 함께 이동시킨다. 그들이 우리의 긴 다리와 보폭을 맞출 수 있는 유일한 이유는 우리가 무거운 갑옷을 입고 있기 때문이다.

교량으로 전력 질주하는 동안 내 침략 부대의 다른 무리들은 새로이 속도를 내며 함선 운행에 있어서 필수적인 기능을 담당하는 구역들로 미친 듯이 뛰어간다. 그것은 번개가 치는 속도다. 그레이는 이정도의 속도로 이동할 수 없다. 왜냐하면 그들은 전략, 서로의 전략을 뛰어넘는 술책, 코너 샷 그리고 교활한 과학 기술에 의

지하기 때문이다. 옵시디언들은 곧게 돌진하는 숫양들이다. 앞으로 훅 나아가고 싶은 유혹이 느껴진다. 교량에 도달하는 일에만 집중하고 싶다. 하지만 계획을 버릴 수는 없다. HUD상에 있는 전투 지도를 이용해 내 소대들을 이끌어야 한다. 레드와 그레이 소대 지도자들에게 말하며, 나는 달리는 동시에 조직을 편성한다. 그동안 빅트라는 금속 통로로 만들어진 미로와 기습공격으로부터 우리를 이끌고 나아간다. 소대들이 자리에 꼼짝 못하게 박히면 나는 또 다른 소대들이 그래브리프트와 통로를 지나 깊숙이 자리한 보안팀의 옆을 호위하도록 컴을 이용해 지시를 해 나아간다. 그것은 복잡한 춤사위다. 우리는 머스탱의 함선이 파괴되기 전까지만이 아니라 리치크래프트들이 돌아오기 전까지 일을 마치기 위해 달리고 있다.

로크는 이를 알고 있다. 그리고 우리의 침투 시점으로부터 3분이 채 안 됐을 때, 함선에서는 완전한 전체 감금 프로토콜이 시행된다. 모든 그래브리프트와 트램, 그리고 격벽이 봉인된다. 그래서 함선 전역으로 벌집 구조의 장애가 만들어진다. 우리는 한 번에 단 50미터밖에 못 접근한다. 이것은 악마적인 시스템이다. 디지털 열쇠를 가지고 있는 보안팀들은 함선을 쉽게 돌아다니는 동안 우리와 같은 승선 부대조차도 갈가리 찢어 버릴 수 있는 치명적인 화력 격멸 구역들과 십자 포화 구역들을 창조하고 호위해 승선 부대들은 꼼짝 못하게 하는 것이다. 그것과 싸울 방도란 없다. 이것이 전쟁의 노역이다. 친구 한 명이 누워서 엄호 사격을 해 주는 동안 씁쓸한 표정으로 구석에 쭈그리고 있는 상황. 그러다 고개를 숙이고 떨리는 두 다리로 전진하며 내 몸에 두른 첨단 기술 장비들에 걸려 넘어지지 않기 위해 노력하는 상황. 결국에는 기술과 전략이 어떻든 간에 전쟁은 이런 끔찍한 상황들로 귀결된다. 나를 움직이게 만드는 것은 용기가 아니다. 친구의 눈앞에서 내 자신이 부끄러워질지도 모른다는 두려움이다.

우리가 격벽을 하나 둘씩 녹여 지나가는 동안 세피의 발키리들이 전쟁이란 분쇄기의 먹이가 된다. 우리는 사방에서 기습 공격을 당한다. 내가 이제껏 본 가장 실력 있는 전사들 중 몇몇도 그레이 명사수들의 손에 투구 뒤쪽에 연기 나는 구멍들이 생기면서 쓰러진다. 그들은 펄스피스트의 화력 발사에 맞아 녹아 버린다. 또 그들은 7명의 옵시디언들을 양옆에 끼고 나타난 골드 기사의 손에 쓰러진다. 결국 빅트라, 세피, 그리고 내가 그 골드와 옵시디언들을 레이저로 죽인다.

교량에 도달하기 위해 이 모든 짓들을 하고 있다. 엊그제만 해도 손을 뻗어서 만질 수 있었던 남자에게 도달하기 위해 이 모든 짓들을 하고 있다. 이것이 명예로운 행위의 대가라면 나에게 수치스러운 살인을 달라. 내가 그때 로크의 목을 찔러 버렸더라면 지금 발키리들이 이렇게 바닥에 어지러이 쓰러지지 않았을 것이다.

"소사이어티 해군의 남자와 여자들이여. 이는 리퍼다. 너희들의 함선에는 아레스의 아들들이 침입한⋯⋯."

함선의 일반 컴 유닛 너머로 내 목소리가 흘러나오는 것이 들린다. 소대들 중 하나가 함선의 뒤쪽 반에 자리한 통신 중앙 처리실에 도달한 것이다. 내 함대의 모든 승선 부대들은 머스탱과 내가 승선한 적군 함선에 업로드하기 위해 함께 녹음한 연설의 복사본을 가지고 있다. 그것은 로우컬러들에게 보내는 내용으로 내 유닛을 돕고, 가능하면 잠금 프로토콜을 해제시키며, 그럴 수 없다면 수동으로 문들의 잠금 장치를 풀어 놓고, 무기고를 급습하라 촉구하는 것이다. 이 남자와 여자 들의 대부분은 베테랑이다. 내가 팍스 함선의 승무원들의 정신을 깨웠던 것처럼 똑같이 이쪽에서도 반향을 일으킬 것이라고 기대하기란 비현실적이다. 하지만 아주 사소한 도움도 도움이니까.

'콜로서스'에서는 그 연설 방송이 부분적으로 효과가 있다. 그 덕에 우리는 녹여서 지났다면 수 분씩 소요됐을 몇몇 문들을 몇 초 만에 지나면서 소중한 시간을 번다. 로크 또한 인공 중력을 꺼 버린다. 그는 우리의 전술을 지켜보며 내 옵시디언들이 무중력에서 활동해 본 경험이 없다는 것을 깨달은 것이다.

소사이어티 그레이들은 물속의 물개들처럼 통로를 지나와 자신의 친구들을 너무나 많이 죽였으며 지금은 접근 속도를 잃어버린 채 허공에 떠 있는 내 옵시디언들에게 복수를 한다. 종내에는 내 부대들 중 한 명이 중력을 다시 켠다. 나는 그들이 그것을 지구 기준의 1/6으로 줄이게 만든다. 그렇게 하면 내 세력이 입고 있는 묵직한 갑옷에 지장을 받지 않아도 되기 때문이다. 그것은 우리의 폐와 다리들을 위한 축복이다.

그레이 보안팀을 뚫고 지난 뒤 우리는 드디어 교량에 도달한다. 엄청 시달리고 피투성이인 상태다. 나는 웅크린 채 숨을 헐떡이며 내 갑옷 속의 산소 순환량을 증가시킨다. 땀 속에서 수영하며 나는 골드 한 명의 레이저에 맞아 이두근에 생긴 자상을 느끼지 않도록 장비의 각성흥분제 주사를 가동시킨다. 바늘이 내 허벅지를 따끔히 문다. 나의 다른 소대들로부터 보고를 받는다. 그들이 적군과의 접촉을 잃었다고 한다. 그 말인즉슨 적군 부대들은 로크 밑으로 다시 취합돼 파견되고 있으며, 우리를 향해 오고 있을 가능성이 농후하다는 것이다. 다시 교량 문으로 돌아가, 나는 교량으로 이어지는 원형의 노출된 곁방 너머를 응시한다. 아카데미에서 내 강사는 이런 식으로 설계된 별 모양 교량을 포위하는 자에게 주어진 우주의 기하학적 한계들을 시범으로 보여 줬다. 세 가지 방향으로부터 뻗어오는 세 통로들이 원형 공간으로 이어진다. 그 공간 중간에는 그래브리프트까지 설치돼 있다. 그곳은 우리 자신을 방어하기가 어려운 구조인데 로크의 해군들까지 이곳으로 오고 있다.

"로크, 자기야."

빅트라가 천장에 있는 카메라들을 향해 외친다. 그 사이에 홀리데이와 그녀의 팀은 드릴을 문에 댄다.

"정원에서의 일이 있은 이래로 내가 얼마나 너를 애타게 그리워했는데. 너 거기에 있니?"

그녀가 한숨을 쉰다.

"그냥 네가 거기에 있다고 칠게. 들어 봐, 나는 이해해. 너는 우리가 너에게 격노할 거라 생각하나 본데. 내 어머니를 살인하고 우리 친구들을 처형시키고 척추에 총알들을 박아 놓고 독을 주고 어여쁜 리퍼와 나를 1년간 고문했으니 말이야. 하지만 그렇지 않아. 우리는 그냥 너를 상자 안에 넣고 싶을 뿐이야. 어쩌면 상자 몇 개가 될지도 모르겠네. 그렇게 하는 게 마음에 들어? 매우 시적인 결말인데."

홀리데이의 특공대들 중 남은 세 명은 문에 자성 클램프를 달고 열성 드릴에 올라탄다. 홀리데이가 몇 개의 명령어를 입력해 넣자 드릴의 눈이 회전하기 시작한다.

세피는 주변을 탐색하고 돌아왔다. 그녀의 투구가 다시 갑옷 안으로 스르륵 들어간다. 그녀는 중간 통로를 가리킨다.

"많은 적군들 터널에서 온다. 나는 그들 지도자 죽였다. 그러나 더 많은 골드들 뒤따라온다."

그녀는 비단 지도자를 죽이기만 한 것이 아니었다. 그 지도자의 머리도 가져왔다. 하지만 그녀는 한쪽 다리를 절고 있으며 왼팔에서도 피가 난다.

빅트라가 그 머리를 보더니 말한다.

"오, 젠장. 저건 플라질루스잖아. 내 학교 하우스에 있던 친구였는데. 사실 꽤나 상냥한 놈이었어. 환상적인 요리사였지."

"몇 명이나 오고 있어, 세피?"

"우리에게 좋은 죽음 줄 만큼 충분히 온다."

"젠장. 젠장. 젠장."

홀리데이는 내 뒤에 있는 문을 주먹으로 친다.

"문이 너무 두꺼운 거지?"

내가 묻는다.

"네."

홀리데이는 공격용 투구를 벗는다. 모호크 식 머리는 한쪽으로 들러붙었다. 긴장한 얼굴에서 땀이 뚝뚝 떨어지고 있다.

"이 문은 나머지 함선 부분들처럼 VDY 스펙스에서 만들어진 게 아니에요. 가니메데 산업 작품이에요. 주문 제작 됐어요. 일반 문보다 최소한 2배는 두껍네요."

"그것을 통과하기까지 얼마나 오래 걸릴까?"

내가 다시 묻는다.

"최고 화력으로 녹였을 때요? 14분?"

홀리데이가 추측한다.

"14분이나?"

빅트라가 홀리데이의 말을 되풀이한다.

"어쩌면 더 걸릴지도 몰라요?"

나는 뒤돌아 분노의 한숨을 훅 내쉰다. 이 여자들도 우리에게 5분조차 없다는 사실을 나만큼이나 잘 알고 있다. 나는 머스탱의 컴에 연락을 시도한다. 대답이 없다. 그녀의 함선은 죽어가고 있는 모양이다. 이런 우라질. 살아 있어라. 그냥 살아 있기만 해라. 애초에 왜 나는 그녀에게서 눈을 뗐을까?

"쫓아오는 놈들을 향해 돌진하자. 중앙 통로를 따라 쭉 내려가는 거야. 그들은 사냥개에 쫓기는 여우들처럼 도망 다닐 거야."

빅트라가 말한다.

"그렇게 한다. 나 당신 따라가겠다, 태양의 딸. 영광의 길로."

세피가 말한다. 세피와 빅트라는 함께 피 흘리기 전에 둘 다 상상했던 것보다 서로 마음이 잘 맞고 있다.

"영광 따위는 개나 줘 버려요. 드릴이 제 몫을 하게 내버려 두자고요."

홀리데이가 말한다.

"그럼 픽시들처럼 여기 앉아 죽기만을 기다리자고?"

빅트라가 묻는다.

내가 한 마디를 하거나 다른 뭔가를 해 볼 새도 없이 내 뒤쪽 벽 내의 유압으로부터 금속성의 쌕 소리가 난다. 교량의 문이 열리는 것이다.

제48장

최고사령관

우리는 급습을 예상하며 교량 위로 밀려든다. 대신 주위가 차분하다. 깔끔하다. 불빛은 침침하게 줄여 놨다. 로크가 선호하는 대로다. 숨겨진 스피커로부터 베토벤의 곡이 흘러나온다. 모두가 자신들의 자리에 가만히 있다. 파리한 얼굴은 창백한 빛을 받고 있다. 두 명의 골드가 넓은 금속 길을 따라 걷고 있다. 그 길은 함몰 선실 위를 지나 교량의 앞쪽으로 이어진다. 로크는 그곳에 서서 30미터 넓은 홀로그래프 투영 앞에서 전투를 지휘하고 있다. 함선이 센서 사이에서 춤을 춘다. 불꽃으로 이루어진 틀 속에서 그는 이미지를 돌려보며 오케스트라 악단의 정열을 불러일으키는 위대한 지휘자처럼 명령을 내리고 있다. 그의 두뇌는 아름답고도 끔찍한 무기다. 그는 우리의 함대를 파괴하고 있다. 머스탱의 '데자 소리스'는 산소 저장고로부터 불꽃을 흘리고 있다. '콜로서스'와 호위 구축함 세 대가 레일건으로 데자 소리스를 계속 강타하고 있다. 사람과 잔해가 우주를 떠다닌다. 이것은 더 큰 전투의 극히 일부일 뿐이다. 안토니아를 포함한 로크 측의 위대한 주요 세력은 로물루스, 오리온, 그리고 텔레마누스 부자를 쫓아 목성을 향하고 있다.

우리의 왼쪽으로 20미터 떨어진 곳, 즉 교량의 무기고 가까이에서는 옵시디언과 그레이 들로 이루어진 전략 분대 하나가 무거운 무기를 쥔 채 골드 지휘관의 말에 열심히 귀 기울이며 교량을 호위할 준비를 하고 있다.

그리고 우리 바로 오른쪽, 즉 지금은 열려 있는 문 옆의 제어판 앞에는 교량에 있는 다른 어느 누구도 보거나 인지하지 못한 작은 핑크 하나가 흰색 하녀 제복을 입은 채 몸을 떨고 있다. 그녀의 손 밑에서 통행 코드 디스플레이가 초록색으로 빛나고 있다. 그녀의 얇은 형체는 전쟁이라는 배경과 대비돼 유약해 보인다. 하지만 반항적인 표정을 하고 있는 그녀의 손가락은 문의 열림 버튼 위에 올라가 있다. 그녀가 우리 뒤로 문을 닫는 동안 그녀의 얼굴에는 작지만 아주 통쾌해하는 미소가 퍼진다.

이 모든 일들이 3초 안에 벌어졌다. 골드 보병대 지휘관이 우리를 본다.

늑대들은 울부짖을 때 아름답지만 고요 속에서 가장 잘 죽인다. 그렇기에 나는 손가락으로 왼쪽을 가리킨다. 그러자 옵시디언들이 골드의 말을 듣고 있는 군사를 향해 한꺼번에 달려든다. 골드 지휘관은 그의 군사들에게 뒤로 돌라고 외치지만 세피는 이미 그들을 덮치고 있다. 무기를 들어 올릴 새도 없었다. 그녀가 그들 사이로 춤을 추는 동안 그녀의 칼날은 얼굴과 무릎마다 나부낀다. 발키리들은 나머지 군사들에게 돌진한다. 골드 지휘관의 몸이 세피의 레이저 끝에서 미끄러지며 바닥에 쿵 떨어지기까지 단 두 발의 총성만이 울린다.

그레이들은 함몰선실의 반대쪽에서 우리를 향해 무기를 발사한다. 홀리데이와 그녀의 특공대들이 그들을 처리해 버린다. 내 투구가 갑옷 속으로 스르륵 들어간다.

"로크."

나는 내 부하들이 계속해서 살인하는 동안 그를 향해 으르렁거린다.

로크는 이제 전투로부터 고개를 돌려 나를 확인한다. 그 안에 존재하는 모든 고결함이, 냉혈한 최고사령관의 모습이 모두 녹아 없어지면서 당황해 얼빠진 남자만이 남는다. 빅트라와 나는 성큼성큼 교량을 지난다. 우리 밑의 사방으로 블루들이 있다. 그들은 자신들의 함선이 전투 중임에도 불구하고 겁에 질린 채 혼란스러워하며 우리를 뚫어지게 올려다보고 있다. 소리 없이 로크의 두 집정관들이 우리에게 달려든다. 둘 다 검은색과 보라색 바탕에 룬 가문의 은색 반달 장식이 달린 갑옷을 입고 있다. 우리는 히드라 대형으로 금속 교량 위에서 짝을 짓는다. 빅트라가 오른쪽을, 나는 왼쪽을 맡는다. 내가 상대하는 집정관은 나보다 키가 작다. 투구를 안 쓰고 있으며 머리는 꽉 묶어 쪽진 그녀는 가문의 위대한 영예를 선언할 준비를 하고 있다.

"내 이름은 펠리시아 오……."

나는 그녀의 얼굴을 향해 채찍형 레이저를 날리는 척한다. 그녀는 자신의 칼을 들어올린다. 그러자 빅트라가 사선으로 움직이며 그 집정관의 배꼽을 찌른다. 나도 그 집정관의 목을 깔끔하게 베며 그녀를 끝내 버린다.

"잘 가, 펠리시아."

빅트라가 침을 뱉으며 마지막 집정관을 향한다.

"요새 것들은 내실이 없다니까. 너도 정신력이 그 모양인가?"

그 남자는 자신의 레이저를 떨어뜨리고 양쪽 무릎을 꿇으며 항복한다는 뜻으로 뭔가를 말한다. 빅트라는 그의 뜻에도 만무하고 그의 목을 베어 버리려고 하다 곁눈질로 나를 힐끗 본다. 마지못해, 그녀는 그 항복을 받아들이며 그의 얼굴을 발로 찬 뒤 교량을 지키는 옵시디언들에게 그를 넘긴다.

"클로우드릴들이 네 마음에 들었니? 그거야말로 너를 위한 시적인 정의실현이거든, 이 콩알만 한 배신자 개새끼야."

빅트라가 로크의 왼쪽으로 빠르게 걸어가며 말한다. 그녀는 살인하고 싶어 안달난 상태다.

블루들은 여전히 지켜보고 있다. 그들은 어찌할 바를 몰라 하고 있다. 우리를 지원하러 온 승선 부대가 이제 교량 밖에서 우리가 있던 자리를 메우고 있다. 우리는 드릴을 남기고 왔지만 그들이 저 문을 뚫고 오려면 최소한 10분은 걸릴 것이다.

로크의 머리에 있는 컴은 명령을 내려 달라는 요청으로 윙윙거리고 있다. 그가 공격 운항에 보냈던 소함대들은 이제 과도하게 노출된 채 떠다니고 있다. 보이지 않는 손이 이끄는 대로 따르는 것에 익숙했던 소함대 지휘관들은 지금 전반적인 전투 상황을 보지 못하는 상태로 싸우고 있다. 이것이 로크의 전략의 허점이다. 지휘관들의 개별적 독립성이 이제 혼돈을 만들고 있다. 왜냐하면 중앙 정보 지시자가 방금 말이 없어졌기 때문이다.

"로크, 네 함대에게 물러나라고 말해."

내가 요구한다. 나는 땀에 흠뻑 젖어 있다. 허벅지 뒤쪽 근육이 결린다. 손이 지쳐서 떨린다. 나는 앞으로 무거운 걸음을 한 발 내딛는다. 부츠가 금속과 부딪혀 쿵 소리를 낸다.

"그렇게 해."

로크는 내 뒤를 빤히 응시한다. 우리가 교량 위로 올라오도록 허가를 내 준 핑크를 바라보는 것이다. 그의 목소리는 주인이라기보다는 애인이 느낄 법한 배신감으로 탁하다.

"아만시아…… 너도야?"

이 젊은 여자는 그의 슬픔에도 자신의 행동을 부끄럽게 여기지 않는다. 그녀는 양 어깨를 뒤로 젖히고 자신의 자리를 굳건히 지킨다. 그녀의 옷깃에는 그녀가 파비 씨족의 소유라는 것을 표방하는 장미 배지가 달려 있다. 그녀는 그것을 제거해 바닥에 내버린다.

내 친구는 전신으로 몸서리친다.

"이 로맨티스트 멍청이 같으니라고."

빅트라가 웃음을 터뜨린다. 나는 로크와의 거리를 좁힌다. 부츠가 회색 강철 갑판 위로 핏자국을 남긴다. 나는 그의 뒤에 있는 디스플레이를 가리킨다. 거기에는 머스탱의 함선이 죽어 가는 모습이 보인다. 나는 데자 소리스의 선체에 난 구멍 사이로 별빛들이 반짝이는 모습을 확인할 수 있다. 그럼에도 불구하고 구축함들은 계속 벌하고 있다. 놈들은 팍스 함선의 앞머리 바로 앞에 자리를 잡고 있다. 머스탱의 함선에 비해 팍스 함선에 30킬로미터 가까운 곳이다.

"저들에게 그만 발사하라고 말해!"

나는 레이저를 로크에게 겨누며 말한다. 그의 레이저는 그의 허리춤에 있다. 그는 나를 상대로 그것을 꺼내 드는 것이 얼마나 무의미한 일인지 잘 알고 있다.

"지금 당장 해."

"거절한다."

"저건 머스탱이야!"

"그녀는 자신의 운명을 선택했어."

나는 차갑게 묻는다.

"얼마나 많은 사람들을 보낸 거야? 나를 이곳으로 데려오기 위해 팍스 함선에 얼마나 많은 사람들을 보낸 거냐고? 1만 5000명? 저 구축함에는 몇 명이나 타고 있는 거야?"

나는 내 왼쪽 팔뚝에 찬 데이터패드의 보호 케이스를 밀어 올린 뒤 팍스 함선의 원자로 진단 프로그램을 불러온다. 그것은 적색으로 박동한다. 우리는 냉각수의 흐름을 반대로 돌려 원자로가 과열되게 만들었다. 원자로 발전기의 출력 수요가 조금이라도 증가하는 경우, 그것의 열은 상승한다.

"그들에게 발사를 멈추지 않으면 생명을 잃을 것이라 말해."

로크는 그의 섬세한 턱을 치켜든다.

"양심상 그런 명령은 내릴 수가 없어."

그는 자신의 말이 무엇을 의미하는지 알고 있다.

"그럼 이 일은 우리 둘 모두의 책임이다."

로크의 고개가 블루용 컴을 향해 홱 돌아간다.

"사이루스, 구축함들에 회피 작전을 취하라고 말해."

"너무 늦었어."

빅트라가 말하는 사이에 나는 발전기의 출력을 올린다. 그에 내 데이터패드는 사악한 진홍색으로 박동하고 그 빛이 우리를 적신다. 그리고 로크 뒤의 홀로 상에서 팍스 함선은 푸른 불꽃을 뭉게뭉게 방출한다. 황급히 최고사령관의 지시에 응하며 구축함들은 머스탱을 향한 사격을 멈추고 빠르게 도주하려고 시도한다. 하지만 팍스 함선의 중앙에서 밝은 빛이 폭파하더니 에너지가 밖으로 경련하듯 퍼지면서 그 금속 갑판을 감싸고 선체를 일그러뜨린다. 그 충격 파장이 구축함을 강타하며 그들의 선체들도 일그러뜨리고 그들끼리 충돌하게 만든다. '콜로서스'도 그 파장을 맞고 우리 주위로 전율하며 우주로 날아가지만 방어 시스템이 버텨준다. '데자 소리스'는 우주를 떠다닌다. 그녀의 빛은 어둡다. 내가 할 수 있는 일이라고는 머스탱이 살아 있기를 기도하는 것뿐이다. 나는 눈앞의 상황에 집중하기 위해 볼 안쪽 살을 씹는다.

로크는 군사를 잃은 것에, 구축함을 잃은 것에, 그렇게나 허를 찔린 것에 충격을 받고 말한다.

"왜 그냥 우리의 총을 쓰지 않은 거야. 너는 그들을 뭉개버릴 수 있었……."

"나는 나중을 위해 이 총들을 남겨둘 거야."

로크는 다시 나를 향한다.

"그것들은 너를 구하지 못할 거야. 내 함대는 운항 중인 네 함대를 포획했어. 그들은 남아 있는 네 함대를 모조리 살상하고 이곳으로 돌아와 '콜로서스'를 되찾을 거야. 그때야말로 네가 얼마나 이 교량을 잘 차지하고 있는지 보자고."

"이 바보 같은 시인아. 세브로가 어디에 있는지는 생각도 안 해본 거니? 설마 이 모든 상황 속에서 그를 잊고 있었던 거야?"

빅트라가 묻는다. 그녀는 고개로 화면을 가리킨다. 화면에서는 로크의 함대가 목성을 향해 지정된 경로를 비행하는 위성 지배자들과 오리온의 세력을 뒤쫓고 있다.

"세브로도 이제 막 등장을 하려고 하네."

이 전투가 시작할 무렵, 목성 내측에 자리한 네 위성들 중 가장 바깥에 있는 테베는 멀리서 자전하고 있었다. 하지만 전투 시간이 늘어지면서 테베는 그녀의 궤도를 따라 우리에게 가까워지고, 또 가까워졌다. 그렇게 이오로부터 2만 킬로미터 조금 안 되는 거리에서 지금 후퇴 중인 내 해군들의 경로와 교차하게 됐다. 안토니아의 기함의 지휘 하에 로크의 함대는 마땅히 해야 했듯이 내 세력을 전멸시키기 위해 내 해군들을 뒤쫓았다. 로크의 측이 예상하지 못했던 바는 내 함선들이 처음부터 그들을 테베로 불러들이기로 계획하고 있었다는 것이다. 즉, 속담 속 '죽은 말'처럼 그들은 헛수고를 했다.(mount on a deadhorse는 속담으로 이미 일이 끝난 상황에서 뒷북치는 것을 뜻한다 ―옮긴이)

내가 로물루스와 협상하던 동안 헬다이버 조직이 테베의 황무지 얼굴에 공동을 파고 있었다. 이제 로크의 순양 전함과 기함이 위성을 지나는 동안, 세브로와 스타셸들을 탄 6000명의 군사들이 그 공동으로부터 쏟아져 나온다. 그리고 위성의 반대쪽에서는 5만 명의 옵시디언들과 4만 명의 레드들로 채워진 리치크래프트 2000대가 쏟아져 나오고 있다. 레일건이 총알을 흩뿌린다. 대공포가 뒤늦게 동원된다. 하지만 내 세력은 그들의 적군을 감싸고 있다. 그렇게 루나 시궁창 모기 떼처럼 적군의 내장으로 파고들고 안쪽에서 함선을 장악하기 위해 선체에 들러붙는다.

하지만 내 승리에도 배신은 따른다. 로물루스는 위성의 지표에서 발사시킬 그만의 골드 리치크래프트들을 준비하고 있었다. 내 함선 포획량을 자신과 비등하게 맞추려고 자신만의 함선들을 포획하려던 것이었다. 하지만 나는 그보다 그 함선들을 더 필요로

한다. 그래서 내 레드들은 세브로가 이륙한 동시에 로물루스 측의
터널 입구를 막았다. 그가 내 방해 행위를 알아챌 무렵에는 내 함
대가 그의 함대보다 클 것이다.

"나는 너를 소행성 지대로 유인할 수가 없었어. 그래서 네가 있
는 자리에 소행성 지대를 직접 만들었어."

로크와 함께 전투가 펼쳐지는 모습을 지켜보며 그에게 말한다.

"수를 잘 썼네."

로크가 속삭인다. 하지만 이 전략이 먹힌 유일한 이유는 10만
군의 옵시디언들이 나에게 있고 그에게 없기 때문이라는 것을 우
리 둘 다 알고 있다. 로크의 함대에 있는 옵시디언의 수를 최대로
셌을 때도 1만 명 정도다. 아마 더 정확한 수는 7000명일 것이다.
게다가 다른 모든 아레스의 아들들의 공격은 레드들의 노고로 벌
어졌는데 그가 어찌 나에게 이렇게 많은 옵시디언들이 있다는 것
을 알았겠는가? 전투들은 벌어지기 수개월 전에 그 승리가 판가름
나 있다. 나는 언제나 그를 이길 정도로 함선이 충분치 않았다. 하
지만 이제 내 함선은 계속해서 도주할 것이다. 계속해서 그의 총
을 피해 다닐 것이다. 그 사이에 내 군사들은 그의 순양 전함들 안
쪽에서 갈라 버릴 것이다. 천천히 그의 함선은 내 함선이 되어 함
께 대형을 짜고 있는 동료 함선을 향해 무기를 발사할 것이다. 그
런 수에는 무조건 당할 수밖에 없다. 그는 함선을 비워 버릴 수 있
겠지만 내 군사들에게는 자성 장비와 호흡 마스크가 있다. 그가
애꿎은 그의 군사들만 죽이는 셈이 될 것이다.

"너는 오늘 진 거야. 하지만 아직 사람들을 구할 수 있어. 네 함대에게 물러서라고 말해."

그 마른 최고사령관에게 말하지만 그는 고개를 젓는다.

빅트라가 말한다.

"너는 구석에 몰린 거야, 시인. 빠져나갈 구멍은 없어. 이제 올바른 일을 할 때야. 네가 그런 짓을 해 본 지 한참 됐다는 건 알고 있지만."

"그렇게 해서 그나마 남아 있는 내 명예도 파괴하라고? 그럴 수는 없지."

로크가 조용히 말하는 동안 스타셸을 입은 20명의 군사 무리가 인근에 있는 구축함의 뒤쪽 격납고를 침투한다.

빅트라가 비웃는다.

"명예라고? 너에게 대체 무슨 명예가 남아 있다고 생각하는 거야? 우리는 네 친구들이었어. 그런데도 너는 우리를 버렸어. 단순히 살해당하도록 그런 게 아니었지. 상자 안에 갇힌 채 전기고문당하고 불에 타고 1년간 밤낮으로 고문당하게 만들었잖아."

갑옷을 입은 이 금발 전사의 모습을 보고 그녀가 언젠가 피해자였다는 것을 상상하기란 어렵다. 하지만 그녀의 눈빛에는 공허감을 맛봤을 때, 나머지 인류로부터 격리된 기분을 겪어봤을 때에나 보이는 그 특별한 슬픔이 서려 있다. 감정이 일은 그녀의 목소리는 탁하다.

"우리는 네 친구들이었어."

"나는 소사이어티를 보호하겠다고 맹세했어, 빅트라. 우리 선배들 앞에 서서 얼굴에 흉터를 받았던 그날 너희 둘 모두가 맹세했던 것과 같은 것이었지. 인간에게 질서를 가져다 준 문명을 수호하겠다는 것. 그런데 그러는 대신 너희가 한 짓을 좀 봐 봐."

로크는 역겨워하는 눈빛으로 우리 뒤에 있는 발키리들을 쳐다본다.

"이 콩알만 한 울보쟁이야, 너는 잠들기 전에 읽는 동화 속에 사는 게 아니거든. 너는 그들 중 한 명이라도 너를 진정으로 걱정한다고 생각해? 안토니아가? 자칼이? 군주가?"

빅트라는 날카롭게 쏘아대지만 로크는 조용히 말한다.

"아니. 나에게 그런 환상 따위는 없어. 하지만 이 일은 그들에 대한 것이 아니야. 나에 대한 것도 아니고. 모든 사람이 따뜻한 삶을 누릴 운명을 타고나는 것은 아니야. 어떤 때는 차가움이 우리의 의무이기도 해. 그것이 우리를 사랑하는 이들로부터 떼어낼지라도."

그는 동정어린 눈빛으로 빅트라를 바라본다.

"너는 절대 대로우가 바라는 여자가 될 수는 없어. 그건 너도 알고 있을 것 아니야."

"너는 내가 쟤 때문에 여기에 있다고 생각하는 거야?"

빅트라가 묻자 로크가 인상을 찌푸린다.

"그럼 복수 때문이야?"

빅트라는 화난 투로 대꾸한다.

"아니야. 그보다 더 의미 있는 이유야."

그 말에 로크가 고개를 내 쪽으로 홱 돌리며 묻는다.

"대체 누구를 속이려고 하는 거야? 쟤야, 네 자신이야?"

그 질문에 빅트라는 허를 찔린다.

"로크, 네 군사들을 생각해. 얼마나 더 많은 사람들이 죽어야 하는 거야?"

"그렇게 남들의 생명이 신경 쓰인다면 네 함대에게 공격을 멈추라고 말해. 그들에게 관례에 따르고 삶은 공짜로 얻어지지 않는다는 것을 받아들이라 해. 삶은 희생 없이 존재할 수 없어. 언제까지 모두가 자신이 원하는 것을 다 가져가 버릴 수 있겠어? 다들 그렇게 갖기만 하면 가져갈 것이 아무것도 안 남는 순간이 올 수밖에 없잖아?"

로크가 이렇게 말하는 것을 들으니 내 억장이 무너진다.

내 친구에게는 언제나 세상을 살아가는 그만의 방식이 있었다. 밀려들어오고 쓸려나가는 그만의 조류가 있었다. 증오는 그의 천성이 아니다. 내 천성도 아니다. 우리의 세상이 우리를 이렇게 만들었다. 그리고 우리가 이 모든 고통들은 겪는 이유는 우리 이전에 살았던 자들, 세상을 그들의 마음대로 주무르고 그들 만찬의 잔해나 우리에게 남긴 자들의 실수를 고치기 위해서다. 로크의 홍채에서 함선들이 폭파한다. 그의 창백한 얼굴이 맹렬한 빛에 씻겨 나간다.

로크는 끝이 다가오고 있는 것을 직감하며 속삭인다.

"이 모든 일이……. 그녀가 그렇게나 예뻤어?"

"그래. 그녀는 너 같았어. 몽상가였지."

로크는 이렇게나 늙어 보이기에는 너무나 젊다. 그의 얼굴에 패인 주름과 우리 사이에 놓인 세상이 아니었다면 내가 줄리언을 죽인 뒤 성 마르스 바닥에 누워 몸을 떨고 있을 때 그가 내 앞에 쭈그리고 앉아 위로해 줬던 것이 어제 일처럼 느껴졌을 것이다. 당시에 그는 나에게 깊은 곳에 빠졌을 때에는 주어진 선택안이 단하나뿐이라고, 수영하거나 빠져죽는 것이라고 말했었다. 나는 그를 더 사랑해 줬어야 했다. 그를 내 곁에 두면서 그에게 마땅히 베풀었어야 할 사랑을 줄 수만 있다면 뭐든 하고 싶다.

하지만 삶은 과거가 아닌 현재고 미래다.

이것은 마치 우리가 강가 양쪽 선 채 서로를 멀리서 바라보고 있는데 우리 사이에 놓인 강이 넓어지고 포효하고 어둑해지면서 우리의 얼굴이 깊은 밤중의 창백한 달빛 조각으로 변한 것 같다. 현재의 우리인 성인 남자들보다 과거의 우리였던 소년들의 생각이 더 많이 난다. 나는 로크의 표정에서 결심이 서는 것을 확인한다. 그 결정은 그를 이 삶으로부터 멀리 끌고 가려 한다.

"너는 죽지 않아도 돼."

"나는 무적의 아르마다를 잃었어."

로크가 한 걸음 뒤로 물러선 뒤 레이저를 손으로 꽉 쥐며 말한다. 그의 뒤로 디스플레이 화면은 세브로의 덫이 그의 함대의 본체를 파괴하는 모습을 비춘다.

"내가 어찌 계속 살아갈 수 있겠어? 이 수치를 어찌 견딜 수 있겠어?"

"수치라면 내가 잘 알아. 나는 내 아내가 죽는 모습을 지켜봤잖아. 그 후 나는 자살했어. 모든 것을 끝내 버리기 위해 그들이 나를 목매달게 했어. 고통을 피하기 위해서였어. 그 날 이후로 나는 매일 그때의 죄책감에 시달려. 이건 그 수치로부터 벗어나는 길이 아니야."

"너였던 사람 때문에 나는 가슴이 찢어졌어. 아내가 죽는 꼴을 지켜봤던 그 소년 때문에 말이야. 내 가슴은 그 정원에서도 찢어졌어. 지금도 네가 겪었던 모든 고통을 알기에 가슴이 찢어져. 하지만 내 유일한 위안은 내 의무였어. 그런데 이제 그마저도 나는 빼앗겼어. 소사이어티에 대한 내 죄 값을 치를 방법이 모두……사라졌어. 나는 소사이어티를 사랑해. 내 종족 사람들을 사랑해."

그의 말투가 부드러워진다.

"그게 이해가 안 돼?"

"이해해."

"그리고 너도 네 종족 사람들을 사랑하지."

그가 나에게 주는 그것은 비판도 용서도 아니다. 단지 미소일 뿐이다.

"나는 내 종족 사람들이 사그라지는 모습을 지켜볼 수 없어. 그 모든 것이 다 불타 없어지는 것을 지켜볼 수 없어."

"사라지지도 없어지지도 않을 거야."

"그럴 거야. 우리의 시대가 끝나가고 있어. 날이 짧아지는 것이, 인류라는 왕국에 잠시나마 든 빛이 침침해지는 것이 느껴져."

"로크……."

"그를 내버려 둬. 그가 그의 운명을 택한 거야."

내 뒤에서 빅트라가 말한다. 그녀가 이 순간마저도 그렇게나 차갑게 구는 것이 너무나 싫다. 그가 저지른 일들 밑에는 선한 사람이 자리한다. 어째서 그녀는 그것을 알아차리지 못한단 말인가? 그가 우리에게 한 짓들에도 불구하고 그는 여전히 우리의 친구다.

"일이 그렇게 돼서 미안해, 빅트라. 나를 좋게 기억해 줘."

"그러지 않을 거야."

로크는 빅트라에게 슬픈 미소를 특별히 지어 보이며 왼쪽 어깨로부터 최고사령관 배지를 뜯어낸 뒤 손에 꼭 쥔다. 스스로 힘을 모으고 있다. 그러나 그 후 그는 그것을 바닥에 툭 내던진다. 나머지 하나도 뜯어내는 동안 로크의 눈에 눈물이 고인다.

"나는 이것들을 달 자격이 없어. 하지만 이날을 패하며 영광은 지닐 거야. 그것은 비열한 승리로 네가 얻을 것보다 많을 테니."

"로크, 내 말 좀 들어봐. 이건 그저 끝이 아니야. 이건 시작이야. 우리는 망가진 것들을 복구할 수 있어. 세계는 로크 오 파비를 필요로 해."

내가 머뭇거린다.

"나는 네가 필요해."

"네 세상에는 내가 있을 자리가 없어. 우리는 의형제였지. 하지만 나에게 그럴 수 있는 힘만 있었다면 나는 너를 죽였을 거야."

나는 꿈속에 있다. 내 주위에서 움직이는 힘들의 방향을 바꿀 수가 없다. 손가락들 사이로 모래가 빠져나가는 것을 막을 수 없다. 나는 이런 상황이 벌어지게끔 이 일을 시작하기는 했지만 이것을 멈추기 위해 필요한 마음도, 힘도, 교활함도, 빌어먹을 그 무엇 하나도 가지고 있지 않다. 내가 무슨 행동이나 말을 하건 간에 로크는 내 정체를 알게 된 순간 내가 잃어야 할 존재였다.

나는 로크의 곁으로 다가간다. 그를 죽이지 않으면서 그의 손에서 레이저를 뺏어갈 수 있으리라고 생각해서다. 하지만 그는 내 의도를 알아채며 하소연하듯 빈 쪽 손을 들어 보인다. 마치 나에게 위안을 주면서도 자신이 살아온 인과응보에 따라 죽도록 자비로이 허락해 달라고 애원하는 듯하다.

"가만히 있게. 밤이 내 눈 위에 걸쳐지니."

그는 나를 바라본다. 그의 눈에는 눈물이 가득한다.

"계속 수영하게, 내 친구여."

나는 로크에게 말한다.

온화하게 고개를 한 번 끄덕이고는 로크가 레이저 채찍을 목에 감으며 척추를 꼿꼿이 세운다.

"나는 파비 씨족의 로크 오 파비다. 내 조상들은 붉은 화성 위를 걸어 다녔다. 그들은 옛 지구에 떨어졌다. 나는 오늘을 잃었지만 내 자신까지 잃지는 않았다. 나는 포로가 되지 않을 것이다."

그의 눈이 감긴다. 그의 손이 떨린다.

"나는 밤하늘의 별이다. 나는 황혼의 칼날이다. 나는 신이며 영예다."

그는 떨리는 숨결을 내뱉는다. 두려운 것이다.

"나는 골드다."

그렇게 그 자리, 즉 그의 무적 전함의 교량 위에서 데이모스의 시인은 자신의 목숨을 끊어 버린다. 그의 뒤에서는 명성이 자자한 그의 함대가 파멸하고 있다. 어디선가 바람이 울부짖으며 어둠은 나에게 속삭인다. 내 친구들이 하나둘씩 없어지고 있다고, 빛이 점차 없어지고 있다고. 피가 그의 몸에서 스르륵 미끄러져 나와 내 부츠 쪽으로 흐른다. 내 자신의 모습이 비춰진 파편 한 조각이 그것의 붉은 손가락들 사이에 갇힌다.

제49장

콜로서스

빅트라는 나보다 덜 충격 받은 상태다. 그녀가 지휘를 맡는 동안 나는 로크의 시체 앞에 머무른다. 생명력을 잃은 그의 눈들이 바닥을 멍하니 바라본다. 피가 내 귓속에서 천둥친다. 그럼에도 불구하고 전쟁은 격렬히 진행된다. 빅트라는 블루 제동 함몰선실 위에 서 있다. 그녀는 결심이 선 표정이다.

"이 함선이 이제 '반란'의 소유라는 것에 반대하는 자가 있나?"

단 한 명의 선원도 입을 열지 않는다.

"좋다. 명령만 따르면 너희들의 직책은 그대로 갖고 갈 수 있을 것이다. 명령을 따르지 못하겠으면 지금 일어서라. 그럼 전쟁의 포로가 될 것이다. 명령에 따를 수 있다고 했으면서도 그러지 않는다면 우리가 네 머리를 쏠 것이다. 선택하라."

일곱 명의 블루들이 일어선다. 홀리데이가 그들을 함몰 선실 밖으로 안내한다. 빅트라가 남아 있는 자들에게 말한다.

"반란에 합류한 것을 환영한다. 이 전투에서 승리하려면 아직도 갈 길이 멀다. 나를 '페르세포네의 울부짖음'과 '레이나드'로 직접 연결해 줘라. 메인 화면에 띄워라."

"그 명령은 무시해. 빅트라, 그 통화는 네 데이터패드로 해. 우리가 이 함선을 장악했다는 사실을 아직은 방송하고 싶지 않아."

빅트라가 고개를 끄덕인 뒤 그녀의 데이터패드를 몇 차례 누른다. 오리온과 닥소가 홀로상에 나타난다. 어두운 피부의 여자가 먼저 입을 연다.

"빅트라, 대로우는 어디 있습니까?"

"여기 있어. 너희들 상황은 어떤데? 버지니아로부터 무슨 소식 없었어?"

빅트라가 빠르게 대답한다.

"적군 함대의 1/3이 승선했습니다. 버지니아는 대피용 포드에 탄 상태며 곧 '이스메니아의 메이리'가 그녀를 태울 것입니다. 세브로는 그들의 두 번째 기함의 통로에 있습니다. 주기적으로 보고해 오고 있어요. 그는 진보 중입니다. 텔레마누스 부자와 라아는 서로 세력 경쟁을……."

닥소가 끼어든다.

"서로 팽팽하게 견주고 있어. 우리 쪽으로 저울을 기울이려면 '콜로서스'가 필요해. 우리 아버지와 여동생들은 '판도라'를 탔어.

237

그들은 안토니아를 공격하러……."

그들의 대화가 딴 세상 이야기처럼 들린다.

슬픔에 젖은 와중에 세피가 나에게 다가오는 것이 느껴진다. 그녀는 로크 옆에 무릎을 꿇고 앉는다.

"이 남자 당신 친구였다."

그녀가 말한다. 나는 먹먹하게 고개를 끄덕인다.

"그는 사라지지 않았다. 그는 여기 있다."

그녀는 자신의 심장을 건드린다.

"그는 여기 있다."

그녀는 홀로 상에 있는 별들을 가리킨다. 나는 그녀의 쪽을 바라본다. 그녀가 나에게 이렇게나 속내를 드러내서 놀랐다. 그녀가 지금 로크에게 표하는 경의에 내 마음의 상처가 치유되지는 못했지만 덜 공허하게 느껴진다.

"그가 볼 수 있게 하라."

그녀가 말하며 로크의 눈을 고개로 가리킨다. 가장 순수한 금빛인 그 눈동자들은 이제 바닥을 멍하니 바라보고 있다. 그래서 나는 이음나사를 풀어 장갑을 벗은 뒤 맨손으로 그 눈들을 감겨 준다. 세피가 미소를 짓고, 나는 일어선다.

"판도라가 옆으로 이동해 D-6 구역을 향하고 있습니다."

오리온이 안토니아의 함선에 대해 말한다. 디스플레이 상에서는 세베루스-줄리 함선들이 소드 아르마다로부터 분리되면서 자신들을 장식하는 리치크래프트들을 긁어내 보려다 서로를 향해 발사하고 있다. '판도라'는 전력을 방어막들에서 엔진들로 이동시키며 교전 지역으로부터 벗어나보려고 방향을 틀고 있다.

"이제 D-7을 향하고 있습니다."

"안토니아는 그들을 버리고 가는 거야. 그 난쟁이 똥싸개가 자기나 살겠다고 도망치고 있어."

빅트라가 어이없어하며 말한다. 소사이어티 집정관들은 그들이 지금 보고 있는 장면이 믿기지 않을 것이다. 내가 '콜로서스'까지 가세시켜 저들을 공격하더라도 함대들은 서로 비등하게 붙을 상황이었다. 그 전투는 앞으로 또 12시간을 더 소요하며 양측 함대들을 모두 소모시켰을 것이다. 이제 저쪽 함대는 와해되고 있다.

안토니아가 겁이 나서 그런 것인지 배신한 것인지는 나도 모르겠다. 하지만 방금 그녀는 은 접시 위에 전투 자체를 담아서 우리에게 넘겨줘 버린 셈이다.

"그녀가 우리를 위해 구멍을 남겨 줬어요."

오리온이 말한다. 그녀의 눈 초점이 멀어진다. 그녀가 함선 장교들과 자신의 함선에 싱크로 한 것이다. 그녀는 그렇게 우리의 거대한 주력함들을 이전에 안토니아가 차지했었던 구역으로 밀어넣는다. 그래서 우리 주력함들은 적군 본체의 측면에 다다른다.

"그녀가 도망치게 두지 마!"

빅트라가 으르렁거린다.

하지만 닥소와 오리온 모두 안토니아를 뒤쫓기 위해 함선을 보낼 여력이 없다. 그들은 그녀의 부재를 기회삼아 이용하기에 너무

바쁘다.

빅트라가 혼잣말을 한다.

"우리는 그녀를 잡을 수 있어. 엔진들, 우리에게 60퍼센트 추진력을 제공할 준비를 하라. 5초당 10퍼센트씩 추진력을 증가시켜라. 키잡이, 우리가 '판도라'를 뒤쫓도록 경로를 잡아라."

나는 재빨리 상황을 평가한다. 전쟁 구역의 뒤쪽에서 소소히 전투를 벌이던 우리만이 아직 전투하러 갈 준비가 되어있는 함선이다. 나머지는 떠다니는 돌무더기들이다. 하지만 '콜로서스'는 아직 그것의 교량이 반란에 의해 장악됐다는 어떠한 행동이나 선포도 하지 않은 상태다. 그 말인즉슨 우리에게 기회가 있다는 것이다.

"그 명령 무시해."

내가 날카롭게 말한다.

"뭐?"

빅트라가 나를 향해 홱 돈다.

"대로우, 우리는 안토니아를 꼭 잡아야 해."

"우리에게는 다른 해야 할 일이 있어."

"그녀는 도망칠 거야!"

"그리고 우리는 그녀를 사냥해서 잡아들일 거야."

"그녀가 우리를 충분히 앞서면 그러지 못할 거야. 우리는 이곳에 몇 시간씩 묶여 있을 거라고. 너는 나에게 내 동생을 대령하겠다고 약속했잖아."

"그리고 그 약속 지킬 거야. 이 일에는 너 말고도 다른 것들이 걸려있다는 걸 좀 생각해. 교량 방패 내려."

나는 이 노한 여자가 노려보는 눈빛을 무시하며 로크의 시체를 지나친다. 그리고 유리 선창 너머에 있는 금속 방패가 벽 안으로 미끄러져 들어가는 동안 우주의 칠흑 속을 응시한다. 저 멀리에서 함선들이 깜빡이고 번쩍이며 목성의 대리석 배경과 대비를 이룬다. 이오는 우리 밑에 있으며 우리의 왼쪽, 저 멀리에서는 가니메데 도시 위성이 자두만 한 크기로 빛을 발하고 있다.

"홀리데이, 모든 가능한 보병대를 불러들여서 교량을 지키고 함선의 안전을 확보하라 지시해. 세피, 아무도 저 문으로 들어오지 못하게 막아. 조타수, 함선을 가니메데로 돌려. 소사이어티의 함선 어느 하나도 이 교량을 우리가 장악했다는 것을 알아채지 못하게 해. 내 말을 잘 알아듣겠나? 방송은 금지다."

블루들이 내 지시사항들을 따른다.

빅트라가 그녀의 동생의 함선을 눈으로 따라가며 묻는다.

"가니메데로? 하지만 안토니아는, 전투는……."

"전투는 우리가 이겼어. 네 동생 덕에 그건 확실해졌어."

"그럼 우리는 뭐하는 거야?"

함선 엔진들이 박동하면서 우리는 팍스 함선의 잔해와 머스탱의 황폐화된 공격 부대로부터 벗어난다.

"다음 전쟁을 이길 준비를 하는 거야. 실례 좀 할게."

나는 내 갑옷 무릎보호대에 묻어 있는 피를 닦아 얼굴에 묻힌 뒤 내 투구가 얼굴 위로 스르륵 덮이게 만든다. HUD 디스플레이가 펼쳐진다. 나는 기다린다. 그 후, 내가 예상한대로 로물루스로 부터 연락이 온다. 나는 그 수신 화면이 스크린의 왼쪽 면에서 번 뜩이도록 그것을 틀어놓고 숨소리를 바꿔 마치 달리고 있었던 것 처럼 헐떡거린다. 그리고 그 연결선을 수락한다. 그의 얼굴이 내 투구 얼굴가리개 시야 상의 왼쪽 여덟 번째 화면에 펼쳐진다. 그 는 총격전을 벌이는 중이지만 내 화면의 시야 또한 그의 것만큼이 나 제한됐다. 보이는 것이라고는 투구를 쓴 그의 얼굴뿐이다.

"대로우, 어디에 있습니까?"

"통로에 있어요."

내가 말한다. 나는 마치 한숨을 돌리는 것처럼 한쪽 무릎을 꿇 은 채 숨을 헐떡인다.

"'콜로서스'의 교량으로 진입하기 위해 노력 중입니다."

"아직 못 들어간 거예요?"

"로크가 함선 전체를 잠금 체제로 돌려 버렸어요. 진입하는 길 이 순탄치 않네요."

내가 대답한다.

"대로우, 주의해서 들어주세요. '콜로서스'는 궤도 변경을 해서 가니메데로 향하고 있어요."

나는 격정적으로 속삭인다.

"도킹장이군요. 로크는 도킹장들을 향하고 있어요. 중간에 그의 길을 가로막을 수 있는 함선들은 없나요?"

"아니요! 모든 함선들은 다 제 위치를 벗어난 상태에요. 옥타비아는 자신이 이기지 못하면 우리를 멸망시킬 거예요. 그 도킹장은 제 종족 사람들의 미래에요. 당신은 수단과 방법을 가리지 말고 그 교량을 장악해야 해요!"

"그럴 거예요……. 하지만 로물루스. 그는 여기에 핵무기들을 싣고 있잖습니까. 그가 목적한 바가 도킹장만이 아니라면 어찌 될까요?"

로물루스는 창백해진다.

"그를 막아 주세요. 부탁입니다. 당신의 종족 사람들도 그곳에 있잖아요."

"제 최선을 다 하죠."

"고마워요, 대로우. 그리고 행운을 빌어요. 당신의 최고 지지자가 되죠. 제 자신을 걸고……."

연결선이 끊어진다. 나는 투구를 벗는다. 내 수하들이 나를 빤히 쳐다본다. 그들은 대화의 내용을 듣지는 못했지만 내가 이제 무엇을 하려는지 알고 있다.

"너는 가니메데 주변에 있는 로물루스의 도킹장들을 파괴하려는 거구나."

빅트라가 말한다.

"이런 젠장. 이런 젠장."

홀리데이가 투덜거린다.

"나는 아무것도 파괴하지 않아. 나는 복도에서 전진하기 위해 싸우는 중이야. 교량에 도달하려고 노력하고 있는 거야. 내가 로크의 지휘권을 장악하기 전에 그가 그의 마지막 폭력 행위로써 이 명령을 내리는 거야."

내 말에 빅트라의 눈에 불이 커지지만 그녀조차도 의구심을 갖고 있다.

"로물루스가 이 일을 알아챘다면, 아니, 조금이라도 의심하기라도 한다면 그는 우리 세력을 공격할 것이고 우리가 오늘 쟁취한 모든 것이 다 재로 변할 거야."

"그럼 누가 그에게 이 일을 알릴 건데? 대체 누가 그에게 알릴 거냐고?"

내가 묻는다. 나는 교량 주위를 둘러본다. 나는 홀리데이를 바라본다.

"신호를 발신하는 자가 있다면 그의 머리를 쏴 버려. 그리고 이 함선 전체의 비디오 기억을 다 지워 버려."

내가 가니메데의 도킹장을 파괴하면 림은 50년간 우리를 위협할 수 없게 된다. 오늘은 로물루스가 우리의 동료다. 하지만 나는 알고 있다. 이 반란이 성공하면 그가 코어를 위협할 것이다. 이 승리를 거머쥐기 위해 내가 로크를 내줘야 한다면, 이 위성들에 있는 아레스의 아들들을 내줘야 한다면, 나도 그에 대한 대가로 뭔가를 가져갈 것이다. 나는 아래를 내려다본다. 붉은 부츠 자국이 내 길을 따라 찍혀 있다. 나는 내가 로크의 피 속에 발을 디딘 것도 모르고 있었다.

우리는 앞길을 트며 머스탱과 나의 함대로부터 발생한 잔해에서 벗어나 목성으로 향하던 길을 이탈해 가니메데로 간다. 그렇게 목성은 뒤로 한다. 위성 지배자들이 가장 빠른 비행선을 보내 우리의 앞길을 막으려 하는 동안 나는 박동하는 절박함을 느낀다. 우리는 그 비행선을 쏘아 떨어뜨린다. 로물루스의 종족 사람들의 모든 자긍심과 희망은 저 우중충한 회색 금속 고리의 대갈못, 조립 라인 그리고 전기 정비소에 담겨 있다. 그들에게 힘과 미래의 독립이 주어지리라는 가능성은 모두 내 손아귀에 달려 있다.

가니메데라는 반짝이는 보석에 달렸을 때 나는 저들이 가니메데 궤도상의 적도에 맞춰 건설한 기념비적인 산업에 '콜로서스'를 평행하게 세운다. 발키리들은 선창 앞의 우리 뒤로 모여든다. 세피는 골드의 의지가 가져온 장엄함과 업적에 감탄하며 그것을 빤히 쳐다본다. 200킬로미터나 이어지는 도킹항. 수백 대의 운반차와 화물선. 이곳은 '콜로서스' 자신을 포함하여 태양계에 존재하는 가장 위대한 함선들의 탄생지다. 신화 속에 등장하는 모든 제대로 된 괴물들처럼, 이 소녀도 그녀의 어머니를 잡아먹은 후에야 자유로이 그녀의 진짜 운명의 길에 나설 수 있을 것이다. 그리고 그 운명은 코어를 공격하는 길로 이어질 것이다.

"사람들 이거 만들었다고?"

세피가 조용히 경외심을 보이며 묻는다. 발키리들 중 많은 수가 무릎 한 쪽을 꿇고 앉아 경탄하며 도킹장을 바라보고 있다. 나는 대답한다.

"내 종족 사람들이 이걸 만들었어. 레드들이."

"이걸 짓는데 250년이나 걸렸어……. 존재하는 첫 번째 도킹항의 나이와 같은 햇수지."

빅트라가 나와 어깨를 맞대며 말한다. 도킹장의 금속 갑각으로부터 수백 대의 대피용 포드들이 꽃 날리듯 흘러나온다. 그들은 우리가 왜 여기로 왔는지 알고 있다. 그래서 고위 관리와 감독관을 대피시키고 있다. 나에게 망상 따위는 없다. 우리가 무기를 발사했을 때 죽을 사람들이 누군지 알고 있다.

"저기에 그래도 수천 명의 레드가 있을 거예요. 오렌지도, 블루도…… 그레이도요."

홀리데이가 조용히 나에게 말한다.

"그도 그걸 알고 있어."

빅트라가 말하지만 홀리데이는 내 옆을 떠나지 않는다.

"리퍼님, 진정 이 일을 진행하고 싶으신 게 확실한가요?"

나는 공허하게 되묻는다.

"하고 싶냐고? 대체 언제부터 이 모든 짓거리들을 벌일 때 우리가 뭘 원하는지가 중요했담?"

나는 조타수를 향한다. 명령을 내리기 일보직전이다. 그때 빅트라가 내 어깨에 손 하나를 올린다.

"자기야, 짐을 나누자. 이건 내가 맡을게."

빅트라의 아우리어트 목소리가 크고 청아하게 울려 퍼진다.

"조타수, 모든 항만 배터리들에 대한 발포 개시. 저들의 정중선에 튜브 21부터 50까지 발사하라."

우리는 함께 어깨를 맞대고 서서 전함이 방어 수단 하나 없는 도킹장을 폐허로 만드는 모습을 지켜본다. 세피도 엄청난 경외심으로 그것을 빤히 바라본다. 그녀도 함선간의 전쟁에 대한 홀로들을 본 적은 있었다. 하지만 이제까지 그녀의 전쟁은 좁은 통로와 군사와 총격전이었다. 이 옵시디언들은 전쟁을 위한 함선이 벌일 수 있는 일을 처음 목격하고 있다. 그리고 나 또한 세피가 겁내하는 모습을 처음 본다.

이런 경이로운 존재가 이렇게 죽어야 하다니. 이것은 범죄다. 이를 기리는 노래 하나 없다. 침묵과 별들의 깜빡임 없는 시선만이 황금기의 위대한 기념물들 중 하나가 소멸함을 알리고 있다. 그리고 내 마음 저 깊은 곳에서 한 시대만큼이나 오래된 어둠의 진실이 나에게 속삭인다.

죽음이 죽음을 낳고 죽음을 낳고 죽음을……..

이 순간은 내가 원하던 것보다 더 슬프다. 그래서 나는 세피를 향한다. 그 사이에 도킹장은 계속해서 와해되고 있다. 그 산산조각난 파편들이 위성을 따라 떠내려간다. 그것들은 가니메데의 바다에 빠지거나 도시 위로 쌓일 것이다.

"이 함선의 이름을 다시 지어야 해. 네가 그 이름을 정했으면 좋겠어."

내가 말한다.

세피의 얼굴은 흰 불빛으로 얼룩져 보인다. 그녀는 서슴없이 대답한다.

"타이르 모르가."

"그게 무슨 뜻이에요?"

홀리데이가 묻는다.

나는 선창을 다시 돌아본다. 도킹장 전역으로 폭발들이 파문을 일고 있으며 대피용 포드들은 가니메데의 대기권과 마찰을 일으켜 빛나고 있다.

"그것은 모닝 스타, 즉 샛별이라는 뜻이야."

4부

별들

아들아, 내 아들아

골드가 철의 고삐로 지배하던 때의 사슬을 기억해

우리는 으르렁거리고 또 으르렁거렸지

몸을 비틀고 소리를 질렀어

우리의 것을 위하여,

더 나은 꿈이 있는 계곡을 위하여

— 라이코스의 이오

제50장

천둥과 번개

소드 아르마다는 붕괴됐다. 반 이상이 파괴됐다. 또 1/4은 내 함선에 의해 포획됐다. 남아 있는 함대의 함선들은 안토니아와 함께 도주하거나 작고 헤진 무리들을 이룬 채 남은 집정관들 주위로 모여 코어 지역을 향해 전력으로 날아가려 하고 있다. 나는 삭스라와 그녀의 자매들을 빠르게 이동하는 콜베트함에 태운 뒤 빅트라에게 그 지휘권을 맡겼다. 그리고 그들에게 판도라 함선에 승선하려 하다 붙잡힌 카박스를 다시 데려오는 임무와 함께 안토니아를 끌고 오는 일을 맡겼다. 나는 세브로에게 빅트라와 함께 가 달라고 부탁했다. 그 둘을 붙여놓고자 하는 의도였다. 하지만 그는 그녀의 함선에 갔다가 이륙 30분 전에 돌아왔다. 몹시 분노한 채 함선 안에서 벌어졌던 일에 대해 일체 언급하기를 거부하며 침묵을 지키고 있다.

머스탱으로서는 카박스를 심히 걱정하느라 어찌할 바를 모르고 있지만 겉으로는 태연한 얼굴을 보이고 있다. 메인 함대에서 그녀를 필요로 하지 않았다면 그녀는 자신이 직접 구출 작전을 이끌었을 것이다. 우리는 함선들이 여정을 떠나기에 적합해지도록 그것들을 가능한 수리한다. 그리고 살릴 수 없는 함선을 처분하고 해군 전투 잔해로부터 생존자를 수색한다. 반란 세력과 위성 지배자들의 세력 간에는 잠정적인 동맹관계가 이어지고 있다. 그리 오래 이어질 관계는 아니다.

이틀 전의 전투 이래로 잠을 못 잤다. 보아하니 로물루스도 마찬가지인 모양이다. 그의 눈빛은 분노와 피로로 어둡다. 그는 그날 팔 한쪽, 아들 한 명, 그리고 그 이상으로 많은 것들을…… 너무나도 많은 것들을 잃었다. 우리 둘 중 어느 한 명도 서로 직접 대면할 위험을 감수할 수 없었다. 그래서 우리에게 남은 방법은 이렇게 홀로상으로 회의를 하는 것뿐이었다.

"약속한 대로, 당신들은 독립을 이뤘습니다."

내 말에 로물루스가 응답한다.

"그리고 당신은 원하던 함선들을 얻었죠."

대리석 기둥이 그의 뒤로 멀리까지 줄지어 있다. 기둥에는 이집트 왕조인 프톨레마이오스의 입상이 조각되어 있다. 로물루스는 가니메데의 '행잉 궁전'에 있는 것이다. 그것은 그들 위성 사람들이 이룬 문명의 심장부다.

"하지만 그것들은 당신이 코어를 이길 수 있을 정도로 충분하지는 않아요. 애시 로드가 당신을 기다리고 있을 테니까요."

"저도 애시 로드가 그러기를 바라고 있지요. 그의 주인을 위해 특별히 세워둔 계획들이 있거든요."

"화성에서도 비행할 건가요?"

"어쩌면요."

로물루스는 생각에 잠겨 잠시 침묵한다.

"이 전투에 대해 한 가지 의문사항이 있어요. 제 군사들이 승선한 모든 함선들 중에 어느 하나에서도 5메가톤 이상의 폭발력을 지닌 핵무기를 발견할 수 없었어요. 당신의 주장에도 불구하고. 당신의…… 증거에도 불구하고 말이죠."

"제 군사들은 충분히 많이 발견했지요. 제 말을 못 믿겠으면 이쪽에 직접 승선하십시오. 그들이 핵무기를 '콜로서스'에 실어 놓았다는 건 그다지 기이한 일이 아니잖습니까. 로크는 그것들을 철저한 감시 하에 보관하고 싶어 했을 테니까요. 제가 그때라도 교량을 차지한 것도 우리 운이 좋았던 거예요. 도킹장들은 다시 만들 수 있어요, 생명들은 그리 할 수 없지요."

"그들이 핵무기들을 진정 보유하기는 했단 말입니까?"

로물루스의 질문에 나는 유머 없이 미소를 짓는다.

"제가 과연 제 종족 사람들의 미래를 위협할지도 모를 거짓말을 했을까요? 당신들의 위성들은 안전합니다. 이제 당신들은 당신들 스스로 미래를 결정해요, 로물루스. 선물로 받은 말의 입속을 확인하며 흠잡지 마십시오.”

“과연.”

로물루스가 말한다. 하지만 이제 그는 거짓말을 간파했다. 자신이 내 장단에 춤을 췄다는 것을 안다. 그래도 그가 평화를 원한다면 그의 종족 사람들에게 그 거짓말을 팔아야 한다. 그들이 이제 나와 전쟁을 치루는 것은 무리다. 그러나 내가 그들에게 한 짓을 그들이 알게 된다면 그들의 명예는 전쟁을 벌이지 않고 넘어가지 못할 것이다. 그리고 그들이 나와 전쟁을 한다면 내가 승리할 가능성이 크다. 이제 내가 더 많은 함선들을 보유하고 있다. 하지만 그들도 내가 코어와 벌일 진짜 전쟁을 망칠 정도로 나에게 충분한 피해를 끼칠 것이다. 그래서 로물루스는 내 거짓말을 그대로 받아들인다. 그리고 나는 수억 명을 노예 상태로 남기고 떠나며 수천 명의 아레스의 아들들에 대한 사형 집행 영장에 개인적으로 직접 사인해 로물루스의 경찰들에게 넘긴 죄책감을 그대로 받아들인다. 나는 위성들에 있는 아레스의 아들들에게 경고를 남겼다. 하지만 모두가 그곳들로부터 탈출하지 못할 것이다.

“오늘이 끝나기 전에 당신의 함대가 이곳을 떠나기를 바랍니다.”

로물루스가 말한다.

“우리 쪽 생존자들의 잔해를 찾는데 3일이 걸릴 것입니다. 그 후에 떠나겠습니다.”

“그럼 그렇게 하십시오. 우리가 합의한 경계 구역까지 제 함선들이 당신의 함대를 호위해 드리겠습니다. 당신의 기함이 소행성대로 진입하면 절대로 이곳으로 돌아오지 마십시오. 당신이 지휘하는 함선이 하나라도 그 경계 구역을 넘어온다면 우리 사이에 전쟁이 벌어질 것입니다."

"저도 조건들을 기억하고 있습니다."

"꼭 유념하십시오. 제 대신 코어 지역에 안부 인사를 전해 주십시오. 저는 당신이 남기고 가는 아레스의 아들들에게 당신의 안부 인사를 확실히 전할 것입니다."

그는 통신 신호를 끊는다.

우리는 로물루스와의 회의로부터 3일 후에 떠난다. 그리고 이동하는 동안에도 함선들을 추가적으로 보수하며 간다. 용접공과 정비공이 자애로운 따개비처럼 선체에 점점이 붙어 있다. 우리는 전투 중에 25대 이상의 주력함을 잃었지만 70대 이상을 더 얻었다. 이번 건은 근대 역사 중의 가장 위대한 군사적 승리 중 하나였다. 하지만 자신의 친구들을 바닥에서 쓸어내고 있을 때면 승리가 덜 낭만적으로 느껴지기 마련이다.

한순간 대담히 행동하기란 쉬운 일이다. 왜냐하면 자신에게는 홀로 취합할 수 있는 정보만이, 즉 보고, 냄새 맡고, 느끼고, 맛보는 감각 정보들만이 주어지기 때문이다. 그리고 그것들은 실제로 벌어지고 있는 사건의 극히 일부일 뿐이다. 하지만 이후에, 압축되고 감겨 있던 모든 사건의 실타래가 조금씩 차근차근 풀어지면 자신이 무슨 일을 저질렀는지, 그리고 자신의 친구들에게 어떤 일이 벌어졌는지를 드디어 체감하게 된다. 그것은 자신을 압사시킬 것 같은 경험이다. 하지만 그것이 이 우주전의 저주다. 일단은 싸운다. 그리고 나서 오로지 일상의 지루함과만 대면하며 수개월을 대기한다. 그 다음에 다시 싸운다.

나는 군사들에게 아직 우리가 어디로 비행하고 있는지 알리지 않은 상태다. 그들은 나에게 그것을 직접 묻지는 못하지만 장교들을 통해서 묻는다. 그러고 나면 나는 그들에게 다시 똑같은 대답을 되풀이한다.

"우리가 가야 할 곳으로 간다."

내 군대의 핵심은 아레스의 아들들이다. 그리고 그들은 고생을 해 본 자들이다. 그들은 댄스파티와 모임을 준비하며 전쟁에 지친 목구멍 안으로 기쁨을 억지로 밀어 넣는다. 그것은 효과가 있는 듯하다. 우리가 목성으로부터 멀어지는 동안 남자와 여자 들이 통로에서 휘파람을 분다. 그들은 제복에 유닛 배지를 바느질하고 화려한 색감으로 스타셸을 페인트칠한다. 이곳에는 소사이어티 해군의 차가운 정확성과는 다른 생동감이 있다. 그럼에도 여전히 대부분은 자신들의 컬러끼리만 뭉쳐 다니며 다른 컬러들과는 의무적으로 어울려야 할 때만 어울린다. 그 모습은 내가 상상했던 것만큼 조화롭지는 않다. 하지만 이것은 시작이다. 나는 최선을 다해 미소를 띠우고 이들을 이끌어 나아가면서도 이 모든 것으로부터 동떨어진 기분을 느낀다. 나는 통로에서 10명의 사람들을 죽였다.

또한 우리가 도킹장을 파괴하면서 내 편의 사람들 1만 3000명을 추가로 죽였다. 그들의 얼굴이 내 머릿속을 맴돌지는 않는다. 하지만 그 일에 대한 끔찍한 기분만은 떨치기가 어렵다.

우리는 아직 아레스의 아들들과 연락을 취하지 못했다. 전 채널들을 걸쳐 통신선이 끊긴 상태다. 그 말인즉슨 나롤 삼촌이 약속했던 대로 계전기를 성공적으로 파괴했다는 것이다. 골드와 레드는 이제 모두 공평하게 소식에 어두운 상태가 됐다.

나는 로크에게 그가 원했을 법한 장례식을 치러준다. 그렇게 그를 어떤 낯선 위성의 땅에 묻지 않고 태양으로 보낸다. 그의 관은 금속으로 만들어졌다. 어뢰로 된 그것에는 나와 머스탱이 로크의 몸을 밀어 넣을 수 있는 창구가 있다. 하울러들이 시체로 넘쳐나는 영안실에서 그를 몰래 데리고 나왔다. 우리가 그에게 비밀리에 작별을 고하기 위해서다. 우리 편이 이렇게나 많이 죽은 상황에서 내가 적에게 그렇게나 깊이 경의를 표하는 모습은 부적절해 보일 것이기 때문이다.

내 친구의 죽음을 애도하는 이들은 몇 안 된다. 로크가 그의 종족 사람들에게 기억이 되기는 한다면 영원히 '함대를 잃은 남자'라는 오명으로 기억될 것이다. 어쩌면 '오늘날의 가이우스 테렌티우스 바로', 칸나이 전투에서 한니발이 자신을 포위하도록 내버려 둔 멍청이로. 또는 '정복' 중에 두려움의 대상이었던 정부의 기계 사단을 잃고 미쳐버렸던 미국 장교, '알프레드 존스'로 기억될 것이다. 반면 내 종족 사람들에게 로크는 단지 자신을 불멸의 존재로 여기다 리퍼에게 당한 또 한 명의 골드일 뿐이다.

한때 사랑했으나 죽어 버린 누군가의 시체를 들고 가는 일은 외로운 일이다. 마치 다시는 꽃을 꽂을 수 없을 것을 아는 화병 같다. 나는 그가 사후 세계를 굳게 믿었으면 좋겠다고 생각한다. 내가 한때 그랬던 것처럼, 그리고 라그날이 그랬던 것처럼 말이다. 내 자신이 언제부터 사후 세계에 대한 믿음을 잃었는지는 모르겠다. 그냥 갑자기 그렇게 되는 것은 아니라는 생각이 든다. 어쩌면 내가 '계곡' 사후 세계를 믿지 않는 것보다 믿는 것이 더 쉽기에 서서히 조금씩 믿음이 사그라지는데도 그냥 믿는 척 해 왔던 것 같다. 로크도 자신이 더 나은 세계로 간다고 믿었다면 좋았을 것이다. 하지만 그는 오로지 골드만을 믿으며 죽었다. 그리고 자기 자신만을 믿는 존재는 모두 어두운 밤중으로 기쁘게 떠나지 못하는 법이다.

나에게도 작별 인사를 할 차례가 돌아온다. 로크의 얼굴을 빤히 바라보는데 오로지 추억만이 떠오른다. 갈라파티 전에 로크가 침대에서 독서 중이었던 것이 기억난다. 내가 진정제 주사기로 그를 찌르기 전의 상황이 생각난다. 아게아에 있을 때 정장을 갖춰입고 와서는 머스탱과 오페라를 보러 갈 건데 함께 가자며 조르던 모습도 떠오른다. 당시의 그는 오르페우스의 역경을 보면 내가 정말 즐거워할 것이라며 나를 설득했다. 화성의 전투 후에 머스탱의 사유지에서 난롯불 옆에 앉아 크게 웃던 모습이 선하다. 우리가 소년티를 채 벗지도 못했을 당시에 내가 기관의 마르스 하우스 성으로 돌아오자 그가 내 몸에 양팔을 두르고 펑펑 울던 모습이 떠오른다.

이제 그는 차갑다. 눈 밑에는 다크서클이 드리워져 있다. 모든 젊음의 약속들이 날아 가 버렸다. 가족을 갖고 자식들을 낳고 즐거움을 누리고 함께 현명하게 늙어갈 수 있었던 모든 가능성이 나 때문에 사라졌다. 이제 택터스가 생각난다. 그러자 눈물이 나오려고 한다.

내 친구들, 콕 집어 말하자면, 하울러들은 내가 장례식에 카시우스를 초대한 것을 별로 달가워하지 않는다. 하지만 나는 로크가 벨로나로부터 작별의 키스를 받지 않은 채 태양으로 보내지는 상황을 도저히 그냥 넘길 수 없었다. 카시우스의 양다리는 사슬로 묶였다. 그의 양손은 자성 수갑으로 그의 등 뒤에 묶여 있다. 나는 그것들을 풀어서 그가 제대로 작별의 인사를 할 수 있게 해 준다. 그리고 그는 그렇게 한다. 그는 로크의 눈썹에 작별의 키스를 남기기 위해 몸을 수그린다.

심지어 이 상황에서도 일체 동정심이라고는 보이지 않는 세브로는 카시우스가 인사를 마치자 금속 뚜껑을 쾅 닫는다. 머스탱과 마찬가지로 이 작은 골드는 나를 위해 여기에 있는 것이다. 내가 그의 위로를 필요로 할까 봐서. 그는 로크에 대한 애정이 전혀 없다. 나와 빅트라를 배신한 자에게 줄 마음은 하나도 없다. 그에게 있어서 의리는 전부다. 그리고 그의 생각에 로크는 의리가 전혀 없었다. 로크를 그렇게 여기는 것은 머스탱도 마찬가지다. 로크는 나를 배신했던 만큼 아주 기꺼이 머스탱도 배신했다. 그 때문에 그녀는 아버지를 잃었다. 그리고 아무리 아우구스투스가 최고의 인간상이 아니었다는 것을 그녀도 이해한다 한들, 아우구스투스가 그녀의 아버지였다는 사실에는 변함이 없다.

친구들은 내가 무언가 말하기를 기다려준다. 내가 그 어떤 인사를 해도 그들은 화가 날 것이다. 그들의 입장에서는 자신들의 사형 집행 영장에 사인을 했던 남자에 대한 칭찬을 듣고 있어야 하는 수모가 될 것이다. 그러므로 나는 머스탱이 제안한 대로 친구들에게서 그 수고를 덜어 주며 대신 로크가 제일 좋아하던 고전 시들 중 가장 상황에 어울리는 구절을 낭송한다.

> 태양의 열기도
> 맹렬한 겨울의 격분도
> 더 이상 두려워하지 말게나,
> 속세에서 당신의 임무는 끝났지만,
> 고향은 사라졌으며 당신의 임금을 챙겨갔구려;
> 골드 빛깔의 청년과 아가씨는 모두
> 굴뚝 청소부처럼 먼지로 돌아가야겠구려.

"퍼 아스페라, 아드 아스트라."

내 골드 친구들이, 심지어 세브로까지도 속삭인다. 그리고 버튼 하나를 누르자 로크는 우리의 삶 속에서 사라지며 태양 속에서 라그날과, 또 이전 수세대의 쓰러진 전사들과 만나기 위한 마지막 여정을 시작한다. 나는 그 자리에 남는다. 다른 이들은 떠난다. 머스탱이 나와 함께 머무른다. 그녀의 눈은 카시우스가 호송되어 가는 모습을 좇는다.

"그를 어떻게 할 계획이야?"

우리 둘만 남자 머스탱이 나에게 묻는다.

"나도 모르겠어."

나는 그녀가 하필 지금 그걸 묻는 것에 화가 난 채 대답한다.

"대로우, 너 괜찮아?"

"괜찮아. 그냥 지금은 혼자 있고 싶어서 그래."

"알겠어."

머스탱은 나를 떠나지 않는다. 대신 그녀는 나에게 더 가까이 다가온다.

"네 탓이 아니야."

"혼자 있고 싶다고 말했잖아."

"네 탓이 아니야."

나는 머스탱 쪽을 쳐다본다. 그녀가 떠나 주지 않아 화가 난다. 하지만 그녀의 눈빛이 얼마나 상냥한지, 얼마나 나에게 마음을 열고 있는지 보이자 늑골 사이의 긴장감이 풀어진다. 그렇게 내 허락 없이 눈물이 왈칵 쏟아진다. 볼을 타고 줄줄 흘러내린다.

"네 탓이 아니야."

그녀는 말한다. 내가 처음으로 울음을 터뜨리며 그것이 내 가슴

을 뒤흔드는 동안 그녀가 나를 자신의 품으로 당긴다. 그리고 양
팔을 내 허리에 감으며 이마를 내 가슴에 댄다.

"네 탓이 아니야."

그 후 그날 밤, 친구들과 나는 로크로부터 넘겨받은 개인 전용
실에서 함께 식사를 한다. 그것은 조용한 행사다. 심지어 세브로도
별로 할 말이 없다. 그는 빅트라가 떠난 이래로 조용하다. 어떤 생
각이 그의 머릿속을 괴롭히고 있는 모양이다. 지난 며칠간의 트라
우마가 우리 모두를 무겁게 짓누르고 있다. 하지만 이 몇 안 되는
남자와 여자 들은 우리의 목적지가 어디인지를 알고 있다. 그리고
그것을 알고 있기에 그들 마음에는 일반 병사들이 지는 무게보다
더 많은 짐이 지워져 있다.

머스탱은 나와 함께 남고 싶어 한다. 하지만 나는 그녀가 그러
기를 바라지 않는다. 나에게는 생각할 시간이 필요하다. 그래서 나
는 조용히 그녀의 뒤로 문을 달칵 닫는다. 나는 혼자다. 전용실의
식탁 앞에서도, 그리고 슬픔 속에서도 홀로다. 친구들은 나를 위
해 로크의 장례식에 참여했다. 로크를 위해서가 아니었다. 오직 세
피만이 죽은 그를 상냥하게 바라봐 줬다. 목성으로 향하던 우리의
여정 중에 그녀는 로크의 전투 기량에 대해 배웠기에 다른 이들
이 할 수 없는 순수한 방식으로 그를 존경했던 것이다. 그럼에도
여전히, 친구들 사이에서는 결국 오직 나만이 로크가 받아 마땅할
정도로 그를 사랑해 줬다.

최고사령관의 개인 전용실에는 여전히 로크의 체취가 남아 있다. 나는 그의 책꽂이에 있는 오래된 책들을 대충 훑어본다. 디스플레이 케이스 안에 검게 그을려진 함선 금속 조각이 떠 있다. 몇몇 다른 트로피들도 벽에 진열돼 있다. "데이모스의 전투에서 보인 영웅적 면모에 대하여" 군주로부터 받은 선물들이다. 또 "아우리어트 사회를 방위한 일"에 대해 화성의 대총독으로부터 받은 것도 있다. "소포클레스의 테베 극들"이 침대 옆에 펼쳐져 있다. 나는 한 쪽도 넘기지 않았다. 이 방에서 아무것도 바꾸지 않았다. 마치 이곳을 보존하면 내가 로크를 계속 살려 놓을 수 있을 것 같아 그런다. 호박 보석 속에 담긴 영혼처럼.

나는 잠을 자려고 눕지만 천장만 빤히 바라보게 된다. 그래서 일어난 뒤에 유리잔을 잡고 잔에 손가락 세 개 정도의 높이까지 로크의 디캔터로부터 스코치 위스키를 따른다. 그리고 방의 라운지에서 홀로 튜브를 본다. 해킹 전쟁 덕분에 인터넷은 안 된다. 나머지 인류와 연결이 끊겨 있으니 으스스한 기분이 든다. 그래서 나는 함선의 컴퓨터에서 옛날 프로그램들을 검색한다. 그렇게 우주 해적, 고결한 골드 기사, 옵시디언 현상금 사냥꾼과 금성에서 고뇌하는 바이올렛 음악가에 대한 동영상을 넘겨본다. 그러다 최근에 재생된 영상에 대한 목록이 담긴 메뉴를 발견한다. 가장 최근에 재생된 영상의 열람 날짜는 전투 바로 전날 밤이다.

그 동영상을 훑는 동안 심장이 가슴에서 묵직하게 쿵쿵 거린다. 나는 어깨 너머를 확인한다. 마치 남의 일기장을 훔쳐보는 기분이다. 어떤 것들은 로크가 가장 좋아하는 오페라인 「트리스톤과 이졸데」에 대한 다도해식 공연이다. 하지만 대부분은 기관에서 우리가 함께 보냈던 시간에 대한 녹화 기록이다. 나는 그 자리에 앉아 허공에 손을 든 채 그 영상을 클릭하기 일보직전이다. 하지만 기다려야 할 것 같은 의무감이 든다. 나는 컴으로 홀리데이에게 연락한다.

"깼어?"

"지금은 깼네요."

"부탁이 있어."

"사람 참 일관적이시네요."

20분 뒤, 손과 발이 사슬로 묶인 카시우스가 통로에서 발을 끌며 내 곁으로 온다. 그는 홀리데이와 세 명의 아레스의 아들들의 손에 호송되어 왔다. 나는 그들을 보낸다. 그러면서 홀리데이에게 고맙다는 의미로 고개를 끄덕인다.

"내 몸은 내가 알아서 지킬 수 있어."

"실례하지만, 리퍼님, 그건 정확히 말해 사실이 아니잖습니까."

"홀리데이."

"리퍼님, 저희는 문 바로 밖에 있겠습니다."

"가서 자도 돼."

"리퍼님, 필요한 게 있으시면 소리치십시오."

홀리데이가 떠나자 카시우스가 어색하게 말한다.

"이곳 규율 한번 철갑만큼 딱딱하네."

그는 내 원형 대리석 아트리움에 서서 조각상들을 눈여겨본다.

"로크가 언제나 인테리어에 관심이 많았지. 걔 취향이 오케스트라 수석 파트를 맡은 90세 할아버지와 같다는 게 함정이지만."

"걔가 3000년을 늦게 태어나긴 했지?"

내가 응답한다.

"내 생각에 아무리 로크라도 로마의 토가 차림은 극도로 싫어했을 것 같은데. 진심으로 혐오스러운 패션 트렌드야, 그건. 사람들이 우리 아버지 시절에 그것을 다시 유행시키려고 노력했었어. 당시에 있었던 술자리나 몇몇 조식 클럽에서 특히 심했지. 난 그 사진들을 봤어. 끔찍한 것들이야."

카시우스는 몸서리친다.

"어느 날 사람들은 우리 하이넥 칼라에 대해서도 똑같이 말할 거야."

나는 내 목 칼라를 만지며 말한다.

카시우스는 내 손에 들린 스코치를 눈여겨본다.

"이거 친목 자리야?"

"정확히 말하면 아니야."

나는 그를 라운지로 데려간다. 내 쪽 사람들이 그의 발에 채운 40킬로그램짜리 포로용 신을 신은 탓에 카시우스의 움직임은 느리고 요란하다. 그럼에도 불구하고 그는 이 방에서 나보다 마음이 더 편한 상태다. 내가 그에게 스코치 한 잔을 따라 주는 동안 그는 소파에 앉아서 여전히 무슨 함정이 도사리고 있을 거라 예상하고 있다. 그는 눈썹을 들어 올리며 유리잔을 바라본다.

"진심이야, 대로우? 독살은 네 스타일이 아니잖아."

"이건 숨겨 있던 라가불린(위스키의 한 종류—옮긴이)이야. 화성을 장악한 뒤 론 스승님이 로크에게 선물로 주신 거였지."

카시우스는 끙 소리를 낸다.

"나는 언제나 반전이 싫더라. 반면에 위스키라면…… 나와 술 사이에 절대 풀지 못할 다툼이란 없었지. 좋은 물건이야."

그의 시선이 위스키 잔을 관통한다.

위의 통기공에서 부드럽게 웅웅거리는 소리를 들으며 나는 말한다.

"이걸 보면 우리 아버지가 생각나. 아버지께서 드셨던 술은 장비를 닦고 뇌세포를 죽일 때 외에는 별로 득 될 게 없었지만."

"아버지가 돌아가셨을 때 너는 몇 살이었어?"

카시우스가 묻는다.

"아마 6살쯤 됐을 때였을걸."

"6살이라."

카시우스는 생각에 잠기며 유리잔을 기울인다.

"우리 아버지는 홀로 술을 드시는 분은 아니었지. 하지만 어떤 때는 아버지께서 가장 좋아하시던 벤치에 계시는 모습을 볼 수 있었어. 그 벤치는 몬스의 척추를 따라 난 으스스한 길 가까이에 있었는데, 당시에 아버지는 이런 위스키를 드시곤 했어."

카시우스는 볼 안쪽을 씹는다.

"내가 아버지와 보냈던 시간들 중 가장 좋아하는 순간이었어. 주위에는 다른 사람이 아무도 없었고. 오직 저 멀리서 독수리들만 날아가고 있었지. 아버지께서는 언덕에 무슨 종류의 나무가 있는지를 알려 주고는 하셨어. 아버지께서는 나무를 사랑하셨거든. 아버진 어디서 무엇이 자라며 왜 자라고 어떤 새들이 거기에서 둥지를 틀고 지내는지 주저리주저리 얘기하고는 하셨어. 특히 겨울에는 더 하셨지. 추위 속에 있는 나무의 모습 속 어떤 면이 아버지를 자극했던 것 같아. 나는 아버지의 이야기에 한 번도 제대로 귀를 기울이지 않았어. 그때 귀를 기울였다면 좋았을 것을."

카시우스는 술을 한 모금 마신다. 카시우스라면 그 잔 안에서 스코치의 예술적 영혼을 발견할 것이다. 토탄, 혀에서 느껴지는 자몽 향내, 그리고 스코틀랜드의 돌들을 맛볼 것이다. 나는 이 술에서 연기 맛 외에 다른 것을 느껴 본 적이 한 번도 없다.

"저거 마르스 성이야? 세상에나. 정말 너무나 작아 보이네."

카시우스가 로크의 제어반 위에 있는 홀로그램을 고개로 가리키며 묻는다.

"기함의 엔진 크기만도 못하지."

내가 말한다.

"인생에 있어서 기대하는 바가 기하급수적으로 늘어나는 것을 보면 정신이 아찔해지지."

나는 웃는다.

"나는 옛날에 그레이들이 키가 크다고 생각했었어."

카시우스는 짓궂게 미소를 짓는다.

"글쎄다……. 키가 세브로만 한 사람이라면……."

그는 낄낄 웃더니 진지해진다.

"너에게 고맙다고 말하고 싶었어……. 나를 장례식에 초대한 일 말이야. 그건…… 굉장히 놀라울 정도로 선량한 행동이었어."

"입장이 바뀌었다면 너도 마찬가지로 했을 거잖아.

"음……."

카시우스는 자신이 그러리라는 것에 별로 확신이 없는 듯하다.

"이건 로크의 제어반이었어?"

"응. 로크의 동영상들을 넘겨보고 있었어. 걘 이것들을 거의 다 수십 번씩 돌려봤더라고. 다른 하우스와 벌이던 전투나 그들을 상대하며 펼쳤던 전략 말고. 더 조용한 내용을 봤더라. 너도 알잖아."

"너도 봤어?"

카시우스가 묻는다.

"너와 같이 보려고 기다리고 있었어."

카시우스는 그 말에 놀라며 내 환대를 의심한다.

그래서 나는 재생 버튼을 누른다. 그리고 우리는 기관을 돌아다니던 과거의 소년들로 돌아간다. 처음에는 분위기가 어색하다. 하지만 곧 위스키가 어색함을 없애면서 웃음이 더욱 쉽게 터지고 늘어지는 침묵은 더욱 깊어진다. 우리는 우리 부족이 북쪽 협곡에서 양고기를 요리했던 밤들을, 그리고 우리가 고랭지를 수색하고 모닥불 주위에서 퀸의 이야기를 듣던 밤들을 지켜본다. 퀸이 자신의 할머니께서 문명으로부터 100킬로미터 떨어진 산골짜기에 건축가 없이 집을 지으려고 네 번이나 시도하시던 이야기를 마치자 카시우스가 말한다.

"우리는 저날 밤에 키스했지. 퀸은 자기 슬리핑백 안으로 기어들어가고 있었어. 나는 그녀에게 무슨 소리를 들었다고 말했지. 우리는 그 근원지를 수색했어. 나는 그녀와 단둘이 있어 보려고 야밤에 돌을 던지고 있었고. 그러다 그녀에게 들켰을 때에 퀸도 내가 뭘 원하는지 알았어. 그 미소란."

카시우스는 웃는다.

"그 다리들. 누군가의 몸을 휘어 감기 위해 타고난 다리들이었지. 내 말이 무슨 뜻인지는 너도 알잖아?"

그는 다시 웃는다.

"하지만 그 아가씨가 반항하기는 했어. 퀸은 손으로 내 얼굴을 밀쳐냈지."

"흠. 퀸은 쉬운 여자는 아니었지."

내가 말한다.

"아니었지. 하지만 거의 아침이 되기 직전에 키스를 한두 번 해주며 나를 깨우고는 했어. 물론, 그녀의 자의로."

"그리고 그렇게 해서 너는 돌 던지기 스킬이 여자 꼬시는 일에 효과적이라는 첫 번째 사례를 남겼군."

"그 스킬이 얼마나 효과 좋은지 알게 되면 너도 깜짝 놀랄걸?"

있는지 몰랐던 순간들도 있다. 로크와 카시우스가 함께 물고기를 낚시하고 있는데 퀸이 카시우스를 뒤에서 밀어 물 안으로 빠뜨린 순간처럼 말이다. 카시우스가 내 옆에서 술을 크게 한 모금 들이키는 동안, 어렸던 시절의 카시우스는 퀸도 물속으로 끌어당기기 위해 첨벙거리고 있다. 우리는 사적인 순간들도 지켜본다. 로크가 레아와 사랑에 빠졌던 순간. 그 둘이 어둠 속에서 고랭지를 수색했던 순간. 그들이 물을 마시러 잠시 멈췄을 때 둘의 손이 순진하게 서로 스쳤던 순간. 그때도 피치너는 잡목림 사이에서 그 둘을 살피며 데이터패드에 메모하고 있었다. 우리는 그들이 대문 앞 타워에서 처음으로 같은 이불 속으로 파고드는 순간도, 그리고 로크가 레아로부터 첫 키스를 훔치기 위해 그녀를 고랭지로 데리고 올라갔던 순간도 지켜본다. 그때 애석하게도 부츠와 돌의 마찰 소리가 들려오더니 안토니아와 빅수스가 옵틱 렌즈를 낀 눈을 번뜩이며 안개 속에서 출몰했다.

안토니아와 빅수스는 레아를 데려갔으며 로크가 반격하자 그를 절벽 너머로 던져 버렸다. 로크는 팔이 부러진 채 강의 물살에 휩쓸려 내려갔다. 그가 3일을 걸어 다시 돌아왔을 때쯤에 나는 자칼의 손에 죽었다고 추정된 상태였다. 로크는 나를 애도했으며 내가 레아 위에 쌓아올린 돌무덤에 들렀다가 늑대들이 땅을 파고 시체를 훔쳐간 흔적만 발견했다. 그는 그 자리에서 홀로 흐느꼈다. 카시우스는 이 장면을 보며 점점 침울해진다. 그 모습에 나는 그가 세브로와 함께 돌아왔다가 레아와 로크에게 벌어진 사건을 막 알게 됐을 때 그의 표정에 드러났던 괴로움이 생각난다. 그리고 어쩌면 카시우스는 자신이 안토니아와 동맹을 맺은 적이 한 번이라도 있다는 사실에 양심의 가책을 느끼고 있는지도 모르겠다.

더 많은 동영상, 내가 이제야 발견하는 더 많은 자잘한 사실들이 있다. 하지만 홀로덱의 기록에 따라 가장 많이 열람됐다는 동영상은 카시우스가 두 명의 새로운 형제를 발견했다며 우리에게 벨로나 가문의 창기병 자리를 제안했던 내용에 대한 것이었다. 당시의 카시우스는 너무나도 희망에 차 보였다. 너무나 살아 있는 것 자체가 행복해 보였다. 우리 모두가 그랬다. 심지어 나조차도 속으로는 다른 기분에 시달렸음에도 불구하고 그랬다. 내 배신을 이렇게 멀리서 바라보니 더더욱 극악무도하게 느껴진다.

나는 카시우스의 텀블러를 다시 채워 준다. 그는 홀로그램의 불빛 밑에서 조용하다. 로크는 얼룩덜룩한 회색 암말을 타고 우리로부터 멀어지고 있다. 그는 깊은 생각에 잠긴 채 고삐들을 내려다보고 있다.

"우리가 로크를 죽인 거야."

카시우스는 조금 있다가 말한다.

"우리의 전쟁이었는데."

그 말에 나는 묻는다.

"과연 우리의 전쟁이었을까? 우리는 이 세계를 만들지 않았어. 게다가 심지어 우리는 자신들을 위해 싸우고 있는 것도 아니야. 그건 로크도 마찬가지였어. 로크는 옥타비아를 위해 싸우고 있었어. 걔의 희생을 알아봐 주지도 않을 소사이어티를 위해 싸우고 있었고. 그들을 로크의 죽음을 가지고 정치적 놀음이나 할 거야. 걔를 탓할 거고. 로크는 그들을 위해 죽었지만 그들은 걜 자극적인 농담거리로나 삼을 거야."

카시우스는 내가 의도한 대로 역겨워한다. 그것이 그의 가장 큰 두려움이다. 그가 죽었을 때도 아무도 신경 쓰지 않을 것이라는 것. 명예라는, 그리고 좋은 죽음이라는 그 고결한 개념들……. 그것들은 옛날 세계에서나 존재하는 것들이다. 이 세계에서는 존재하지 않는다.

카시우스는 생각에 잠기며 묻는다.

"네 생각에는 이게 얼마나 오래 갈 것 같아? 이 전쟁 말이야."

"우리 사이의 전쟁 말이야? 아니면 모두들 간의 전쟁을 말하는 거야?"

"우리 사이의 전쟁."

"한쪽의 심장이 더 이상 박동하지 않을 때까지. 그게 네가 했던 말 아니었어?"

카시우스가 끙 소리를 낸다.

"너도 기억하는구나. 그럼 모두들 간의 전쟁은?"

"컬러가 다 없어질 때까지."

카시우스가 웃음을 터뜨린다.

"그래, 좋다. 네가 달성하고자 하는 목표가 다행히 그렇게 높지는 않네."

나는 카시우스가 그의 잔을 기울여 흔들며 그 안의 액체를 돌리는 모습을 지켜본다.

"만약 아우구스투스가 나를 줄리언과 붙이지 않았다면 어떤 일이 벌어졌을 것 같아?"

"그건 상관이 없어."

"상관이 있다고 치자."

"나도 모르겠다고."

카시우스가 날카롭게 쏘아붙인다. 그리고 자신의 위스키를 한꺼번에 다 마시더니 자신을 위해 한잔을 더 따른다. 수갑을 찬 상태로도 그는 놀라울 정도로 민첩하다. 그는 짜증을 내며 유리잔을 바라본다.

"너와 나는 로크나 버지니아와 달라. 우리는 미묘한 뉘앙스를 풍기는 존재들이 아니야. 네가 갖고 있는 것이라고는 천둥뿐이고 내가 갖고 있는 것이라고는 번개뿐이잖아. 우리가 우리 얼굴에 페인트를 바르고 바보처럼 말을 타고 돌아다니던 시절에 했던 그 멍청한 개똥철학 기억나? 그게 우리 뼛속 깊숙이 박혀 있는 진실이야. 우리는 우리 자신의 성격만을 따를 수밖에 없어. 폭풍이 없이 너와 나란? 우리는 그냥 보통 남자들이야. 하지만 우리에게 이걸 줘 봐. 갈등을 줘 보라고⋯⋯. 우리가 어찌나 우당탕거리며 포효하는지."

그는 자신의 호언장담을 조롱한다. 그의 미소가 어두운 모순으로 얼룩져 있다.

"너는 그게 정말 사실이라고 생각하는 거야? 우리가 꼼짝없이 한 종류의 사람이거나 다른 한 종류의 사람으로 지낼 수밖에 없다는 것을?"

"너는 안 그래?"

나는 어깨를 으쓱한다.

"빅트라도 스스로에 대해 그렇게 말하더라. 하지만 나는 그녀가 그렇지 않다는 것에, 그리고 우리도 그렇지 않다는 것에 판돈을 억수로 많이 걸 거야."

카시우스가 앞으로 몸을 기대오며 이번에는 나에게 한 잔을 따라준다.

"있잖아, 론 스승님께서도 언제나 자기 자신의 틀에 갇혀 있다고 말씀하시고는 했어. 당신이 했던 선택들에 갇혀 있다고. 그래서 그렇게 이어지다보니 어느덧 당신이 자신의 인생을 사는 것 같지 않은 기분이 들었다고. 마치 뭔가가 계속 자신의 뒤를 밀고 있고 또 뭔가가 계속 자신의 길을 양옆에서 키질하고 있는 것 같다고. 결국에는, 스승님의 모든 사랑이, 상냥함이, 가족이 다 소용없었지. 그분은 본인이 살아온 방식대로 별세하셨어."

카시우스는 내 이론에 대한 의구심 그 이상을 감지한다. 그는 내가 머스탱이나 세브로나 빅트라가 바뀐 모습에 대해 말할 수 있었다는 것을 알고 있다. 틀을 벗어나 달리 살아가는 것에 대해 말이다. 하지만 그는 내 말의 속내를 읽고 있다. 왜냐하면 너무나 많은 방면으로 그의 인생이란 운명의 실이 내 것과 가장 많이 닮아 있기 때문이다.

"너는 네가 죽을 거라고 생각하는구나."

그가 말한다.

"론 스승님께서 말씀하셨던 대로, 마지막에는 청구서가 날아올 것이니까. 그리고 마지막이 다가오고 있으니까."

카시우스는 나를 부드럽게 지켜본다. 그는 자신이 위스키를 들고 있다는 것도 잊은 상태다. 우리 사이의 친밀함은 내가 의도했던 것보다 더 깊다. 내가 그의 생각의 일부를 건드린 것이다. 어쩌면 그도 자신의 무덤을 향해 행진하고 있는 기분이었는지도 모르겠다. 그가 조심스럽게 말한다.

"한 번도 네가 짊어지고 있을 무게에 대해 생각해 본 적은 없는 것 같아. 우리들 사이에 있었던 그 오랜 시간 동안, 수년간, 너는 아무에게도 속내를 말할 수 없었구나. 그렇지?"

"그랬지. 너무 위험 부담이 컸으니까. 게다가 대화를 죽이기에 딱 좋은 내용이기도 하잖아? 안녕, 나는 레드 첩자야."

카시우스는 웃지 않는다.

"너는 아직도 아무에게도 속내를 털어놓을 수 없어. 그래서 그게 네 마음을 죽이고 있어. 너는 네 자신의 종족 사람들 사이에 있는데도 불구하고 이방인처럼 느껴지는 거야."

"진실이 그렇게 드러나네."

내가 말하며 잔을 든다. 나는 머뭇거리며 카시우스에게 얼마나 많은 내용을 털어놓을 수 있을까 고민한다. 그러더니 위스키가 내 대신 말을 해준다.

"누구와도 이야기하기가 힘들어. 모두들 너무나 유약해. 세브로는 그의 아버지 때문에, 그리고 그가 거의 잘 알지도 못하는 종족 사람들의 무게를 짊어지느라 그렇고. 빅트라는 자신이 사악하다고 생각하며 마치 자신이 바라는 것은 복수뿐인 척 하고 있어. 마치 자신이 독으로 가득한 사람인 것처럼. 걔네들은 내가 여기서 갈 길을 안다고 생각해. 내가 내 아내 때문에 미래에 대한 비전이 있다고 말이지. 하지만 나는 예전처럼 내 아내의 존재를 느끼지 못하겠어. 그리고 머스탱은……."

나는 어색하게 말을 멈춘다.

"계속해 봐. 머스탱이 어쨌다고? 자식아, 어서. 네가 내 형제들을 죽였어. 나는 피치너를 죽였고. 분위기는 이미 어색하다고."

나는 이 순간의 이상함에 인상을 찌푸린다.

"머스탱은 언제나 나를 지켜보고 있어. 평가하고 있어. 마치 내 가치를 매기는 것처럼. 내가 적합한지를 판가름 하듯이."

"뭘 위해 적합한지 평가한다는 건데?"

"걜 위해? 이 일을 위해? 나도 모르겠어. 나는 얼음 땅에서 내가 자신을 증명해 보였다고 생각했어. 하지만 머스탱의 그런 시선이 없어지지 않더라고."

나는 어깨를 으쓱한다.

"그건 너도 마찬가지 아니야? 아자가 퀸을 죽였는데도 군주의 마음에 들도록 그녀를 섬기고 있고. 네 어머니의…… 기대에 부흥

하려 노력하고 있고. 지금 여기서 네게서 두 명의 형제를 앗아간 남자와 함께 앉아 있으니."

"카르누스 형은 네가 가져도 돼."

"집에서도 꽤나 함께하기 즐거운 형이었겠지?"

"사실 내가 어렸을 때는 형이 나를 꽤나 좋아해 줬어. 나도 알아. 믿기 힘들겠지. 하지만 형은 내 우상이었어. 나를 스포츠 게임에 참여시켜 주고, 여행도 데리고 다녔어. 형 나름의 방식으로 나에게 여자에 대해 가르쳐 주기도 했고. 하지만 형은 줄리언에게 그다지 친절하지는 않았지."

"나도 위로 형이 하나 있어. 이름은 키어런이야."

"네 형은 살아 있어?"

"키어런 형은 아레스의 아들들과 함께 일하는 정비공이야. 아이들이 네 명 있고."

"잠깐. 네가 삼촌이라고?"

카시우스가 놀라워하며 말한다.

"여러 번에 걸쳐 삼촌이 됐지. 키어런 형이 이오의 언니와 결혼했거든."

"그렇단 말이야? 나도 한때는 삼촌이었는데. 나는 삼촌 역할을 잘했었지."

카시우스의 초점이 멀어지며 미소가 사라진다. 그리고 나는 그의 영혼에 묵직하게 안착돼 있는 의심들이 무엇인지 알고 있다.

"나는 이 전쟁이 지겨워, 대로우."

"그건 나도 마찬가지야. 그리고 내가 너에게 줄리언을 다시 돌려줄 수 있다면 그렇게 하겠어. 하지만 이 전쟁은 줄리언이나 그와 비슷한 사람들을 위한 거야. 괜찮은 사람들을 위한 거라고. 조용하고 상냥하며 세상이 어떻게 돌아가야 하는지 알지만 나쁜 놈들보다 더 크게 소리 지르지 못하는 자들을 위한 거야."

"너는 모든 것을 부서뜨렸다가 그것들을 다시 이어붙이지 못할까 봐 두렵지는 않아?"

카시우스는 진지하게 묻는다.

"두려워."

내가 말한다. 아주 오랫동안 내가 내 자신을 파악했던 것보다 지금 더 잘 이해할 것만 같다.

"그래서 내가 머스탱을 데리고 있는 거야."

카시우스는 나를 오래도록 빤히 쳐다본다. 기이한 순간이다. 그후 그는 고개를 흔들면서 스스로를 향해, 또는 나를 향해 낄낄 웃는다.

"너를 싫어하기가 더 쉬웠으면 좋겠다."

"내가 축배의 말을 듣게 될 날이 올지는 모르겠지만 듣게 된다면 그런 인사겠네."

나는 유리잔을 든다. 카시우스도 잔을 든다. 그리고 우리는 말없이 술을 마신다. 하지만 그가 그날 밤 나와 헤어지기 전에, 나는 그에게 감옥 안에서 확인하라고 홀로큐브 하나를 건네준다. 그리고 그 내용에 대해 그에게 미리 사과를 한다. 그러나 그것은 그가 봐야 할 내용이다. 그의 인생에는 아직도 반전이 기다리고 있다. 그는 나중에 그것을 그의 감옥 안에서 볼 것이며 눈물을 흘릴 것이고 지금보다도 더욱 외로움을 느낄 것이다. 하지만 진실은 언제나 마주하기 쉽지 않은 법이다.

제51장

판도라

카시우스와 헤어진 지 수 시간 후, 끊임없이 꿈을 꾸는 와중에 세브로가 나를 깨운다. 세브로는 내 데이터패드로 전화를 해 급한 메시지를 전한다. 빅트라가 소행성대에서 안토니아와 접전을 벌였다는 것이다. 그녀는 보강 세력을 요구하고 있으며 세브로는 이미 그의 장비를 챙겼고 홀리데이에게 공격팀을 소집하도록 지시한 상태란다.

머스탱과 하울러들, 그리고 나는 남아 있는 텔레마누스 세력의 기함을 빌려 탄다. 그것은 함대에 남은 함선들 중 가장 빠른 것이다. 세피도 따라오고 싶어 했다. 그녀는 더 전투를 벌이고 싶어 했다. 하지만 이오에서 승리를 거뒀음에도 불구하고 내 함대는 아직 칼날 위에 선 상태다. 옵시디언들을 질서정연하게 데리고 있기 위해서는 세피의 지도력이 필요하다. 그녀는 평화를 만드는 자이며 세브로가 요새 가장 좋아하는 농담의 웃음 포인트다. '2.3미터에 달하는 키의 여자가 전투용 도끼와 고리에 끼운 혀를 갖춘 채 방 안으로 들어오면 무슨 말을 해야 하게? 절대 아무 말도 안 해, 고 요를 지켜야지.'

개인적으로 나는 이 동맹 관계를 이어주고 있는 강력한 인격의 사람들이 손에 꼽힌다는 사실이 더 걱정스럽다. 그들 중 한 명이 라도 잃으면 이 모든 관계가 와해될지도 모를 일이다.

우리는 전력을 다해 빠르게 비행한다. 빅트라에게 도달하기 위 해 함선에 무리를 가한다. 하지만 우리가 센서를 방해하는 소행성 무리 속에 위치한 그녀의 좌표에 도착하기 한 시간 전에 줄리 전 매특허의 간략 암호화된 메시지를 받는다. '개년은 포획됨. 카박스 는 자유. 승리는 나의 것.'

우리는 폭이 좁고 길이는 길쭉한 텔레마누스 기함으로부터 소 함선을 타고 빅트라의 대기 중인 함대로 향한다. 세브로는 불안해 하며 바지 입은 다리를 꼬집고 괴롭힌다. 빅트라는 엄청난 승리를 거머쥐었다. 그녀는 공격용 비행선 20대를 가지고 안토니아를 잡 으러 갔다. 이제 그녀는 거의 50대의 검은 함선을 소유한다. 다 빠 르고 날렵하며 비싼 비행선이다. 바로 무역하는 가문이 소유할 법 한 종류의 것들이다. 아우구스투스나 벨로나 가문 사람들이 선호 하는 거대 조직 함선은 전혀 없다. 그 검은 함선에는 모두 눈물을 흘리며 창으로 관통당한 태양 문장이 붙어 있다. 줄리 가문의 문장이다.

빅트라는 어머니의 옛 기함인 '판도라'의 갑판에서 우리를 기다리고 있다. 그녀의 검은 제복 오른 가슴에는 줄리 가문의 태양이 달려 있고, 불타는 듯한 오렌지 줄이 검은 바지에 세로로 나 있으며, 금색 버튼이 반짝이고 있다. 그런 그녀의 모습이 멋지고 자랑스러워 보인다. 그녀는 자신의 옛 귀걸이를 다시 찾은 상태다. 그녀의 귀에는 옥이 달려 있다. 그녀의 길게 찢어진 미소는 수수께끼 같다.

"우리 굿맨들이여, '판도라'에 오신 것을 환영합니다."

그녀의 옆에는 카박스가 서 있다. 그는 다시금 부상당한 상태다. 오른팔에는 깁스를 하고, 얼굴 오른쪽에는 레스플레시 재생 연고를 도포했다. 그를 찾기 위해 앞장서 달려갔던 그의 딸들은 이제 그 양옆을 지키고 있다. 그 사이에 카박스는 머스탱에게 우렁찬 소리로 인사한다. 머스탱은 예의에 어긋나지 않으려고 노력하면서도 황급히 달려가 그의 목에 양팔을 두르고 대머리에 입을 맞춘다.

"머스탱."

카박스가 기쁘게 말한다. 그는 머스탱을 뒤로 밀며 자신의 고개를 숙인다.

"사과하네. 진심으로 사과하네. 내가 계속해서 붙잡히는구먼."

"그냥 도움의 손길이 끊임없이 필요한 아가씨인 게지요."

세브로가 말한다.

"그 표현이 딱 맞는 것 같군."

카박스가 응답한다.

"이번이 마지막이라고만 약속해 주세요, 카박스."

머스탱이 말한다. 카박스는 그렇게 한다.

"게다가 아저씨는 또 다치셨네요!"

"긁히기만 한 거야! 우리 각하, 그냥 긁히기만 한 거라고. 내 핏줄에는 마법이 흐른다는 것을 모르나?"

"아저씨를 죽을 만큼 보고 싶어 하는 애를 데리고 왔어요."

머스탱이 말하며 뒤에 있는 경사로 출입구를 다시 올려다본다. 그녀가 셔틀 안을 향해 휘파람을 불자 페블이 소포클스를 풀어 준다. 발톱이 뒤쪽에서, 그러다 내 밑으로 타달타달 소리를 낸다. 그렇게 놈은 세브로의 다리 사이를 지나다 내 친구를 넘어뜨릴 뻔하며 카박스의 가슴 위로 뛰어오른다. 카박스는 입을 벌려 그 여우에게 뽀뽀를 한다. 빅트라는 흠칫한다.

"나는 네가 위험에 처한 줄 알았지."

세브로가 빅트라를 올려다보며 툴툴거린다.

"내가 다 알아서 할 수 있다고 말했잖아. 대로우, 나머지 함대는 우리로부터 얼마나 뒤떨어져 있는 거야?"

빅트라가 말한다.

"이틀분의 비행 거리 정도."

머스탱이 주변을 둘러본다.

"닥소는 어디 있어?"

"닥소는 윗층 갑판에 있는 쥐새끼들을 처리하고 있어. 아직도 몇 명의 하드코어 비할 데 없는 자들이 남아 있더라고. 그들을 끄집어내느라 개같이 고생했어."

빅트라가 대답한다.

"함선에 파손이 거의 없던데⋯⋯. 어떻게 이렇게 한 거야?"

내 질문에 빅트라가 자부심을 보이며 말한다.

"어떻게냐고? 나는 줄리 가문의 진짜 후계자야. 우리 어머니의 유언장과 내 태생이 그걸 보증하지. 법적으로는 '내' 함선인 안토니아의 함선은 끄나풀과 돈으로 매수된 동조자에 의해 돌아가고 있었어. 그들이 나에게 연락을 취했어. 거듭 공격을 가하는 내 작은 세력 바로 뒤로 함대 전체가 있다 생각했던 모양이야. 그들은 자신들을 무시무시한 리퍼로부터 살려 달라고 '애원'까지 하더라고⋯⋯."

"그럼 네 여동생의 수하들은 지금 어디에 있어?"

내가 묻는다.

"내가 세 명을 처형시키고 그들 함선을 파괴해서 나머지에게 본보기를 보였지. 내가 붙잡을 수 있었던 불충한 집정관들은 감옥에서 썩고 있어. 내 충신들과 어머니의 친구분들이 지휘권을 다시 가져갔고."

"그럼 그들이 우리를 따를까?"

세브로가 걸걸하게 묻는다.

"그들은 나를 따라."

빅트라가 대답한다.

"그건 우리를 따르는 것과 같은 게 아니잖아."

내가 말한다.

"당연히 그렇지. 이것들은 '내' 함선이라고."

빅트라는 어머니의 제국을 되찾는 일에 한 걸음 더 가까이 다가 간 셈이다. 하지만 나머지 절차는 오직 평화 속에서만 행할 수 있는 것들이다. 그럼에도 불구하고 이 상황은 그녀에게 으스스한 자립의 힘을 부여한다. 로크가 사자의 아이언레인 후에 함선을 차지했을 때처럼 말이다. 이는 빅트라의 충절을 시험할 것이다. 세브로는 이 사실에 아주 마음 편한 것 같지는 않다. 머스탱과 나는 서로를 보며 인상을 찌푸린다.

"요새 들어 보니 소유물이란 참 웃긴 것들이더라고. 제 나름의 의견을 갖는 편이더라."

세브로가 말하자 빅트라는 그 도전에 발끈한다.

머스탱이 직접 개입한다.

"내 생각에 세브로는 이제 네가 원하던 복수를 이뤘으니 아직도 우리와 코어로 갈 의향이 있느냐고 묻는 것 같은데?"

"나는 아직 내 복수를 안 이뤘어. 안토니아가 여전히 살아 숨 쉬고 있다고."

빅트라가 말한다.

"그럼 그러지 않는 상황이 오면?"

머스탱이 묻는다.

빅트라가 모르겠다는 듯이 어깨를 으쓱한다.

"나는 인간관계에 전념을 잘 못하는 편이라."

세브로의 기분은 더욱 더 안 좋아진다.

수십여 명의 포로들이 구획의 감옥을 채우고 있다. 대부분은 골드들이며 블루와 그레이도 몇 명씩 있다. 모두 고위직이었으며 안토니아에게 충성하는 자들이다. 협곡을 이루는 적들이 창살 너머로 나를 노려보고 있다. 이렇게나 많은 골드들이 자신을 포획한 자가 나라는 사실을 알고 있다. 나는 그 통로를 홀로 걸어 내려가며 그 사실이 주는 기쁨을 만끽한다.

끝에서 두 번째 감옥 안에 안토니아가 있다. 옆에 붙어 있는 감옥과 자신의 감옥을 분리하는 철장에 기대어 앉아 있다. 뺨에 멍이 든 것을 제외하면 그녀는 언제나 그랬듯이 아름답다. 입술은 관능적이며 두터운 속눈썹 뒤에 자리한 두 눈은 그윽하다. 구금실의 창백한 빛을 받으며 있는 그녀는 상심한 듯한 표정을 하고 있다. 버들가지 같은 양다리를 깔고 앉은 채 엄지발가락에 생긴 물집을 찝쩍거리고 있다.

"저승사자 리퍼가 낫 휘두르는 소리가 들리는 듯하더니만."

안토니아는 유혹적인 미소를 살짝 지으며 말한다. 그녀의 시선이 나를 밑에서부터 위로 훑으며 내 키를 매 센티미터마다 잡아먹는 듯하다.

"최근 식단에서 단백질을 꽤 보충했구나, 그렇지 자기야? 다시 완전 커졌네. 그렇다고 조바심내지는 마. 나는 언제나 너를 질질 짜는 작은 애벌레로 기억할 테니까."

"너희가 이 함대에서 유일하게 살아 있는 본라이더야."

나는 안토니아의 구금소 옆에 붙은 감옥을 바라보며 말한다.

"나는 자칼이 무엇을 계획하고 있는지 알고 싶어. 그의 부대 위치 정보, 그의 물품 공급로, 그의 수비대 병력을. 그가 아레스의 아들들에 대해 어떤 정보를 가지고 있는지. 군주에 대한 그의 계획이 무엇인지. 그 둘이 야합하고 있나? 그들 사이에 긴장감이 도나? 그가 그녀를 공격하려 하나? 나는 그를 이기는 방법을 알고 싶어. 그리고 무엇보다도 나는 그 우라질 놈의 핵무기들이 어디에 있는지가 알고 싶어. 이 정보를 나에게 넘기면 너희는 산다. 넘기지 않으면 너희는 죽는다. 내 말을 확실히 알아들었나?"

안토니아는 무기에 대한 언급에 움찔하지도 않는다. 그것은 그 옆 감옥에 갇혀 있는 여자도 마찬가지다.

"확실히 알아들었어. 나는 협조할 의향이 충만하다고."

안토니아가 말한다.

"너는 생존력이 강한 사람이지, 안토니아. 하지만 내가 너에게만 말하고 있던 것은 아니야."

나는 안토니아의 구금소 옆방의 창살에 내 손을 쾅 내리친다. 그 안에는 안토니아에 비해 키가 더 작고 얼굴이 어두운 골드가 앉은 채 붉게 충혈되어 부은 눈으로 나를 바라보고 있다. 그녀의 얼굴형은 한때 그녀의 말버릇이 그랬던 것만큼이나 날카롭다. 머리칼은 곱실거리며 내가 마지막으로 그녀를 봤을 때보다 더욱 금빛이다. 인공적으로 밝게 염색한 것이다. 눈동자 색도 마찬가지다.

"나는 너에게 말하는 거야, 시슬. 너희 둘 중 더 많은 정보를 넘기는 자가 살아남을 거야."

안토니아가 바닥에서 박수를 친다.

"사악한 최후통첩이네. 그러면서 너는 네 자신을 레드라고 여기는구나. 내 생각에 너는 저들과 함께 있는 것보다 우리와 함께 있었을 때가 더 편안하고 자신다웠던 것 같은데. 그렇지 않나? 그랬어. 그렇지?"

안토니아가 웃는다.

"생각해 볼 시간은 한 시간 주겠어."

나는 그들에게서 멀어지며 그들끼리 자업자득으로 옥 안에서 고생하게 내버려둔다.

"대로우."

시슬이 뒤에서 나를 부른다.

"세브로에게 내가 미안하다고 전해줘. 대로우, 부탁이야!"

나는 돌아서서 그녀에게 천천히 돌아간다.

"머리를 염색했구나."

내가 말한다.

"땅콩만 한 브론즈(별보일 없는 골드를 비하하는 말—옮긴이)가 우리 무리에 속하고 싶어서 그런 거야. 그 모자란 녀석을 탓하지 마. 그 녀석에게 뭔가를 기대하는 것 자체가 비현실적이라고."

안토니아가 가르랑 거리며 긴 다리들을 쭉 편다. 그녀의 키는 시슬보다 머리가 하나 반 이상 크다.

시슬이 나를 빤히 바라보며 양손으로 철창을 꼭 쥐고 있다.

"내가 미안해, 대로우. 일이 이렇게 멀리 갈 줄은 몰랐어. 나는 막을 방도가……."

"아니, 너는 알고 있었어. 너는 멍청이가 아니잖아. 그리고 자신이 멍청했다고 주장하는 한심한 짓은 하지 마. 네가 어째서 나에게 그 짓을 벌였는지 이해할 수 있어."

나는 천천히 말한다.

"하지만 세브로도 그 자리에 있기로 되어 있었어. 하울러들도 마찬가지고. 어떻게 세브로에게, 또 다른 애들에게 그런 짓을 할수 있어?"

시슬은 바닥을 쳐다보며 내 시선을 못 마주친다. 시슬은 할 말을 잃었다. 나는 손으로 그녀의 머리를 만진다.

"우리는 있는 그대로의 너를 좋아했었는데."

제52장

이

구금실의 감시실에 있는 세브로, 머스탱 그리고 빅트라와 합류한다. 두 명의 기술자들이 인체공학적 의자 뒤로 등을 기대고 있다. 주위에는 수십여 개의 홀로 화면이 한꺼번에 떠다니고 있다.

"그들이 무슨 말을 했어?"

내 질문에 빅트라가 대답한다.

"아직은. 하지만 냄비는 휘저었고 열기를 가한 상태야."

세브로가 홀로디스플레이 상에 있는 시슬을 지켜보고 있다.

"너 시슬과 얘기하고 싶었어?"

내가 묻자 세브로는 양쪽 눈썹을 들어 올리며 묻는다.

"누구? 처음 듣는 이름인데."

시슬을 다시 보게 된 그가 마음에 상처를 입은 것이 보인다. 그 상처는 그가 자신에게 강해지라고 강요하면서 더더욱 깊어졌다. 하지만 이 배신은, 그의 하울러들 중 한 명에 의한 이번 건은 그의 마음 속 깊은 곳까지 난도질 한다. 그럼에도 불구하고 그는 아무렇지 않은 척 한다. 이 행세가 빅트라를 위한 것인지, 나를 위한 것인지, 그 자신을 위한 것인지는 확실치 않다. 아마도 우리 셋 모두를 위한 것일 테다.

몇 분 후, 안토니아와 시슬이 땀을 줄줄 흘린다. 내 제안에 따라 우리는 감옥들의 온도를 40℃로 올려 그들의 짜증을 고조시켰다. 그 안의 중력 또한 살짝 올린 상태다. 그 정도는 자각할 수 있는 범주를 아주 조금 벗어났다. 이제까지 시슬은 울기만 했고 안토니아는 자기 볼에 남은 멍 자국을 매만지며 혹시나 얼굴에 남는 상처가 생겼는지 확인하기만 했다.

"너는 여기서 나갈 계획을 세워야 해."

안토니아가 철창 사이로 하릴없이 말한다. 시슬이 자기 감옥 저편 구석에서 묻는다.

"무슨 계획? 우리가 정보를 넘기더라도 쟤네들은 우리를 죽일 거야."

"이 질질 짜는 난쟁이 소야. 턱이나 들어올려. 너는 네 흉터를 부끄럽게 만들고 있어. 너는 마르스 하우스 일원이잖아, 그렇지?"

"쟤들은 우리가 자기들 말을 듣고 있다는 것을 알고 있어. 최소한, 안토니아는 그렇지."

세브로가 말한다.

"어떤 때는 그래도 상관이 없어. 매우 지능 높은 포로들은 간혹 포획자와 게임을 하기도 해. 그들의 자신감이 그들을 심리적으로 조종당하기 취약한 상태로 만드는 요소거든. 자신들이 언제까지나 지배권을 갖고 있다고 착각하니까."

머스탱이 설명한다.

"너는 네가 개인적으로 직접 고문을 당해 본 광범위한 경험을 바탕으로 그걸 아는 거야? 그 경험들이 어땠는지 꼭 좀 알려줘라."

빅트라가 빈정거린다.

"조용."

나는 말하며 홀로의 볼륨을 높인다.

"나는 쟤들에게 모든 걸 다 얘기할 거야. 이 일에 대해 이제 전혀 신경 쓰고 싶지 않아."

시슬이 안토니아에게 말한다.

"모든 것이라고? 너는 모든 걸 알지도 못하잖아."

"그래도 충분히 많이 안다고."

"내가 더 많이 알아."

안토니아의 말에 시슬이 날카롭게 말한다.

"대체 누가 너 따위를 믿겠어? 모친 살해범 정신병자야! 사람들이 너에 대해 진짜로 어떻게 생각하는지를 너도 안다면⋯⋯."

"오, 자기야, 네가 정말 그렇게까지 멍청할까. 그렇게 멍청한 게 맞구나. 애처로워서 못 보겠네."

안토니아가 측은하다는 듯이 한숨을 쉰다.

"무슨 말을 하려는 거야?"

"네 머리를 써, 이 단세포 땅콩아. 제발 뇌를 굴리려는 노력이라도 해 보라고."

"집어치워, 이 개년아."

"미안해, 시슬. 더위 때문에 그래."

안토니아가 철창 반대편으로 등을 휘면서 말한다.

"아니면 매독 때문에 정신착란을 일으킨 것이던지."

시슬이 이제는 투덜거리며 양팔을 몸에 감은 채 빠른 걸음으로 왔다갔다 서성인다.

"어머……. 저속해라. 나는 진심으로 네가 키워진 환경 때문에 그렇게 된 것이라 생각해."

나는 시슬을 끄집어 낸 다음에 그녀가 내주기로 마음먹은 정보를 그녀로부터 뽑아갈까 고려한다.

"계략일 수도 있어. 뭔가 그들이 포획됐을 때를 대비해 안토니아가 설계한 것 말이야. 또는 내 오빠의 놀음일 수도 있고. 거짓 정보를 흘리고 다니는 건 딱 오빠가 할 법한 일이야. 특히나 그들이 그냥 자신들이 포획되도록 잡혀 준 것이라면."

머스탱이 말하자 빅트라가 대꾸한다.

"쟤들이 일부러 잡혀 줬다고? 이 함선의 영안실에는 그 말에 반대할 50명 이상의 골드들이 있어."

"그녀의 말이 맞아. 상황이 흘러가는 대로 내버려둬 봐. 그럼 어쩌면 우리가 안토니아를 따로 격리해서 상대할 때 쟤가 더 열린 마음으로 우리를 대할지도 모르잖아."

세브로가 말한다.

안토니아는 눈을 감으며 철창에 머리를 기댄다. 그녀는 시슬이 "네 머리를 써"라고 한 말에 대해 물으리라는 것을 알고 있다. 그리고 기대한 대로 시슬은 그렇게 한다.

"내가 저들에게 모든 것을 다 말하면 저들에게 내가 더 이상 쓸모가 없어질 것이라는 말이 무슨 뜻이야?"

안토니아는 철창을 사이에 두고 뒤에 있는 시슬을 바라본다.

"자기야. 정말 이 상황에 대해 전혀 고민을 안 해 봤구나. 나는 죽었어. 네가 말한 대로야. 내가 그걸 부인해 볼 수는 있겠지만…… 우리 언니에 비하면 나는 집고양이 같아 보이지. 내가 언니의 척추에 총을 쏘고 언니 등에 산 떨어뜨리기 놀이를 거의 1년간 했다고. 언니는 나를 양파처럼 겹겹이 벗겨 버릴 거야."

"대로우는 그녀가 그렇게 하도록 내버려두지 않을 거야."

"그는 레드야. 걔한테 있어서 우리는 단지 왕관을 쓴 악마들일 뿐이라고."

"대로우는 그런 짓을 하지 않을 거야."

"그렇게 할 고블린도 한 명 알고 있지."

"그의 이름은 세브로야."

안토니아는 전혀 신경 쓰지 않는다.

"그래? 요는 똑같아. 나는 죽은 목숨이야. 너는 살 가능성이 있을지도 몰라. 그들은 정보를 얻기 위해 우리 중 한 명만 필요해. 네

294

자신에게 물어봐야 할 질문은 이거야. 네가 저들에게 모든 것을 다 털어놓으면 그때도 저들이 너를 살려둘까? 너는 전략이 필요해. 어느 정도의 정보는 네가 갖고 있어야 한다고. 저들과 더 좋은 조건으로 협상하기 위해."

시슬이 그 두 여자들을 분리시키는 철창에 다가간다.

"너는 나를 못 속여."

그녀의 목소리가 용감해진다.

"하지만 너는 있지, 확실히 죽은 목숨이야. 대로우는 승리할 거야. 그리고 어쩌면 대로우가 승리하는 것이 마땅한지도 모르겠어. 또 있지, 나는 대로우를 도울 거야."

시슬이 감옥 구석에 있는 카메라를 올려다보며 안토니아로부터 시선을 뗀다.

"내가 자칼이 무슨 계획을 세우고 있는지 알려줄게, 대로우. 내가……."

"그녀를 저기서 꺼내. 당장 그녀를 저기서 꺼내라고."

머스탱이 말한다.

"안 돼……."

빅트라는 내 옆에서 중얼거린다. 그녀도 머스탱이 알아챈 상황을 본 것이다. 세브로와 나는 혼란스러워하며 여자들을 바라본다. 하지만 빅트라는 벌써 문까지 반쯤 가 있다.

"감옥 31호를 열어!"

그녀는 기술자들을 향해 고함친 뒤 통로로 사라진다. 무슨 일이 벌어지고 있는지 깨달으며 세브로와 나는 그녀의 뒤를 황급히 따라간다. 그 와중에 홀로스크린들 중 하나를 조정하고 있던 그린 한 명을 넘어뜨린다. 머스탱이 뒤따른다. 우리는 복도로 들어서서 구금실 보안문으로 뛰어간다. 빅트라는 문을 쾅쾅 두드리며 안으로 들여보내 달라고 외치고 있다. 문이 삐 소리를 내며 열리고 우리는 그녀의 뒤로 날아든다. 그렇게 우리는 자신들의 장비를 챙기고 있는 보안관을 지나쳐 감옥 구역으로 들어간다.

죄수들은 고함치고 있다. 하지만 그 순간에도 나는 축축하게 턱 턱 턱 소리가 나는 것이 들린다. 그 후 우리는 안토니아의 감옥으로 들어가 그녀가 시슬 위로 몸을 수그리고 있는 모습을 발견한다. 그녀의 양손은 그 둘의 감옥들을 분리시키는 철창 너머에 있다. 피로 흠뻑 젖어 있다. 그녀의 손가락은 시슬의 곱실거리는 머리카락을 쥐고 있다. 안토니아가 마지막으로 한 번 더 시슬의 머리를 자기 쪽으로 당겨 그들 사이의 철창에 박는다. 하울러의 두개골 윗부분은 깨지며 그 잔해가 철창 모양을 따라 패인다. 빅트라는 자성 감옥 문을 밀어젖힌다.

안토니아가 일어선다. 소름끼치는 일은 끝낸 상태다. 그녀는 순진한 표정으로 피투성이 양손을 허공에 들어 올리며 자기 언니를 향해 능글맞게 살짝 웃는다. 그녀가 조롱한다.

"조심해. 조심하라구, 비키 언니. 언니에겐 내가 필요하잖아. 이제 정보를 팔 수 있는 사람은 나밖에 안 남았어. 자칼의 덫에 걸려들고 싶지 않으면 언니는……"

빅트라는 안토니아의 얼굴을 부순다. 10미터 떨어진 곳에서도 나는 뼈가 불안정하게 툭 부러지는 소리를 들을 수 있다. 안토니아는 뒤로 빠지면서 도망치려고 한다. 빅트라는 그녀를 벽에 꽂은 채 두들겨 팬다. 기계같이. 그리고 음산할 정도로 소리 없이. 팔꿈치가 뒤로 확 당겨져 양 다리의 힘을 실은 채 주먹을 날릴 준비를 한다. 그들이 우리에게 가르친 그대로의 방법이다. 안토니아의 손가락이 빅트라의 근육질 팔을 마구 할퀴다 축 쳐지자 소리는 진흙탕에서 날 법한 축축한 것으로 변한다. 빅트라는 멈추지 않는다. 그리고 나도 그녀를 막지 않는다. 왜냐하면 나는 안토니아를 증오하기 때문이다. 그리고 내 마음 속의 그 작고도 어두운 일부는 안토니아가 그 고통을 느끼길 바라기 때문이다.

세브로는 나를 밀치고 지나 빅트라를 향해 몸을 날린 뒤 그녀의 오른팔을 등 뒤로 고정시키고 자기 왼팔로 그녀의 목을 조른다. 그 후 그녀의 양다리를 걸어 넘겨 바닥에 뒤로 나자빠지게 만든 뒤 자기 다리를 그녀의 허리에 세게 감아 꼼짝 못하게 만든다. 빅트라의 손아귀로부터 풀린 안토니아는 옆으로 픽 넘어간다. 머스탱이 앞으로 확 튀어나가 용접된 금속 침대 틀의 날카로운 가장자리에 안토니아의 머리가 부딪히려는 것을 막는다. 나는 무릎을 꿇어 철창 너머로 손을 뻗은 뒤 시슬의 맥박을 느껴본다. 하지만 내가 왜 이것을 확인하는 수고를 하는지도 모르겠다. 그녀의 머리는 움푹 들어갔다. 나는 그 모습을 빤히 쳐다본다. 그러면서 왜 내가 이 광경에 충격을 받지 않을까 생각한다.

내 마음 속의 어떤 일부가 죽었다. 하지만 그 부분이 언제 죽었단 말인가? 왜 나는 그것을 알아채지도 못했을까?

머스탱은 옐로우를 보내 달라고 외치고 있다. 보초병들이 그 요청에 응답한다.

나는 몸을 부들부들 떤다.

세브로는 빅트라를 놔주고 있다. 그녀는 그가 목 조른 것의 여파로 기침을 하고 화를 내며 그를 밀쳐낸다. 머스탱은 안토니아 위로 몸을 수그린다. 안토니아는 이제 부러진 코로 코를 골고 있다. 얼굴은 엉망이다. 조각난 이가 으깨진 입술에 너저분하게 박혀 있다. 머리카락과 상징을 제외하면 골드라는 것조차 알아볼 수 없는 상태다. 빅트라는 그녀를 보지도 않고 감옥을 떠난다. 그 와중에 그레이 보초들을 너무 세게 밀치는 바람에 그들 중 두 명이 넘어진다.

"빅트라……."

나는 빅트라의 뒤에 대고 마치 무슨 할 말이 있는 것처럼 그녀를 부른다.

빅트라는 나를 향해 뒤로 돈다. 그녀의 눈은 붉다. 분노 때문이 아니라 가늠할 수 없을 정도의 깊은 슬픔 때문이다. 손 마디뼈의 피부는 닳아서 상처가 벌어져 있다.

"내가 쟤 머리를 땋아 주곤 했어. 모르겠어. 왜 쟤가 저 모양인지, 왜 내가 이 모양인지……."

그녀는 격렬하게 말한다. 여동생의 부러진 이 반쪽이 그녀의 중

지와 약지 손 마디뼈 사이에 박힌 채 튀어나와 있다. 그녀는 손에서 그 이를 뽑는다. 그리고 그걸 들어 올려 빛에 대어 본다. 그 모습은 마치 해변에서 바다 유리 조각을 발견한 아이 같다. 그 후 그녀는 끔찍해하며 몸서리 친 뒤 그 이를 금속 갑판에 떨어뜨린다. 쟁그랑 소리가 난다. 그녀는 내 뒤에 있는 세브로에게 시선을 보낸다.

"내가 얘기했지."

같은 날, 나중에 의사들이 안토니아를 치료하는 동안 아레스의 아들들은 기함 '타이폰'에 있는 시슬의 스위트룸에서 그녀의 개인 물품을 살핀다. 캐비닛의 가짜 바닥 밑에서 그들은 소금에 절여 보존한 악취 나는 늑대 털가죽을 발견한다. 스크루페이스가 그것을 세브로에게 갖다 주자 그는 목이 멘다.

"시슬이 안토니아의 봉인 줄을 자르고 걜 내려줬는데."

남은 하울러 원년 멤버들이 방에 모여들자 클라운이 말한다. 머스탱은 그들에게 자리를 비켜주고는 벽 쪽에서 상황을 지켜본다. 페블, 스크루페이스, 그리고 세브로가 우리와 함께 있다.

"기관에서 자칼이 안토니아를 십자가에 박았을 때 시슬이 개 봉인 줄을 자르고 내려줬단 말이야."

"잊고 있었네."

내가 시슬의 책상에서 말한다.

세브로가 코웃음을 친다.

"참 멋진 세상이다."

"네가 시슬더러 레아와 싸우라고 시켰던 일 기억나? 레아가 양의 가죽을 못 벗겼을 때? 너는 시슬을 강하게 만들어 보려고 했었잖아."

페블이 살짝 웃으며 말한다. 세브로도 웃자 클라운이 말한다.

"네가 왜 웃냐? 너는 그때 계속 마약 버섯을 먹으며 달을 향해 울부짖고만 있어 놓고."

"나도 지켜보고 있었어. 나는 언제나 지켜보고 있었어."

세브로가 대꾸하자 스크루페이스가 익살맞게 말한다.

"보스, 그건 좀 오싹한데. 우리를 지켜보는 동안 보스는 뭐하고 있었는데?"

"보고도 몰라? 덤불 속에서 자위하고 있었겠지."

내 대답에 세브로가 투덜거린다.

"다들 자고 있을 때만 했어."

"징그러."

페블이 콧잔등에 주름을 만들며 하울러 망토를 배낭에 챙겨 넣는다.

"계속해서 울부짖으렴, 작은 시슬이여."

그녀의 눈빛에 담긴 상냥함은 거의 견디기 너무 버거울 정도다. 비난하는 마음은 없다. 분노도 없다. 오직 친구의 부재에 대한 마음만 있을 뿐이다. 내가 이들을 얼마나 많이 사랑하는지를 상기시켜 주는 눈빛이다. 클라운과 페블은 손을 맞잡고 방을 떠난다. 내 내 스크루페이스가 그 둘을 놀린다. 나는 그 광경에 미소를 지으며 세브로와 뒤에 남는다. 머스탱도 벽쪽 자리에서 아직 움직이지 않고 있다.

"빅트라가 '내가 얘기했지'라고 한 건 무슨 뜻이었어?"

내가 묻자 세브로는 머스탱을 슬쩍 본다.

"에이, 이제 아무 의미 없는 얘기야."

그는 자리를 떠날 것처럼 행동하지만 머뭇거린다.

"빅트라가 그걸 취소했어."

"그거?"

내가 묻는다.

"나와 그녀의 관계."

"아."

"유감이야, 세브로. 빅트라는 지금 많은 일을 겪고 있으니까 그러는 걸 거야."

머스탱이 말한다.

세브로는 벽에 기댄다.

"응. 그래. 내 탓일 거야, 아마도. 그녀에게 말했거든……."

그는 인상을 구긴다.

"내가 그녀에게 전투 전에 ……사랑한다고 말했어. 그녀가 뭐라고 답했는지 알아?"

"고마워?"

머스탱의 추측에 세브로가 움찔한다.

"아니. 그냥 나더러 멍청이라고 했어. 어쩌면 그 말이 맞을지도 몰라. 어쩌면 내가 우리 관계를 너무 진지하게 생각했나 봐. 그래서 그냥 흥분했던 거지, 알지?"

그는 바닥을 보며 생각한다. 머스탱은 나에게 고개를 끄덕이며 뭐라고 말 좀 해 보라 신호한다.

"세브로, 너는 아주 다양한 캐릭터야. 너는 악취가 나고 작아. 네 문신 취향은 미심쩍지. 네 포르노 성향은…… 음…… 별나. 그리고 너는 진짜 이상하게 생긴 발톱들을 갖고 있어."

세브로는 홱 돌아 나를 바라본다.

"이상하다고?"

"네 발톱들은 진짜 길잖아, 친구. 마치…… 좀 깎아야 할 것처럼 생겼다고."

"아니야. 그렇게 돼야 주변 물건에 매달려 있기가 편해."

나는 그를 향해 눈을 가늘게 뜬다. 세브로가 농담하고 있는지 아닌지 잘 모르겠다. 그 상황에서 나는 최선을 다해 말을 이어 나아간다.

"내 말은 그냥 네가 아주 다양한 캐릭터를 갖고 있는 사람이라는 거야, 꼬맹아. 하지만 멍청이만은 아니야."

세브로는 내 말을 들었다는 표시를 보이지 않는다.

"빅트라는 자기 혈관에 독을 품고 있다고 생각해. 구금실에서 한 말은 그런 얘기였어. 자기가 그냥 모든 것을 망칠 거라고. 그러니까 우리 사이는 그냥 취소하는 게 나을 거라고 했어."

"빅트라는 그저 겁을 먹은 걸 거야. 특히 방금 벌어졌던 일의 여파로 그럴 거야."

머스탱이 말한다.

세브로는 벽에 머리부터 등까지 전부 기대어 앉는다.

"지금도 벌어지고 있는 일 말이지……. 이제는 그 말이 예언처럼 들리기 시작한단 말이야. 죽음이 죽음을 낳고 죽음을 낳고 죽음을……."

"목성에서는 우리가 이겼잖아……."

내가 말하자 세브로가 투덜댄다.

"모든 전투에서 전부 승리하더라도 전쟁에서 질 수도 있어. 자칼이 몰래 준비한 뭔가가 있지. 그리고 옥타비아는 조금 부상을 당했을 뿐이야. '셉터 아르마다'는 '소드 아르마다'보다 더 커. 그리고 그들은 금성에서 수성까지 함대를 소집할 거야. 우리의 함선 수는 3대1로 밀릴 거야. 사람들이 죽을 거고. 아마 대부분 우리가 아는 사람들일 거야."

머스탱이 미소를 짓는다.

"우리가 패러다임을 바꾸면 그렇게 안 될 거야."

제53장

침묵

머스탱이 전략의 큰 그림을 우리에게 설명한 뒤 우리는 함께 웃고 나서 전략을 분석하며 그 결점들을 짚어낸다. 그 후, 그녀는 우리가 심사숙고하게끔 자리를 피해 주며 텔레마누스 세력과 함께 나머지 함대와 합류하기 위해 떠난다. 우리는 빅트라와 하울러들과 함께 뒤에 남아 안토니아를 심문하고 함선의 수리를 총괄한다.

아름다운 안토니아는 과거의 산물이다. 그녀가 겪은 손상은 얕지만 재해 수준이다. 왼쪽 안와 뼈는 가루가 됐다. 코는 납작해졌다. 코가 너무 야만스럽게 으스러진 나머지 의사들이 그것을 비강에서 포셉으로 잡아 빼야 했다. 입은 너무나 부어 버려 깨진 앞니 사이로 공기가 지날 때마다 쎅쎅 소리가 난다. 편타증과 심한 뇌진탕. 함선 의사들은 그녀가 함선 추락 사고를 겪은 것으로 착각할 정도였다. 그녀의 얼굴 군데군데에서 주피터 하우스의 번개 문장 자국을 발견하기 전까지는 말이다.(빅트라가 끼고 있던 하우스 반지의 인장이 안토니아의 얼굴에 찍혔다는 의미다—옮긴이)

"정의의 인장을 받았군."

내 말에 세브로가 눈을 굴린다.

"왜? 나도 웃길 수 있다고."

"계속 연습하도록 해."

내가 안토니아를 심문할 때, 그녀의 왼쪽 눈은 부어 버린 검은 덩어리다. 오른쪽 눈은 분노에 차서 나를 노려보지만 그녀는 협조한다. 어쩌면 이제 그녀는 자신을 향한 협박들이 어느 정도 진심이라 생각하기 때문일지도 모르겠고, 그녀의 언니가 하던 일을 마저 끝내 버릴 기회가 오기만을 기다린다 생각하기 때문일지도 모르겠다.

그녀의 말에 따르면, 자칼은 마지막 공식 발표에서 우리가 화성을 공격하려는 일에 그가 대비를 하고 있다 선언했단다. 그는 자신이 재탈환한 포보스 주변으로 함대를 모아놓고 칸 지역 및 다른 해군 주둔소의 소사이어티 함선들까지도 불러들였다. 흡사하게도, 골드, 실버, 그리고 코퍼 함선들이 화성에서 루나나 금성으로 향하는 대이동이 있었다. 루나와 금성은 권리를 박탈당한 귀족들을 위한 피난처가 되어 버렸다. 첫 번째 프랑스 혁명 동안의 런던이나 3차 세계대전 이후 대륙이 방사능으로 가득했을 때의 뉴질랜드처럼 말이다.

305

안토니아의 정보에 대한 문제점은 그것이 사실인지 확인하기가 어렵다는 것이다. 본질적으로 과거 석기시대로 퇴보한 수준의 장거리 및 행성 간이용 통신체계를 가지고는 사실상 진실을 확인하기란 불가능하다. 우리 입장에서 봤을 때는 자칼이 안토니아에게 만일의 사태를 대비해 거짓 정보를 준 다음 붙잡혀 압박당할 때 우리에게 내주라고 시켰을지도 모르는 일이다. 그녀가 그 정보를 이용하고 우리가 그것을 바탕으로 행동한다면 우리는 쉬이 덫에 걸릴 수도 있다. 시슬은 우리가 정보를 이해하는 일에 중대한 도움이 됐을 것이다. 안토니아가 그녀를 살해한 일은 끔찍했지만 전략적으로 매우 효율적이기도 했다.

홀리데이가 '판도라'의 교량 위 내 곁으로 온다. 그 동안 나는 통신 체계로 송신을 시도한다. 다리를 꼰 자세로 전방 관측소에 앉아 퀵실버의 디지털 데이터드롭에 다시 로그인을 해 본다. 함선 시간에 따르면 늦은 밤이다. 불빛이 침침하다. 블루 기간 선원들은 아래의 함몰선실을 인력으로 돌리며 우리가 주요 함대와 다시 만나기로 한 장소로 함선을 이동시킨다. 그림자 같은 소행성들이 저 멀리서 회전한다. 홀리데이가 내 옆 자리에 털썩 앉는다.

"기운 내십시오."

홀리데이는 나에게 커피가 담긴 깡통 머그잔을 건네주며 말한다. 내가 놀라며 대꾸한다.

"정말 고마운데. 너도 잠이 안 왔던 거야?"

"넵. 저는 사실 함선들을 아주 싫어합니다. 웃지 마세요."

"그 취향은 부대원으로서 상당한 애로사항이겠는데."

"제 말이요. 군인으로 지내는 일의 반은 아무데서나 잠들 수 있는 능력을 요구하는데 말이죠."

"그럼 나머지 반은?"

"아무데서나 볼일을 볼 수 있는 능력이죠. 잠깐, 멍청한 명령들을 제정신으로 수용하는 능력도 동원되네요. 엔진의 웅웅 소리 때문에 그래요. 말벌들이 생각나게 만들거든요."

홀리데이는 갑판을 두드린다. 그녀는 발을 꼼지락거리며 양쪽 부츠를 벗어던진다.

"이렇게 해도 되죠?"

"마음껏 해."

나는 커피를 홀짝인다.

"이거 위스키잖아."

"눈치가 빠르시네요."

홀리데이는 나에게 소년처럼 윙크한다. 그녀는 내 손에 든 데이터패드를 고개로 가리킨다.

"아직도 연결이 안 돼요?"

"소행성들만으로도 상황이 충분히 나쁜데 소사이어티까지 손이 닿는 모든 통신선들을 끊어 버리고 있어."

"그러게요. 퀵실버가 그들과 그렇게나 치열한 접전을 벌였는데 말이에요."

우리는 조용히 함께 앉는다. 그녀의 존재감이 천성적으로 남에게 안정을 주는 느낌은 아니다. 하지만 그녀는 내뱉은 말과 소유한 사냥개의 능력에 그 사람의 명성이 정비례하는 농경사회 오지에서 자라났다. 그래서 그녀가 옆에 있으면 그런 여성 특유의 편안함이 느껴진다. 우리는 많은 방면으로 참 다른 존재들이다. 하지만 그녀가 안고 있는 불만은 내가 이해할 수 있는 것이다.

"당신의 친구 일은 유감이에요."

홀리데이가 말한다.

"어느 친구?"

"둘 다요. 그 여자애는 오랫동안 아시던 사람이에요?"

"학교 다닐 때부터 알았어. 좀 못된 아이였지. 하지만 의리는 있었는데……."

"그러다 의리를 저버린 거군요."

홀리데이가 말한다. 나는 대답 대신 어깨를 으쓱한다.

"줄리는 많이 놀란 듯하던데요."

"그녀가 너에게 속을 털어놨어?"

내가 묻자 홀리데이가 가볍게 웃는다.

"절대 그럴 리 없죠."

그녀는 레이스 형태로 말린 버너 담배 하나를 입에 툭 물며 불을 붙인다. 그녀가 나에게 한 개비를 건네지만 나는 고개를 젓는다. 함선의 통풍관이 웅웅거린다.

"고요한 분위기는 참 재수 없어요, 그렇죠?"

그녀는 잠시 후에 덧붙인다.

"근데 리퍼님도 상자에 갇혀 보셨으니 잘 아시겠네요."

나는 고개를 끄덕인다.

"아무도 나에게 그 일에 대해서 묻지 않아. 상자에 갇힌 일 말이야."

"저에게도 트리그에 대해 묻는 사람이 아무도 없어요."

"사람들이 물어봐 주기를 바라는 거야?"

"아뇨."

"원래 별로 신경 쓰는 편이 아니었는데. 고요함 말이야."

"그렇게 나이 들면서 점점 신경 쓰이는 것들이 많아지는 거죠."

"라이코스에서는 둘러앉아 그곳의 어둠을 지켜보는 일 외에 별로 할 일이 없었어."

"어둠을 지켜본다라. 그것 참 멋지게 들리네요."

연기가 그녀의 콧구멍 밖으로 뿜어져 나온다.

"우리는 옥수수 밭 옆에서 자랐어요. 상대적으로 덜 드라마틱한 환경이었죠. 눈이 닿는 곳까지 옥수수가 가득 있었어요. 어떤 때 저는 밤에 그 옥수수들 사이에 서서 그것들이 바다라고 상상하고는 했어요. 옥수수가 속삭이는 소리를 들을 수 있었어요. 별로 평화롭지는 않은 소리에요. 상상하는 것 만큼은요. 오히려 악의적이에요. 저는 언제나 다른 곳에 가고 싶어 했어요. 트리그와는 다르게요. 트리그는 '굿호프'라는 우리의 고향을 사랑했어요. 지역구에 입대해 경찰 일이나 금렵구 관리인 일을 하고 싶어 했죠. 갠 로우 선술집에서 술이나 마시고 서리 낀 이른 아침에 사냥하러 나가며 후미진 동네에서 바쁘게 지내다 나이 들었어도 행복해했을 놈이에요. 그곳을 벗어나고 싶었던 사람은 저였어요. '바다 소리를 듣고 별들을 보고 싶어' 하던 사람이 저였다고요. 정부 부대원으로서 20년간 복역. 세상을 볼 수만 있다면 치르기에 그다지 비싼 값은 아니라 생각했죠."

홀리데이는 스스로를 비웃는다. 하지만 나는 오히려 왜 그녀가 이제 와서 나에게 속을 털어놓기로 결정한 것인지가 궁금해진다. 이곳에 있는 나를 그녀가 찾아왔다. 처음에 나는 그녀가 나를 위로하려고 그런 것인 줄 알았다. 하지만 쪼그리고 앉아 있는 이 여자의 입김에서는 이미 위스키향이 풍겨난다. 그녀는 홀로 있고 싶지 않았던 것이다. 그리고 트리그를 조금이라도 알았던 사람은 나밖에 없다. 나는 데이터패드를 내려놓는다.

"저는 트리그에게 따라오지 않아도 된다고 말했어요. 하지만 내심 제가 걜 끌고 오고 있었다는 걸 알았죠. 엄마에게는 제가 그 애를 잘 돌보겠다고 말했어요. 걔가 죽었다는 걸 엄마에게 알리지도 못했네요. 어쩌면 엄마는 우리 둘 다 죽었다고 생각할지도 모르겠어요."

"애인에게는 그의 죽음을 알렸어? 에프래임 맞지?"

"기억하시네요."

"당연하지. 그 친구 루나 출신이었잖아."

홀리데이는 나를 잠시 바라본다.

"네. 에프는 좋은 놈이에요. 임브리움 시티에 있는 개인 보안 회사에서 근무했죠. 값비싼 개인 물품들을 되찾는 일을 전문적으로 했어요. 예술 작품, 조각품, 보석 그런 것들 말이에요. 진짜 예쁘 장하게 생긴 남자애에요. 그 둘은 우리가 13부대에서 휴가 나왔을 때 테마 술집 한 곳에서 만났어요. 그때 주제가 금성 해변 스타일 예복이었나 그랬어요. 에프는 트리그와 저에 대해, 그러니까 저희가 아레스의 아들들과 함께 일하고 있다는 걸 몰랐어요. 하지만 루나에서 저희가 당신을 구출한 뒤 물품을 구하러 파견 나갔을 때 에프에게 연락을 했어요. 웹 카페를 이용해서요. 에프에게 트리그가 죽었다는 사실을 전한 지 대략 1주일 후에 그는 저에게 루나에 있는 아레스의 아들들과 합류하느라 연락두절이 될 거라는 메시지를 보냈죠. 그 이후로 소식을 못 들었네요."

"분명 잘 있을 거야."

"고마워요. 하지만 우리 둘 다 루나가 지금 똥 덩어리라는 걸 잘 알고 있잖아요."

홀리데이는 상황이 뭐가 됐든 어쩔 수 없다는 듯이 어깨를 으쓱한다. 그리고 잠시 동안 바벨 들어올리기 훈련을 하다 생긴 손바닥의 굳은살들을 짭짭거리다 나를 쿡 찌른다.

"당신은 아주 잘하시고 계시다고 말씀드리고 싶었어요. 그런 질문 하지 않으신 거야 알지만요. 그리고 저는 일개 졸병일 뿐이고요. 하지만 당신은 정말 잘하시고 계세요."

"트리그가 인정해 줄 정도로?"

"네. 그리고 우리가 계속 행진하고 있다는 걸 걔가 알았다면 걘 아마 흥분해서 바지에 오줌을 쌌을…….”

우리 위의 홀로가 작게 삑삑 거리자 홀리데이는 하던 말을 중간에 끊는다. 컴 담당 블루 한 명이 나에게 연락을 하고 있다. 나는 허둥지둥 데이터패드를 들어올린다. 단 하나의 메시지가 소행성대에 있는 모든 주파수들을 통해 방송되고 있단다. 우리가 처음으로 소행성대를 통과하는 동안 화성과 처음 연결된 것이다.

“메시지를 틀어 보세요!”

홀리데이가 말한다. 내가 그렇게 하자 녹화된 메시지 영상이 나타난다. 회색 취조실이다. 온통 피범벅인 한 남자가 있다. 사슬로 의자에 묶여 있다. 자칼이 화면 안으로 걸어 들어와 그 남자의 옆에 선다.

“저 사람은…….”

홀리데이가 내 옆에서 속삭인다.

“맞아.”

내가 말한다. 그 남자는 나롤 삼촌이다.

자칼이 손에 권총을 들고 있다.

“대로우. 내 본라이더들이 심우주에서 무선 신호를 교란시키고 있던 이놈을 발견했지. 이놈 진짜 보기보다 깡다구 있던데. 이놈이 네 생각을 알까 싶었어. 하지만 이놈은 나와 대화하느니 혀를 물고 죽으려 하더군. 네 입장에서는 모순이겠지만…….”

그는 내 삼촌의 뒤로 걸어간다.

“나는 몸값을 원하는 게 아니야. 너로부터 원하는 건 아무것도 없어. 나는 그냥 네가 이걸 지켜봤으면 해."

그는 권총을 들어올린다. 그것은 내 손만 한 가느다랗고도 날렵한 금속 덩이다. 함몰선실에 있는 블루들이 숨을 헉 들이마신다. 세브로가 교량 위로 질주해 오는 그 순간 자칼이 내 삼촌의 뒤통수에 총을 겨냥한다. 삼촌은 고개를 들어 카메라를 바라본다.

"미안해 대로우. 하지만 내가 네 대신 네 아버지에게 안부 전……."

자칼이 방아쇠를 당긴다. 그리고 삼촌의 몸이 의자에 매가리 없이 쳐지는 동안 나는 내 일부 또 하나가 어둠 속으로 사라지는 것을 느낀다.

"영상 꺼."

나는 먹먹한 상태로 말한다. 과거가 내 안으로 홍수처럼 밀려든다. 나롤 삼촌이 소년이었던 내 머리에 프라이슈트 헬멧을 씌워주던 일, 삼촌과 함께 월계관 수상장에서 몸싸움을 했던 일, 이오가 교수형에 처한 후 우리가 교수대 밑에서 함께 앉았을 때 슬퍼 보였던 삼촌의 눈빛, 삼촌의 웃음소리……

"리퍼님, 영상의 녹화 시간은 3주 전으로 등록돼 있습니다."

컴 담당 블루, 벌가가 조용히 말한다.

"방해 전파 때문에 저희가 이걸 받지 못하고 있었던 거예요."

"나머지 함대도 이 영상 메시지를 받았나?"

내가 조용히 묻는다.

"저도 모르겠어요, 리퍼님. 방해 전파는 이제 미미합니다. 게다가 이건 펄스 주파로 방송됐어요. 아마 이미 이걸 봤을 겁니다."

그런데도 나는 우리가 운 좋게 영상의 배포를 막을 수도 있으니까 모든 함선들을 계속 스캔하라고 오리온에게 지시했던 것이다. 이 영상은 유포될 것이다.

"오, 젠장."

세브로가 웅얼거린다.

"뭔데요?"

홀리데이가 묻는다.

"우리는 방금 우리 자신의 함대에 불을 지핀 거야."

나는 기계적으로 말한다. 이 영상으로 인해 하이컬러들과 로우컬러들 간의 취약한 동맹관계는 깨질 것이다. 내 삼촌은 거의 라그날만큼이나 사랑받던 존재였다. 나롤 삼촌은 사라졌다. 그냥 그렇게 쉽게 죽어 버렸다. 스스로가 무능하게 느껴진다. 속으로 몸서리친다. 아직 현실 같지가 않다.

"우리는 뭐를 할까, 대로우?"

세브로가 묻는다.

"홀리데이, 하울러들을 깨워. 키잡이, 뒤쪽 엔진들을 최대로 가동시켜. 나는 4시간 안으로 주요 함대와 함께 있기를 원한다. 컴으로 머스탱과 오리온에게 나를 연결시켜 줘. 텔레마누스 사람들에게도."

홀리데이는 후딱 정신을 차린다.

"알겠습니다, 충성."

방해 전파에도 불구하고 나는 컴 너머로 오리온과 연결된다. 나는 그녀에게 모든 함선의 교량을 폐쇄하고 총 무기고에 대한 접근권을 차단시키라고 지시한다. 누군가가 우리 골드 동맹군들에게 무차별 사격을 시도할지도 모를 경우에 대비한 것이다. 블루들이 나를 머스탱과 연결시키는 과정은 거의 30분이나 걸린다. 세브로와 빅트라는 이제 닥소까지 데리고 내 곁에 있다. 닥소의 나머지 가족들은 그들의 함선에 타고 있다. 신호가 미약하다. 방해 전파에 의한 정적으로 화면에 뜬 머스탱의 얼굴이 지지직거린다. 그녀는 통로를 이동하고 있다. 골드 두 명이 그녀와 함께 있다.

"대로우, 너도 소식 들었어?"

그녀는 내 뒤에 있는 다른 이들을 확인하며 말한다.

"30분 전에."

"정말 유감이야……."

"무슨 일이 벌어지는 중이지?"

머스탱이 상황을 설명한다.

"우리도 그 공식 메시지를 받았어. 어떤 멍청한 기술자가 모든 센서 감독관에게 그걸 돌렸거든. 그 영상이 함대 전역에 있는 함선 허브에 돌고 있어. 대로우……. 벌써 우리 함선 중 몇 대에서는 하이컬러를 공격하는 움직임이 보이기 시작했어. '페르세포네'에 타고 있던 골드 세 명은 레드에 의해 15분 전에 살해당했어. 그리고 내 중위 중 한 명은 그녀를 잡으려 하던 두 명의 옵시디언을 상대로 무기를 들었어. 그들은 죽었고."

"빌어먹을 상황이 점점 더 지랄 같아지네."

세브로가 말한다.

"나는 내 인사들을 모두 우리 함선으로 다시 대피시키고 있어."

머스탱 뒤쪽 배경에서 총성이 들려온다.

"너 어디에 있는 거야?"

내가 묻는다.

"'모닝 스타'에 있어."

"대체 왜 거기 있는 거야? 거기서 빨리 내려야 해."

"아직 내 부하들이 여기에 있어. 엔진 갑판에도 군주 지원을 기다리는 골드가 7명 있어. 그들을 두고 가진 않을 거야."

"그럼 아버지의 경호원을 보낼게. 그들이 너를 꺼내 줄 거야."

닥소가 그의 가족 기함에서 으르렁거린다.

"그건 멍청한 짓이야."

세브로가 말한다.

"안 돼."

머스탱이 날카롭게 선을 긋는다.

"닥소 오빠가 이곳에 골드 기사들을 보내면 이곳은 우리가 절대 회복하지 못할 피투성이 대학살장이 되어 버릴 거야. 대로우, 네가 이곳으로 꼭 돌아와야 해. 그것만이 이 상황을 막을 가능성이 있어."

"우리가 거기로 가기까지 아직도 몇 시간 남았어."

"그럼 어쨌든 최선을 다해서 빨리 와. 그리고 한 가지가 더 있는데…… 그들이 감옥에 단체로 무단침입 했어. 카시우스를 처형시키려는 것 같아.”

세브로와 내가 눈빛을 교환한다.

“너는 세피를 찾아 그녀와 붙어 있어. 우리도 곧 거기로 갈게.”

“세피를 찾으라고? 대로우……. 그녀가 그들을 이끄는 장본인
이야.”

제54장

고블린과 골드

내 공격 셔틀 함선은 '모닝 스타'의 보조 갑판에 착륙한다. 그곳에서 머스탱이 우리와 만나기로 돼 있었다. 그녀는 그곳에 없다. 그녀가 구하고 있던 골드들도 마찬가지다. 아레스의 아들들 한 무리가 대신 우리를 기다리고 있다. 시오도라가 그들을 이끌고 있다. 무기를 하나도 들고 있지 않은 상태로 무장한 남자들로 둘러싸여 있는 시오도라는 상황에 어울리지 않아 보인다. 하지만 그 남자들은 그녀를 따른다. 그녀는 나에게 무슨 일이 벌어졌는지 알려 준다. 내 삼촌의 죽음은 몇 개의 작은 싸움들의 불씨가 됐으며 그 싸움들이 양쪽 모두 총격전을 벌이는 상황으로 번졌단다. 이제 몇 대의 함선들이 갈등으로 혼란스럽게 날뛰고 있다.

"대로우, 머스탱은 세피의 부하들에게 붙잡혀 갔어요. 카시우스와 나머지 하이컬러 포로들과 함께요."

시오도라가 발표하며 내 나머지 중위들을 가늠한다.

"젠장, 지독한 야만인들 같으니라고. 그들이 그녀를 죽이면 이 일은 끝난 거야."

빅트라가 투덜거린다.

"그들은 그녀를 죽이지 않을 거야. 세피는 머스탱이 그녀의 편이라는 것을 알고 있어."

내가 말한다.

"그녀가 왜 이런 일을 벌이는 거예요?"

홀리데이가 묻는다.

"정의."

빅트라가 말하자 세브로가 그녀를 바라본다.

"아니야. 그게 아니라 완전히 다른 무언가 때문인 것 같아."

내가 말하자 빅트라가 뒤쪽의 우주를 고개로 가리킨다.

"지독하게 경의롭네. 텔레마누스 세력은 이 모든 일을 엎어 버릴 테세인 것 같아 보이는데."

또 하나의 셔틀 함선이 격납고 안, 우리 뒤로 날쌔게 들어온다. 우리는 그것이 착륙하는 동안 그 주위로 모여든다. 함선이 착륙을 마치기도 전에 출입구 경사로를 폭풍처럼 내리며 갑판으로 뛰어나오는 자들은 텔레마누스 무리 모두다. 닥소, 카박스, 스락사가 나왔으며 내가 처음 만나는 그녀의 다른 두 자매들이 그들 뒤로 묵직하게 착지한다. 카박스는 팔에 아직 팔걸이 붕대를 두르고 있지만 모두들 완전 무장했다. 그들 뒤로는 그들의 가문 골드들 30명이 더 나온다. 이것은 우라질 군대다.

"저들은 우리 모두가 죽게 만들 거예요."

홀리데이가 말한다. 세브로는 함선에서 내리는 전쟁 부대를 올려다보며 눈을 깜빡인다.

"죽음이 죽음을 낳고 죽음을 낳고 죽음을……."

세브로는 웅얼거린다.

"카박스, 대체 뭐하시는 거예요?"

나는 그의 가족이 격납고를 가로지르는 동안 묻는다.

"버지니아에게 우리의 도움이 필요하다."

카박스는 우렁차게 대답하며 걷는 속도를 늦추지 않는다. 나는 그의 앞을 막아 그가 함선 더 안쪽으로 들어가는 길목을 차단한다. 잠시 동안 그는 나를 밀치고 지나갈 것 같아 보인다.

"우리는 그녀의 목숨을 야만인들의 자비에 맡기지 않을 거야."

"제가 당신들에게 함선에 있으라고 말씀드렸잖아요."

"안타깝게도 우리는 네가 아니라 버지니아로부터 지시를 받는단다. 우리가 이곳에 있으면 어떤 파문을 일으킬지 알고 있어. 그래도 우리는 우리 가족을 지키기 위해 해야 할 일을 하는 거야."

닥소가 말한다.

"심지어 머스탱도 기사들을 데리고 저 안으로 쳐들어오지는 말라고 말씀드렸잖아요."

"상황이 바뀌었어."

카박스가 우르릉 거린다.

"이게 전쟁으로 변하기를 바라세요? 우리 함대가 산산조각나기를 바라세요? 그걸 가장 신속하게 실현하는 방법은 골드 세력들을 데리고 저 안으로 행군하는 거예요."

"우리는 그녀를 죽게 내버려 두지 않을 거야."

카박스가 말한다.

"그럼 저들이 당신들 때문에 그녀를 죽이면 어쩔 거예요?"

내가 묻는다. 그 질문만이 카박스를 멈칫하게 만든다.

"당신들이 저 안으로 폭풍처럼 쳐들어가서 그들이 그녀의 목을 그어 버리면 어떡해요?"

나는 카박스가 내 얼굴에도 마찬가지로 드리워진 두려움을 확인할 수 있을 정도로 그에게 가까이 다가간다. 그리고 닥소도 같이 들을 수 있도록 충분히 크게 말한다.

"제 말을 들으세요, 카박스. 당신들의 방식의 문제점은 옵시디언들에게 오직 한 가지 선택안만을 남겨둔다는 거예요. 바로 반격 말입니다. 그리고 당신들도 그들이 그 일을 잘할 수 있다는 걸 알고 있잖아요. 제가 상황을 정리하게 해 주세요. 그럼 우리가 그녀를 구해 올 수 있을 거예요. 그러지 않는다면 우리는 내일 그녀의 관 앞에 모여 서 있게 될 겁니다."

카박스는 그의 늘씬한 아들을 돌아본다. 언제나 그의 성미를 조절해 주는 인자는 그의 아들이다. 이번에도 그는 그의 아들이 무슨 생각을 하는지 보려고 하고 있다. 그리고 닥소가 고개를 끄덕이자 나는 한시름 놓는다.

"알겠다. 하지만 나도 너와 함께 갈 것이다, 리퍼. 아이들이여, 내 호출을 기다려라. 내가 쓰러지면 주저 없이 들어와 공격해라."

카박스가 말한다.

"네, 아버지."

그들이 말한다.

안도의 한숨을 내쉬며 나는 내 부하들을 향해 고개를 돌린다.

"세브로는 어디에 있어?"

세브로는 나와 카박스가 다투고 있는 동안 몰래 자리를 떠났다. 무슨 연유로 그가 그랬는지는 나도 모르겠다. 우리는 빠르게 그의 뒤를 쫓아 복도를 통과한다. 빅트라는 우리 뒤에 있다. 홀리데이가 그녀의 눈에 있는 옵틱 시신경 임플란트를 통해 다른 아레스의 아들들로부터 정보를 받으며 앞장서고 있다. 그녀의 수하들이 중앙 격납고에서 무리를 포착했다. 그들은 카시우스를 재판하는 중이다. 아레스의 아들 수십여 명과 당연하게도 아레스 그 자신을 살해한 죄에 대한 것이다. 머스탱의 흔적은 전혀 보이지 않는다. 그녀는 어디에 있단 말인가? 그녀는 시선을 피해서 가능하면 우리를 만나러 오기로 했었다. 그들이 그녀를 붙잡은 것일까? 그녀에게 더 심한 일이 벌어졌을까? 우리가 격납고로 이어지는 복도에 도달했을 무렵에는 너무나 많은 인파가 모여들어 사이로 지나가기가 거의 불가능한 지경이다. 나는 내 앞길을 막는 레드와 옵시디언들을 밀치며 지난다.

그들은 모두 고함치며 서로를 밀치고 있다. 그들의 머리 위로, 격납고 중앙 부근 가까이에서 나는 수십여 명의 옵시디언과 레드를 포착한다. 그들은 군중의 머리 한참 위로 격납고의 일부에 늘어져 있는 20미터 높이의 보도 위에서 양다리를 벌리고 서 있다. 세피가 그들의 가운데에 있다. 7명의 골드들이 보도에 목매달려 죽어 있다. 그들은 고무 케이블 선들로 매달려 있다. 그들의 발은 군중으로부터 5미터 위에서 덜렁이고 있으며 머리 가죽은 벗겨진 상태다. 아우리어트의 척추는 일반 사람들에 비해 더 강하다. 이 남자와 여자 들은 수 분에 걸쳐 아래의 무리가 그들을 향해 욕하고 침 뱉고 큰 너트와 렌치, 병을 던지는 모습을 지켜보며 뇌의 산소 결핍으로 끔찍하게 죽었을 것이다. 혈전이 그들의 턱에서부터 가슴까지 긴 리본을 이룬다. 고요의 세피가 그들의 혀를 제거했다. 카시우스와 몇몇 다른 죄수들은 보도 위에서 두들겨 맞아 피투성이이다. 그들은 자신들을 붙잡은 자들 옆에 무릎을 꿇고 앉아 처형을 기다리고 있다. 머스탱은 그들과 함께 있지 않다. 신이여, 감사합니다. 그들은 카시우스를 허리까지 탈의시키고 그의 넓은 가슴에 피투성이 슬링블레이드를 조각해 놨다.

"세피!"

나는 고함치지만 내 소리가 그들에게 들리지 않는다. 세브로는 어디에도 안 보인다. 1만 명을 위한 공간에 2만 5000명 이상의 사람들이 있다. 많은 이들이 무장했다. 몇몇은 1주 전의 전투에서 부상을 입은 상태다. 모두 처형식을 지켜보기 위해 격납고 안으로 밀고 들어온 것이다. 옵시디언 종족은 군중들 사이에서 타이탄처럼 서 있다. 그 모습은 로우컬러들로 이루어진 바다 사이에 거대한 바위가 서 있는 것 같다. 나는 절대 이 비탄의 온상으로 대부분의 부상당하거나 구출된 선원들을 밀집시켜 놓아서는 안 됐다. 무리는 이제 내가 이곳에 있다는 것을 인지했다. 그들은 나를 위해 길을 터며 내 이름을 구호하기 시작한다. 그들은 내가 정의 실현을 확인하러 온 것으로 생각하는 모양이다. 그 생각의 야만성이 나를 오싹하게 만든다. 카시우스를 내리누르고 있는 남자들 중 한 명은 포보스에서 나에게 커피를 줬던 그린 기술자다. 다른 이들은 대부분 내가 못 알아보는 사람들이다.

하나둘씩 내 가까이에 있는 아레스의 아들들은 내 존재를 알아챈다. 내 주위로 침묵이 퍼진다.

"세피!"

내가 으르렁거린다.

"세피."

드디어 그녀가 내 목소리를 들었다.

"너 뭐하는 거야?"

"당신이 안 하려는 일을 한다."

세피는 그녀 자신의 언어로 아래를 향해 외친다. 분노에 사로잡힌 것이 아니라 불미스럽지만 필요한 일을 벌이고 있다는 점을 수용하는 자세다. 마치 지옥에서부터 날아오른 복수의 영혼 같다. 흰 머리카락은 뒤로 길게 대롱거리고 있다. 칼은 그녀가 앗아간 혀들로 인해 피범벅이다. 그런데도 내가 그녀를 신뢰할 수 있다고 보증했다니. 그녀가 이 함선의 이름을 짓게 했다니. 하지만 사자가 사람에게 자신을 쓰다듬게 허락했다고 해서 그 짐승이 길들여졌다는 의미는 아니다. 카박스는 그 광경에 충격을 받은 상태다. 그는 거의 자신의 아이들을 불러들일 태세다. 그리고 빅트라가 그를 말리며 팔을 쥐지 않았다면 벌써 그랬을 것이다. 빅트라의 눈빛에도 두려움이 서려 있다. 위의 광경에 대해서만이 아니라 이곳에서 그녀에게 벌어질지도 모를 일에 대해서다. 나는 골드들을 함께 데려오지 말았어야 했다.

살다 보면 임무에 너무 집중한 나머지 계속 전진만 하며 아래를 살피기를 잊고 있다 자신이 무릎까지 유사 늪에 빠져 버린 것을 발견하는 순간들이 있다. 나는 지금 바로 그런 순간을 맞이했다. 다음을 예상할 수 없는 군중에 둘러싸인 채 혈관에 알리아 스노우 스패로우의 피가 흐르는 여자를 올려다보며……. 내 유일한 방어막은 아레스의 아들들과 골드들로 이루어진 작은 무리다. 홀리데이가 스코처를 꺼낸다. 빅트라의 레이저가 소매 밑에서 움직인다. 나는 너무 성급하게 이곳에 쳐들어 왔다. 이 모든 상황은 너무나 빠른 속도로 잘못 돌아갈 수 있다.

나는 위에 있는 세퍼에게 외친다.

"머스탱은 어디에 있어? 그녀를 죽였나?"

"그녀를 죽였냐고? 아니다. 사자의 딸은 우리를 얼음 땅에서 데려왔다. 하지만 그녀는 정의의 길에 방해가 됐으므로 사슬로 묶여 있다."

그럼 머스탱은 안전하다는 것이다.

나는 위를 향해 외친다.

"그럼 이건 다 뭐냐? 정의? 네 어머니가 스파이어스의 사슬로 목매달은 라그날의 친구들에게도 정의가 실현됐던 것이냐?"

"이것이 얼음 땅의 법이다."

"너는 얼음 땅에 없어, 세피. 너는 '내' 함선에 있다고."

"당신 함선이 맞나? 우리가 우리 피로 이 함선의 값을 치렀다."

이 말은 군중들 사이에 있는 로우컬러들의 심기를 건드린다.

"그건 우리 모두가 마찬가지야. 얼음 땅의 어떤 점이 좋았나? 너는 그곳이 잘못됐다는 것을 알았기 때문에 그곳을 떠난 거였잖아. 너는 너희 방식들이 너희 주인들에 의해 만들어졌다는 것을 알았어. 너는 나를 따르겠다고 말했다. 이제 와서 너는 거짓말쟁이가 될 건가?"

"당신은 거짓말쟁이인가? 당신은 내 종족 사람들의 안전을 약속했다."

세피가 아래의 나에게 고함친다. 나를 도끼로 가리키는 그녀의 모습에는 상실의 무게가 무겁게 드리워져 있다.

"나는 이 사람들이 만든 것들을 봤다. 그들이 벌이는 전쟁을 봤다. 그들이 비행하는 함선들을 봤다. 말로만 하는 것은 충분치 않다. 이 골드들은 한 가지 언어만을 쓴다. 그리고 그것은 피의 언어다. 그러니 그들이 살아 있는 한, 그들이 말을 하는 한, 내 종족 사람들은 안전하지 않을 것이다. 그들이 지닌 힘이 너무 강대하다."

"라그날이 바라던 게 이거라고 생각하나?"

"그렇다."

"라그날은 네가 저들보다 더 나은 사람이 되기를 바랐어. 이것보다 더 나은 존재가 되기를 말이야. 모범을 보이기를 원했어. 하지만 어쩌면 골드들의 말이 맞을지도 모르겠네. 어쩌면 너희는 살인자들에 불과할지도 모르겠어. 야만스러운 개들. 그들이 너희를 만든 것 그대로 말이다."

"그들이 사라질 때까지 우리는 절대 그 이상의 존재가 되지 못할 것이다."

그녀는 아래의 나를 향해 말한다. 그녀의 목소리가 격납고 안에서 메아리친다.

"왜 그들을 옹호하는가?"

그녀는 카시우스를 그녀 쪽으로 끌고 온다.

"왜 내 오빠를 죽이는 일을 도운 자를 위해 눈물을 흘리지?"

"왜 라그날이 죽을 때 칼 대신 네 손을 쥐었을 것 같나? 그는 네가 복수를 위한 삶을 살기를 바라지 않아서 그랬던 거였어. 그런 삶의 끝은 공허해. 그는 네가 더 많은 것을 누리기를 바랐어. 너에게 미래를 주고 싶었어."

"나는 천국을 봤고 지옥도 봤다. 그리고 이제 우리의 미래는 전쟁이라는 것을 안다. 그들이 밤중으로 사라질 때까지 전쟁을 하는 것이다."

세피가 말한다. 그녀는 카시우스를 끌고 와 그의 혀를 잘라내기 위해 칼을 들어올린다. 하지만 그녀가 일을 시작하기 전에 펄스피스트 하나가 발사되면서 그녀의 손으로부터 무기를 쳐낸다. 그리고 이 반란의 지도자, 아레스가 스파이크 박힌 전쟁 투구를 쓴 채 보도 위로 쿵 착지한다. 옵시디언들이 그 때문에 움찔하는 동안 그는 자세를 곧추세우고 양어깨의 먼지를 털어낸 뒤 투구가 갑옷 안으로 스르륵 들어가게 만든다.

"쟤 뭐하는 거야?"

빅트라가 나에게 묻는다.

"이 멍청한 똥덩이들아. 너희들은 지금 내 소유물을 건드리고 있다고."

세브로가 으르렁거린다. 그는 교량을 지나 세피 쪽으로 성큼성큼 걸어간다.

"쓰읍. 저리 가."

몇몇 발키리들이 그의 앞길을 막는다. 그는 코가 그들의 가슴께에 오는 상태로 그렇게 서 있다.

"저리 비키라고, 이 알비노 음부 털 덩어리들아."

옵시디언들은 세피가 그녀에게 비켜 주라고 지시할 때에서야 움직인다. 세브로는 묶여 있는 골드들의 머리를 장난스럽게 하나씩 건드려보며 그들을 지나친다.

"저놈은 내거다."

그는 카시우스를 가리키며 말한다.

"아가씨, 그에게서 손 떼라고."

그녀는 칼을 움직이지 않는다.

"그가 내 아버지의 머리를 베어 버린 뒤 상자에 쳐 넣었어. 그러니 너에게도 내가 같은 짓거리를 하기 바라지 않는다면 내 소유물을 공손히 내주라고."

세피는 뒷걸음치지만 칼을 칼집에 넣지 않는다.

"당신의 혈채다. 그의 목숨은 당신 거다."

"당연하지."

세브로는 세피를 멀리 쫓아 버린다.

"일어서, 이 조막만 한 픽시놈아."

그는 카시우스를 향해 꽥 소리 지르며 부츠로 발길질을 한다. 세브로가 카시우스의 목에 둘러진 케이블선을 당겨 그를 일으켜 세운다.

"품위 좀 지켜라. 일어나."

카시우스는 양발을 딛고 부자연스럽게 일어선다. 양손은 뒤로 묶였다. 얼굴은 두들겨 맞아 부었다. 그의 가슴판에 새겨진 슬링블레이드는 성이 나 있다.

"네가 내 아버지를 죽였나?"

세브로가 손가락을 튀겨 카시우스의 넓은 가슴판을 친다.

"네가 내 아버지를 죽였나?"

카시우스는 세브로를 내려다본다. 이 남자에게서는 조금의 유머도 찾아볼 수 없다. 오로지 자긍심만이 보인다. 게다가 그것은 내가 지난 수년간 그로부터 봐 온 허영된 종류의 자긍심이 아니다. 전쟁과 삶이 그로부터 그 생기 넘치던 영혼을 다 빨아간 것이다. 이것은 조금의 품위를 지키며 죽는 것 외에 다른 무엇도 바라지 않는 남자의 얼굴이자 태도다. 그가 크게 말한다.

"그렇다. 내가 그랬다."

"그 문제가 깔끔히 정리되니 좋네. 그는 살인자다."

세브로가 군중을 향해 외친다.

"그럼 우리는 살인자들에게 어떻게 하나?"

군중은 카시우스의 목숨을 앗으라고 포효한다. 그리고 세브로는 군중에게 더 잘 들리게 외치라는 뜻으로 살짝 오므린 손바닥을 귓바퀴에 대는 쇼를 보인 뒤 그들이 원하는 것을 내준다. 그는 카시우스를 보도의 가장자리 밖으로 밀어낸다. 그 골드는 목에 감긴 케이블선이 툭 소리를 내며 팽팽해질 때까지 낙하한다. 그는 헛구역질을 한다. 두 발이 허우적거린다. 얼굴이 시뻘게진다. 무리는 굶주린 듯이 포효하며 아레스의 이름을 연호한다.

군중이란 두려움과 순간의 분위기, 그리고 편견을 먹고 자라는 영혼 없는 존재다. 그들은 카시우스 안의 영혼을 모른다. 가족을 위해 인생을 내줬지만 가족 모두가 죽는 동안 계속 살아가도록 저주를 받은 이 남자의 고결함을 모른다. 그들의 눈에는 괴물이 보인다. 키가 210여 센티미터에 달하는 과거의 신이 지금 거의 벌거벗은 채 겸손해졌으며 자신의 오만에 목 졸리고 있는 모습만이 보인다.

내 눈에는 세상 속에서 자신의 최선을 다하지만 그 세상으로부터 전혀 보답 받지 못하는 한 남자가 보인다. 그 모습에 내 마음이 찢어진다.

그럼에도 불구하고 나는 움직이지 않는다. 왜냐하면 나는 내가 보고 있는 광경이 한 친구의 죽음이 아니라 또 다른 친구의 탄생이라는 것을 알기 때문이다. 나와 함께 있는 이들은 이 상황을 이해하지 못한다. 카박스의 얼굴은 공포로 얼룩진다. 빅트라의 얼굴도 마찬가지다. 그녀는 이제껏 카시우스를 향해 그다지 동정심을 느끼지 않았음에도 불구하고 말이다. 내 생각에 그녀는 세브로에게서 확인하게 된 야만성에 슬퍼하고 있는 것 같다. 그의 야만성은 그 어떤 사람이 보기에도 과히 흉측한 태도다. 홀리데이는 무기를 꺼내 인근에서 카박스에게 총을 겨냥한 레드를 예의주시한다. 하지만 그들은 쇼를 놓치고 있다.

나는 감탄하며 세브로를 지켜본다. 그는 난간 위에 올라가 군대 전체를 포옹하듯이 양팔을 활짝 벌린다. 밑에서는 카시우스가 매달린 채 죽어가고 있다. 그리고 그 밑에 있는 무리는 누가 충분히 높이 뛰어 그의 발을 아래로 잡아당길 수 있을지 보자는 게임을 벌이고 있다. 아무도 성공하지 못한다.

"내 이름은 세브로 오 바르카다. 내가 아레스다!"

내 친구는 군중을 향해 외친다. 그는 자신의 가슴을 주먹으로 친다.

"나는 44명의 골드, 15명의 옵시디언, 그리고 113명의 그레이를 레이저로 죽였다."

무리는 그의 업적을 인정한다는 포효를 보내온다. 심지어 옵시디언들도 그런다.

"또 신은 알 것이다. 함선, 레일건, 펄스피스트로……. 또 핵무기, 칼, 뾰족한 막대기로 내가 또 누구를 죽였는지를……."

그는 말끝을 흐려 극적인 효과를 누린다.

군중은 발을 쾅 구른다.

세브로는 다시 자신의 가슴을 친다.

"내가 아레스다! 나 또한 살인자다!"

그는 양손을 허리춤에 올린다.

"그럼 우리는 살인자들에게 어떻게 하나?"

이번에는 아무도 대답하지 않는다.

세브로는 애초부터 그들의 대답을 기대하지 않았다. 그는 무릎을 꿇고 있던 골드들 중 한 명의 목에 둘러진 케이블선을 쥐더니 그것을 자신의 목에 감고 세피를 쳐다본다. 그리고 정신 나간 듯한 미소를 살짝 지어 보이고 윙크를 날린 후 뒤로 공중제비를 돌며 난간에서 떨어진다.

군중이 비명을 지른다. 하지만 빅트라의 충격받은 헉 소리가 가장 크다. 세브로의 줄이 툭 소리와 함께 팽팽해진다. 그는 발길질을 하며 카시우스 옆에서 질식하고 있다. 두 발을 허우적거리고 있다. 소리 없이 끔찍하게. 얼굴은 뻘게지며 카시우스와 같은 보랏

빛으로 변하는 중이다. 그들은 함께 공중에서 흔들린다. 고블린과 골드가 소용돌이치는 무리 위에 매달려 있다. 이제 무리는 우르르 몰려다니며 사다리를 타고 올라 보도로 가서 세브로의 줄을 끊어 주려고 하고 있다. 하지만 광적인 혼란 속에서 사다리에 너무 많은 사람이 올라탄다. 그 바람에 그것은 벽으로부터 반대쪽으로 구부러진다. 빅트라는 세브로를 구하기 위해 그래브부츠를 가동시켜 자신의 몸을 공중으로 날리기 일보직전이다. 나는 그녀를 바닥에 붙잡아놓는다.

"기다려."

"그가 죽어 가고 있어!"

빅트라는 극도로 흥분하며 말한다.

"그게 핵심이야."

저 줄 끝에 매달려 있는 자는 소년이 아니다. 마음이 산산조각 나서 내가 일으켜 세워 줘야 하는 그 고아가 아니다. 저자는 지옥을 겪은 뒤 이제는 자신의 아버지의 꿈이자 내 아내의 꿈을 믿는 남자다. 이 반란의 영혼을 구하기 위해 죽어 가는 남자다. 그리고 나는 이 순간에도 그 남자를 보호할 수만 있다면 내 목숨까지 내줄 것이다.

카박스는 얼어붙어 있다. 그는 이 호기심을 자극하는 광경을 빤히 내려다보고 있는 세피를 바라보고 있다. 세피의 옵시디언들도 그녀만큼이나 혼란스러워하고 있다. 그들은 그녀를 바라보며 지시를 기다린다. 라그날은 그의 여동생을 믿었다. 그들에게 주어진 세상을, 자비라고는 또 용서라고는 찾아볼 수 없었던 그 세상을 그녀의 능력으로 보다 낫게 만들 수 있으리라고 믿었다. 말없이 세피는 도끼를 들어 올리더니 그것을 휘둘러 세브로의 케이블 선을 내리친다. 그 후, 마지못해 카시우스의 케이블 선도 내리친다. 어디선가 라그날은 미소를 짓고 있다.

두 남자 모두 허공에서 굴러 떨어진다. 아래에서 소용돌이치는 무리가 그들을 받아낸다.

카박스는 세브로가 뛰어내린 이래로 움직이지 않았다. 그는 심히 혼란스러워하는 표정으로 세피를 지켜보고 있다. 그럼에도 여전히 아이들에게 연락할 준비 태세로 손을 컴에 대고 있다. 하지만 나는 무리 속에서 그를 놓친다. 아레스의 아들들과 하울러들이 그들의 지도자 주위로 빽빽한 원을 이루고 서며 다른 이들을 뒤로 밀쳐내고 있다. 세브로는 엎드린 채 캑캑거리며 숨을 거칠게 쉰다. 나는 그에게 급히 달려가 무릎을 꿇는다. 그 사이에 홀리데이는 카시우스를 돕는다. 그는 내 왼쪽 땅바닥에서 숨을 씨근덕거리고 있다. 페블은 그녀의 하울러 망토를 그의 몸 위에 덮어 준다.

"말할 수 있어?"

내가 세브로에게 묻는다. 그는 아파서 입술을 떨면서도 고개를 끄덕인다. 하지만 그의 눈빛만은 온통 불덩이다. 나는 팔을 내주어 그가 일어서는 것을 돕는다. 그리고 주먹 하나를 들어 보이며 군중으로부터 침묵을 요구한다. 아레스의 아들들이 고함을 쳐 다른 이들을 조용시킨다. 그렇게 2만 5000명의 숨소리가 내 작은 친구의 고동치는 심박 위에서 균형을 잡는다. 내 친구는 멀리까지 있는 그들을 돌아본다. 그리고 그에게 보내지는 사랑을, 존경을, 촉촉한 눈빛을 확인하며 당황한다.

"대로우의 아내……."

세브로가 목쉰 소리로 말한다. 후두가 파열된 것이다.

"그의 아내."

그가 더 깊은 소리로 말한다.

"그리고 내 아버지는 서로를 만난 적이 없었다. 하지만 그들은 같은 꿈을 꿨다. 그것은 자유를 누릴 수 있는 세상이다. 시체 위로 세워진 세상이 아닌 희망 위에 세워진 세상, 우리를 분열시키는 증오가 아니라 단합시키는 사랑을 바탕으로 만들어진 세상이다. 우리는 많은 이들을 잃었다. 그럼에도 우리는 부서지지 않았다. 패배하지 않았다. 우리는 계속해서 싸워 나간다. 하지만 우리는 죽은 이들을 위한 복수를 하러 싸우는 것이 아니다. 서로를 위해 싸우는 것이다. 그리고 살아 있는 자들을 위해, 또 아직 태어나지 않은 자들을 위해 싸우는 것이다.

카시우스 오 벨로나는 내 아버지를 죽였다……."

세브로는 그 남자를 내려다보는 자세로 서서 침을 꿀꺽 삼킨 뒤 다시 고개를 든다.

"하지만 나는 그를 용서한다. 왜냐고? 그는 자신이 알고 있는 세상을 보호하고 있었을 뿐이기 때문이며, 그가 두려워하고 있었을 뿐이기 때문이다."

빅트라는 사람들을 뚫고 원의 맨 안쪽 자리까지 나와 세브로를 바라본다. 마치 그가 그녀를 위해, 그것도 오로지 그녀만을 위해 말하고 있는 것처럼 지켜보고 있다.

"우리가 새로운 시대와 새로운 세상이다. 그리고 우리가 사람들에게 앞으로 갈 길을 제시할 거라면 그야말로 제대로 더 나은 길을 보여 줘야 할 것이다. 나는 세브로 오 바르카다. 그리고 나는 더이상 두렵지 않다."

제55장

품위 없는 바르카 가문

"너는 정말 우라지게 미친놈이야."

비라니 의사의 양호실에서 세브로와 단둘이 있는 동안 나는 그에게 말한다. 세브로는 자신의 목을 부여잡으며 자조하고 있다. 나는 그의 정수리에 입을 맞춘다.

"너 정말 우라지게 정신 나갔다고. 그거 알아?"

"그래. 근데 어쩌냐? 그 수는 네 전략집에서 몰래 훔쳐보고 따라한 건데? 그럼 네 정신 상태는 어떻다는 거야?"

"쟤도 마찬가지로 미쳤다는 거지."

미키가 구석에서 말한다. 그는 레이스 형태로 말아 놓은 버너 담배를 피우고 있다. 마키의 콧구멍에서 보라색 연기가 스멀스멀 나온다.

세브로가 움찔한다.

"이거 제대로 아픈데. 옆도 못 돌아보겠어."

"목을 삐끗하면서 연골이 손상됐고 후두도 파열됐어요."

비라니 의사가 생체측청용 스캐너 뒤에서 말한다. 그녀는 유연한 몸에 구릿빛 피부를 가진 여성으로 역경의 양쪽 면모를 모두 경험해 본 자들만이 보유한 특별한 고요를 속에 품고 있다.

"당신이 들어올 때부터 나는 그렇게 말했지. 비라니 선생, 당신이 쓰는 이 모든 기구들 말이야. 진짜로 대체 무슨 기술적 장점을 제공한다는 거야?"

비라니 의사는 눈을 굴린다.

"당신의 몸이 10킬로그램만 더 나갔어도 목이 부러졌을 거예요, 세브로. 운 좋은 줄 아세요."

"직전에 똥 싼 게 다행이었네."

세브로가 투덜거린다.

"대로우의 목은 50킬로그램의 부하를 추가로 받았어도 견뎠을 텐데."

미키가 하릴없이 자랑한다.

"그의 경추의 인장력 세기 등급은……."

비라니 의사가 피곤해하며 말한다.

"정말 그러기야? 미키, 자랑은 나중에 하면 안 돼?"

"그냥 내 걸작을 감상하는 것일 뿐이라고."

미키가 나에게 살짝 윙크를 날리며 응답한다. 그는 비라니 의사의 부드러운 성정을 건드려보는 일을 즐거워한다. 그는 자신의 프로젝트에 그녀를 합류시켰다. 그 이래로 그들은 대부분의 깨어 있는 시간들을 그의 조각실에서 보냈다. 비라니 의사의 입장에서는 분한 일이었다.

"아야!"

세브로가 비명을 지른다. 비라니 의사가 그의 척추를 쿡 찌른 것이다.

"그건 내 몸이라고."

"죄송해요."

"픽시 같으니라고."

내 말에 세브로가 불평한다.

"나는 목이 부러질 뻔했다고."

"그런 경험은 나도 다 해 봤어. 최소한 너는 채찍을 맞지는 않아도 됐잖아."

"차라리 채찍을 맞고 말지. 그게 이것보다는 낫겠다."

세브로가 투덜거리며 고개를 돌리려고 노력하면서 움찔한다.

"팍스가 때리는 채찍에 맞는 건 안 그래."

내가 응답한다.

"나도 비디오 영상을 봤거든. 걔가 그렇게 세게 휘두르지는 않던데, 뭐."

"너 채찍을 맞아 본 적은 있어? 내 등을 보기는 한 거야?"

"너는 기관에서 내 우라질 눈알을 봤어? 자칼이 그걸 칼로 뽑아

339

갔다고. 그렇다고 내가 징징거리던?"

"미키는 내 우라질 몸 전체를 열어 조각했다고. 그것도 두 번씩이나."

내가 말하는 동안 문이 쌕 소리를 내며 열리고 머스탱이 안으로 들어온다.

"오, 언제나 그 지겨운 조각 얘기로 돌아오지."

세브로가 허공에서 손가락들을 꼼지락거리는 몸짓으로 내 말을 끔찍해하는 척하며 투덜거린다. 그리고 내 흉내를 내며 말한다.

"나는 정말 우라지게 특별하다고. 내 뼈들은 발려졌어. 내 DNA는 접목 당했고."

"저 두 사람 언제나 이러나요?"

비라니 의사가 머스탱에게 묻는다.

"그런 듯해요."

머스탱이 말한다.

"혹시 내가 뇌물을 주면 쟤들이 저리 헤프게 욕하지 않게 저 입 좀 봉합시켜 줄래요?"

미키가 몸을 곧추세운다.

"글쎄요, 마침 그런 요청을 하신다는 게 흥미로운데요……."

세브로가 미키의 말을 방해한다. 그가 머스탱에게 묻는다.

"그 골드놈은 어떻게 버티고 있데? 너 알아?"

머스탱이 대답한다.

"자신에게 아직 혀가 있다는 사실에 행복해하고 있지. 양호실에서 가슴을 봉합시키고 있어. 흉부 타박으로 내부출혈을 좀 겪긴했지만 생명에는 지장 없어."

"너 드디어 그를 보러 간 거야?"

내가 묻는다. 머스탱이 생각에 잠긴 채 고개를 끄덕인다.

"응. 그는…… 감정적이었어. 나보고 너에게 감사하다는 말을 전해 달라고 하더라, 세브로. 자신이 그런 자비를 받을 자격이 없다는 것을 알고 있대."

"받을 자격이 없고말고."

세브로가 투덜거린다.

"세피 말이 옵시디언들이 그를 내버려 둘 거래."

내가 말한다.

"옵시디언들이? 그 종족 모두가?"

머스탱이 묻는다. 내 말이 생각에 잠겼던 그녀를 현실로 끌어들인 것이다.

나는 갑자기 웃는다.

"그건 생각도 못해 봤네."

"뭐에 대한 이야기인 거야?"

세브로가 묻는다.

"세피는 방금 발키리 부족뿐만 아니라 옵시디언 전체를 대표해서 말한 거야. 말실수를 한 게 아니라. 폭동 전에는 이런 범부족주의가 존재하지 않았어. 세피는 그 폭동을 이용해 다른 전쟁지도자들을 자기 밑으로 연합시켰나 봐."

내 말에 세브로가 묻는다.

"그럼…… 그녀가 쿠데타를 일으킨 거야?"

나는 웃는다.

"그래 보이는데."

"이 체제가 유지되는지 두고 보자고. 그래도…… 대단하긴 하네. 사람들은 언제나 절박한 위기의 순간을 그냥 흘려보내지 말라고 하기는 하지."

머스탱의 말에 미키가 몸서리친다.

"정치놀음을 하는 옵시디언들이라니……."

"그래서 저 밖에서 했던 그 모든 말들 말이야……. 다 전략이었어, 아니면 진심이었어?"

머스탱이 세브로에게 묻는다.

세브로가 어깨를 으쓱해 보인다.

"나도 모르겠는데. 내 말은, 어디선가는 순환의 고리를 멈춰야 할 것 아니야. 기분은 나쁘지만 아빠는 가 버렸잖아. 아빠를 다시 데려와 보자고 세상을 불태워 버리는 건 의미 없는 일이야. 이해 돼? 카시우스는 우리 아빠를 증오하기 때문에 아빠를 죽인 게 아니었어. 그들은 둘 다 군인들이었고 군인들이 하는 일을 하던 것일 뿐이었지."

머스탱은 고개를 젓는다. 할 말을 잃은 것이다. 그래서 그녀는 세브로의 어깨 위에 손 한쪽을 얹어 그녀가 얼마나 감명 받았는지를 그에게 전한다. 그 침묵의 칭찬은 그녀가 그에게 해 줄 수 있는 가장 진심어린 것이다. 그리고 세브로는 그녀에게 흔치 않게 빈정거리지 않는 미소를 보여 준다. 그 미소는 문이 열리면서 빅트라가 들어오는 순간 사라진다. 빅트라는 눈이 붉게 충혈된 채 불안해 보인다.

"너와 얘기 좀 해야겠어."

빅트라가 세브로에게 말한다.

"나가."

우리가 미동을 않자 세브로가 말한다.

"모두 다."

우리가 문 밖에서 기다리는 동안 빅트라와 세브로는 안에서 이야기를 나눈다.

"네 생각에는 이 여정이 얼마나 걸릴 것 같아?"

머스탱이 묻는다.

"49일."

나는 말하면서 문 앞에 있던 미키를 뒤로 끌고 온다. 그는 문 안쪽에서 벌어지는 대화를 엿듣고자 문에 귀를 대고 손으로 귓바퀴를 감싸고 있었기 때문이다.

"핵심은 블루들을 조용히 시키는 것이지."

"49일은 우리 오빠가 계획을 세우기에 상당히 긴 시간인데."

우리 선체 너머로 세상은 여전히 돌아가고 있다. 레드는 사냥당하고 있다. 우리가 로우컬러의 반란 영혼을 일깨웠으며 이 반란에 또 하나의 승리를 추가했다. 그럼에도 불구하고 우리가 코어 지역을 향해 이 거리를 지나는 매일은 자칼이 우리의 친구를 사냥하고 군주가 자신을 괴롭히는 반란을 진압할 수 있는 또 하나의 날이다. 삼촌은 이미 죽었다. 내가 돌아오기 전까지 얼마나 더 많은 사람들이 죽을 것이란 말인가?

"이게 모든 것을 다 고치지는 못할 거야. 옵시디언들은 7명의 포로들을 죽였어. 내 종족 사람들은 이 전쟁을 경계하고 있어. 그 결과를. 특히나 만약 이제 세피가 부족들을 모두 통일시켰다면 말이지. 그 상황에서는 세피가 위험인물이 돼."

머스탱이 말한다.

"그리고 더욱 쓸모 있는 인물이 되기도 하지."

내가 말한다.

"그녀가 너와 다시 의견 차이를 볼 때까지 말이지. 이 상황은 언제든 잘못 돌아갈 수가 있어."

미키가 잽싸게 뒤로 빠지자 양호실의 문이 열리고 머스탱이 자세를 편다. 세브로와 빅트라가 나온다. 둘 다 미소를 짓고 있다.

"너희 둘 다 뭐 때문에 웃고 있는 거야?"

내가 묻는다.

"그냥 이것 때문에."

세브로가 기관의 주피터 하우스 반지를 내밀어 보인다. 그것은 그의 손가락에 헐겁게 끼워져 있다. 나는 눈살을 찌푸린 채 그게 무엇을 의미하는지 바로 이해하지 못한다. 그의 기관 반지가 없다.

그런 후에 나는 세브로의 것이 빅트라의 새끼손가락에 부자연스
럽도록 꽉 끼워져 있는 모습을 발견한다.

"빅트라가 프로포즈를 했어."

그가 기뻐하며 말한다.

"뭐라고?"

나는 말을 더듬는다.

머스탱의 양쪽 눈썹이 훅 올라간다.

"프로포즈를 했다는 건…… 그 의미로……."

"그래, 꼬맹아!"

세브로가 환하게 웃는다.

"우리 결혼한다."

세브로와 빅트라는 그로부터 일곱 밤 후, '모닝 스타'의 예비 격
납고에서 조촐하게 결혼식을 올린다. 우리에게 결혼 소식을 알린
뒤 빅트라는 신부 입장식을 할 때 그녀를 신랑에게 넘겨 주는 역
할을 나에게 부탁했다. 나는 감격에 겨워 할 말을 잃었다. 그때 나
는 그녀를 꼭 안아 줬다. 그리고 지금도 나는 그때와 같이 그녀를
꼭 안은 뒤 그녀와 팔짱을 낀다. 몸을 빡빡 닦은 하울러들과 우뚝
솟은 텔레마누스 가문 사람들이 우리 양쪽으로 간소히 줄지어 서
있다. 그들 사이로 나는 빅트라를 데리고 간다. 세브로는 내가 이
제껏 본 모습 중 가장 깨끗하게 치장한 상태다. 제멋대로 서 있던
모호크식 머리를 한쪽으로 빗어 넘긴 채 그는 미키 앞에 서 있다.

관습대로라면 화이트가 축도를 올려야 한다. 하지만 빅트라는 전통적 생각을 비웃으며 미키에게 축도를 부탁했다.

지금 그 바이올렛의 얼굴에서는 빛이 난다. 너무 많이 화장을 했지만 그 모습 그대로 그가 한 줄기의 빛인 것은 마찬가지다. 그는 조각가였다가 노예 상인이 됐다가 노예가 됐다가 결혼 주례사가 됐다. 그의 인생길이 평탄하지는 않았지만 결국은 그 경험들이 그에게 모두 득이 됐다. 클라운과 스크루페이스가 그를 세브로의 총각파티에 초대했을 때 그는 기뻐했다. 그리고 우리가 결혼식 전날 밤, 세브로를 방에서 납치해 하울러들이 술 마시러 모여든 식당으로 질질 끌고 가는 내내 미키도 우리와 함께 늑대처럼 울부짖었다.

폭동에서 파생된 적대감이 완전히 수그러들지는 않은 상태다. 하지만 이 결혼식은 평범한 일상에 대한 향수를 불러일으킨다. 전쟁의 광란으로 둘러싸인 상태에서 그것은 우리의 삶이 계속 이어질 수 있다는 것을 일깨워 주는 특별한 희망이다. 몇몇 아레스의 아들들은 레드 수장이 골드와 결혼한다고 불평을 하고 있다. 하지만 빅트라는 아레스의 아들들 내의 지도자들에게 인정을 받을 정도로 충분히 많은 공들을 세웠다. 또한 그들은 그녀가 일리움에서 세피와 함께 '모닝 스타'에 난입하며 보였던 용기에 그녀를 존경하게 됐다. 그녀는 그들을 위해, 그들과 함께 피를 흘린 자다. 그러니 내 함대는 조용하다. 평화롭다. 최소한 오늘밤만은 그렇다.

나는 세브로가 이렇게 행복해하는 모습을 처음 본다. 또한 그가 결혼식 1시간 전에 내 세면장에서 머리를 빗으며 그렇게 불안해하는 모습도 처음 봤다. 그런다고 모호크식 머리가 많이 달라지지는 않았지만 말이다.

"이거 미친 짓일까? 어제는 좋은 생각 같았는데."

그는 거울 속의 자신을 뚫어지게 쳐다보며 나에게 물었다.

"오늘도 좋은 생각이라는 것에는 변함없어."

내가 그에게 말했다.

"그냥 하는 말 아니지? 야, 진심을 말해 줘. 나 속이 안 좋다고."

"난 이오와 결혼하기 전에 토했어."

"개뻥이지?"

"내 토가 삼촌의 부츠를 온통 뒤덮었지."

삼촌이 돌아가셨다는 것이 다시 생각나면서 찌릿한 아픔이 느껴졌다.

"내가 잘못된 선택을 하고 있을까 봐 무서웠던 게 아니었어. 이오가 잘못된 선택을 하고 있을까 봐 무서웠던 거지. 내가 그녀의 기대에 부흥하지 못할까 봐 무서웠고……. 하지만 삼촌이 나에게 말했지. 우리가 우리 자신을 보는 것보다 여자들이 우리를 더 정확하게 본다고. 그래서 네가 빅트라를 사랑하는 거잖아. 그래서 그녀와 함께 싸웠던 거고. 그러니 너에게는 이 선택을 할 자격이 있는 거야."

세브로는 거울 속의 나를 향해 눈살을 찌푸렸다.

"그래. 하지만 네 삼촌은 미친 사람이었잖아. 그랬다는 걸 다들 알고 있다고."

"그럼에도 당시에 내게 힘이 돼 주신 분이지. 우리 모두가 조금씩은 미쳐 있어. 빅트라는 특히 그렇고. 내 말은, 걔가 미치지 않고서야 너랑 결혼을 하겠어?"

세브로는 활짝 웃었다.

"우라지게 맞는 말이야."

그리고 나는 그의 머리를 헝클어뜨리며 모든 바람들 이상으로 그들이 이 소소한 순간의 행복을, 그리고 어쩌면 그 이후로도 더 많은 행복을 누릴 수 있기를 바랐다. 사실, 어느 누구도 그 이상을 바랄 수는 없는 일이니까.

"그래도 아빠가 이 자리에 있었으면 좋았을 텐데."

"아마 그분은 네가 신부에게 키스를 할 때 까금발로 서야 한다고 어디선가 배꼽 빠지게 웃고 계실걸."

내가 말했다.

"언제나 까칠하신 분이셨지."

세브로가 제자리에서 서성이는 동안 나는 빅트라를 그에게 넘긴다. 그리고 그는 그녀의 눈을 올려다본다. 내가 여기에 있는지도 모른다. 다들 여기에 없다. 최소한 저들에게는 그렇다. 이 격노하는 여자로부터 보이는 상냥함만으로도 나는 그녀가 그를 얼마나 사랑하는지 단번에 알아챌 수 있다. 그녀가 그런 것을 말로 표현할 일은 절대 없을 것이다. 그건 그녀의 방식이 아니다. 하지만 그녀가 모든 사물과 사람들을 향해 보이는 날카로운 면은 오늘밤

무디다. 마치 그녀는 세브로를 자신의 은신처로, 자신이 안전할 수 있는 곳으로 보고 있는 것 같다.

나는 다시 머스탱의 곁으로 돌아간다. 그 사이에 미키는 화려한 주례를 시작한다. 그것은 내가 예상했던 것의 반만큼도 거창하거나 과장되지 않았다. 머스탱이 그의 말에 따라 고개를 끄덕이는 모습에 나는 그녀가 그를 도와 주례문을 수정했다는 것을 알 수 있다. 내 생각을 읽고는 그녀는 내 쪽으로 기대온다.

"너도 초안을 들었어야 했어. 아주 볼만 했지."

그녀는 내 냄새를 맡는다.

"너 취했어?"

그녀는 얼굴이 벌게진 하울러들과 비틀거리며 서 있는 텔레마누스 사람들을 돌아본다.

"저들도 다 취한 거야?"

"쉬이이. 너는 너무 제정신이야."

나는 말하며 그녀에게 한 잔을 건넨다.

미키는 식을 마무리 짓고 있다.

"……오로지 죽음에 의해서만 깨질 수 있는 협정입니다. 저는 두 사람이 세브로와 빅트라 바르카가 됐음을 선언합니다."

세브로가 빨리 미키의 말을 정정한다.

"줄리인데. 빅트라네 가문이 내 가문보다 오래됐잖아."

빅트라가 아래의 세브로를 향해 고개를 젓는다.

"미키는 맞게 말한 거야."

"하지만 너는 줄리 가문 사람이잖아."

세브로가 혼란스러워하며 응답한다.

"어제는 그랬지. 오늘 나는 차라리 바르카 가문 사람이 되고 싶어. 네가 그에 이의 없다는 것과 그러기 위해 내 몸이 전반적으로 비율에 맞춰 줄어들지 않아도 된다는 전제 하에."

"그럼 너무 좋지."

세브로가 말한다. 미키가 수례를 이어가는 동안 세브로는 발그레한 볼로 빅트라와 함께 자신들의 친구들과 마주하기 위해 뒤로 돌아선다.

"그럼 저는 이 두 사람을 그 친구들과 세계에게 화성의 바르카 가문 출신 세브로와 빅트라라 소개드립니다."

결혼식 자체는 조촐했을지 모르지만 이후의 기념행사는 전혀 그렇지 않았다. 그것은 심지어 함대 전역에서 벌어졌다. 내 종족 사람들이 잘 아는 것을 한 가지만 대라면 그것은 기념행사를 즐김으로써 역경을 견뎌내는 방법이다. 삶이란 숨만 쉰다고 이어지는 것이 아니다. 존재하는 방식에 의해 만들어지는 것이다. 세브로의 연설과 그가 목을 매달았던 사건에 대한 말들이 함선 전체로 퍼져나아가며 벌어졌던 상처를 다시 꿰매 주고 있다.

하지만 오늘이야말로 의미가 있는 날이다. 함대 전역으로 삶의 즐거움을 재차 확인시켜 주는 날이다. 가장 작은 콜베트함부터 구축함과 토치함선 그리고 '모닝 스타'에서 댄스파티가 열리고 있다.

립윙 무리들은 기념식 축하용 대형을 이루며 교량을 쌩하니 지나 간다. 사람들이 전쟁용 무기 주위에서 노래하고 춤추기 위해 격납 고로 모여든 상태다. 맥주와 소사이어티의 고급술이 그렇게 떼 지 어 서성이는 무리의 손과 입으로 흘러들어간다. 심지어 그렇게나 혼란이 벌어질 것을 고집스러울 정도로 두려워하며 편견을 가지 고 옵시디언들을 바라보는 카박스조차도 머스탱과 춤을 춘다. 그 는 술에 취해 세브로와 빅트라를 안으며 서툴게 골드 댄스의 무의 미한 무도회 격식을 잊고 내 종족 사람들의 춤사위를 배우고 있 다. 그의 스승은 볼륨 있는 몸매의 레드로 웃는 얼굴상을 지녔으 며 정비공 일로 손톱 밑에 기름때가 껴 있다. 그들과 함께 있는 자 는 1년 반 전에 '팍스' 함선의 정박장 안에서 나를 탄복시켰던 그 어색한 오렌지, 사이서다. 그는 오늘 아침에서야 막 머스탱의 특별 프로젝트를 끝마쳤다. 그리고 이제 술에 취한 상태로 볼품없는 몸 뚱이를 이리저리 돌리며 무도장을 누비고 있다. 그 동안 카박스는 그의 춤 실력을 인정한다며 포효한다.

닥소는 그의 아버지의 우스꽝스런 모습에 고개를 저으며 언제 나 그랬듯 무도장 한편에 예의바르게 앉아 있다. 나는 그와 술 한 잔을 나눈다.

"와인이에요."

"신이여 감사하나이다."

닥소가 내 말에 응답하며 섬세한 손길로 내 잔을 받는다.

"네 종족 사람들이 계속 나에게 무슨 엔진 휘발유 같은 것을 주려고 하더라고."

그는 조심스럽게 자신의 데이터패드를 살핀다.

"보안은 제가 홀리데이에게 맡겨 놨으니 걱정 마세요. 술 얘기로 돌아가자면, 이게 골드 파티는 아니거든요."

닥소는 크게 웃는다.

"그 또한 신에게 감사하지."

드디어 그는 와인을 한 번 홀짝인다.

"금성식 환상 산호도산 와인이네. 정말 좋군."

"로크의 취향이 고상했지요. 닥소 형의 아버님 모습도 볼 만하네요."

나는 무도장 쪽을 고개로 가리키며 말한다. 그곳에서는 그 거대한 남자가 두 명의 레드들과 함께 몸을 흔들고 있다.

"아버지만 그러신 것도 아니야."

닥소가 약삭빠르게 응답하며 머스탱을 향한 내 시선을 쫓는다. 세브로가 그녀를 뱅글뱅글 돌리고 있다. 그 여자의 얼굴은 생동감으로, 또는 어쩌면 알코올의 영향으로 빛나고 있다. 그녀의 머리는 땀범벅이 되어 이마에 붙었다.

"그녀는 너를 사랑해. 알지? 그저 너를 잃을까 봐 무서워서 너와 거리를 두는 거야. 사람 습성이 이렇다는 게 참 웃기지?"

닥소는 혼자 미소를 짓는다.

"닥소, 왜 춤을 안 추고 있는 거야?"

빅트라가 말하며 그를 향해 성큼성큼 걸어온다.

"언제나 그렇게 바르게 있다니까. 일어나! 일어나라고!"

그녀는 그를 확 일으켜 세운 뒤 무도장으로 밀어낸 후 그의 의자에 털썩 주저앉는다.

"아이고 발이야. 안토니아의 옷장을 급습해서 구두를 훔쳤는데 갠 안짱다리에 발이 안으로 휘었다는 걸 잊었지."

나는 웃음을 터뜨린다. 클라운이 우리 쪽으로 비틀거리며 다가온다. 엄청 술 취한 상태다.

"빅트라, 대로우. 질문 하나 하자. 너희는 페블이 저 남자에게 관심이 있다고 생각해?"

클라운이 나에게 물으며 식탁 중 하나에 기댄 채 입 안으로 와인을 한 잔 더 들이붓는다. 그의 이는 이미 보라색이다.

"키 큰 사람 말하는 거야? 그에게 끌리는 것 같기는 한데."

빅트라가 대답해 준다. 페블은 그레이 선장과 춤을 추고 있다.

"그는 끔찍할 정도로 잘생겼어. 이도 고르고."

클라운이 말한다.

"네가 언제든 저들 사이에 끼어들어도 된다고 생각하는데."

내가 말한다.

"글쎄, 너무 절박해 보이고 싶지는 않은데."

"신이시여, 절대 그러면 안 되지요."

빅트라가 비아냥거린다.

"끼어들어야겠어."

"그게 좋은 생각인 것 같아. 하지만 처음에는 허리 숙여 인사를 해야 해. 정중한 태도를 보이기 위해서 말이야."

빅트라가 말한다.

"오, 그럼 문제는 해결된 거네. 지금 바로 움직여야겠다. 한잔 더 하고 나서."

그는 와인을 한 잔 더 따른다.

나는 그 와인 잔을 뺏은 뒤 그를 갈 길로 떠나보낸다. 홀리데이가 문간에 나타나 클라운이 페블의 춤을 어색하게 방해하는 모습을 지켜본다. 그는 페블에게 허리 숙여 인사하며 손을 극적으로 뒤로 휙 휘두른다.

빅트라는 코로 샴페인을 뿜는다.

"오, 이런. 진짜로 저렇게 인사했어. 너도 머스탱에게 똑같이 하는 게 어때? 쟤가 내 남편을 훔쳐가려고 하는 것 같은데. '남편'이라. 그것 참 이상한 단어네."

"이상한 단어야."

"그런데 그렇지. 아내라. 내가 그런 단어로 불릴 줄 누가 생각이나 했겠어?"

나는 빅트라를 위아래로 훑어본다.

"너한테 그 단어가 아주 잘 어울리는데. 아주 완벽하게 어울리는 것 같아."

나는 그녀의 몸에 양팔을 두른다. 그녀는 빛나는 미소를 짓는다.

"리퍼님."

홀리데이가 말하며 우리에게 다가온다.

"홀리데이, 한잔하러 왔어?"

나는 홀리데이 쪽을 바라보고 그녀의 얼굴에 드러난 표정을 확인하고는 미소를 잃는다. 무슨 일이 벌어진 것이다.

"무슨 일이야?"

홀리데이는 나에게 빅트라를 두고 가까이 오라고 손짓한다. 홀리데이는 분위기를 깨지 않기 위해 그러는 것처럼 조용히 말한다.

"자칼이에요. 그가 컴상에서 당신을 기다리고 있어요. 직통 신호에요."

"그의 신호 지연 시간은?"

내가 묻는다.

"6초입니다."

무도장 위에서 세브로는 서투르게 머스탱을 돌리고 있다. 둘 다 주위에서 레드들이 추는 춤사위를 몰라서 웃고 있다. 머스탱의 머리색은 관자놀이에서 흐르는 땀에 젖어 어두워졌으며 눈은 그 순간의 즐거움으로 빛나고 있다. 저들 중 아무도 내 마음에, 저 너머의 세계에 갑자기 엄습한 두려움을 느끼지 못한다. 나는 저들이 그것을 느끼지 않았으면 한다. 최소한 오늘밤만은.

제56장

이윽고

그는 하이칼라 양옆에 금빛 사자들이 새겨진 흰 코트를 입은 채 원형 훈련장 한가운데의 단순한 의자에 앉아 있다. 그의 빛나는 홀로그램 위에 뜬 별들은 강화유리 돔 너머로 스미는 차가운 빛의 얼룩들이다. 내가 있는 이곳은 전쟁을 위해 훈련할 목적으로 만들어진 방이다. 그러니 나는 이곳에서만 내 적에게 접견의 기회를 제공할 것이다. 절대 다른 곳에서 접견을 벌여, 여기서 로크가 살았던 장소나 내 친구들이 축제를 벌이고 있는 곳에 그를 노출시키거나 그의 존재가 등장하기를 허락하지 않을 것이다. 그런 식으로 이 함선이 왜곡되도록 허락하지 않을 것이다.

자칼이 수 킬로미터 떨어져 있음에도 불구하고 나는 그에게서 풍기던 연필 깎는 냄새를 맡을 수 있을 것만 같다. 내가 그의 디지털 이미지 화면상에 서 있는 동안 그가 공간을 채우는 광활한 침묵이 들려오는 것 같다. 그 모습이 너무 생생하기에 화면이 빛나지 않았다면 나는 그가 이곳에 있다고 착각했을 것이다. 그의 배경은 흐릿하게 처리됐다. 그는 내가 방에 들어서는 모습을 지켜본다. 그의 얼굴에는 미소가 없다. 가짜로 친절하게 구는 태도도 없다. 하지만 그가 내게 흥미를 느끼고 있다는 것이 보인다. 하나밖에 없는 손은 은색 스타일러스 펜을 돌리고 있다. 그가 동요하고 있다는 유일한 증거다.

"안녕, 리퍼. 축제는 잘 돌아가나?"

나는 내 불쾌감을 드러내지 않으려고 노력한다. 그도 당연히 결혼식에 대해 알고 있는 것이다. 그는 우리 함대에 첩자들을 숨겨뒀다. 그들이 나와 얼마나 가까이에 있는지는 내가 알 길이 없다. 하지만 나는 악성종양처럼 머릿속에 퍼지려는 그 생각을 떨쳐 버린다. 손을 뻗어 이곳에 있는 우리를 다치게 할 수 있었다면 그는 이미 그렇게 했을 것이다.

"원하는 게 뭐야?"

내가 묻는다.

"네가 지난번에 나에게 연락했잖아. 나도 그 호의에 보답할까 했지. 특히나 내가 보냈던 네 삼촌에 대한 메시지도 있고 해서 말이야. 그 메시지는 받았나?"

나는 아무 말도 안 한다.

"어쨌든 네가 화성에 도착하면 말 대신 대포로 대화를 할 거잖

아. 우리는 서로를 다시는 보지 못할 수도 있어. 그런 생각을 하니 이상하잖아, 그렇지? 너는 로크가 죽기 전의 모습을 봤어?"

"봤어."

"그가 너에게 용서해 달라고 질질 짰나?"

"아니."

자칼이 인상을 찌푸린다.

"로크라면 그럴 줄 알았는데. 낭만주의자를 속이는 일은 쉽지. 내가 그의 코앞에서 그의 여자를 죽였던 걸 생각하면. 네가 택터스의 이름을 고함치며 통로를 뛰어가는 동안 그는 혼란스러워하며 고개를 들었어. 그때 나는 메스로 두개골 조각 하나를 퀸의 뇌에 더 깊숙이 밀어 넣었지. 뇌손상을 남긴 채 그녀를 살려 둘까도 생각했어. 하지만 그녀가 여기저기 침 흘릴 생각을 하니 내 비위가 상하더라고. 그녀가 침을 흘렸더라도 그가 그녀를 계속 사랑했을 것 같아?"

카메라가 비추는 화면 밖에 위치한 문에서 소리가 난다. 머스탱이 결혼식 축제장에서 나를 따라온 것이다. 상황을 확인하고는 그녀는 조용히 지켜본다. 홀로를 꺼 버렸어야 한다. 이 생물을 홀로 내버려 뒀어야 한다. 하지만 어쩐지 나는 그와 헤어지지 못하겠다. 나를 이곳으로 끌고 온 바로 그 호기심이 나를 이 자리에 붙잡아 놓는다.

"로크는 완벽한 사람은 아니었어. 하지만 그는 골드를 진심으로 아꼈지. 그는 인류를 진심으로 아꼈어. 그에게는 자신의 목숨을 걸고 지키고 싶은 무언가가 있었어. 바로 그 점이 그를 대부분의 사람들보다 우월한 존재로 만들지."

내가 말한다.

"죽은 자를 용서하는 일은 쉬워. 그건 내가 잘 알지."

자칼이 응답한다. 그의 입술이 미세한 경련을 일며 인간다움을 보인다. 그는 절대 그렇다 인정하지는 않겠지만 나는 바로 저런 그의 말투로부터 그에게 회한이 없지 않다는 것을 알 수 있다. 그가 그의 아버지의 인정을 받고 싶어 했다는 것을 안다. 하지만 그는 정말 그 남자를 그리워하고 있을까? 죽은 아버지를 용서하고 이제는 애도하고 있다는 것일까?

자칼은 무릎 위에 놓여 있던 짧은 금색 지휘봉을 들어 보인다. 버튼 하나를 누르니 그 지휘봉이 늘어나면서 홀이 된다. 소사이어티의 피라미드 위에 동물 자칼의 해골이 달린 그 홀이다. 내가 그를 위해 저것을 주문 제작한 지 1년이 더 지났다.

"나는 네 선물과 떨어진 적이 없어."

그가 말한다. 그는 자칼 해골 모양을 손가락으로 따라 그린다.

"평생토록 내가 받은 것들은 사자들이었어. 나만의 것은 아무것도 없었지. 내가 어떤 사람이기에 그 어느 친구보다도 내 가장 큰 숙적이 나를 더 잘 아는 걸까?"

"너는 홀이고 나는 검이었지. 그게 우리 계획이었잖아."

나는 그의 질문을 무시하며 말한다. 나는 자칼이 사랑받고 있다는 느낌을 받았으면 해서 그에게 저것을 줬다. 내가 그의 친구라고 여겨 주기를 바랐다. 그리고 나는 그의 친구가 됐을 것이다. 그 당시에는. 나는 바뀐 머스탱처럼, 또 바뀔지도 모를 카시우스처럼 그도 바뀌도록 도왔을 것이다.

내가 묻는다.

"네가 상상하던 그대로인가?"

"뭐가?"

"네 아버지의 자리 말이야."

자칼이 인상을 찌푸리며 어떤 방향으로 대답할지 고민하다 결국에는 인정한다.

"아니. 내가 예상했던 것이 아니야."

"너는 누가 널 증오했으면 하는 거야, 그렇지? 그래서 내 삼촌을 죽이지 않아도 됐을 때 죽였지. 내 증오는 너에게 목적의식을 불러일으키니까. 그래서 너는 나에게 연락한 거야. 자신이 중요한 인물이라고 느끼고 싶어서. 하지만 나는 너를 증오하지 않아."

"거짓말."

"정말이야."

"내가 죽인 자들 중에 팍스도, 네 삼촌도, 론도……."

"나는 네가 측은해."

자칼이 움찔한다.

"측은하다고?"

"너는 화성 전체의 대총독이고, 모든 세계 중에서 가장 강력한 사람 중 한 명이야. 네가 하고 싶은 것은 뭐든 할 수 있는 힘도 지녔어. 그런데 그것으로도 부족한 거야. 너를 여태껏 충분히 만족시켜 준 것이 없어. 그리고 그것은 앞으로도 마찬가지일 거야. 아드리우스, 너는 네 아버지에게, 나에게, 버지니아에게, 군주에게 네 자신을 증명해 보이려고 하는 게 아니야. 너는 네가 중요하다고 네 자신을 설득하려는 거라고. 왜냐하면 네 마음은 망가졌기 때문이야. 또 네가 이런 사람이라는 것을 스스로 증오하기 때문이야. 너는 네가 클라우디우스처럼, 버지니아처럼 태어났으면 좋겠다고, 나 같았으면 좋겠다고 생각하고 있어."

"내가 너 같기를 바란다고? 추잡한 레드인 너를?"

자칼이 내 말을 비웃으며 묻는다.

"나는 레드가 아니야."

나는 상징이 없는 내 양손을 자칼에게 내보인다. 그는 그것을 역겨워한다.

"컬러를 가질 정도로 진화도 못한 거야, 대로우? 그냥 신들의 영역에서 놀고 있는 호모사피엔스잖아."

나는 고개를 젓는다.

"신들이라고? 너는 신이 아니야. 심지어 골드도 아니야. 너는 그냥 직위가 자신을 위대하게 만들어 줄 거라고 생각하는 한 남자일 뿐이야. 자신의 실제 모습보다 더 위대한 존재가 되기를 바라는 한 남자일 뿐이라고. 하지만 네가 실제로 원하는 것은 그냥 사랑일 뿐이잖아. 그렇지 않아?"

자칼은 코웃음을 치며 조소한다.

"사랑은 약한 자들을 위한 거야. 너와 나의 유일한 공통점은 굶주림이라고. 너는 내가 만족하지 못할 거라고 생각하지. 내가 언제나 더 많은 것을 바란다고. 하지만 거울을 보렴. 그럼 너도 그와 똑같은 남자가 너를 돌아보고 있는 것을 보게 될 거야. 네 땅꼬마 레드 친구들에게는 네 마음대로 얘기해. 하지만 나는 네가 우리들 사이에 있을 때 네 정체성을 잃었다는 것을 알고 있어. 너는 골드가 되기를 갈망했어. 나는 기관에 있을 때 네 눈빛에서 그것을 봤어. 내가 루나에서 너에게 함께 세상을 지배하자고 제안했을 때도 그 열병을 봤지. 네가 트라이엄프 행사용 마차를 타고 시타델 계단을 올랐을 때도 그것을 봤어. 그 굶주림 때문에 우리는 영원히 외로움을 느끼는 거야."

그리고 그렇게 자칼은 내 허를 찌른다. 어둠이 내 현실을 이룬다는 그 심연의 두려움을. 홀로되는 것에 대한 두려움을. 다시는 사랑을 찾지 못할 것에 대한 두려움을. 하지만 그때 머스탱이 걸어 나와 내 곁으로 온다.

"오빠는 틀렸어."

그녀가 말한다. 자칼은 여동생의 모습에 뒤로 기댄다.

"대로우는 아내가 있었어. 그가 사랑하는 가족이 있었고. 그는 정말 아주 조금을 가지고 있었는데도 행복했어. 오빠는 모든 것을 가졌었는데도 불행했어. 그리고 앞으로도 언제나 그럴 거야. 오빠는 갈망을 멈추지 않으니까."

자칼의 침착함의 기반이 붕괴되기 시작한다.

"그래서 오빠가 아버지와 퀸을 죽인 거잖아. 그래서 팍스도 죽였고. 하지만 오빠, 이건 게임이 아니야. 이건 오빠의 미로 퍼즐 중하나가 아니라고……"

"이 매춘부야, 나를 오빠라 부르지 말거라. 나는 너 같은 여동생을 둔 적이 없다. 잡종견에게, 짐이나 지는 짐승에게 네 다리를 벌려 주다니. 다음에는 옵시디언들이냐? 아마 그들이 벌써부터 줄서고 있을걸. 너는 네 컬러와 우리 가문의 수치다."

나는 분노하며 자칼의 홀로 쪽으로 다가서지만 머스탱이 내 가슴 가운데에 손바닥을 올리더니 그녀의 오빠를 다시 돌아본다.

"'오빠', 오빠는 한 번도 사랑받은 적이 없다고 생각하지. 하지만 어머니께서는 오빠를 사랑하셨어."

"사랑하셨다면 왜 우리와 남지 않으신 거야? 왜 떠나셨냐고?"

자칼이 날카롭게 묻는다.

"나도 모르겠어. 하지만 나도 오빠를 사랑했어. 그런데 오빠가 그걸 버려 버렸지. 오빠는 내 쌍둥이야. 우리는 평생토록 함께 할 운명이었어."

머스탱의 눈에서 눈물이 흐른다.

"나는 수년간 오빠 편을 들어 줬어. 그러던 중에 클라우디우스를 죽인 사람이 오빠였다는 것을 알게 됐지."

그녀는 눈물 사이로 눈을 깜빡이고 고개를 저으며 결심을 한다.

"그것만은 나도 용서할 수가 없어. 용서할 수가 없다고. 오빠는 사랑을 받았었는데 잃었어. 그것은 오빠의 저주야."

나는 앞으로 나아가 머스탱과 나란히 선다.

"아드리우스, 우리는 너를 잡으러 갈 거야. 너의 함선을 파괴할 거야. 화성을 폭풍처럼 쳐들어갈 거야. 네 벙커의 벽을 뚫고 들어갈 거야. 우리는 너를 찾아서 정의의 심판을 받게 할 거야. 그리고 네가 교수대에 매달릴 때, 네 밑으로 문이 열릴 때, 네 양발이 악마의 춤을 출 때, 그때서야 너는 이 모든 것이 부질없는 일이었다는 것을 깨달을 거야. 네 발을 밑으로 잡아당겨 줄 사람이 아무도 안 남았을 테니까."

우리가 연결선을 끊자 홀로의 창백한 빛이 사라진다. 그렇게 우리는 유리 천장과 그 너머에 있는 별들과 함께 남는다.

"너 괜찮아?"

내가 머스탱에게 묻자 그녀는 고개를 끄덕이며 눈물을 닦는다.

"그렇게 울기 시작할 줄은 몰랐는데. 미안해."

"공평하게 말하자면 내가 더 우는 것 같은데, 뭐. 어쨌든, 용서 완료."

머스탱은 미소를 지어 보려고 한다.

"우리가 정말 이 일을 할 수 있을 것 같아, 대로우?"

그녀의 눈이 붉게 충혈됐으며 결혼식을 위해 그녀가 했던 마스카라는 눈물로 번졌다. 콧물이 줄줄 흐르는 그녀의 코는 붉으죽죽한 분홍이다. 하지만 나는 그녀의 지금 모습만큼이나 깊이 있는 아름다움을 본 적이 없다. 날 것 그대로의 생명력이 그녀로부터 뿜어져 나온다. 그녀를 그녀답게 만드는 모든 빈틈들과 두려움들이 그 눈빛에 드러나 있다. 너무나 불완전하고도 거친 그 모습에 나는 내가 할 수 있는 한 오래토록 그녀를 안고 사랑하고 싶다. 그리고 이번만큼은 그녀도 내가 그렇게 하도록 허락한다.

"해내야지. 너와 나에게는 앞으로의 평생이 남아 있잖아."

나는 그녀를 품으로 끌어당기며 말한다. 이런 여자가 내 품에 안기고 싶어 하리라는 것이 불가능할 것 같은데도 내가 그녀의 몸에 양팔을 두르자 그녀는 머리를 내 가슴에 댄다. 그렇게 서로를 껴안고 있으니 우리의 몸이 서로 얼마나 잘 들어맞는지가 기억난다. 저 멀리서 별들과 분단위의 시간이 지나간다.

"행사장으로 다시 돌아가야 할 것 같은데."

머스탱이 결국 나에게 말한다.

"왜? 나에게 필요한 모든 걸 여기에 다 갖고 있는데."

나는 그녀의 금빛 정수리를 내려다보며 그녀의 짙은 머리카락 뿌리들을 확인한다. 그리고 그녀의 체취를 한껏 들이마신다. 만약 이 일이 내일, 또는 80일 후에 끝난다면 나는 내 남은 평생 동안 그녀의 체취를 마실 수 있을 것이다. 하지만 나는 더 원한다. 더 많이 필요하다. 나는 손으로 그녀의 가는 턱을 올려 그녀가 나를 보게 만든다. 뭔가 중요한 말을 하려고 했었다. 뭔가 기억에 남을 만한 말을. 하지만 그녀의 눈을 보고는 다 잊어버렸다. 우리를 가르는 만은 여전히 존재한다. 그 안은 의문과 비난과 죄책감으로 가득하다. 하지만 그것은 단지 사랑의 일부이며 인간으로서 살아가는 것의 일부일 뿐이다. 거의 모든 것이 금이 가고 거의 모든 것이

365

얼룩져 있다. 하지만 그 안의 여린 순간들만큼은 시간 속에서 투명한 수정 결정을 이루며 우리에게 인생이 살아 볼 만하다고 알려준다.

제57장

루나

　'루비콘 비콘스'는 응답기들로 이루어진 구체다. 그 응답기들은 각각 두 명의 옵시디언들만 하다. 그렇게 이루어진 구체는 지구의 중심부로부터 100만 킬로미터 떨어진 우주에서 떠다니며 군주의 가장 내밀한 정부 소유지를 에워싸고 있다. 500년간 그 어떤 낯선 함대도 그들의 경계 구역을 넘은 적이 없었다. 이제 무적의 '소드 아르마다'가 파멸됐다는 소식이 '코어'에 도달한 지 2개월하고 3주가 지났으며, 우리가 화성으로 비행할 것이라 선언한 지 8주가 지났고, 군주가 모든 소사이어티 도시에 계엄령을 선포한 지 17일이 지난 이 시점에 '레드 아르마다'는 발포 한 번 터뜨리지 않고 루비콘 비콘스를 지나며 루나에 접근한다.

　텔레마누스 토치함선들은 선봉에 선 채 앞으로 질주하며 지뢰를 제거하고 소사이어티의 세력이 남기고 간 덫이 있는지 살핀다. 옵시디언을 가득 실은 오리온의 무거운 구축함들이 그들의 뒤를 따른다. 그것에는 얼음 땅 혼령의 만물을 꿰뚫어보는 눈들이 그려져 있다. 그 뒤로는 빅트라의 흐느끼는 태양이 장식된 묵직한 드레드노트, '판도라', 그리고 개혁가 세력들로 이루어진 줄리 함대가 이어진다. 개혁가 세력은 정의를 실현하기 위해 온 론 오 아르코스의 며느리들, 그리고 상처 난무한 '데자 소리스'와 아우구스투스가의 사자 문장을 새긴 채 그 뒤를 따르는 금색과 흑색의 함선들이다. 그리고 마지막으로 내 자신의 함선 무리들이 뒤따른다. 그것들은 이제껏 지어진 함선 중 가장 위대한 불굴의 백색 '모닝 스타'가 이끌고 있다. 모닝 스타의 포문과 우현에는 7킬로미터 길이의 붉은 낫이 그려져 있다. 우리가 클로우드릴로 안에 낸 구멍들을 전반적으로 보수하지는 못했다. 하지만 바깥 선각을 따라 갑옷은 대체시킨 상태다. '팍스' 함선은 우리에게 모닝 스타를 주기 위해 죽었다. 그리고 이 얼마나 대단한 포상인가. 우리는 아래쪽 낫을 그리던 중에 페인트를 다 써 버렸다. 그래서 그것은 엉성히 그려진 초승달, 즉 룬 가문의 문장이 됐다. 병사들은 이것이 좋은 징조라고 생각한다. 우리가 옥타비아 오 룬에게 그녀를 찍어 놨다고 우연히 약속한 꼴이 됐다 여기는 것이다.

전쟁은 '코어'로 도래했다.

3일간 그들은 내가 오고 있다는 것을 알고 있었다. 우리의 접근 행적을 적들의 센서에 완전히 숨길 수는 없었다. 하지만 행성 주변의 혼돈은 이 상황에 대해 그들이 얼마나 준비가 미흡했는지를 보여 준다. 이것은 혼란에 빠진 문명이다. 애시 로드는 '코어'의 자부심인 '셉터 아르마다'를 방어 태세로 루나 주변에 배치시켰다. '림'에서 온 무역용 포장마차 함선들이 루나 북반구 위의 아피아 가도에 밀집되어 있다. 그동안 플라미니아 가도를 따라 밀려 있는 민간인 함선들은 정체된 상태로 지구의 대기권에 하강하기 전에 거대한 플라미니아 소행성 도킹장의 검문을 통과하기 위해 대기 중이다. 하지만 우리가 '루비콘 비콘스'를 지나 루나의 우주를 더욱 깊숙이 잠식하는 동안 함선들은 흥분해서 움직이기 시작한다. 많은 수가 질서정연한 줄에서 벗어나 금성을 향해 질주한다. 다른 이들은 도킹장을 전면적으로 밀고 지나 지구를 향해 타오르려고 한다. 은색과 백색 소사이어티 전투기들과 빠르게 움직이며 총을 쏘는 소형구축함들이 그들의 엔진과 선체를 갈가리 찢어 버리자 불이 붙는다. 질서를 유지하기 위해 수십여 대의 함선들이 죽어나 간다.

우리는 수적으로 밀린다. 여전히 화력도 엄청나게 밀린다. 하지만 주도권은 우리에게 있다. 그리고 야만인 침략자들에 대해 모든 시민들이 가지고 있는 공포심 또한 우리에게는 득이다.

'루나의 전투'의 첫 춤사위가 시작됐다.

"미확인된 함대에게 안내한다······."

불안정한 코퍼의 목소리가 공영 주파수를 통해 메아리친다.

"이는 루나의 방어 사령부다. 당신은 훔친 물건을 소유하고 있으며 소사이어티의 심우주 경계 규정을 위반하고 있다. 조속히 당신의 신원과 의도를 밝혀라."

"시타델을 향해 장거리 미사일을 발사해."

내 말에 총 담당 블루가 말한다.

"그건 100만 킬로미터나 떨어져 있잖습니까……. 우리 미사일이 대응 미사일을 맞아 무용지물이 될 것입니다."

"그도 그건 우라지게 잘 알고 있어. 명령을 따라."

세브로가 말한다.

우리가 이곳에 몰래 도착하기 위해서는 '코어' 전역에 있는 아레스의 아들들의 은신처에는 물론이고 우리의 함선과 지휘자들에게까지도 전송 메시지 내용에 대한 방첩 활동을 펼쳐야 했다. 자칼은 군주를 도울 수 있는 위치에 있지 않을 것이다. 그것은 금성의 4번째 함대인 '클라시스 베네툼'도, 그리고 내측 소행성대의 5번째 함대인 '클라시스 리베라타스'도 마찬가지일 것이다. 그 함대들은 군주가 자칼을 지원하기 위해 화성으로 보냈기 때문이다. 엔진들을 풀가동해 비행하면 모든 함선들이 현재 궤도상으로 목적지까지 3주치의 비행거리만큼 떨어진 지점에 도착할 것이다. 거짓말은 성공적이었다. 내 함선에 있는 첩자들이 우리의 계획에 대한 잘못된 정보를 누출했다. 내가 바라던 대로다.

그것이 태양계 제국의 위험요소다. 모든 세계들의 모든 힘은 가지고 있더라도 그것을 잘못된 곳에 쓰면 무용지물이 되는 것이다.

20분 뒤, 궤도 방어 플랫폼이 내 미사일을 쏘아 떨어뜨린다.

"새로운 직통 신호가 들어오고 있습니다. 집정관 표식이 달려왔네요."

컴 담당 블루가 내 뒤에서 말한다.

"메인 홀로에 띄워."

내가 말하자 매부리코 얼굴에 짧게 밀어 버린 머리의 관자놀이 부분이 회색으로 바랜 골드 집정관의 모습이 내 앞에 형상화한다. 그 이미지는 함대에 있는 모든 교량과 홀로스크린 위로 나타날 것이다.

"라이코스의 대로우. 당신이 이 전쟁용 함대에 대한 지배권을 소유하고 있습니까?"

그는 루나의 귀족 집안 자식다운 말투를 흠 잡을 데 없이 완벽하게 구사하며 묻는다.

"내가 당신의 관습을 따라야 할 이유가 뭐지?"

내가 묻자 그 골드는 심지어 이 순간에도 예의를 지키며 대답한다.

"잘 알겠습니다. 저는 집정관 경호대 제1 집단 소속인 대특사 루시우스 오 세자누스입니다."

나는 세자누스를 안다. 그는 으스스하고도 효율적으로 움직이는 남자다. 그는 무미건조하게 말한다.

"저는 외교적 사절을 데리고 당신들의 좌표 위치로 갑니다. 당신들은 추후 공격을 멈추고 제 함선이 당신의 기함에 접근할 수 있는 권한을 주시기 바랍니다. 그럼 우리는 군주님과 상원의 의도에 대한 이야기를 나눌 수……."

"거부한다."

내가 말한다.

"실례지만 다시 말씀해 주시겠습니까?"

"어떤 소사이어티 함선이든 우리 함대 쪽으로 다가오면 우리는 그것을 쏠 것이다. 만일 군주가 나와 대화하고 싶다면 그녀보고 직접 찾아오라 전해라. 하인의 입을 통해 말이나 전하지 말고. 그 쭈그렁 할망구에게 말해라. 우리는 대화가 아니라 전쟁을 하러 왔다고."

내 함선은 활기로 박동한다. 우리의 진짜 목적지에 대해서 사람들에게 알린 지 3일밖에 안 됐다. 그로 인해 병사들은 무모하리만큼 잔뜩 흥분했다. 루나를 공격하는 일에는 뭔가 불멸적인 측면이 있다. 이기든 지든 간에 우리는 영원히 골드 유산에 얼룩을 남기게 될 것이다. 그리고 내 병사들의 머릿속에는, 또 코어 행성과 위성에서 송신되는 컴선 잡담으로부터 엿들은 내용에는 진정 공포의 분위기가 돌고 있다. 수세기 동안 처음으로 골드가 약한 모습을 보인 것이다. '소드 아르마다'를 파괴한 일은 내 연설의 파급효과가 절대 따라가지 못할 정도로 빠르게 반란을 퍼뜨렸다.

병사들은 통로에서 나를 지나치며 경례한다. 그들은 부대 운송선과 리치크래프트로 향하고 있다. 분대마다 레드와 전향한 그레이가 가장 많다. 하지만 그린 전투기술자, 레드 기계 운전수 그리고 옵시디언 순찰자와 묵직한 보병들 또한 매 캡슐마다 보인다.

나는 내 공인된 코드로 셔틀 함선의 비행 허가 지시를 모닝 스타
의 항공 관제관으로 보낸다. 그 지시는 수신되고 승낙된다. 대부
분의 날에 나는 질서가 알아서 잡힐 것을 믿고 기다리기 일쑤였
다. 하지만 오늘만큼은 질서가 확실하게 잡힐 것을 확인하고 싶다.
그래서 나는 직접 사람들과 대면한 상태로 확인받기 위해 교량으
로 향한다. 교량의 보안에 대한 책임을 맡은 레드 해군 대위는 내
가 교량에 올라가는 순간 수하들에게 고함쳐 그들을 집중시킨다.
50명 이상의 갑옷 입은 군사들이 나에게 경례를 한다. 함몰선실에
있는 블루들은 작업을 계속한다. 오리온은 로크가 한때 서 있었던
전방 관측소에 서 있다. 그녀는 살이 두툼한 두 손을 등 뒤로 움켜
쥐고 있다. 피부는 거의 그녀의 검은 제복만큼이나 어두운 색이다.
그녀는 그 끔찍한 흰 미소를 지으며 크고 창백한 눈동자로 나를
돌아본다.

"리퍼, 함대가 거의 다 준비됐어요."

나는 오리온에게 따뜻하게 인사한 뒤 그녀와 함께 유리 선창 밖
을 바라본다.

"어때 보여?"

"애시 로드는 방어 태세로 자세를 잡았습니다. 그는 우리가 그
를 위성에서 쫓아내기 전에 아이언 레인을 시도할 것이라 생각하
는 듯합니다. 날카로운 추측입니다. 그는 우리에게 올 이유가 없습
니다. 코어에 있는 그의 나머지 함선들은 이곳으로 올 것입니다.
그들이 여기에 도착하면 우리는 바닥과 망치 사이에 고정된 바퀴

벌레 신세가 될 것입니다. 그는 우리가 교전을 빠르게 진행시킬 것을 정확하게 추측했습니다."

"애시 로드는 전쟁을 알지."

내가 말한다.

"그것 하나는 확실히 알죠. 들려오는 얘기는 뭐죠? HB 델타에서 오는 사르페돈 등급 셔틀 비행 허가증에 대한 것이던데요?"

그녀는 자신의 데이터패드를 슬쩍 확인한다.

나는 오리온이 그것을 알아채리라는 것을 알았다. 그리고 지금 내 자신을 그녀에게 설명하고 싶지는 않다. 모두가 나처럼 카시우스를 향해 연민을 느끼지는 않는다. 세브로가 그의 생명을 살려 줬음에도 그렇다.

"상원의원 무리와 만날 사절들을 보내려는 거야."

내 거짓말에 오리온이 말한다.

"우리 둘 다 당신이 그러지 않는다는 것을 알고 있어요. 무슨 일이 벌어지고 있는 거예요?"

나는 아무도 우리의 말을 엿들을 수 없도록 오리온에게 더 가까이 붙는다.

"만약 우리가 전쟁을 벌이는 동안에 카시우스가 함대 안에 남으면 누군가가 경비들을 뚫고 그의 목을 그으려고 할 거야. 그를 이곳에 남겨 두기에는 벨로나 가문을 향한 증오가 너무 많아."

"그럼 그를 다른 감옥에 숨겨 두세요. 풀어 주지 마세요. 그 남자는 그냥 그들에게 다시 돌아갈 거예요. 다시 전쟁에 참여할 거라고요."

"그러지 않을 거야."

오리온은 내 등 뒤를 바라보며 우리의 말을 엿듣는 사람이 없다는 것을 다시 확인한다.

"만약 옵시디언들이 알게 되면…….."

"이래서 내가 아무에게도 말하지 않았던 거야. 나는 그를 풀어 줄 거야. 너는 그 셔틀에게 허가를 내 줘. 그것을 놓아 줘. 그것을 네가 나에게 약속해 줘야겠어."

오리온의 입술이 얇고 딱딱한 선을 그린다.

"나에게 약속해 줘."

그녀는 고개를 끄덕이고는 루나를 돌아본다. 언제나 그랬듯이 나는 그녀가 보기보다 많은 것들을 알고 있다는 생각이 든다.

"약속할게요. 하지만 당신도 조심해요, 소년이여. 아직 저에게 줘야 할 앵무새가 하나 남았잖아요. 기억하죠?"

나는 철통 보안된 포로 유치장 밖의 통로에서 세브로와 만난다. 그는 오렌지 짐 상자와 그것의 떠다니는 중력조작기 위에 앉아 플라스크에 든 음료를 마시고 있다. 왼손은 다리 총집에 있는 스코처 위에서 쉬고 있다. 통로는 그 손님들을 감안하고 예상했던 것보다 조용하다. 하지만 내 함선이 활기로 박동하는 곳들은 주요 격납고, 총 보관실, 엔진실 그리고 무기고 들이다. 이 포로 갑판에는 활기가 없다.

"왜 이리 오래 걸렸어?"

세브로가 묻는다. 그는 검은 작업복을 입은 채 새 전투용 조끼 속에서 불편하게 기지개를 편다. 그의 양다리가 흔들리는 동안 부츠들끼리 부딪히면서 딱딱 소리가 난다.

"오리온이 교량에서 비행 허가에 대한 질문들을 했어."

"젠장. 우리가 독수리를 날려 보낼 것을 그녀도 알아챈 거야?"

"그녀는 이 건을 내버려 두기로 약속했어."

"그래야지. 그리고 그녀의 입도 꼭 다물고. 만약 세피가 알게 되면……."

"나도 알아. 그리고 오리온도 알아. 그녀는 말하지 않을 거야."

"네가 그렇게 말한다면야."

세브로는 얼굴을 찌푸려 주름을 만들고 플라스크를 완전히 비우며 통로 아래쪽을 살핀다. 머스탱이 다가오더니 말한다.

"보초들은 재배치됐어. 해군 순찰병들은 통로 13-c로부터 분산됐어. 카시우스는 막힘없이 격납고로 도달할 수 있는 상태야."

"좋아. 너는 이 일에 확신이 서?"

나는 머스탱의 손을 만지며 묻는다. 그녀는 고개를 끄덕인다.

"완전히 있는 것은 아니지만 그게 인생이니까."

"세브로? 너 여전히 괜찮은 거지?"

세브로는 짐 상자에서 폴짝 뛰어내린다.

"보다시피. 내가 여기 있다는 게 그 증거잖아, 안 그래?"

세브로는 내가 구금실 문 너머로 중력 조작기를 조종하는 것을 도와준다. 경비 스테이션에는 사람이 없다. 음식 껍질과 타바스코소스 컵만이 포로를 지키던 아레스의 아들들 팀의 자취다. 세브로는 입구에서부터 강화유리로 된 십각형 감옥까지 나를 따라오며 그가 플라이니를 위해 지어냈던 노래를 휘파람으로 분다.

"네 다리가 조금은 젖으면……."

세브로가 노래를 부르는 동안 우리는 카시우스의 감옥 앞에서 멈춘다. 안토니아의 감옥은 그의 것의 맞은편에 있다. 그녀의 얼굴은 두들겨 맞아 부었다. 그녀는 자신의 감옥 침대에서 미동 없이 증오하는 눈으로 우리를 지켜본다. 세브로는 우리를 카시우스와 분리시키는 강화유리를 똑똑 두드린다.

"인나요 인나, 벨로나 겅."

카시우스는 잠자던 눈을 비비고 자신의 침대에 일어나 앉는다. 그렇게 그는 세브로와 나를 확인하면서도 머스탱에게 말을 건다.

"무슨 일이 벌어지고 있는 거야?"

"우리가 루나에 도착했어."

내가 말한다.

"화성이 아니라?"

카시우스가 놀라워하며 묻는다. 안토니아가 우리 뒤 침대에서 자세를 바꾼다. 그녀도 이 소식에 카시우스가 놀라움을 보이는 만큼이나 당황한 것이다.

"화성이 아니라."

"너 정말 루나를 공격하려는 거야? 너 미쳤구나. 너에게는 그럴 만한 함선들이 없어. 방어막은 대체 어떻게 뚫고 들어갈 심사인 거야?"

카시우스가 중얼거리자 세브로가 말한다.

"귀염둥이, 그것에 대해서는 조금도 걱정하지 마. 우리에게도 우리만의 수완이 있다고. 하지만 곧 뜨거운 금속들이 이 함선 안으로 미끄러져 들어올 거야. 그럼 누군가가 이곳으로 와 네 머리를 쏴 버릴 가능성이 크지. 여기 대로우는 그 생각을 하자 슬퍼하더라고. 그리고 나는 슬픈 대로우가 싫어."

카시우스는 여전히 우리가 정신이 나간 것처럼 우리를 마냥 바라본다.

"얘 아직도 이해를 못하고 있네."

"이 전쟁에 더 이상 볼일이 없다고 말했을 때 너 진심으로 하는 말이었어?"

나는 카시우스에게 묻는다.

"이해가 안 돼⋯⋯."

"아주 우라지게 간단한 문제야, 카시우스. 그래, 아니야?"

머스탱의 말에 카시우스가 그의 침대에서 말한다.

"그래."

안토니아는 우리를 지켜보려고 일어나 앉았다.

"나는 더 이상 볼일이 없어. 어떻게 안 그럴 수 있겠어. 이 전쟁은 나에게서 모든 것을 앗아갔어. 그것도 다 자신들만 신경 쓰는 사람들을 위해서."

"그래서?"

내가 세브로에게 묻는다.

"오, 제발. 대로우 넌 저 대답이 나를 만족시키리라고 생각하는 거야?"

세브로가 코웃음을 친다.

"너희들 대체 무슨 게임을 벌이고 있는 거야?"

카시우스가 묻는다.

"게임이 아니야, 꼬맹아. 대로우는 내가 너를 풀어 주기를 바라고 있어."

카시우스의 눈이 커진다.

"하지만 나는 네가 우리를 죽이러 오지 않을 것이라는 확신이 있어야겠거든. 너는 온통 명예와 혈채나 생각하는 사람이니 내가 잘 잘 수 있도록 네가 맹세를 해 줘야겠어."

"나는 네 아버지를 죽였어……."

"그 문제를 그만 상기시키는 편이 너한테 좋을 거야."

"네가 이곳에 남으면 우리는 너를 보호할 수 없어. 나는 세계가 여전히 카시우스 오 벨로나를 필요로 한다고 믿어. 하지만 이곳에는 네가 있을 자리가 없어. 그리고 군주와 함께하는 곳에도 너를 위한 자리는 없지. 네가 이 전쟁을 뒤로 하고 떠난다고 네 명예를 걸고 맹세를 한다면 너에게 자유를 줄게."

내 말에 안토니아가 우리 뒤에서 웃음을 터뜨린다.

"이거 완전 웃기다. 그들이 너를 가지고 노는 거야, 카시. 네 마음 줄을 하프 줄처럼 당겨 보고 있는 거라고."

"조용히 해, 이 독하고 버르장머리 없는 애새끼야."

머스탱이 날카롭게 쏘아붙인다.

카시우스가 머스탱을 눈여겨보며 우리의 제안을 가늠한다.

"너도 이 일에 동의한 거야?"

머스탱이 말한다.

"내 생각이었어. 이 일들 중 어느 하나도 네 탓은 아니야, 카시우스. 나는 너에게 잔인했어. 그리고 그 일에 대해서라면 너에게 사과할게. 네 복수심이 대로우를 향해, 나를 향해 있었다는……."

"너를 향한 적은 없었어. 절대 너를 향할 수는 없어."

머스탱이 움찔한다.

"……하지만 나는 복수의 결과가 어떤지도 네가 봤다는 것을 알아. 옥타비아가 정말 어떤 사람인지, 내 오빠가 정말 어떤 사람인지도 봤다는 것을 알고. 너에게는 오직 네 가족을 보호하고자 노력한 죄밖에 없어. 너는 이곳에서 죽을 정도로 죄를 짓지 않았어."

"너는 정말로 내가 떠나기를 원하는 거야?"

카시우스가 묻자 머스탱이 말한다.

"나는 네가 살기를 바라. 그리고 맞아. 나는 네가 떠나기를 바라. 그리고 다시는 돌아오지 않기를 바라."

"하지만…… 어디로 가라고?"

카시우스가 묻는다.

"이곳이 아니라면 어디든."

카시우스가 침을 꿀꺽 삼키며 자신을 살핀다. 단지 그 자신이

380

명예와 의무에 빚진 것이 무엇인지에 대한 이해를 구하는 것뿐만이 아니라 머스탱이 없는 세상을 상상해 보려고 하는 것이다. 나는 우리가 그에게 자유를 주고 있는 이 순간에조차도 그가 느낄 그 끔찍한 외로움을 안다. 사랑 없는 삶이란 가장 끔찍한 감옥이다. 하지만 그는 입술을 핥은 뒤 내가 아닌 머스탱을 향해 고개를 끄덕인다.

"우리 아버지와 줄리언을 걸고, 나는 너희를 향해 팔 하나도 들지 않을 것을 약속할게. 나를 풀어 준다면 나는 떠나겠어. 그리고 다시는 돌아오지 않을게."

안토니아가 감옥 유리를 주먹으로 친다.

"이 겁쟁이. 이 지독하게 징징대다 채찍에 맞은 조막만 한 애벌레 새끼야……."

나는 세브로를 툭 건드린다.

"여전히 네가 결정할 사안이야."

세브로는 작은 염소수염의 털을 잡아당긴다.

"아, 젠장. 이 똥깡아지들아, 이 일에 대해 너희 판단이 꼭 옳아야 할 텐데."

자신의 주머니를 뒤지더니 그는 자성 열쇠 카드를 꺼내 묵직한 쿵 소리를 내며 카시우스의 감옥 문 자물쇠를 푼다.

머스탱이 단조로운 어조로 말한다.

"이 층의 보조 격납고에 너를 기다리는 셔틀이 있어. 비행 허가도 받은 거야. 하지만 너는 지금 가야 해."

"그 말인즉슨 '지금'이라고, 이 똥대가리야."

세브로가 말한다.

"그들이 네 뒤통수를 쏠 거야! 이 배신자야."

안토니아가 말한다.

카시우스는 감옥 문에 조심스럽게 손을 올린다. 마치 그가 그것을 밀어 본 후에야 그것이 잠겨 있다는 것을 깨닫고 우리가 그를 비웃으며 그에게 준 모든 희망들을 빼앗을까 봐 두려워하는 듯한 모습이다. 하지만 카시우스에게는 믿음이 있다. 그리고 표정을 다 잡은 뒤 그는 문을 민다. 감옥 문은 밖으로 열린다. 카시우스는 우리 곁으로 걸어 나온다. 그는 수갑이 채워질 것을 예상하며 양손을 내민다.

"너는 자유인이야, 인간아."

세브로가 불분명한 발음으로 말하며 손 마디뼈로 주황색 상자를 둔탁하게 친다.

"하지만 우리는 너를 이 상자 안에 넣어야 해. 그래야 상자를 수레에 싣고 나가면서 너를 밖으로 빼돌리는 걸 아무에게도 안 들킬 수 있거든."

"당연하지."

카시우스는 멈칫하며 나를 향해 돌아서더니 손 하나를 내민다. 나는 그 손을 잡는다. 마음속에서 이상한 연대감이 밀려온다.

"안녕, 대로우."

"행운을 빌어, 카시우스."

그리고 머스탱을 위해서 카시우스는 멈춰 선다. 그는 손을 뻗어 그녀를 안고 싶어 하지만 그녀는 한 손만 내밀 뿐이다. 심지어 이 순간에도 그녀는 그를 차갑게 대하고 있다. 그는 그녀의 손을 보고는 고개를 저으며 그녀의 인사를 받지 않는다. 그가 말한다.

"우리에게는 언제나 루나에서의 추억이 있을 거야."

"안녕, 카시우스."

"안녕."

카시우스는 세브로가 열어 준 상자 쪽으로 가서 그 안을 살핀다. 그리고 그 자리에서 머뭇거리며 세브로에게 뭐라고 하고 싶어 하는 모습을 보인다. 아마도 세브로에게 마지막으로 고맙다는 인사를 하려는 것일지도 모르겠다.

"네 아버지가 옳았는지는 나도 모르겠어. 하지만 그는 용감한 분이셨어. 그분이 살아 계시지 않아 유감이야."

그는 나에게 했던 것처럼 세브로에게도 손 한쪽을 내민다.

세브로는 그 손을 향해 힘겹게 눈을 깜빡인다. 그것을 증오하고 싶어 한다. 이것은 그에게 쉬운 일이 아니다. 그는 한 번도 상냥한 영혼이었던 적이 없다. 하지만 그는 나름의 최선을 다하며 그 뻗은 손을 잡는다. 그들은 악수를 한다. 하지만 무언가 잘못 돌아가는 기분이다. 카시우스가 손을 놓지 않는다. 그의 표정이 차갑다. 눈빛에는 용서가 없다. 그의 몸이 회전한다. 너무나 빠르게 돌아 나는 그가 세브로의 손을 홱 잡아끄는 것을 막지 못한다. 그렇게 그는 내 친구의 상대적으로 더 작은 몸체를 자신의 쪽으로 끌고 오는 동시에 골반을 틀어 둘이 춤을 추는 것처럼 세브로를 자기 오른쪽 겨드랑이에 고정한다. 그렇게 그는 세브로의 다리 총집으로부터 권총을 뽑아간다. 세브로는 넘어진다. 무기를 향해 허둥거리고 있지만 이미 빼앗긴 상태다. 카시우스가 세브로를 밀쳐낸 뒤 뒤에서 그의 척추에 스코처를 댄다. 세브로의 눈이 거대하다. 두려워하며 나를 뚫어지게 바라보고 있다.

"대로우…….."

"카시우스, 안 돼!"

내가 외친다.

"이건 내 의무야."

"카시우스…….."

머스탱이 한 발 앞으로 나선다. 그녀의 뻗은 손이 떨리고 있다.

"그는 네 생명을 구했잖아……. 제발."

"무릎을 꿇어."

카시우스가 우리에게 말한다.

"너희들의 지독한 무릎을 꿇으라고."

나는 벼랑 끝에 매달린 기분을 느낀다. 어둠이 내 앞에 펼쳐진다. 나를 다시 데려가겠다고 속삭인다. 레이저를 향해 손을 뻗을 수도 없다. 카시우스는 내가 그것을 뽑기도 전에 쉬이 나를 쏠 수 있을 것이다. 머스탱은 무릎을 꿇으며 나에게 어서 따라하라고 손짓한다. 멍한 상태로 나는 그녀의 지시를 따른다.

"그를 죽여! 그 개새끼를 죽여!"

안토니아가 고함치고 있다.

"카시우스, 내 말을 들어봐……."

나는 애원한다.

"내가 무릎 꿇으라고 했지."

카시우스가 세브로에게 자신의 말을 반복한다.

"무릎이라고?"

세브로가 사악하게 미소를 짓는다. 그의 눈에서 미친 자의 눈빛이 번뜩인다.

"멍청한 골드. 너는 하울러 규칙 1번을 잊고 있잖아. 절대 머리를 조아리지 말라."

그는 오른 팔목으로부터 레이저를 잡아챈 후 뒤로 돌아보려고 한다. 하지만 그의 움직임이 너무 느리다. 카시우스는 그의 어깨를 쏜다. 그 바람에 그는 옆으로 홱 튕겨져 나간다. 전투용 조끼가 깨진다. 피가 금속 벽면에 흩뿌려진다. 세브로가 앞으로 고꾸라진다. 그의 눈빛은 야성적이다.

"골드를 위해."

카시우스가 속삭이며 세브로의 가슴에 총을 직접 대고 6발을 더 쏜다.

제58장

희미해지는 빛

세브로의 가슴에서 피가 분출한다. 그 피가 내 얼굴에 흩뿌려진다. 그는 뒤로 넘어진다. 레이저를 떨어뜨린다. 무릎을 꿇는 자세로 주저앉으며 충격에 헉하고 숨을 몰아쉰다. 나는 황급히 카시우스의 연기 나는 무기의 총구 밑에 쓰러진 그의 곁으로 간다. 세브로는 가슴을 부여잡고 있다. 혼란스러워하고 있다. 피가 그의 입에서 방울방울 흘러나온다. 피는 조끼에도 거품을 일며 스미어 나와 내 손에 얼룩을 남긴다. 그는 기침을 하며 나에게 피를 튀긴다. 필사적으로 일어서 보려고 한다. 이 상황을 웃어넘기려고 한다. 하지만 아무것도 마음대로 되지 않는다. 그의 양팔이 떨린다. 숨소리가 거칠다. 눈은 크다. 그의 마음속에 두려움이 야성적이고 깊고 원시적으로 자리하는 동안 안토니아는 감옥에서 즐겁게 낄낄거리고 있다.

"죽지 마."

나는 황급히 말한다.

"죽지 마, 세브로."

세브로는 내 품안에서 몸서리친다.

"세브로. 제발. 제발. 살아 있어. 제발. 세브로……."

마지막 유언 없이, 애원이나 성격을 슬쩍이라도 드러내는 모습 없이 그는 그대로 굳는다. 붉은 빛을 흘리며. 그의 맥박이 사그라지는 동안 내 얼굴에서는 눈물이 흘러내리고 안토니아는 울부짖으며 우리를 조롱한다.

나는 비명을 지른다.

끔찍함에.

세상으로부터 느껴지는 절망적인 사악함에.

내 가장 친한 친구를 바닥에서 안은 채 앞뒤로 몸을 흔들며.

이 어둠과 증오와 무력함에 압도된 채.

카시우스는 인정 없는 눈빛으로 나를 빤히 내려다보며 말한다.

"네가 뿌린 것을 거둘지니."

나는 끔찍하게 울며 일어선다. 카시우스는 스코처로 내 머리 측면을 강타한다. 나는 쓰러지지 않는다. 그 타격을 맞고도 레이저를 꺼내든다. 하지만 그는 나를 두 번 더 치고 나는 쓰러진다. 그는 나에게서 레이저를 가져간 뒤 일어서려고 하던 머스탱의 목에 그것을 댄다. 그리고 내가 그를 올려다보는 사이에 내 이마에 총을 겨누고는 방아쇠를 당기려고 한다.

"군주는 그를 생포하기를 원하잖아!"

머스탱이 말한다.

"맞아."

카시우스는 조용히 응답하며 자신의 분노를 극복한다.

"그래, 네 말이 맞아. 너희가 너희 전투 전략을 우리에게 털어놓을 때까지 군주님은 그를 겹겹이 벗길 수 있기를 바라시지."

"카시우스, 나를 이 빌어먹을 감옥에서 꺼내 줘."

안토니아가 씩씩거린다.

카시우스는 발로 세브로의 몸을 치운 뒤 안토니아의 감옥 문을 열기 위해 통행증을 꺼낸다. 안토니아는 여왕처럼 걸어 감옥을 벗어난다. 포로용 신이 세브로의 신선한 피에 작은 발자국을 남긴다. 그녀가 머스탱의 얼굴을 무릎으로 치자 머스탱은 쓰러진다. 시야의 초점이 잡혔다 흔들리기를 반복한다. 뇌진탕으로 인해 내장에서부터 속이 울렁거리고 있다. 세브로의 따뜻한 피가 내 배를 따라 셔츠 사이로 스며들고 있다. 안토니아가 내 위에서 탄식한다.

"우웩. 고블린이 아직도 사방으로 피를 흘리네."

"저들을 감시하고 데이터패드들을 압수해. 지도가 필요해."

카시우스가 명령한다.

"너는 어디로 가는 거야?"

"수갑과 족쇄를 가지러."

카시우스는 안토니아에게 스코처를 툭 던져 준다.

카시우스가 모퉁이를 돌아 사라지자 안토니아가 내 위로 쭈그리고 앉아 생각에 잠긴다. 그녀는 총구를 내 입에 대고 민다.

"열어."

그리고 내 고환을 주먹으로 친다.

"열라고."

눈 돌아가는 고통 속에서 나는 입을 연다. 그녀는 스코처의 총열을 그 안으로 거칠게 밀어 넣는다. 이질적인 금속이 내 목구멍 뒤쪽을 누른다. 이가 그 검은 강철의 표면을 긁는다. 나는 헛구역질을 한다. 담즙이 올라오는 것이 느껴진다. 그녀는 증오의 눈빛으로 내 눈을 뚫어지게 쏘아본다. 내 몸이 경련을 일으키는 동안에도 내 머리 위에 쭈그리고 앉은 채 목구멍에 총열을 밀어 넣는다. 내가 바닥에 구토를 할 때에서야 총열을 내 입에서 꺼낸다.

"벌레 새끼."

안토니아는 나에게 침을 뱉은 뒤 우리의 데이터패드와 레이저들을 가져간다. 그리고 카시우스가 경비 스테이션에서 돌아오자 그에게 세브로를 던져 준다. 그들은 나에게 죄수용 마구를 채운다. 금속 입마개와 조끼가 세트로, 양팔을 교차시킨 뒤 가슴에 고정시켜 손가락들이 반대쪽 어깨와 맞닿게 만드는 것이다. 그 후 그들은 우리가 카시우스를 위해 가져온 컨테이너 박스에 나를 던져 넣는다. 내가 그 안에 들어갈 수 있도록 무릎을 강제로 구부리게 한다. 나는 몸이 쓰러지는 것도 손으로 받치지 못한다. 그 바람에 머리가 플라스틱 바닥에 쾅 부딪힌다. 그 후 그들은 쓰레기처럼 내 위로 세브로와 머스탱을 쌓아 올리고는 상자를 확 닫아 버린다. 세브로의 피가 내 얼굴 위로 뚝뚝 떨어진다. 내 머리의 측면에 난 자상으로부터 피가 새어 나온다. 울거나 움직이기에도 너무나 멍한 상태다.

"대로우…… 너 괜찮아?"

머스탱이 웅얼거린다. 나는 그녀의 질문에 대답하지 않는다.

상자 너머로 카시우스가 안토니아에게 묻는 소리가 들린다.

"너 지도 찾았어?"

"거기에 카메라 방해용 재머도 찾았지. 내가 밀게. 네가 길을 안내해. 능력이 된다면."

"능력이야 되지. 가자."

재머가 평 소리를 낸 뒤 중력 조작기가 움직인다. 그들은 우리를 끌고 간다. 만약 세브로와 머스탱이 내 위에 있지 않았다면 나는 몸을 웅크린 뒤 등으로 상자 뚜껑을 밀칠 수 있었을 것이다. 하지만 그들의 무게가 나를 이 작은 컨테이너 안에 가둔다. 후덥지근하다. 땀 냄새가 난다. 숨 쉬기가 힘들다. 무력하다. 그들이 내가 카시우스를 위해 열어 놓은 길로 이동하는 것을 막을 방도가 없다. 그들이 우리를 밀며 인적 없는 격납고를 지나 출입구 경사로를 오르고 함선 안으로 들어선 뒤 비행전 점검을 시작하는 것도 막을 방도가 없다.

"함선 S-129, 이륙이 허가됐습니다. 펄스 방패를 끄는 동안 대기하십시오."

엔진이 예열되는 동안 멀리 떨어진 교량에서 비행 장교가 컴 너머로 말한다.

"이륙 준비가 완료됐습니다."

전함의 뱃속에서 나온 내 적들은 나를 내 친구들의 위안, 내 종족 사람들의 안전, 그리고 전쟁을 준비하는 내 군대의 힘으로부터 몰래 데리고 간다. 나는 숨을 멈추며 오리온의 목소리가 컴 너머로 나오기를 기대한다. 함선 이륙이 금지되기를, 립윙이 함선의 엔진을 쏘아 버리기를 기다린다. 그럴 일은 전혀 없다. 어디선가 어머니께서는 차를 우리며 내가 어디에 있는지, 안전한지 궁금해 하고 계실 것이다. 어머니께서 우주의 공동 너머로 느끼지 못하시기를 기도한다. 이 고통을, 그리고 내가 과시했던 모든 힘과 바보 같은 허세에도 불구하고 나를 잠식하는 이 공포를······. 머리로 알고 있는 것들에도 불구하고 나는 두렵다. 나뿐만 아니라 머스탱도 걱정된다.

안토니아와 카시우스가 상자 너머에서 대화하는 소리가 들린다. 카시우스는 비행선에서 응급 신호를 보낸다. 몇 분 뒤, 차가운 목소리가 컴에서 지지직거리며 들려온다.

"사르페돈 셔틀, 여기는 LDC 공격수 크로노스. 당신들은 올림픽 나이트의 조난 신호를 송신했다. 신원을 밝혀라."

"크로노스, 여기는 모닝 나이트. 통행 코드 7-8-7-에코-알파-9-1-2-2-7. 나는 적군의 기함에 붙잡혀 있다 탈출했으며 호위와 도킹장 통행허가를 요청하는 바다. 안토니아 오 세베루스-줄

391

리가 나와 함께 있다. 우리는 귀중한 화물을 가지고 간다. 적이 뒤쫓아 오고 있다."

잠시 말이 없다.

"확인 완료. 코드 수락됐습니다. 컴선을 유지하십시오. 당신이 들을 다음 목소리는 프로티언 나이트의 것입니다."

잠시 후 아자의 목소리가 함선 전체로 우르릉거리며 울려 퍼진다. 나는 몹시 두려워진다. 결국 그녀는 황무지에서 살아남아 고향으로 잘 돌아갔다는 것이다.

"카시우스? 너 살아 있구나."

"일단은 그렇지."

"네 화물은 뭐야?"

"리퍼, 버지니아, 그리고 아레스의 시체야."

안토니아가 흥분하며 대답한다.

"시체라……. 내가 그들을 직접 보고 싶은데."

부츠가 컨테이너 쪽으로 쿵쿵거리며 다가온다. 뚜껑이 열리더니 카시우스가 머스탱을 밖으로 끌어낸다. 그 후 그는 나도 끌어내 홀로그램 앞에 나를 던져 놓는다. 홀로그래프 프로젝터 상에서 작고 어둡게 보이는 아자는 이 세상의 것이 아닌 듯한 침착함을 보이며 우리를 지켜본다. 안토니아는 계속해서 세브로의 총을 내 머리에 대고 있으며 카시우스는 세브로의 모호크식 머리를 잡아 올려 그의 얼굴을 보인다.

"젠장, 지독하게. 벨로나."

392

아자가 말한다. 그녀의 말투에 흥분이 섞여 있다.

"젠장, 지독하게. 너 해냈구나. 군주님이 너를 시타델에서 보고 싶어 하시겠는데."

"그러기 전에, 나는 너로부터 버지니아가 아무런 해를 입지 않을 것이라는 약속을 받아내야겠어."

"너 무슨 말을 하는 거야? 그녀는 배신자야."

안토니아가 묻는다. 그녀는 레이저를 든 카시우스가 자신과 얼마나 가까이 서 있는지를 확인하며 갑자기 경계를 세운다.

카시우스가 말한다.

"그러니 그녀는 옥에 갇힐 거야. 처형되거나 고문당하는 것이 아니라. 나는 네 약속이 필요해, 아자. 아니면 나는 이 함선의 방향을 돌릴 거야. 대로우가 네 자매를 죽였어. 너 복수하고 싶은 거야, 아니야?"

아자가 말한다.

"내가 약속하지. 그녀는 아무런 해를 겪지 않을 거야. 분명히 옥타비아도 동의할 거야. 우리는 그녀를 통해 림의 사안들을 정리해야 해. 너를 뒤쫓는 자들을 대신 상대할 소함대을 보낼게. 벡터 41' 13'25로 방향을 전환해. 위성을 돌며 '화성의 사자'로부터 도킹 지시 사항에 대한 연락이 올 때까지 대기해. 우리는 네 함선이 위성 측에 착륙하도록 허가를 내줄 수 없어. 하지만 아우구스투스 대총독은 1시간 내로 시타델에서 군주님과 함께할 거야. 그는 너희를 함께 태우고 가는 것을 별로 신경 쓰지 않을 것 같아."

카시우스가 묻는다.

"대총독이 여기에 있다고? 그의 함선들은 보이지 않는데."

"그야 당연히 여기에 있지."

아자가 응답한다.

"그는 애초부터 대로우가 화성으로 갈 생각이 없었다는 것을 알고 있었어. 그의 함대 전체가 루나의 원측에서 대로우의 세력이 내 아버지의 함대를 공격하기를 기다리고 있지. 이건 대총독이 놓은 덫이야."

제59장

화성의 사자

검은 갑옷을 입은 옵시디언들이 머스탱과 나를 셔틀의 화물 운송용 널빤지를 따라 끌고간다. 그들은 거의 라그날만 하며 사자 배지를 달고 있다. 나는 그들은 발로 차 보려고 시도하지만 그들은 2미터 길이의 이온 창으로 내 배를 푹 찔러 나를 감전시킨다. 근육들이 경련한다. 전기가 비명을 지르며 내 몸을 관통한다. 그들은 나를 갑판 밑으로 던진 뒤 내 머리끄덩이를 잡아 올려 내가 무릎을 꿇은 채 세브로의 시체를 멍하니 내려다보게 만든다. 자비롭게도 세브로의 두 눈은 감겨 있다. 피가 묻은 그의 입은 분홍색이다. 머스탱이 일어서 보려고 노력한다. 숨죽인 듯한 쿵 소리가 들려온다. 옵시디언 하나가 그녀의 배를 친 것이다. 그 바람에 그녀는 다시 무릎을 꿇은 채 숨을 헐떡이게 된다. 카시우스도 마찬가지로 강제로 무릎이 꿇은 상태다.

안토니아는 릴라스의 곁으로 간다. 릴라스는 검은 갑옷을 입고 우리 앞에 서 있다. 비명을 지르는 금색 해골이 갑옷의 양 어깨와 가슴판 한가운데에 하나씩 있다. 옆구리를 따라서는 사람의 늑골들이 갑옷에 박혀 있다. 야만스러운 치장을 화려하게 모두 착장한 첫 번째 본라이더, 자칼의 세브로다. 머리는 민 상태다. 조용한 눈은 작고 이목구비가 모두 한데 몰려 있는 얼굴에 깊숙이 박혀 있다. 이 세상에는 그 눈으로 보는 것 중 그녀가 좋아할 만한 것들이 드물다. 그녀의 뒤로는 10명의 젊고 흉터를 입은 비할 데 없는 자들이 우뚝 늘어서 있다. 그들의 머리는 모두 그녀의 것처럼 전쟁을 위해 민 상태다.

"저들을 검사해."

릴라스가 명령한다.

"이건 대체 뭐야?"

카시우스가 묻는다.

"자칼의 명령이야."

골드들이 나를 살피는 동안 릴라스는 조심스럽게 지켜본다. 릴라스가 말을 잇는 동안 카시우스 역시 수모를 겪는다.

"두목은 속임수를 좋아하지 않아."

"나에게는 군주님의 영장이 있어. 우리는 리퍼와 버지니아를 시타델로 데려가기로 되어 있다."

카시우스가 말한다.

"알아. 우리도 같은 명령을 받았어. 곧 그리로 가게 될 것이다."

릴라스는 카시우스에게 일어서라는 손짓을 보인다. 그리고 그녀의 수하들이 그를 검사한다. 도청 장치나 기구나 방사선 추적 장치는 없다. 카시우스는 무릎의 먼지를 턴다. 나는 계속 무릎을 꿇은 상태를 유지한다. 그 동안 릴라스는 옵시디언 중 한 명이 출입구 경사로를 따라 질질 끌고 온 세브로를 자세히 들여다본다. 그녀는 그의 맥박을 느껴 보더니 미소를 짓는다.

"사냥 잘했네, 벨로나."

빛나는 눈과 조각 같은 광대를 지닌 도도하고도 눈에 두드러질 정도로 잘생긴 본 라이더 하나가 작게 '오오오' 소리를 낸다. 문신을 새긴 손가락 끝에 색을 칠한 손톱으로 자신의 아랫입술을 톡톡 두드린다.

"바르카의 뼈는 얼마면 돼?"

그가 묻는다.

"팔 게 아닙니다."

카시우스가 응답한다.

그 남자가 오만한 미소를 번뜩인다.

"나의 굿맨이여, 안 파는 게 어디 있어. 늑골 하나에 1000만 신용 급료면 어때?"

"안 됩니다."

"1억 줄게. 좀 팔아라, 벨로나……."

"발리-래스 특사여, 제 직함은 모닝 나이트입니다. 저를 카시우스 경이라고 부르거나 아니면 아예 부르지 마십시오. 아레스의 시체는 정부의 소유입니다. 제가 팔 수 있는 것이 아닙니다. 하지만 그 문제로 저에게 한 번 더 물으신다면 그때는 말로 끝내지 않겠습니다, 특사님."

"그럼 발정날 거라는 거야? 네 말이 그런 뜻이었어?"

택터스의 형이 묻는다. 나는 이 짜증나는 귀족적 인간을 오늘 처음 봤다. 그리고 전에 그를 만난 적이 없었다는 사실이 기쁘다. 택터스는 이 무리 중 그나마 나은 사람이었던 것 같다.

"이 지독한 야만인들."

머스탱이 피투성이 잇새로 말한다.

"야만인이라고? 참 예쁘장한 입인데. 그건 그렇게 쓸 입이 아니지 않니."

택터스의 형이 말하자, 카시우스가 그 남자를 향해 한 걸음 다가선다. 다른 본라이더들은 칼자루를 쥔다.

"사르수스. 입 닥쳐."

릴라스가 고개를 기울이며 귀에 꽂힌 컴을 듣고 있는 사이에 택터스의 형은 그녀의 옆자리로 돌아가 코를 들어올린다.

릴라스는 그녀의 컴에 대고 말한다.

"네, 각하. 바르카는 죽었습니다. 제가 확인했어요."

안토니아가 앞으로 나선다.

"그거 아드리우스야? 나도 그와 얘기할 수 있게 해 줘 봐."

릴라스는 자신보다 키가 큰 그 여자에게 손바닥을 내보이며 그녀를 저지한다.

"안토니아가 각하와 얘기하고 싶어 합니다."

그녀는 말을 멈춘다.

"각하께선 당신과의 대화를 나중으로 미뤄도 된다고 하시네. 사르수스, 노바스, 리퍼의 수갑을 풀고 그의 양팔을 펼쳐."

"버지니아는 어떻게 하고?"

사르수스가 묻는다.

"그녀를 건드리면 당신은 죽습니다. 당신은 그 사실만 알면 됩니다."

카시우스가 말한다. 겉으로 보이지는 않지만 카시우스의 눈 뒤로는 두려움이 담겨 있다. 그는 할 수만 있었다면 절대 머스탱을 이곳으로 데리고 오지 않았을 것이다. 군주의 부하들과는 다르게 자칼은 뭐든 아무 때나 할 수 있는 인간이다. 아자가 안전을 보증했던 것이 갑자기 매우 부족하게 느껴진다. 왜 군주는 우리를 이곳으로 보냈을까?

"아무도 네 상품들을 건드리지 않을 거야. 리퍼만 빼고."

릴라스가 말한다. 한 가지 음으로만 이루어진 그 말투는 음산하기 그지없다.

"나는 그를 군주님께 데리고 가야……."

"우리도 알아. 하지만 내 주인님은 과거의 고충에 대한 보상을 요구하시지. 너희가 착륙하는 동안 군주님은 주인님께 그것을 허락하셨다. 예방책으로써."

릴라스는 데이터패드를 슬쩍 보여 준다. 카시우스는 그 명령을 읽어 내려가며 조금 창백해진 얼굴로 나를 돌아본다.

"이제 우리 일을 진행해도 될까? 아니면 계속해서 호들갑을 떨고 싶은가?"

카시우스에게는 선택권이 없다. 그는 리모컨의 기압을 내린다. 내 양손을 가슴에 고정시킨 채 잠겨 있던 금속 수갑들이 풀어진다. 사르수스와 노바스는 그 자리에 있다 내 양팔을 잡아 옆구리에 고정시킨다. 그리고 자신들의 채찍 형태 레이저들을 각자 내 양쪽 손목에 감고는 팽팽하게 잡아당긴다. 그 바람에 내 어깨뼈가 그 견관절와와 마찰하며 으스러진다.

"저들이 저렇게 하도록 내버려 둘 거야? 네 명예는 어찌 된 거야? 그것도 네 다른 말들처럼 가짜였어?"

머스탱이 카시우스에게 으르렁거린다. 카시우스가 뭐라고 말하려고 하지만 그녀는 그의 발에 침을 뱉는다.

안토니아는 불쾌하게 미소를 짓는다. 그녀는 내가 고통 받는 광경에 사로잡혀 있다. 릴라스는 내 레이저를 카시우스로부터 가져간 뒤 우리를 격납고까지 안내한 립윙을 향해 걸어간다. 그 자리에서 그녀는 내 슬링블레이드를 들어 올린 뒤 검은 열기와 그을림을 뿜어내는 엔진 중 하나 안으로 집어넣는다.

"말해 봐, 리퍼. 네가 내 한참 어린 남동생에게 소피를 봤나? 그래서 그가 그렇게 정신을 못 차렸던 거야?"

우리가 기다리는 동안 사르수스가 묻는다. 향수 뿌린 머리카락

가닥들이 그의 눈 위로 드리워진다. 그만이 머리를 밀지 않은 상태다.

"그게, 그 짓은 네가 처음 한 것도 아니거든. 내 말의 저의를 알겠지?"

나는 앞만 뚫어지게 쳐다본다.

"그가 오른손잡이인가, 왼손잡이인가?"

릴라스가 저편에서 이쪽으로 외친다.

"오른손잡이야."

카시우스가 대답한다.

"폴록스, 지혈대를 가져와."

릴라스가 지시한다.

나는 그들이 무슨 일을 벌이려고 하는지 깨닫는다. 공포심에 피까지 싸늘해지는 기분이다. 이 상황이 마치 다른 사람에게 벌어지는 것 같다. 고무가 오른쪽 팔뚝에 꽉 묶이고 바늘이 콕콕 찌르는 듯 간질이는 감각이 손가락 끝까지 느껴질 때조차도 그렇다.

그 후 나는 내 적의 소리를 듣는다.

그의 검은 부츠가 터벅터벅 거리는 소리.

미묘하게 변하는 모든 이들의 태도.

공포감.

본라이더들이 양쪽으로 갈라서면서 그들의 주인이 대강당의 입에서 나와 격납고로 들어오는 모습을 지켜본다. 그는 민머리에 거대한 키를 자랑하는 골드 경호원 열두 명의 호위를 받고 있다. 각

경호원은 빅트라만큼 크다. 골드 해골이 옷깃에서, 그리고 레이저 손잡이에서 웃고 있다. 어깨에서는 뼈들이 달그락거린다. 그들이 앗아간 손가락 관절들이다. 적들의 것이다. 론의, 피치너의, 그리고 내 하울러들의 것이다. 이들은 내 시대의 살인자들이다. 오만함이 뚝뚝 떨어진다. 그들이 나를 쳐다볼 때 그들의 폭력적인 눈빛에서 내가 발견하는 것은 증오가 아니다. 오히려 근본적인 공감의 부재다.

나는 자칼에게 그를 증오하지 않는다고 말했었다. 그것은 거짓말이었다. 그가 갑판을 지나오는 모습을 지켜보는 내내 느껴지는 것은 증오뿐이다. 그가 내 삼촌을 죽일 때 썼던 총이 허벅지에 찬 자성 밴드형 총집에 매달려 있다. 그의 갑옷은 금빛이다. 거기에 새겨진 금색 사자들이 포효하고 있다. 인간의 늑골이 갑옷 몸판 옆면을 따라 박혀 있다. 각각 내가 알아볼 수 없는 무늬가 새겨져 있다. 머리는 빗어 넘겨 옆 가리마를 탔다. 은색 스타일러스 펜이 그의 손에서 돌고 돈다. 안토니아가 그에게 한 걸음 다가선다. 그러다 자칼이 그녀가 아닌 세브로에게 걸어가는 것을 확인하고는 가던 길을 멈춘다.

"좋아. 뼈들이 잘 보존돼 있네."

자칼은 세브로의 피투성이 몸을 살핀 뒤 자기 여동생 앞에 서서 그녀를 내려다본다.

"안녕, 버지니아. 할 말 없어?"

"할 말이 뭐가 있겠어? 괴물에게 무슨 말을 할 수 있겠어?"

머스탱이 꽉 문 잇새로 말한다.

"흠."

자칼은 엄지와 집게손가락으로 머스탱의 턱을 잡는다. 그 모습에 카시우스의 손이 레이저로 향한다. 릴라스와 본라이더들은 그가 그것을 뽑기만 해도 그를 조각낼 것이다.

"우리 대 세상이야. 네가 나에게 그렇게 말했던 게 기억나니?"

자칼이 부드럽게 말한다.

"아니."

"네가 어렸을 때였어. 어머니께서 막 돌아가셨을 때였고. 나는 울음을 멈출 수 없었어. 그리고 너는 나에게 절대 나를 떠나지 않겠다고 말했지. 그런데 그때 클라우디우스는 너를 어디론가 초대를 하곤 했어. 그럼 너는 나에 대해서 완전히 잊었지. 그리고 나는 그 큰 집에 남아서 울었어. 왜냐하면 심지어 그때도 내가 혼자라는 것을 알고 있었거든."

자칼은 머스탱의 코를 두드린다.

"이 다음 시간들은 네가 어떤 사람인지를 시험할 거야, 동생. 이 모든 허풍 밑에 뭐가 있는지 확인할 생각을 하니 흥분되는데."

자칼은 나에게로 와서 입마개를 살짝 풀어 준다. 내가 무릎을 꿇은 상태임에도 불구하고 내 체구는 그를 난장이처럼 보이게 만든다. 나는 그보다 50킬로그램 더 무겁다. 그럼에도 여전히 그의 존재감은 바다 같다. 기이하고 광대하며 어둡고 숨겨진 깊이와 힘으로 가득하다. 그의 침묵은 그의 포효다. 지금 그로부터 그의 아버지의 모습이 보인다. 그는 나를 속였다. 내가 루나에 건 수를 예측했다. 그리고 이제 나는 내가 쌓은 모든 탑들이 무너질 것이 두렵다.

"그리고 우리는 이렇게 다시 만났네."

자칼이 말한다. 나는 대답하지 않는다.

"너 이것들을 알아보겠어?"

자칼은 갑옷에 박힌 늑골들을 스타일러스 펜으로 따라 그리며 내가 그것을 더 자세히 볼 수 있도록 내 앞으로 점점 더 다가온다.

"내 사랑스러운 아버지께서는 사람의 행실이 그를 결정한다고 생각하셨지. 하지만 내 생각에는 사람은 행실보다 적들이 결정하는 것 같아. 이것들이 마음에 드나?"

그는 더욱 더 가까이 다가온다. 늑골 중 하나에는 스파이크가 온통 박힌 투구가 그려져 있다. 또 하나의 늑골에는 상자 속에 머리가 든 그림이 그려져 있다.

자칼은 피치너의 흉곽을 입고 있는 것이다.

분노가 포효가 되어 터져 나온다. 나는 자칼의 얼굴을 물어뜯으려고 하며 다친 짐승처럼 울부짖는다. 머스탱은 내 모습에 놀란다. 나는 나를 붙잡고 있는 남자들의 힘에 대항한다. 자칼이 꿈틀거리는 내 모습을 지켜보는 동안 나는 분노로 몸서리친다. 카시우스는 바닥만 내려다보며 머스탱의 시선을 피한다. 내 목소리는 목구멍을 속에서부터 긁으며 내 것이라 알아볼 수 없는 거친 소리로 나온다. 오직 자칼만이 내 안에서 불러낼 수 있는 저 깊숙한 곳의 악마다.

"네 껍질을 벗겨 버리겠어."

나는 말한다.

나에게 지겨워진 자칼은 눈을 굴리더니 자기 손가락으로 딱 소리를 낸다.

"다시 입마개를 채워."

사르수스는 내 입을 막는다. 자칼은 오래토록 잊었던 두 명의 친구들을 파티로 환영하는 듯이 양팔을 벌려 보인다.

"카시우스! 안토니아! 이 시간의 영웅들. 자기야…… 무슨 일이 있었던 거야?"

그는 안토니아의 얼굴을 보자 묻는다. 그들은 내가 감금되어 있던 동안 연인 사이였다. 때때로 그가 나를 보러 상자 앞으로 오면 그에게서 그녀의 체취가 났었다. 때로는 그녀가 그를 지나치는 동안 그의 목을 못으로 그으며 가기도 했다. 그는 이제 그녀 가까이로 간다. 그리고 그녀의 턱을 손으로 잡아 머리를 기울이더니 그녀가 입은 상처들을 관찰한다.

"대로우가 이렇게 만든 거야?"

"내 언니가."

안토니아가 자칼의 말을 정정한다. 그녀는 그의 관찰을 좋아하지 않는다. 그녀는 자신의 어머니가 죽었을 때보다 우리에게 잡혀 있을 때 자기 얼굴이 망가진 것에 더 많이 슬퍼했다.

"그 개년은 대가를 치를 거야. 그리고 이 얼굴은 고칠 거야, 걱정 마."

그녀는 고개를 뒤로 빼서 자칼의 손으로부터 벗어난다. 자칼이 날카롭게 말한다.

"잠깐. 왜 고쳐?"

"혐오스럽잖아."

"혐오스러워? 우리 자기야, 상처란 네 자신이야. 그것들은 네 이야기를 말해 준다고."

"그건 빅트라 언니한테나 해당되는 이야기야. 내가 아니라."

"너는 여전히 아름다워."

그는 그녀의 턱을 잡아 고개를 부드럽게 내리며 그녀의 입술에 섬세하게 키스를 한다. 그는 그녀를 아끼지 않는다. 머스탱이 말했 듯이 그에게 있어 우리는 고기 덩어리들일뿐이다. 그러나 아무리 안토니아가 내가 이제껏 만났던 사람들 중 가장 악독한 인간일지 라도 그녀는 사랑받고 싶어 한다. 아낌받고 싶어 한다. 자칼은 그 점을 이용할 줄 안다.

"이건 바르카의 것이었어."

안토니아가 말하며 자칼에게 세브로의 권총을 넘겨준다. 자칼 은 총자루에 새겨진 울부짖는 늑대를 엄지로 쓸어본다.

"잘 만들어졌네."

자칼은 말한다. 그는 자신의 총을 자성 총집에서 떼어 버린 뒤 그것을 경호원에게 툭 던진 후 세브로의 것을 찬다. 당연하게도 그는 내 친구의 권총을 전리품으로 챙기는 것이다.

자칼의 데이터패드가 번쩍이자 그는 손 하나를 들어 올려 침묵을 지시한다.

"네, 최고사령관?"

애시 로드가 몸통이 없이 거대한 머리만 보이는 기괴한 모습으로 자칼 앞의 허공에 나타난다. 어두운 금빛 눈들이 쌍둥이 같은 두터운 눈썹 밑에서 앞을 바라보고 있다. 그의 턱 아래 살이 제복의 높은 검은색 목깃 위로 늘어져 있다.

"아우구스투스, 적군이 오는 중이라네. 토치함선들이 선두에 있어."

"그들은 대로우를 구하러 오고 있어."

카시우스가 말한다.

"몇 대나 오고 있습니까?"

자칼이 묻는다.

"60대 이상. 그중 반은 붉은 여우 문장을 달고 있네."

"제가 쳐 놓은 덫을 개시하기를 원하십니까?"

"아직은 아니네. 내가 자네의 함선들의 지휘권을 맡겠네."

"당신도 우리가 협의한 내용을 알고 계시잖습니까."

애시 로드는 큰 입을 반듯한 줄 모양으로 굳게 다문다.

"나도 아네. 자네는 계획대로 계속해서 군주님의 곁으로 가도록. 모닝 나이트와 그의 소포를 시타델까지 호위하게. 거기서부터는 내 딸이 그를 관리할 거네. 이제 가세. 골드를 위하여."

"골드를 위하여."

머리가 사라진다.

자칼은 화물 운송용 경사로를 따라 나를 끌고 내려온 옵시디언들의 쪽을 바라본다.

"노예들이여, 교량에서 리세누스 집정관을 보좌하라. 여기서는 너희를 더 이상 필요로 하지 않는다."

옵시디언들은 의문도 품지 않고 떠난다. 그들이 사라지자 자칼은 30명의 본라이더들을 눈여겨본다.

"모닝 나이트는 오늘 우리에게 이 전쟁에서 승리할 기회를 줬다. 텔레마누스 사람들은 내 누이를 찾아가기 위해 올 것이다. 하울러들과 아레스의 아들들은 리퍼를 찾아가러 올 것이다. 하지만 그들은 누이도, 리퍼도 갖지 못할 것이다. 우리가 짊어진 임무는 이들을 시타델에 있는 우리의 군주님과 그녀의 전략가들에게 넘기는 것이다."

자칼은 안토니아와 카시우스를 향해 말한다.

"너희들의 소소한 슬픔들은 잠시 미뤄둬. 오늘 우리는 골드다. 반란이 재가 된 후에 우리끼리 다퉈도 된다. 너희는 나와 함께 동굴의 어둠 속에서 함께 살았다. 너희는 이…… 짐승이 우리의 것을 훔칠 당시의 내 입장을 지켜봤다. 그들은 우리로부터 모든 것을 앗아갈 것이다. 우리의 집. 우리의 노예. 지배할 우리의 권리까지. 오늘 우리는 우리의 것을 지키기 위해 싸운다. 오늘 우리는 우리 시대가 죽어 가는 것을 막기 위해 싸운다."

자칼의 연설에 푹 빠진 그들은 그의 명령을 굶주린 듯 기다린다. 그가 주변에 깔아놓은 추종자들을 확인하자니 무시무시하다. 그는 내 모습과 내가 말하는 패턴을 따라 자신의 행동에 반영했다. 그는 계속해서 진화하고 있다.

자칼은 수하들로부터 고개를 돌린다. 릴라스가 내 슬링블레이드를 다시 가져온 것이다. 그것은 엔진의 열기에 시뻘겋고 뜨겁게 달궈진 상태다. 릴라스는 손잡이 쪽을 먼저 그에게 건넨다.

"릴라스, 너는 함대와 함께 남아."

"확실한 결정이신가요?"

"너는 내 보험이야."

"네, 각하."

안토니아는 저 둘이 무슨 얘기를 하고 있는지 잘 모른다. 그리고 그 사실을 조금도 좋아하지 않는다. 자칼은 내 레이저를 손으로 돌린다. 그 뒤, 불현듯 어떤 생각이 난 듯이 나와 머스탱 사이를 바라본다.

"카시우스, 너 대로우에 의해 얼마나 오래 갇혀 있었지?"

"4개월."

"4개월이라. 그럼 아무래도 이 영광스러운 즐거움은 너에게 넘겨야겠는데."

그가 발갛게 달궈진 레이저를 카시우스에게 획 넘긴다. 카시우스는 그것의 자루를 부드럽게 받는다.

"대로우의 손을 잘라내."

"군주님은 그를······."

"산 채로 원하지. 맞아. 그리고 그는 살아 있을 거야. 하지만 군주님도 그가 그의 몸에 칼잡이 손이 달린 채로 자기 벙커에 들어오는 것을 원하지는 않겠지, 안 그래? 그의 모든 무기들을 다 뺏으라는 지시를 받았지. 짐승을 거세하고 갈 길 가자고. 아니면…… 무슨 문제라도 있나?"

"문제는 없지."

카시우스가 말한다. 앞으로 나서며 그는 레이저를 높이 들어올린다. 금속이 박동하며 열기를 내뿜는다.

"너 이런 존재로 전락한 거야?"

머스탱이 묻는다. 카시우스는 그녀의 시선에 시달린다. 그의 표정에서 수치심이 드러난다.

"나를 봐, 대로우."

머스탱이 말한다.

"나를 봐."

나는 의식적으로 칼을 잊으려 애쓴다. 머스탱을 바라보고 그녀로부터 힘을 얻으려 한다. 하지만 그 과열된 금속이 내 오른 손목의 피부와 뼈를 쪼개며 지나는 순간 나는 그녀를 잊는다. 나는 고통으로 비명을 지르며 손이 있었던 자리를 돌아본다. 새까맣게 탄 모세혈관들로부터 늘어지게 피를 뚝뚝 흘리는 뭉툭한 절단 부위만 보인다. 탄 살에서 나는 연기가 허공으로 스르륵 날아오른다. 그리고 극도의 괴로움 속에서 나는 자칼이 바닥에서 내 손을 집어든 뒤 그것을 높이 치켜드는 모습을 볼 수 있다. 그의 최신 전리품이다.

"힉 순트 레오네스."

자칼이 말한다.

"힉 순트 레오네스."

그의 수하들의 목소리가 메아리친다.

제60장

드레곤 모우

나는 오른팔의 그을린 절단 부위를 껴안고 고통으로 몸을 떨며 삼촌을 생각한다. 삼촌은 지금 아버지와 함께 계실까? 이오와 함께 장작불 옆에 앉아 새소리를 듣고 계실까? 그들은 나를 지켜보고 있을까? 새까매진 내 팔목 살 사이로 피가 눈물처럼 흐른다. 고통은 내 앞을 가릴 정도다. 전신을 장악해 버린다. 나는 군수용 공격 비행선 뒤 칸에 평행하게 두 줄을 이룬 좌석 중 머스탱 옆자리에 매여 있다. 우리 주변으로는 30명의 본라이더들이 깔려 있다. 천장 등은 이질적인 초록빛으로 깜빡인다. 함선은 난류로 몸서리친다. 루나에 폭풍이 치고 있다. 거대한 적란운들이 도시를 단단히 싸맸다. 검은 탑들이 탁한 구름을 뚫는다. 모든 지붕 위를 따라 티끌 같은 불빛이 춤을 춘다. 내 교우들, 즉 오렌지와 하이레드의 헤

드램프에서 나오는 빛이다. 그들은 군수용 멍에 밑에서 노역하며 화성 친족을 베어 넘길 무기를 준비한다. 더 밝은 투광 조명등이 군사 현장을 한껏 비춘다. 사악한 적색 신호등으로 끝부분이 장식된 검은 형체가 탑 사이로 쌩하니 날아가며 비행한다. 립윙 소함대가 하늘을 순찰하는 모습이다. 또 그래브부츠를 신은 골드들은 수 킬로미터씩 떨어진 탑 사이를 뛰어다니며 방어 시스템을 점검하고, 위에서 몰아치려는 폭풍에 준비하며, 친구, 학우, 그리고 애인 들에게 마지막 인사를 전하고 있다.

엘로리안 오페라 하우스를 지나는 동안 그 건물의 가장 높은 총안 위에 한 줄로 늘어서 있는 골드들이 눈에 띈다. 그들은 하늘을 뚫어지게 올려다보고 있다. 뿔이 달린 그들의 찬란한 전쟁용 투구 덕에 그들은 균형 잡고 있는 가고일 떼처럼 보인다. 그렇게 그들은 번개의 빛 속에서 실루엣만 드러낸 채 지옥이 비처럼 내리치기를 기다린다.

우리는 가장 높은 고층 건물 주위로 소용돌이치는 구름 떼를 향해 비행한다. 그 구름층 밑으로 서로 맞물린 도시 경관은 조용하다. 궤도 폭격을 기다리는 그곳은 로스트 시티 내의 폭동으로부터 야기된 불길이 지평선을 따라 정맥에서 피 흐르듯 번지고 있는 것만 제외하면 어두컴컴하다. 번쩍이는 응급 차량이 화염 속으로 뛰어든다. 도시는 수 시간씩, 또 수 일씩 숨을 들이마시고 저장했다. 그리고 그 숨을 내뿜기까지 얼마 안 남은 지금, 도시의 이음새들은 힘겹게 붙어 있으며 폐는 팽창돼 터지기 일보직전이다.

우리는 군주의 나탑 꼭대기에 있는 원형 착륙장으로 천천히 이동한다. 그곳에서 아자와 집정관 무리가 우리를 마중한다. 본라이더들은 우리가 착륙하기 전에 그래브부츠를 신고 하선하면서 비행선이 착륙장에 자리 잡는 동안 그것을 에워싼다. 카시우스는 비행선에서 나오면서 나를 거칠게 데리고 간다. 그리고 다른 손으로는 세브로를 마치 사슴 사체를 다루듯 끌고 간다. 안토니아는 머스탱을 뒤에서 밀어 앞장서게 만들며 우리를 따라온다. 도시 위성의 지친 겨울비가 아자의 어두운 얼굴로 뚝뚝 떨어진다. 그녀의 옷깃에서는 증기가 인다. 그녀의 하얀 미소가 밤중을 가른다.

"모닝 나이트, 고향에 돌아온 것을 환영한다. 군주님께서 기다리셔."

위성의 지면 밑으로 1킬로미터 파고든 지점에서 군인들 간에 떠도는 신화에서나 '드래곤 모우'로 알려진 거대한 그래브리프트가 멈춘다. 쌕 소리를 내며 열린 그것은 조명을 침침하게 켜 놓은 콘크리트 통로로 이어지고 또 다시 소사이어티의 피라미드가 선명하게 새겨진 다른 문으로 이어진다. 그 자리에서 푸른빛이 아자의 홍채를 스캔한다. 그리고 장비와 거대한 피스톤이 웽웽 거리며 피라미드가 반으로 갈라진다. 이곳의 기술력은 위의 시타델보다 더 오래 됐다. 고대로부터, 지구만이 루나가 아는 적이었던 시절이자 위대한 미국식 레일건을 모든 루나 태생이 두려워했던 시절이 기원이다. 그것은 700년도 더 되는 시간 동안 군주의 위대한 벙커

414

가 물리적으로 변모하지 않아도 됐음을 건축학적으로, 또 집정관들을 단련시키는 방법론적으로 증명하는 바다.

이곳의 내부가 이렇게 돌아가는 것을 피치너도 알고 있었을까? 아마도 몰랐을 것이다. 이는 아자가 감췄을 법한 비밀 같다. 하지만 그녀조차도 이곳의 모든 비밀들을 알까 싶다. 우리가 지나온 좁은 통로의 좌우로 있는 터널들은 아주 오래전에 붕괴된 상태다. 그래서 나는 한때 누가 그것들을 통과했으며 또 누가 무슨 이유로 그것들을 무너뜨렸는지 본의 아니게 궁금해진다.

우리는 삼엄히 감시된 방들을 지난다. 홀로 빛들이 그 방들을 환히 밝히고 있다. 싱크로 된 블루와 그린 들이 기술 장비 조종용 침대에 뒤로 누워 있다. 그들의 몸에는 정맥 주사가 연결되어 있으며 데이터 정보가 그들의 두개골에 내장된 업링크 교점들을 통해 뇌로 흘러들어간다. 그들의 눈은 어떤 외딴 곳을 초점 없이 바라본다. 이것은 소사이어티의 중추신경계다. 옥타비아는 그녀의 주위로 위성이 무너져 폐허가 되더라도 이곳에서 전쟁을 벌일 수 있다.

이곳의 옵시디언들은 용 모양 해골이 박힌 검은색 투구와 짙은 보라색이 칠해진 방탄복을 착용하고 있다. 그들의 옆구리에 찬 짧은 칼의 양면에는 '코호르스 니힐'('아무것도 지지하지 말라'라는 뜻의 라틴어―옮긴이)라는 금색 철자가 돌아가며 새겨져 있다. '제로 부대'. 나는 그들에 대한 이야기를 처음 들어본다. 하지만 그들이 무엇을 지키고 있는지는 보인다. 단단하고 장식 없는 마지막 금속

문, 소사이어티의 가장 깊은 곳에 자리한 은신처다. 그것은 신음하며 양쪽으로 열린다. 그리고 그제야…… 내가 그쪽의 공격용 셔틀 뒤쪽에서 뛰어 내린지 1년 반이 지나서야 나는 군주의 윤곽을 보게 된다.

군주의 귀족적 목소리가 통로를 따라 메아리친다.

"……자누스, 누가 민간인 사상자들을 신경이나 쓰던가? 바다에서 소금이 떨어지는 일도 있나? 그들이 아이언 레인을 용케 벌인다면 그들을 쏘아 떨어뜨려라. 그 대가가 어떻든 간에. 우리가 절대적으로 막아야 할 일은 옵시디언 무리가 이곳에 착륙해 로스트 시티의 폭동에 연루되는 것이다……."

내가 맞서 싸웠던 모든 이념에 대한 지배자가 회색과 검은색이 뒤섞인 거대한 공간의 가운데, 침체된 원형 무리 안에 서 있다. 집정관들과 애시 로드의 홀로그래프 형상들이 그녀를 에워싸며 푸른빛을 비춘다. 40명 이상이 반원을 그리고 있다. 그녀 쪽 전쟁의 베테랑들이다. 냉혹한 존재들이 대성당 조각상에서 보일 법한 어둡고 득의만면한 만족스러움을 드러내며 내가 공간에 들어서는 모습을 지켜본다. 마치 언제나 이 일이 이렇게 결론날 줄 알았다는 태도다. 자신들이 태생을 운 좋게 타고난 것이 아니듯 내가 이런 결말을 맞이하게 된 것도 운이 아닌 노력으로 얻은 것이라는 태도다.

그들은 나를 포획한 것이 무슨 의의가 있는지 알고 있다. 그들은 내 상황을 내 함대로 쉴 새 없이 방송해 댔다. 해킹 공격으로 우리 컴들을 장악해 내 함선들로 그 소식을 퍼뜨리려고 노력했다. 지구의 봉기들을 진압하기 위해 그곳으로도 소식을 퍼뜨렸다. 더 이상의 민간 불안을 미연에 방지하기 위해 '코어'로 소식통 신호를 알선했다. 그들은 내 처형식을 가지고도 똑같이 이용할 것이다. 세브로의 시체로도 똑같이 이용할 것이다. 그리고 어쩌면 카시우스가 성사시켰다고 생각하는 거래에도 불구하고 머스탱까지 똑같이 이용할 것이다. 그들은 말할 것이다. 그들에게 대항한 자들에게 어떤 일이 벌어지는지 보라고. 이 강력한 짐승들조차도 골드 앞에서 무너지는 꼴을 보라고. 그럼 과연 다른 누군가 그들에게 대항할 수 있겠는가? 아무도 없을 것이다.

그들의 손은 우리를 더욱 세게 쥘 것이다.

치세는 더욱 강력해질 것이다.

우리가 오늘 패배하면 새로운 세대의 골드가 일어설 것이다. 그들은 지구의 몰락 이래로 보지 못했던 활개를 칠 것이다. 그들은 자신들의 종족 사람들을 위협하는 요소들을 확인할 것이며 아자나 자칼과 같은 존재들을 수천 명씩 키워 나아갈 것이다. 그들은 새 기관들을 짓고 군수를 확장하며 내 종족 사람들의 목을 조를 것이다. 그런 미래가 도래할지도 모른다. 피치너가 가장 두려워하던 미래. 자칼이 내 눈앞을 지나 방 안으로 들어서는 동안에도 엄습하고 있는 기분이 들어 나를 두렵게 만드는 미래다.

"그의 옵시디언들은 태양계 밖의 전쟁을 할 수 있도록 훈련되지 못했습니다."

집정관들 중 한 명이 말하고 있다.

"자네는 파비에게도 그렇게 말하고 싶나? 아니면 그의 어머니에게라도? 날파리들처럼 도망치며 함선이나 챙겨 가려던 상원 의원들 사이에 그녀도 있네. 내가 그들을 회의실에 가둬야 했지."

군주가 말하자 누군가가 투덜댄다.

"비겁한 정치꾼들……."

빛을 발하는 홀로그래프 외에도 이 공간에는 골드 군인들이 작은 무리를 이루고 있다. 내가 예상했던 것보다 많은 인원이다. 두 명의 올림픽 나이트, 10명의 집정관, 그리고 라이샌더다. 라이샌더는 이제 10살이 됐다. 그는 내가 지난번에 봤을 때보다 거의 15센티미터 가량 컸다. 그는 데이터패드를 들고 할머니의 대화를 자세히 메모하다 우리가 들어서자 카시우스에게 미소를 짓는다. 나에게는 강화유리 너머로 호랑이를 지켜볼 때처럼 경계를 하며 관심을 보인다. 그는 수정 같은 금빛 눈으로 내가 묶여 있는 상황을, 아자를, 그리고 내 한 쪽 손이 없는 것을 눈여겨본다. 머릿속에서 유리가 정확히 얼마나 두꺼운지 보기 위해 못으로 두드려 보는 것 같다.

두 명의 올림픽 나이트들이 우리가 입장하는 동안 조용히 카시우스에게 인사한다. 군주의 보고를 방해하지 않기 위해서다. 그 와중에도 군주는 감정 없는 시선으로 내 존재를 확인한 상태다. 두 올림픽 나이트 모두 중무장을 한 채 자신들의 군주를 지킬 준비가 돼 있다.

군주의 위에서는 구형의 홀로가 공간의 돔형 천장 전체를 차지하며 위성을 완벽히 자세하게 보여 주고 있다. 애시 로드의 함대는 루나의 어두운 반구를, 즉 시타델이 있는 쪽을 덮기 위해 스크린처럼 퍼져 있다. 그 모습은 오목한 방패 같다. 전투는 활발히 진행 중이다. 자칼은 내 세력의 측면에서 뛰어나와 애시 로드의 모루에 대고 그들을 망치질하려고 기다린다. 하지만 내 세력은 그것을 알 리가 없다. 내가 오리온과 연결이 닿을 수만 있다면 그녀는 우리 편을 어떻게든 살릴 수 있을지 모르겠다.

자칼은 조용히 방 한쪽 편에 있는 자리에 앉아 참을성 있게 애시 로드가 토치함선 떼에게 지시 내리는 모습을 지켜본다.

"카시우스, 이 지독한 사냥개야. 정말 그야?"

트루스 나이트가 말한다. 깊은 바리톤의 목소리다. 그의 가는 눈은 아시아인의 것 같다. 그는 지구에서 왔으며 우리 화성인들에 비해 체구가 더 탄탄하다.

"뼛속부터 심장까지. 그의 기함에서 잡아들였어."

카시우스는 말하며 나를 발로 차 내 무릎을 꿇린다. 그리고 내 머리카락을 잡아 고개를 뒤로 젖혀서 그들이 내 얼굴을 더 잘 볼 수 있게 한다. 또 세브로를 바닥에 툭 내던진다. 그들은 그 사냥감을 살핀다. 조이 나이트가 고개를 젓는다. 그는 카시우스보다 말랐으며 두 배 더 귀족적인 태도를 보인다. 그는 오래된 금성 가문 출신이다. 나는 화성에서 그와 한 번 결투로 만난 적이 있다.

"아우구스투스도? 행운은 다 네가 가져갔네. 그리고 그 옵시디언 놈은 아자가 챙겼잖아. 두려움과 사랑이 빅트라와 그 백마녀를 죽일……."

"빅트라를 한번 가져 볼 수만 있다면 살인도 저지를 텐데. 그거야말로 신나는 춤사위겠는데. 참, 카시우스, 너는 그녀와 잔 적이 있지 않아?"

트루스 나이트가 말하며 내 주위를 돈다.

"나는 절대 키스하고 나서 떠벌리지 않아. 우리 일은 어떻게 되고 있어?"

카시우스가 전투 상황이 보이는 홀로를 고개로 가리킨다.

"파비보다는 잘 풀어가고 있지. 그들은 집요해. 내리꽂아 놓기가 힘들어. 그들은 옵시디언들을 쓸 수 있게 자꾸 가까이 오려고 하고 있지. 하지만 애시 로드가 그들과 적정선을 유지하고 있어. 대총독의 함대는 이 전투를 승리로 이끄는 망치가 될 거야. 함대는 이미 그들의 측면을 돌아 나오고 있어. 보이지?"

트루스 나이트는 홀로를 하염없이 바라본다. 카시우스는 그것을 알아챈다.

"언제든 나가서 같이 싸워도 되잖아. 셔틀을 불러."

카시우스가 말하자 트루스 나이트가 대답한다.

"그러려면 몇 시간이 걸릴 거야. 우리 쪽에서는 벌써 네 명의 나이트 기사들이 접전을 벌이고 있어. 누군가는 옥타비아를 지켜야 하잖아. 그리고 내 함선들은 낮 측의 반구를 지키기 위한 예비로 남겨 두고 있어. 지금으로써는 별 가능성이 없어 보이지만 그들이 착지를 한다면, 우리는 지상에도 군인들이 필요할 테니까. 그의 얼굴을 닦아야겠는데."

"뭐?"

"바르카의 얼굴 말이야. 너무 피투성이야. 우리는 다시 해킹을 당하지 않는 한 곧 방송을 할 거야. 파괴 공작원들이 작전을 망가뜨리고 있었어. 또 퀵실버의 부하들이었지. IT 컴퓨터 기술에 푹 빠져서 장엄한 망상들이나 하는 민주주의 옹호론자 쓰레기들이 아주 다양하더라고. 하지만 우리가 어젯밤에 러처 부대로 놈들의 소굴 중 하나를 공격했지."

"해커를 저지하는 가장 좋은 방법이란? 뜨거운 금속이시."

조이 나이트가 덧붙인다.

"적군은 용감합니다. 그건 인정하지요."

애시 로드가 방 한가운데에서 말한다. 그의 홀로그램 넓이는 그의 아랫사람들의 것보다 두 배가 더 크다.

"대피할 수도 있지만 그들은 아직도 우리와 정면으로 맞서고 있습니다."

그는 함대 뒤쪽에 배치된 콜베트함에 타고 있다. 그의 신호는 수십여 대의 다른 함선으로 다시 보내지고 있다. 애시 로드의 함대는 아름다운 정확성을 가지고 움직이며 절대 내 함선들이 50킬로미터 내로 진입하지 못하게 막고 있다.

로크는 사상자들에 대해 신경을 썼다. 내가 쟁취한 300년 된 아름다운 함선들을 파괴하지 않기를 원했다. 애시 로드에게는 그런 자제가 없다. 그는 폭력적으로 함선들을 쳐부숴 없애 버린다. 유산이나 생명이나 비용이라는 개념들은 모조리 꺼져 버려라. 그는 파괴자다. 여기, 막다른 골목에 몰린 그는 모든 수를 써서 이길 것이다. 그는 내 함대가 고통 받는 모습을 애절히도 보고 싶어 한다.

"추후의 소식이 있을 때 보고하라. 가능하면 닥소 오 텔레마누스는 산 채로 원한다. 다른 이들은 죽여도 된다. 그 말에는 닥소의 아버지와 줄리도 포함된다."

군주가 말한다.

"네, 군주님."

군주보다 나이가 더 많은 그 살인자는 경례를 하고 사라진다. 지친 한숨을 내쉰 후, 군주는 모닝 나이트를 향해 고개를 돌리더니 마치 오래토록 잃어버렸던 아이를 맞이하는 것처럼 두 팔을 내민다.

"카시우스."

그가 고개 숙여 인사를 하자 그녀는 그를 포옹한 뒤 한때 머스탱에게 보였던 친근함과 같은 형식으로 그의 이마에 입술을 댄다.

"얼음 땅에서 벌어진 일에 대해 들었을 때 마음이 찢어지는 줄 알았다. 나는 네가 죽었는 줄 알았어."

"제가 죽은 목숨이라고 여긴 아자의 생각이 맞았습니다. 그러나 제가 죽음으로부터 돌아오기까지 너무나 오래 걸린 것에 사죄를 드립니다, 군주님. 저에게는 처리해야 할 미해결된 일들이 남아 있었어요."

"그래 보이는구나."

군주는 나에 대해서는 별로 신경을 안 쓴다. 대신 머스탱에게 집중한다.

"진정 네가 전쟁에서 승리한 듯하구나, 카시우스. 너희 둘 모두가 그래."

그녀는 미소 없이 자칼을 향해 고갯짓을 보인다.

"자네의 함선들은 이 전투를 짧게 끝낼 것일세."

"군주님을 섬기게 되어 기쁠 따름입니다."

자칼은 다 안다는 듯한 미소를 지으며 대답한다.

"그래."

군주는 이상한, 거의 향수에 젖은 듯한 방식으로 말한다. 그녀의 손가락이 카시우스의 두터운 목에 난 흉터를 따라 움직인다.

"그들이 너를 목매달았나?"

카시우스가 환히 미소를 짓는다.

"오, 시도는 했죠. 별로 효과는 없었습니다."

"너를 보면 론님이 젊었을 때의 모습이 생각나는구나."

한때 군주는 버지니아를 봐도 자신이 떠오른다고 말했었다. 그 애정은 자칼이 그의 부하들에게 베푸는 것보다 더 진심이기는 하나 그녀가 수집가라는 것은 변함없다. 그녀는 아직도 사랑과 충절을 방패로 삼아 자신을 보호하고 있다. 군주는 나를 향해 손짓을 하며 내 얼굴에 둘러진 금속 입마개를 보고 코를 찡그린다.

"그가 무슨 계획을 세웠는지 아나? 우리의 종반전을 타협시킬 수 있을 정보라면 뭐든…….”

“제가 수집한 정보에 따르면 그는 시타델을 공격하려고 하고 있습니다.”

“카시우스, 그만해……. 그녀는 너를 아끼지 않는다고.”

머스탱이 날카롭게 쏘아붙이자 군주가 묻는다.

“그럼 너는 아끼나? 우리는 네가 아끼는 것이 무엇인지를 잘 알고 있는데 말이야, 버지니아. 그리고 네가 그것을 얻기 위해 무슨 짓을 할지도.”

자칼이 묻는다.

“공중에서 벌어지나, 지상에서 벌어지나? 공격 말이야.”

“내가 알기로는 지상에서야.”

“왜 우주에서는 이걸 언급하지 않았지?”

“네가 대로우의 손을 잘라 버리는 일에 더 관심 있어 했으니까 그렇지.”

자칼은 그 가시 돋친 말을 무시한다.

“루나에 얼마나 많은 클로우드릴이 있나요?”

“작동하는 것은 하나도 없어. 심지어 버려진 광산에 있는 것들도 마찬가지야. 그건 우리가 확실히 확인했어.”

군주가 말한다.

“그가 이쪽으로 보낸 팀이 있다면 그건 볼라루스와 줄리일 겁니다. 그들은 그의 가장 좋은 무기들로 그가 문브레이커를 장악하는 일을 도왔지요.”

자칼이 말한다.

"볼라루스가 그 옵시디언인가? 맞나?"

군주가 묻자 머스탱이 말한다.

"옵시디언들의 여왕이에요. 당신도 그녀를 만나 보는 게 좋겠어요. 세피가 당신을 보면 자기 어머니를 떠올리겠는데요."

군주는 조심스럽게 카시우스에게 묻는다.

"옵시디언들의 여왕이라……. 그들이 단결됐나? 그래? 내 정치가들은 옵시디언들 사이에서 범부족적 지도가 존재할 수 없을 것이라 했는데."

"그들은 틀렸어요."

카시우스가 말한다.

안토니아가 군주의 눈에 들기 위해 순간 나선다.

"군주님, 대로우의 무리 내에 있는 옵시디언들만 그렇습니다. 남쪽 옵시디언 부족들 간의 동맹인 거죠."

군주가 안토니아를 무시한다.

"마음에 안 드는군. 우리 시타델에만 해도 수백 명의 옵시디언들이 있는데……."

"그들은 충직합니다."

아자가 말한다.

"당신이 어떻게 알지? 그들 중 화성 출신은 없어?"

카시우스가 묻는다.

옥타비아는 아자를 돌아보며 확인을 바란다. 아자가 인정한다.

"대부분은 화성 출신입니다. 심지어 '제로 부대' 옵시디언들도요. 화성 옵시디언들이 가장 뛰어나거든요."

"그들을 벙커에서 내쫓아라. 당장."

옥타비아가 말하자 그녀의 집정관들 중 한 명이 군주의 지시를 이행한다.

아자가 카시우스에게 묻는다.

"그녀는 그녀의 오빠만큼이나 강력한가?"

머스탱이 무릎을 꿇은 채 웃으며 말한다.

"더하지요. 훨씬 강력하고 훨씬 똑똑해요. 그녀는 여성 전사 무리와 함께 싸우죠. 그녀는 아자, 당신을 찾겠다고 피를 걸고 맹세했어요. 당신의 피를 마시고 발할라에서 당신의 두개골을 성배로 쓰겠다고요. 세피가 오고 있어요. 그리고 당신은 그녀를 멈출 수 없어요."

아자와 옥타비아가 걱정스러운 눈빛을 주고받는다.

"그들이 시타델을 공격하려면 우선 착륙을 해야 할 겁니다. 착륙은 불가능해요."

아자가 말한다.

"그들이 어떻게 오고 있나?"

카시우스가 나에게 묻는다. 나는 고개를 저으며 입마개 뒤에서 그를 비웃는다. 아자가 내 오른손의 절단 부위를 발로 찬다. 나는 의식을 잃을 뻔하며 아파서 몸을 웅크린 채 부상 부위를 감싼다.

"그들이 어떻게 오냐고?"

카시우스가 묻는다. 나는 대답하지 않는다. 그는 조이 나이트에게 손짓한다.

"그의 다른 쪽 팔을 들고 있어요."

조이 나이트는 내 왼팔을 잡아 빼서 들어 내보인다. 카시우스는 내가 아닌 머스탱에게 묻는다.

"그들이 어떻게 오고 있나? 네가 말하지 않으면 내가 그의 반대쪽 손도 잘라 버릴 거야. 그 다음에는 그의 발과 코와 눈도 잘라 버리지. 볼라루스는 어떻게 오고 있어?"

"너는 어차피 그를 죽일 거잖아. 그러니 뒈져 버려."

머스탱이 조롱한다.

"그가 얼마나 천천히 죽는지는 네게 달렸어."

카시우스가 말한다.

"그들이 벌써 착륙하지 않았다고 누가 그러는데?"

머스탱이 묻는다.

"뭐라고?"

"그들은 지구에서 온 곡식 운송용 배들을 타고 왔어. 퀵실버의 도움이 있었지. 수시간 전에 도착했어. 그리고 지금은 시타델을 향해 전진하고 있고. 1만 명의 강력한 군단이. 너희는 몰랐어?"

"1만 명?"

라이샌더는 홀로 벽감 옆에 자리한 그의 의자에서 중얼거린다. 그의 할머니의 '새벽 홀'은 그의 앞, 책상에 올라가 있다. 1미터 길이에 금과 철로 된 그것은 끝에 소사이어티의 삼각형과 거의 500년

427

전에 '어둠의 반란'을 이끌었던 옵시디언 전쟁지도자의 말라비틀어진 심장으로 장식됐다.

"침략을 저지하기 위해 부대를 배치했습니다. 옵시디언들은 우리 부대들이 방향을 돌리기도 전에 우리 방어 체계를 밟아버릴 거예요."

아자가 문을 향해 성큼성큼 걸어가며 말한다.

"제가 집정관들을 준비시킬게요. 두 부대를 다시 불러들이겠습니다."

"아니야."

옥타비아는 미동 없이 서서 생각한다.

"아니야, 아자. 너는 나와 함께 있어."

그녀는 집정관 대령을 돌아본다.

"장군, 가서 지상을 보조하게. 당신의 소대를 데리고 가고. 여기에는 그들이 필요하지 않아. 나에게는 내 나이트 기사들이 있으니. 시타델로 접근하는 함선에는 모조리 총격을 가하도록. 거기에 애시 로드가 타고 있다고 주장해도 상관 말게. 이해했나?"

"그렇게 하겠습니다."

장군과 남은 집정관들이 황급히 떠난다. 그래서 카시우스, 세 명의 올림픽 나이트, 안토니아, 자칼, 군주, 집정관 경호원 세 명, 그리고 우리 포로들을 제외하고는 공간은 모조리 비워진다. 아자는 문 근처에 있는 제어반에 손바닥을 대고 누른다. 집정관 뒤로 성소가 폐쇄된다. 두 번째 더 두꺼운 문이 벽에서 나선형을 이루며 나타나며 우리를 이곳 너머의 세계로부터 천천히 차단시킨다.

"미안해, 아자."

옥타비아가 말하는 동안 그 여자는 군주 옆으로 돌아온다.

"네가 네 부하들과 함께하고 싶어 한다는 것은 알고 있어. 하지만 우리는 이미 모이라를 잃었잖아. 너까지 잃을지도 모를 위험을 감수할 수는 없었어."

"저도 알아요."

아자가 대답하지만 그녀의 실망감은 역력하다.

"집정관들이 옵시디언 무리를 처리할 거예요. 우리는 다른 일을 볼까요?"

옥타비아가 자칼 쪽을 힐끗 본다. 그러자 그는 그녀를 향해 지극히 미묘하게 고개를 끄덕인다.

"세베루스-줄리, 앞으로 나오너라."

옥타비아가 말한다.

안토니아는 그렇게 한다. 그녀는 홀로 불러내진 것에 놀랐다. 희망 가득한 미소가 그녀의 입술에 피어난다. 그녀가 오늘의 수고에 대한 보상을 받을 것을 믿어 의심치 않고 있다. 그녀는 양손을 등 뒤로 깍지 낀 뒤 군주 앞에서 기다린다.

"말해 보거라, 집정관. 너는 올해 6월에 소드 아르마다에 배치돼 위성 지배자들을 예속시키는 임무를 받았었다. 그렇지 않나?"

안토니아가 인상을 찌푸린다.

"군주님, 저는 이해를 잘 못……."

"상당히 단순한 질문이다. 네 능력껏 그에 대답하거라."

"그랬습니다. 저는 제 가문의 함선들과 5부대, 그리고 6부대를 이끌었습니다."

"로크 오 파비의 임시 지휘를 받고 있었나?"

"그렇습니다, 군주님."

"그럼 말해 보거라. 어째서 너는 아직 살아 있는데 네 최고사령관은 그렇지 않단 말이냐?"

"저는 전투를 가까스로 피할 수 있었습니다."

안토니아가 질문에 도사린 위험을 감지하고는 대답한다. 그녀의 말투는 그에 따라 적절히 변한다.

"그것은…… 끔찍한 재난이었습니다, 군주님. 하울러들은 테베에 숨어들었고, 로크…… 파비 최고사령관은 두 부분으로 된 덫에 빠졌습니다. 하지만 그 일에 그의 잘못은 없었죠. 누구든 그와 같이 행동했을 것입니다. 저는 그의 지휘권을 구출하고 우리 함선들을 모집하기 위해 노력했습니다. 하지만 대로우가 이미 그의 교량에 도달한 상태였죠. 그리고 토치 함선들은 우리의 사방에서 불타고 있었습니다. 우리는 친구와 적을 구별할 수 없었죠. 그때의 상황이 제 꿈에서도 보입니다. 옵시디언 무리가 함선에서 쏟아져 나오는 소리……."

머스탱이 코웃음을 치며 안토니아를 조롱한다.

"거짓말쟁이."

"그래서 너는 후퇴했구나."

"엄청난 대가를 치르고 그리 했습니다, 군주님. 저는 소사이어 티를 위해 최대한 많은 함선들을 구했습니다. 앞으로 도래할 전투에 필요할 것을 알고 제 부하들도 구했습니다. 그것만이 제가 할 수 있는 일이었으니까요."

"그것은 고결한 일이었다. 그렇게나 많은 것들을 구했다니."

군주가 말한다.

"감사……."

"최소한 그것이 사실이라면 말이다."

"다시 한 번만 말씀해 주시겠습니까?"

"내가 말을 더듬은 적은 없었던 것 같구나, 얘야. 반면 너는 전장으로부터 도주하여 네 자리와 최고사령관을 적에게 버렸다고 생각된다."

"군주님, 저를 거짓말쟁이라고 부르시는 겁니까?"

"듣고도 모르네."

머스탱이 말한다.

"나는 내 명예에 대한 비방을 감내하지 않을 것이다."

안토니아가 머스탱을 향해 날카롭게 쏘며 가슴을 부풀린다.

"그것은 나보다 못한……."

그때 군주가 말한다.

"오, 가만히 있어라, 얘야. 너는 지금 깊은 물속에서 너보다 더 큰 물고기들과 함께 놀고 있단다. 보다시피 다른 사람들도 전투에서 도주했어. 그들의 전투 분석 정보를 우리에게 송신해 무슨 일이 벌어졌었는지 알려 준 이들 말이다. 그래서 우리는 재난의 규모를 평가하고 세베루스-줄리 가의 안토니아가 그녀의 이름에 망신을 사고 전투를 졌다는 것, 그녀의 집정관이 그녀에게 도움을 요청했을 때 그를 버리며 자신의 뒷구멍이나 구하기 위해 소행성대로 도주했다는 것, 그리고 거기서 그녀의 함선들을 잃었다는 것을 알 수 있었단다."

"파비가 전투에서 패배했습니다. 제가 아니라고요."

안토니아는 앙심을 품고는 말한다.

"왜냐하면 그의 협력자들이 그를 버렸기 때문이었어. 그는 네가 그의 대형을 혼란 상태로 몰아넣지만 않았어도 그의 지휘권을 살릴 수 있었을지 모르지."

아자가 가르랑거리자 군주가 그녀의 말을 받는다.

"파비는 실수를 저질렀다. 하지만 그는 고결한 인물이자 자신의 컬러의 아주 충직한 종이었어. 게다가 자신의 목숨까지 끊을 정도로 명예로웠어. 자신이 실패를 했고 그에 대한 정당한 대가를 치러야 한다는 것을 받아들였으며 검문을 당하거나 교환의 대상이 되지 않도록 확실한 뒤처리를 한 거였어. 반란군의 도킹장을 파괴한 그의 마지막 행동은 영웅의 것이었다. 아이언 골드의 것이었어. 하지만 너는…… 이 천박하고 비겁한 아이야, 넌 자신의 화이트데이 원피스에 오줌을 싼 어린 소녀처럼 도망을 쳤지. 너는 자신을 구하기 위해 그를 버린 거였어. 이제 이 모든 이들 앞에서, 그의 친구 앞에서 너는 그를 비방하고 있구나."

군주는 보호하는 태도로 카시우스를 가리킨다.

"네 수하들은 네 속에 도사리는 파충류를 본 거야. 그래서 그들이 너를 배신한 것이지. 그래서 네가 너보다 나은 언니에게 함선들을 다 뺏긴 것이고."

안토니아는 그 말에 분노로 몸서리친다.

"저는 저에 대해 이런 주장들을 펼치는 자가 누구든 간에 그와 '피 흘리는 결투장'에서 상대하겠습니다. 제 명예는 얼굴도 드러내지 않고 질투하는 존재들에게 짓밟힐 대상이 아닙니다. 그들이 증거를 조작해 제 훌륭한 명성을 더럽힌다는 것이 슬픕니다. 그들은 다른 의도를 갖고 있는 것이 분명합니다. 어쩌면 제 회사나 제 보유 주식에 맞서려는 것이거나 골드를 전체적으로 깎아 내리려는 것일지도 모르겠네요. 아드리우스, 군주님께 이 모든 게 얼마나 어처구니없는 일인지 말씀드려 줘."

하지만 아드리우스는 침묵을 지킨다.

"아드리우스?"

아드리우스가 말한다.

"나는 겁쟁이의 충절보다는 개의 충절을 갖겠어. 릴라스의 말이 맞았어. 너는 약해. 그리고 그건 위험 요소야."

안토니아는 익사하는 여자처럼 주위를 살핀다. 그녀는 물이 머리 위로 올라오며 발끝이 물속으로 끌어내려지는 기분을, 아무것도 잡을 것이 없으며 스스로를 구할 방도 또한 없는 기분을 맛본다. 아자가 그녀의 뒤에서 어두운 파도처럼 부풀어 오르는 사이에 옥타비아가 안토니아에게 공식적으로 공표한다.

"줄리 가문의 여성이자 5부대와 6부대의 1등급 집정관, 안토니아 오 세베루스-줄리여, 소사이어티의 협정에 의해 부여받은 권한에 따라 나는 자네가 배신하고 전쟁 중에 임무 유기한 죄를 인정한다. 이로써 자네에게 사형을 선포한다."

"이 개년아."

안토니아가 군주를 향해, 그 후 자칼을 향해 씩씩거린다.

"너는 나를 죽일 형편이 안 돼. 아드리우스…… 제발."

하지만 그녀에게는 더 이상 함선들이 없다. 얼굴도 없다. 눈물이 부은 눈에서 흘러내린다. 그녀는 여기서 어떤 희망을, 탈출할 어떤 방도를 구한다. 그런 것은 전혀 없다. 그리고 그녀는 나와 시선이 마주치자 내가 무슨 생각을 하는지를 깨닫는다. '뿌린 대로 거둘지니.' 이것은 빅트라를, 레아를, 시슬을, 그리고 그녀가 살기 위해 희생시켰을 다른 모든 이들을 위한 일이다.

"제발……."

그녀가 흐느낀다.

하지만 여기에는 자비가 없다.

아자는 뒤에서 안토니아의 목을 잡는다. 안토니아는 두려움에 몸서리치며 무릎을 꿇는 자세로 주저앉는다. 반격할 시도도 안 하는 것이다. 그 사이에 그 거대한 여자는 천천히 양손을 붙이며 그녀를 목 졸라 죽이기 시작한다. 안토니아가 코를 골고 꿈틀대다가 죽기까지 완연한 1분이 걸린다. 그녀가 숨을 거두자 아자는 그녀의 목을 과격히 비틀어 툭 부러뜨리고 그녀의 몸을 세브로의 시체 위에 던져 버림으로써 사형 집행을 마친다.

"참 혐오스러운 생물이었어."

군주가 말하며 안토니아의 몸으로부터 고개를 돌린다.

"그녀의 어머니는 최소한 강단이 있었는데. 카시우스, 네 신발이 아주 더럽구나."

피가 그의 포로 신발 고무밑창에 덩어리째 굳어 있으며 초록색 점프슈트의 다리 부분에도 흩뿌려져 있다.

"저기를 지나가면 숙소 단지가 있단다. 부엌도 있고 샤워장도 있어. 몸을 씻어라. 하인들이 수 시간째 나에게 어떻게든 뭔가를 먹여 보려고 하고 있었다. 그들보고 너를 위해 이곳에 음식을 차리라고 말하마. 너는 전투를 놓치지 않을 것이다. 애시 로드는 그 것이 앞으로도 최소한 몇 시간은 계속될 것이라 약속했다. 라이샌더, 그에게 가는 길을 안내하겠니?"

"저는 당신의 옆자리를 비우지 않겠습니다, 군주님. 이 상황이 지나가고 이런 괴물들을 다 쓰러뜨리기 전에는요."

카시우스가 매우 고결하게 말한다. 트루스 나이트는 그의 과장된 행동에 눈을 굴린다.

"너는 좋은 녀석이로구나."

군주가 말하고는 나를 향해 고개를 돌린다.

"이제 우리가 이 레드를 처리할 때가 됐구나."

435

제61장

레드

아자는 홀로패드 중앙에 자리한 군주의 발 근처로 나를 끌고 간다. 명령하는 자의 차디찬 경멸이 독재자의 대리석 같은 얼굴에 깊이 새겨져 있다. 하지만 그녀의 양어깨는 치쳐 보인다. 제국의 무게, 그리고 100년간 지새운 밤들이 덩어리째 그림자로 붙어 버려 그녀를 짓누른 것이다. 꽉 묶은 머리는 깊은 회색 강줄기가 군데군데 흐르듯 새 버렸다. 눈가에서는 세포 회춘 요법으로 얻었던 젊음이 되돌아 가 푸른 애벌레들이 방울방울 기어 나온다. 그녀는 나 때문에 평화를 얻지 못했다. 밤마다 내가 그녀의 뇌리를 떠나지 않으며 그녀를 괴롭혔다는 것을 알게 되니 이렇게 무릎을 꿇고 피 흘리고 있어도 내 사기만은 올라간다.

"그의 입마개를 풀어라."

군주는 아자에게 말한다. 아자는 내 뒤에서 군주의 정의 실행을 보좌할 준비를 하고 있다. 트루스 나이트와 조이 나이트가 옥타비아의 양옆을 지킨다. 카시우스는 초록색 죄수복 차림으로 방 한편에 무릎을 꿇고 있는 머스탱 옆에 서 있다. 그들 주위로 집정관들이 모여 있다. 그 동안 자칼은 라이샌더 근처, 자신의 자리에서 수발하인이 가져온 커피를 홀짝이며 상황을 지켜본다. 입마개가 벗겨지자 나는 입을 움직여 턱관절을 푼다.

"젊은이의 오만이 없는 세상을 상상해 보렴."

옥타비아가 퓨리에게 말한다.

"늙은이의 탐욕이 없는 세상을 상상해 보시지요."

내가 쉰 소리로 응대한다. 아자는 주먹으로 내 머리 옆면을 세게 친다. 세상이 순간 까매지면서 나는 무릎 꿇은 채로 앞으로 고꾸라질 뻔 한다.

"그가 조용히 있기를 바라셨다면 어째서 그의 입마개를 풀어 주셨나요?"

머스탱이 묻는다.

자칼이 웃음을 터뜨린다.

"일리 있는 지적이네요, 옥타비아님!"

옥타비아가 자칼을 향해 인상을 쓴다.

"왜냐하면 우리는 지난번에 꼭두각시를 처형시켰고 세상은 그것을 알았기 때문이다. 이는 살과 피다. 일어선 레드다. 나는 무너지는 자가 그라는 것을 저들이 알기 바란다. 그들 중 최고조차도 무의미하다는 것을 저들에게 알리려는 것이다."

"그에게 말할 기회를 주면 그는 또 하나의 슬로건이나 만들 겁니다."

자칼이 경고한다.

"옥타비아, 당신은 정말로 제 오빠가 당신을 죽이지 않을 것이라 생각하십니까? 그는 당신이 죽을 때까지 쉬지 않을 것입니다. 당신들 모두가 죽을 때까지, 그가 당신의 홀을 차지하고 당신의 옥좌에 앉을 때까지요."

머스탱이 말한다.

그 말에 군주가 대꾸한다.

"당연히 그는 내 옥좌를 원하겠지. 누구인들 안 그러겠냐? 내 과업이 무엇이냐, 라이샌더?"

"왕좌를 지키는 것, 신하들이 싸우기보다는 따르는 것이 더 안전한 연합을 만드는 것. 그것이, 그것이 군주의 역할입니다. 소수에게만 사랑을 받고 다수에게 두려움의 대상이 되며 언제나 자신을 아는 것입니다."

"잘했다, 라이샌더."

군주가 슬프게 말한다.

"군주의 역할은 지배하는 것이 아니라 지도하는 것입니다."

내가 말한다.

내 말은 듣지도 않은 채 군주는 조이 나이트를 향한다. 그는 홀로 갑판의 조종대 앞에서 군주의 방송을 준비하고 있다.

"준비됐나?"

"네, 군주님. 그런들이 연결선을 복구시켰습니다. 생방송 형태로 '코어'에 나갈 것입니다."

"이 레드에게 작별 인사를 하렴…… 머스탱."

아자가 머스탱의 머리를 쓰다듬으며 말한다.

나는 자칼을 향해 말한다.

"이런 일조차 네가 직접 못하는 거야? 그러고도 네가 참 대단한 놈이다."

자칼은 인상을 쓴다. 그는 갑자기 자리에서 일어나 홀로 갑판으로 걸어 나오며 말한다.

"제가 하고 싶습니다, 옥타비아님."

"간부급의 처형식은 올림픽 나이트들이 거행하는 거야. 이는 당신이 나설 자리가 아니야, 대총독."

아자가 말한다.

"당신에게 허락을 구한 기억은 없는데."

아자가 그 모욕에 이를 드러내 보인다. 하지만 군주가 그녀의 어깨에 손을 올려 그녀의 혀를 제지한다.

"그가 하게 해 줘라."

군주가 말한다. 이상하다. 군주가 저리 자칼의 의견을 존중해 주다니. 그것은 그녀의 평상시 태도와 상반되지만 오늘 내가 감지했던 저 둘 사이의 이상한 기류와는 부합한다. 나는 자칼이 왜 이곳에 있는지가 궁금해진다. 루나 때문은 아니다. 그것만은 명백히 알

수 있다. 하지만 왜 그는 자신에게 군주가 완전한 힘을 발휘할 수 있는 곳으로 스스로 찾아왔을까? 어느 때곤 군주는 그를 죽일 수 있다. 그는 뭔가 군주의 약점을 잡고 있는 것이 분명하다. 그래서 군주의 힘에 대한 면제권을 얻어냈을 것이다. 그는 여기서 무슨 수를 펼치고 있는 것일까? 아자가 내 곁에서 떨어지자 머스탱도 같은 답을 구하려고 노력하는 것이 보인다. 조이 나이트는 자칼에게 스코처를 건네지만 아드리우스는 받지 않는다. 대신 그는 총집에서 세브로의 총을 꺼내들고는 검지에 걸어 빙글빙글 돌린다.

자칼이 설명한다.

"이놈은 골드가 아니에요. 레이저나 공식적인 처형식에 의해 죽는 것은 이놈에게 과분합니다. 이놈을 놈의 삼촌처럼 보내버리지요. 어쨌든 간에 저의 깊은 바람은 정의의 손 역할을 이행받기 시작하는 것입니다. 게다가 대로우를 세브로의 총으로 제거하는 것이…… 더 시적이죠. 그렇게 생각하지 않으시나요, 옥타비아님?"

"그럼 그러려무나. 다른 원하는 것은 또 없느냐?"

군주가 피곤해하며 묻는다.

"아니요. 군주님께서는 매우 수용적이셨습니다."

자칼이 아자 대신 내 옆자리로 오는 사이에 군주는 우리 눈앞에서 변신한다. 그녀의 얼굴에서 지친 기색은 불타 없어지고 차분하면서도 부인다운 모습이 자리한다. 저 얼굴이 라이코스 홀로컴에서 몇 번이고 계속해서 "희생. 복종. 번영."이라고 했었던 것이 생각난다. 당시에는 옥타비아가 유한한 삶의 종족과는 너무나 동떨어진 여신 같았기에 나는 그녀를 만족시키고 그녀가 나를 자랑스러워하게 만들기 위해서라면 내 목숨도 바쳤을 것이다. 지금은 그녀의 목숨을 끝장내기 위해 내 목숨을 바칠 것이다.

조이 나이트는 군주를 향해 고개를 끄덕인다. 군주 위에 있는 불빛 하나가 그녀를 부드럽게 비춘다. 그렇게 태양의 격노와 따뜻함으로 그 여자의 권세를 북돋는다. 그것은 그냥 조명등에 불과하다. 등의 빛이 더욱 깊어진다. 자칼은 꼼꼼히 탄 가르마에서 흘러내린 머리 한 올을 빗어 넘기며 나에게 친근한 미소를 보여 준다.

방송이 시작된다. 옥타비아가 말한다.

"소사이어티의 남자와 여자들이여. 여러분의 군주입니다. 인류의 개벽 이래로 한 종으로서 만들어나간 우리 장편의 이야기는 종족간의 전쟁에 대한 것이었습니다. 또 심판에 대한 것이었고, 희생에 대한 것이었으며, 자연의 자연스러운 한계를 감히 거역하는 이야기이기도 했습니다. 그리고 수년간 땅에서 고역을 치룬 뒤, 우리는 별들을 향해 일어섰습니다. 우리는 자신들을 의무에 묶었습니다. 개인의 욕구와 갈망들을 뒤로 한 채 컬러 계급 사회를 받아들였습니다. 아레스와 이…… 테러리스트들이 여러분들을 설득하듯이 소수의 영화를 위해 다수를 탄압하려고 했던 것이 아니었습니다. 오히려 질서와 번영이라는 원칙을 기반으로 삼고 인류의 불멸을 확보하기 위한 것이었습니다. 인류의 불멸은 우리에게 확실히 약속된 것이었습니다. 그런데 이 남자가 우리로부터 그것을 훔쳐가려고 했습니다."

군주는 길고도 우아한 손가락으로 나를 가리킨다.

"이 남자는 한때 여러분들의, 그리고 여러분 가족들의 고결한 종이었습니다. 그리고 그의 컬러에서 가장 밝게 빛나는 아들이었어야 했습니다. 사회는 어렸을 적의 그를 높이 샀습니다. 그에게 영광의 상들을 수여했습니다. 하지만 그는 허영을 선택했습니다. 그의 자만심을 별들의 세계 전역으로 펼치려 했습니다. 정복자가 되려고 했습니다. 그는 자신의 의무를 잊었습니다. 질서의 이유도 잊었습니다. 그렇게 어둠 속으로 떨어지면서 세계들을 함께 끌고 내려가려고 했습니다.

하지만 우리는 그 어둠 속으로 떨어지지 않을 것입니다. 아니에요. 우리는 악의 세력에 굽히지 않을 것입니다."

군주는 그녀의 심장을 가리킨다.

"우리가······ '우리' 자체가 소사이어티입니다. 우리는 골드, 실버, 코퍼, 블루, 화이트, 오렌지, 그린, 바이올렛, 옐로우, 그레이, 브라운, 핑크, 옵시디언 그리고 레드입니다. 우리를 하나로 묶어 주는 끈은 우리를 분리시키려 하는 세력보다 강합니다. 700년 동안 골드는 인류를 인도했습니다. 어둠이 있는 곳에 빛을 가져오고 기근이 있는 곳에 풍부함을 가져왔습니다. 오늘 우리는 전쟁이 있는 곳에 평화를 가져옵니다. 하지만 평화를 누리기 위해 우리는 우리 각 개개인의 집으로까지 전쟁을 가져온 이 살인자를 전면적으로 무찔러야 합니다."

군주는 냉담하게 나를 향한다. 그 모습에서 그녀가 나와 카시우스의 결투를 지켜보던 태도가 떠오른다. 그녀는 내가 죽게 내버려 둔 뒤 와인을 홀짝이고 저녁 식사를 마저 하려고 했다. 나는 그녀에게 흠집이다. 심지어 지금도 그렇다. 그녀는 이 순간 너머를 생각하고 있다. 내 피가 바닥에서 식고 그들이 나를 해부하러 끌고 갈 순간 이후를 생각하고 있다.

"라이코스의 대로우여, 소사이어티의 협정에 의해 부여받은 권한에 따라 나는 당신이 테러 행위들을 선동하기로 음모한 죄를 인정한다."

나는 홀로카메라의 옵틱 렌즈를 똑바로 쳐다본다. 셀 수 없이 많은 영혼들이 지금 나를 지켜보고 있을 것임을 알기에. 또 내가 사라진 지 한참 뒤에도 셀 수 없이 많은 눈들이 나를 지켜볼 것임을 알기에.

"나는 당신이 화성의 시민들을 대량학살한 일에 유죄판결을 내린다."

나는 그녀의 말을 듣는 둥 마는 둥 한다. 심장이 가슴 속에서 천둥친다. 왼손의 손가락들까지 떨린다. 목구멍으로 밀고 올라오는 느낌이다. 그 순간이 왔다. 끝이 내게로 몰려든다.

"나는 당신에게 살인에 대한 유죄 판결을 내린다."

이 순간, 이 시간의 단편은 내 인생의 요약본이다. 허공에 대고 치는 내 고함소리다.

"또한 당신에게 자신의 소사이어티를 반역한 일에 대한 유죄 판결을 내린다……."

하지만 나는 고함을 치고 싶지 않다.

그런 짓은 로크에게나 하라고 해라. 골드들에게나 하라고 해라. 나에게는 뭔가 더 많은 것을 달라. 뭔가 저들은 이해할 수 없는 것을 달라. 나에게 내 종족 사람들의 격노를 달라. 노예의 신세로 결박당한 모든 종족 사람들의 노여움을 달라. 군주가 판결문을 낭송하는 동안, 자칼이 처형식을 집행하려고 대기하는 동안, 머스탱이 바닥에 무릎을 꿇고 있는 동안, 카시우스가 집정관들과 나이트들 사이에서 나를 지켜보며 기다리는 동안, 그리고 내가 그 장신의 금발 나이트를 쳐다보자 아자가 그것을 확인하고는 뭔가가 잘못 돌아간다는 것을 느끼며 극심한 걱정에 앞으로 나서는 동안, 나는 고개를 뒤로 확 젖히고 울부짖는다.

나는 울부짖는다. 내 아내를 위해. 내 아버지를 위해. 라그날과 퀸과 팍스와 나롤 삼촌을 위해. 내가 잃은 모든 사람들을 위해. 저들이 앗아가고자 하는 모든 것들을 위해.

나는 울부짖는다. 왜냐하면 나는 라이코스의 헬다이버다. 화성의 리퍼다. 그리고 나는 내 살로 이 벙커에 대한 통행권 값을 치렀다. 모두 옥타비아 앞에 설 수 있기 위해서였다. 그리고 모두 내 친구들과 함께 죽거나 우리 적들이 정의의 이름으로 끌어내려지는 모습을 보기 위해서였다.

군주는 처형식을 집행하라는 의미로 자칼에게 고개를 끄덕인다. 그는 총열을 내 뒤통수에 댄 후 방아쇠를 당긴다. 발사 충격으로 총이 그의 손 안에서 튄다. 불꽃이 튀어나와 내 두피를 그을린다. 귀청 떨어지는 소리가 오른쪽 귀 안으로 울려 퍼진다. 하지만 나는 쓰러지지 않는다. 머리를 관통하는 총알이 없다. 총열에서 연기가 소용돌이치며 피어오른다. 그리고 자칼이 총을 내려다보는 순간, 그는 깨닫는다.

"안 돼……."

그는 나에게서 한 걸음 물러난다. 총을 버렸다. 레이저를 꺼내들려고 한다.

"옥타비아……."

아자가 외치며 앞으로 튀어나온다.

하지만 바로 그때, 그 한 번의 심박 동안, 군주는 카메라 뒤에서 무슨 소리를 듣고는 뒤로 돈다. 그리고 고개가 기울어진 집정관 보초병을 본다. 그의 펄스라이플이 바닥에 툭 소리를 내며 떨어지는 동안 그의 입에서 소름끼치는 붉은 혀가 날름 나온다. 다만 그것은 혀가 아니다. 집정관의 두개골 뒤쪽으로 들어가 그의 잇새로 튀어나온 카시우스의 피투성이 레이저다. 그것은 다시 그의 입안으로 사라진다. 군주가 우라질 한 마디를 하기도 전에 세 명의 보초병들이 쓰러진다. 카시우스는 도살당한 남자들 뒤에 서 있다. 고개를 숙이고 선 그의 레이저는 붉고 왼손에는 나와 머스탱의 구속장치 리모콘을 들고 있다.

"벨로나?"

카시우스가 버튼을 누르기 전에 군주는 간신히 그 말을 뱉는다. 머스탱의 강철 조끼가 풀리면서 바닥에 떨어진다. 내 것도 마찬가지다. 머스탱은 죽은 집정관의 펄스라이플을 향해 몸을 날린다. 속박에서 풀린 나도 일어선다. 속박으로부터 양팔을 홱 빼고 금속 조끼 안에 숨겨 놨던 칼을 꺼낸다. 나는 군주를 향해 돌진한다. 그녀가 눈을 깜빡이는 속도보다도 빠르게 나는 칼을 찔러 검은 재킷을 관통하고 몽실한 아랫배 속에 무기를 박는다. 그녀는 숨을 헉 쉰다. 눈이 거대하다. 내게서 몇 센티미터도 안 떨어져 있다. 숨결에서는 커피향이 난다. 나는 그녀의 속눈썹이 파닥거리는 움직임을 느끼며 그녀의 내장을 여섯 차례 더 찌른다. 그리고 마지막으로 그 금속을 박은 그대로 흉골 방향으로 쭉 밀어 올린다. 그녀의 몸이 갈라져 열리면서 뜨거운 피가 내 손 마디뼈와 가슴으로 쏟아져 나온다.

"옥타비아!"

아자가 나를 향해 돌진하고 있다. 그녀가 반쯤 왔을 때 머스탱이 무릎을 꿇은 채 펄스라이플을 발사해 아자의 갑옷 입은 쪽을 맞춘다. 발사 충격에 아자의 양발이 허공에 뜨면서 그녀의 몸은 방을 미끄러져 지나 세브로와 안토니아의 시체 옆에 있는 회의용 나무 탁자와 충돌한다. 그 바람에 그녀는 라이샌더를 짓누를 뻔했다. 군주가 내장이 찢겨 열린 채 뒤로 넘어지는 모습을 보자 트루스 나이트와 조이 나이트는 둘 다 홱 돌아서 카시우스와 마주한다. 레이저를 허리춤에서 꺼내 들고 방패에 웅웅거리며 생명을 불어 넣는다. 달랑 피가 튄 초록색 죄수복만 입고 갑옷은 없는 카시우스가 앞으로 번뜩이며 날아간다. 그는 당황한 트루스 나이트의 눈구멍에 레이저를 박은 뒤 그대로 두개골 정수리 부분까지 밀어 올린다.

자칼은 허리춤에서 내 레이저를 꺼내 든 뒤 나를 향해 휘두른다. 나는 옆걸음질로 그에게 다가간다. 그는 다시 레이저를 휘두르며 분노로 비명을 지른다. 하지만 나는 그의 팔을 잡고 내 머리로 그의 머리를 강타한다. 그리고 양다리를 걸어 그를 바닥에 쓰러뜨린다. 나는 내 레이저를 빼앗아 그의 왼팔을 찔러 바닥에 고정시킨다. 그에게는 이제 자유로운 손이 없다. 그는 비명을 지른다. 그의 침이 내 얼굴로 튄다. 두 다리는 나를 향해 몸부림친다. 나는 한쪽 무릎으로 그의 이마를 내리찍는다. 그렇게 그를 기절시킨 뒤 바닥에 고정해 둔다.

"대로우!"

카시우스가 조이 나이트와 결투를 벌이며 나를 부른다.

"뒤쪽!"

내 뒤에서 아자가 산산조각 난 탁자의 잔해 사이에서 일어서고 있다. 그녀의 두 눈은 분노로 커졌다. 나는 그녀로부터 도망쳐 카시우스와 머스탱을 도와주러 간다. 내 오른손이 없어진 이 상태에서는 그녀가 나를 몇 초 만에 죽일 것을 알기 때문이다. 카시우스의 점프슈트의 초록빛은 피로 인해 짙어 보인다. 그보다 더 제대로 무장한 조이 나이트가 그의 왼다리를 심하게 벴다. 조이 나이트는 왼팔에서 박동하는 아지스 방패를 이용해 체중으로 카시우스를 압도하고 있다. 머스탱은 죽은 집정관들에게서 레이저 두 자

447

루를 챙겨 그중 하나를 나에게 던진다. 나는 달려가면서 그것을 왼손으로 잡는다. 손잡이의 토글 버튼을 누른다. 레이저가 살생용 길이로 확 길어진다. 카시우스의 다리가 또 한 번 칼에 베인다. 그는 시체 하나에 걸려 넘어지는 와중에 펄스피스트로 상대의 두 번째 공격을 막아 무기를 망가트린다. 조이 나이트의 등이 내 쪽을 향하고 있다. 그는 내가 다가가고 있는 것을 알아차리지만 이미 너무 늦었다. 나는 소리 없이 허공으로 뛰어올라 거대한 원을 그리도록 레이저를 휘두르며 뒤에서 그를 내리친다. 펄스 방패의 박동하는 저항과 부딪힌 왼팔은 움직이는 속도가 늦춰졌다가 다시 확 움직인다. 상대의 펄스 방패가 그의 갑옷으로부터 몇 센티미터 안 떨어져있기에 레이저가 그의 하늘색 가슴판을 가르고 들어가 근육과 뼈를 관통한 것이다. 레이저가 그의 왼쪽 어깨에서부터 오른쪽 골반까지를 가르며 그의 몸을 사선으로 나눴다. 그의 몸이 바닥에 후두둑 떨어진다.

시체들이 바닥을 치는 동안 공간에는 침묵이 돈다.

머스탱이 내 쪽으로 황급히 온다. 그녀는 엉망으로 헝클어진 금빛 머리를 뒤로 쓸어 넘긴다. 그녀의 입이 흥분된 미소로 벌어진다. 나는 카시우스가 바닥에서 일어나는 것을 돕는다.

"내 연기 어땠어?"

카시우스가 움찔하며 묻는다.

"칼솜씨만큼 좋지는 않던데."

나는 말하며 주변에 쌓인 시체들을 둘러본다. 그는 환한 미소를 짓는다. 그는 다른 어느 곳에서보다 전투 상황에서 더 살아난다. 가슴이 찌릿하다. 우리 사이는 언제나 이런 식이었어야 한다는 것을 깨달은 것이다. 우리가 고랭지들에서 함께 말을 타고 지구의 지배자들인 척을 했던 시절이 그리워진다. 나도 그에게 밝은 미소로 화답한다. 나는 부상을 입었고 피를 흘리고 있다. 하지만 이렇게 마음이 거의 온전한 것은 내 기억 상으로 처음이다.

"둘이 썸 타는 것은 좀 나중에 하지?"

머스탱이 말한다.

우리 셋은 나란히, 태양계에서 가장 치명적인 인간과 마주하기 위해 함께 돌아선다. 그녀는 몸을 웅크리고 앉아 끔찍하게 부상을 입은 옥타비아의 몸을 감싸고 있다. 옥타비아는 홀로 갑판의 가장자리까지 기어가 바닥에 등을 대고 숨을 헐떡이며 벌어지려는 배를 양손으로 부여잡고 있다. 창백한 그녀는 몸을 떨고 있다. 눈물이 아자와 자신의 할머니를 돕기 위해 이 구덩이 안으로 황급히 뛰어온 라이샌더의 얼굴을 타고 흘러내린다.

"아자! 저들을 죽여! 문을 열든지 저들을 죽여!"

자칼이 바닥에서 비명을 지른다. 그는 정신이 나갔다. 이리저리 몸부림치며 그의 절단된 손목으로 레이저의 채찍 토글 버튼을 건드려 보려고 노력하고 있다. 버튼은 그보다 1.6미터 높이 있기에 잘린 손목으로는 어찌해도 닿지 못한다.

"문을 열어!"

악문 잇새 사이로 그가 말한다.

하지만 문을 열기 위해서는 아자가 거기까지 가야 한다. 그리고 거기까지 가기 위해서는 그녀가 나와 내 친구들을 지나간 뒤 비밀 번호를 입력하는 동안 우리에게 등을 보여야 한다. 우리가 죽거나 그녀가 죽을 때까지 그녀는 이곳에 갇힌 것이다.

"아자, 우리에게 군주를 넘겨. 그녀가 정의의 심판을 받을 시각이 다 됐다."

나는 말한다. 그에 대한 아자의 대답이 무엇일지는 알고 있지만 홀로 갑판이 아직 가동 중이기에 일부러 한 말이다. 골드의 피가 바닥을 적시는 동안에도 그것은 생방송 중이다. 아자는 돌아서 우리를 보지 않는다. 아직은 그러지 않는다. 그녀의 거대한 두 손이 옥타비아의 얼굴을 어루만진다. 그리고 자식을 안은 어머니처럼 자신보다 나이가 많은 그 여성을 안고 살살 흔든다. 그녀는 군주에게 말한다.

"살아 계세요. 제가 군주님을 이곳에서 데리고 나가겠습니다. 약속해요. 그냥 살아 계세요, 옥타비아."

옥타비아는 미약하게 고개를 끄덕인다. 라이샌더가 아자의 팔을 건드린다.

"제발, 빨리요."

"그녀의 진을 빼. 시간이 촉박한 것은 그녀 쪽이야."

머스탱이 속삭인다.

"그녀가 너를 구석으로 몰게 두지 마. 우리가 계획했던 대로 좌우로 움직여. 카시우스, 그 상태로도 선공을 날릴 수 있겠어?"

내가 말한다.

"너희나 뒤처지지 마."

카시우스가 대답한다.

아자는 웅크렸던 자세에서 일어서며 장신을 뽐낸다. 생각에 잠긴 근육과 갑옷 덩어리이자 소사이어티가 이제껏 만나 본 칼잡이들 중 가장 뛰어난 레이저 전문가의 수제자다. 어두운 얼굴은 읽히지 않는다. 짙은 파랑색 프로티언 나이트 갑옷이 해룡들로 미묘하게 움직인다. 어깨는 거의 라그날의 것만큼 넓다. 이곳으로 세피를 데려올 수 있었다면 좋았을 것이다. 1.5미터 길이의 살인용 은이 아자 앞으로 스르륵 등장하자 그녀는 버드나무 검법의 겨울 품세를 취한다. 칼은 횃불처럼 옆으로 들었으며 왼발을 앞으로 디딘 채 엉덩이는 밑으로 집어넣었고 양 무릎은 살짝 굽힌 상태다. 머스탱과 나는 미끄러지듯 서로 떨어지며 좌우를 맡는다. 지금 우리들 중 가장 실력이 좋은 칼잡이, 카시우스는 가운데를 맡는다. 아자의 굶주린 눈들이 우리의 약점을 탐욕스럽게 흡수한다. 카시우스의 질질 끌리는 발 움직임, 내 오른손의 부재, 머스탱의 체구, 바닥에 늘어진 장애물의 위치. 그리고 그녀는 공격한다.

다수의 적을 상대할 때는 두 가지 전략이 있다. 첫 번째는 적이 서로서로 싸우게 만드는 것이다. 하지만 카시우스와 나는 언제나 전투 중에는 통일된 생각을 했으며 머스탱은 적응력이 좋다. 그래서 아자는 두 번째 전략을 선택한다. 카시우스나 머스탱이 나를 도우러 오기 전에 나를 전력으로 공격하는 것이다. 그녀는 내가 가장 약한 적이라고 여긴다. 그리고 그녀의 판단은 옳았다. 그녀의 채찍은 내가 칼을 들어 올릴 수 있는 속도보다 빠르게 내 얼굴을 향해 착 소리를 낸다. 나는 움찔하며 뒤로 물러선다. 하마터면 눈을 잃을 뻔했다. 나는 균형의 중심을 잃었다. 그녀는 나에게 집중한다. 칼은 딱딱하다. 그것으로 나를 마구 찌른다. 조심스럽게 계산된 움직임으로 시적 광란을 일으키는 것이다. 내 칼이 제 위치에서 벗어나 내 몸 앞으로 오게 만들려는 의도다. 아자는 '윙 스칼프'라는 론 스승님의 기술을 쓰고 있다. 그렇게 그녀는 자신의 칼을 지렛대처럼 내 것 위에 겹친 뒤 내 칼잡이 팔의 어깨를 건드리고 팔목의 밖을 긁어내리면서 근육과 인대들을 벗겨 내려고 한다. 나는 뒤에 깔린 시체들 사이로 길을 찾으며 춤을 추듯 물러선다. 그렇게 아자로부터 지렛대 효과를 앗아가 버린다. 그 사이에 카시우스와 머스탱은 아자와 가까워진다. 카시우스는 접근 중에 너무 속도를 낸다. 그러면서 그는 내가 할 뻔한 것처럼 지나치게 칼을 뻗는다.

하지만 아자는 레이저를 쓰지 않는다. 그녀는 그래브부츠가 빠르게 추진 불꽃을 터뜨리도록 가동시키면서 뒤에 있던 카시우스를 향해 몸을 날린다. 200킬로그램에 달하는 갑옷과 흉터를 입은 비할 데 없는 자의 몸에 그래브부츠의 추진에너지가 실린 채 살과 뼈에 강하게 부딪혀간다. 카시우스의 뼈가 삐걱거리는 소리를 거의 들을 수 있을 정도다. 그의 몸이 그녀 몸에 감기면서 이마는 그녀의 갑옷을 찬 어깨와 충돌한다. 그는 그녀의 몸에서 스르륵 흘러내리고 그녀는 그를 바닥에 패대기친다. 머스탱은 아자의 측면에서 황급히 달려온다. 아자가 카시우스를 끝장내려는 것을 막으려는 의도다. 하지만 아자는 머스탱이 그런 행동을 할 것을 예측하고 있었으며 카시우스를 이용해 그녀를 낚고 있었다. 그녀는 머스탱의 배를 가로로 얕게 긋는다. 머스탱의 아래 장기들이 열려버릴 뻔 했다.

나는 뒤에서 아자를 향해 내 레이저를 날린다. 그녀는 어떻게 해서인지 그것이 오는 것을 듣거나 느끼며 몸을 옆으로 굽힌다. 그 사이에 내 레이저는 아자를 지나치고 홀로 갑판을 위층의 거실과 분리시키는 벽에 꽂힌다. 아자는 머스탱을 향해 다리를 쑥 뻗어 머스탱의 슬개골을 가격해 그것이 뒤로 꺾이게 만든다. 어쩌면 그녀의 슬개골이 탈구됐는지도 모르겠다. 하지만 머스탱은 레이저를 밖으로 뻗은 채 뒤로 넘어진다. 그리고 아자는 다시 나를 향한다. 왜냐하면 나에게는 무기가 없기 때문이다.

"젠장 젠장 젠장 젠장 젠장."

나는 씩씩거리며 허둥지둥 집정관들에게 향한다. 그들의 레이저들 중 하나를 집어 들기 위해서다. 나는 펄스라이플 하나를 얻는다. 그것으로 내 뒤를 향해 보지도 않고 쏜다. 아자의 펄스 방패가 그 탄약을 흡수하며 진홍색으로 박동한다. 그 사이에 나에게 질주해 온 그녀가 레이저로 그 무기를 치자 나는 그것을 놓쳐 버린다. 나는 다시 도망친다. 뒤로 구르면서 내 오금줄 뒤쪽에 길고 화끈거리는 자상을 얻었다. 하지만 고리형 홀로 갑판으로부터 수십 센티미터 위에 자리한 거실 층까지 뛰어오르면서 레이저 하나를 취하기는 했다. 아자는 펄스피스트를 집어 들고는 그것으로 나를 쏜다. 나는 밑으로 몸을 날린다. 그래서 그녀의 공격이 빗나간다. 위에 자리한 강철 천장에서 거품이 나더니 뚝뚝 흘러내린다. 나는 옆으로 몸을 굴린다.

아래의 갑판에서는 날카로운 레이저들이 난무하고 있다. 나는 다시 싸움으로 복귀하기 위해 갑판 테두리로 허둥거리며 돌아간다. 아자는 우리를 리본처럼 갈기갈기 찢어 나아가고 있으며 도망치는 일은 단지 그녀가 카시우스와 머스탱에게 돌아가게끔 허용하는 것밖에 안 된다. 그녀는 카시우스의 절뚝거리는 다리와 그의 어깨에 생긴 새로운 부상을 이용하며 그를 압도하고 있다. 그가 동강나기 전에 머스탱이 뒤에서 공격해 간다. 하지만 머스탱이 레이저를 휘두를 때면 아자는 몸을 구부린다. 아자는 마치 이 싸움이 벌어지기도 전에 그것을 공부한 사람처럼 움직이고 있다.

나는 깨닫는다. 우리는 아자를 쓰러뜨리지 못할 것이다. 이것이 나의 두려움이었다. 또한 우리 전략에는 내가 손을 잃는 것이 포함되어 있지 않았다. 하나씩 차례대로 아자는 우리를 죽일 것이다.

머스탱과 카시우스가 드디어 아자를 둘 사이에 고정시켰을 때 나는 잠시나마 희망을 품는다. 그렇게 나는 밑으로 뛰어내려 공격을 도우려 한다. 그 여자는 세 회오리바람 사이에 붙잡힌 버드나무처럼 돌고 돈다. 그녀는 자신의 갑옷이 우리의 비스듬한 공격들을 버틸 수 있지만 우리의 피부는 그녀의 공격을 감내하지 못하리라는 것을 알고 있다. 그녀는 얕은 자상을 내는 것을 목표로 공격해 온다. 체계적으로 우리를 피 낸다. 우리의 무릎, 팔의 힘줄을 겨냥한다. 그것은 론 스승님께서 우리 둘 모두에게 가르치신 방법과 같다. 뿌리를 파는 현자다.

아자의 칼이 내 팔뚝을 깊이 가르며 내 손 마디뼈들을 베고 새끼손가락의 끝부분을 잘라간다. 나는 분노로 포효하지만 분노만으로는 부족하다. 내 감으로도 부족하다. 우리는 너무 지쳐 있으며 그녀의 괴물 같은 모습에 압도당한 상태다. 론 스승님께서는 그녀도 잘 훈련시키셨다. 회전하며 그녀는 양손으로 내 흉곽의 오른쪽에 칼을 찌른 뒤 위로 들어올린다. 내 세상이 흔들린다. 그녀는 끔찍한 고함과 함께 나를 들어올린다. 내 양발이 갑판으로부터 반 미터 떨어진 지점에서 대롱거린다. 카시우스가 그녀를 향해 돌진하는 동안 그녀는 나를 칼끝으로부터 확 날려 버린 뒤 카시우스의 공격을 막는다. 나는 숨을 쉬려고 헐떡거린다. 숨을 들이마시는 일도 겨우겨우 한다. 카시우스와 머스탱은 자신들의 몸으로 아자와 내 사이를 막는다.

"그를 건드리지 마."

머스탱이 씩씩거린다.

칼은 미키가 나에게 준 강화된 늑골 2대 사이에 끼면서 내 장기들을 빗나갔지만 나는 몸 전체에서 피를 흘리고 있다. 나는 일어서 보려고 하면서 갑판 위를 허우적거리고 있다. 자칼은 바닥, 그의 자리에서 나를 지켜보고 있다. 그는 자신의 몸을 빼 보려고 버둥거리다 지친 상태다. 우리 주위로 시체들이 끔찍하게 깔려 있음에도 불구하고 그는 환한 미소를 짓고 있다. 아자가 나를 죽일 것을 알기 때문이다. 군주의 표정은 동떨어진 채 사그라지고 있다. 그녀도 지켜보고 있다. 홀로 갑판이 나머지 공간보다 올라오는 동안 그녀는 그 테두리에 몸을 기대어 세우고 있다. 라이샌더의 두 손은 그녀의 부상 부위가 벌어지지 않도록 잡아주고 있다. 아자는 두려워하며 군주를 바라본다. 군주에게 살 시간이 그리 오래 남지 않았다는 것을 알고 있는 것이다.

"어떻게 우리 대신 저자를 선택할 수 있는 거야?"

아자가 격노하며 머스탱과 카시우스에게 고함친다.

"쉬운 결정이었어."

머스탱이 대답한다.

카시우스가 다리에 찬 총집에서 주사기를 꺼내더니 방 건너편에 있는 나에게 던진다.

"야, 아자가 우리를 죽이기 전에 해."

나는 허둥지둥 일어선다. 그 사이에 아자는 격정적으로 나를 향해 달려온다. 하지만 카시우스와 머스탱에게는 그녀를 공격해 떨칠 만큼 힘이 남아 있다. 아자는 답답함에 포효한다. 세 명이 피 위에서 미끄러진다. 이 상태라면 이 세상에서 살 시간이 그리 많지 않아 보이는 내 친구들이 아자와 정면으로 맞서고 있다. 나는 군주의 반대편 홀로 갑판의 가장자리까지 도달한다. 그리고 세브로의 시체를 향해 기어간다.

"너는 도망갈 수 없다! 내가 네 두 눈을 잘라낼 테다. 도망칠 곳은 아무데도 없다, 이 겁쟁이 러스터야!"

아자가 고함친다. 하지만 나는 도망치는 중이 아니다. 나는 세브로 옆에 무릎을 꿇은 자세로 주저앉는다. 세브로의 가슴 앞쪽은 혼돈 그 자체다. 카시우스가 세브로를 처형시키던 중에 쐈던 총알의 진입 상처를 구현하느라 실험실용 피와 찢어진 옷이 뒤범벅됐기 때문이다. 나는 레이저로 세브로의 셔츠를 잘라 연다. 사이서가 그를 위해 만든 전투용 조끼에 난 여섯 구멍들을 빤히 바라본다. 조각된 살 조각들이 너무나 진짜처럼 보인다. 세브로의 표정은 조용하고 평화롭다. 하지만 평화로움은 그의 천성이 아니다. 또한 평화로움을 얻기 위해서는 아직도 우리에게는 갈 길이 남았다. 나는 홀리데이의 뱀독으로 가득 찬 주사기 뚜껑을 팍 연다. 죽은 자를 깨울 정도로 충분한 양이다. 혜만서스 추출물로 만든 나롤 삼촌의 사악한 혼합 제제를 마시고 가짜로 영원히 잠든 척 하는 자들조차도 깨울 것이다. 나는 세브로의 조끼를 벗긴다.

"고블린, 일어나, 일어나."

나는 말하며 주사기를 높이 치켜든다. 그리고 그에게 심부전이 일어나지 않기를 조용히 기도하며 내 가장 친한 친구의 가슴에 주사를 직방으로 찔러 넣는다. 그는 눈을 확 뜬다.

"아이야아아아아아아아아아아!"

제62장

옴니스 비르 루푸스

코마에서 깨어난 세브로는 폭발하듯 뛰어오른다. 그의 코마는 우리가 카시우스를 풀어 주기 전에 그가 플라스크에서 마시던 헤만서스 기름으로 유도된 것이었다. 그는 마구 버둥거리며 나를 지나친다. 양발로 선다. 미친놈처럼 주변을 두리번거린다. 눈은 야성적이고 양손은 떨리고 있다. 내 감옥에서 트리그와 홀리데이가 나를 빼냈을 때처럼 세브로도 심장을 쥐며 고통에 숨을 헐떡거린다. 마지막으로 그가 본 것은 구금실에서의 내 얼굴이었다. 그가 지금 이곳에서 깨어났다. 피와 시체로 어지러운 전투에 투입되기 위해. 그의 충혈된 눈이 미친 사람 같은 눈빛으로 나를 뚫어지게 쳐다보더니 내 배를 가리킨다.

"너 피나! 대로우! 너 피난다고!"

"나도 알아."

"네 손은 어디 있어? 너 빌어먹을 손 하나가 없어!"

"나도 안다고!"

"이런 우라질."

세브로의 눈이 주변을 쏜살같이 두리번거리며 바닥에 꽂혀 있는 자칼과 쓰러져 있는 옥타비아, 그리고 아자의 공격에 뒤로 밀리고 있는 카시우스와 머스탱을 확인한다.

"효과가 있었어! 빌어먹을 효과가 있었다고! 똥대가리, 우리는 금발 눈썹털쟁이들을 도와야 해. 일어나! 일어나라고!"

그는 나를 거칠게 일으켜 세운 뒤 내 레이서를 내 손에 다시 밀어 넣는다. 그리고 움푹한 홀로장으로 질주하며 우리가 어렸을 적에 얼어붙은 소나무들 사이에서 만든 괴상한 전투 함성을 울부짖는다.

"나는 너를 죽일 거야, 아자! 나는 네가 보는 앞에서 대놓고 너를 죽일 거라고!"

자칼이 바닥에서 비명을 지른다.

"바르카야! 바르카가 살아 있어!"

뛰어가는 중에 세브로는 죽은 집정관으로부터 펄스피스트 한 대를 집어 들고는 자칼의 몸을 밟고 지나간다. 그는 자칼의 얼굴을 밟고 그 젊은 대총독을 바닥에 고정시키고 있던 레이저를 채가면서도 가던 길을 멈추지 않는다. 그는 아자에게 날아가며 펄스피스트를 발사한다. 그는 약의 효과와 코끝을 아른거리는 승리의 냄새로 미쳐 있다.

펄스 폭발이 아자의 방패에 파문을 일으킨다. 진홍색이 그녀의 윤곽을 따라 퍼지면서 그녀의 시야를 충분히 가린다. 그 바람에 드디어 카시우스가 레이저로 그녀의 방어막을 뚫는다. 그러나 그녀는 레이저가 다가오는 동안 몸을 틀었기에 공격을 어깨에만 받았다. 하지만 그때 세브로가 그녀를 공격한다. 그녀의 등허리 부분을 두 차례 찌른 것이다. 그녀는 아파 신음하며 뒤로 물러난다. 나는 난투에 가담한다. 그 사이에 아자는 비틀거리며 물러나 우리와 간격을 둔다. 하지만 그녀의 뒤로 땅에는 극소수의 사람들만이 본 무언가가 남는다. 얇은 한 줄기의 피다. 그 피가 세브로의 레이저를 덮고 있다. 세브로는 칼끝에 묻은 피를 닦아낸 뒤 손가락 사이로 뭉갠다.

"하하하. 이것 봐라. 너도 피를 흘리기는 하는구나. 그 안에 그런 게 얼마나 더 있는지 한번 보자."

세브로는 동물처럼 몸을 웅크린 채 아자를 향해 성큼성큼 걸어간다. 그 동안 머스탱, 카시우스 그리고 나는 그녀를 우리 사이에 몰아넣어 살아 있는 올림픽 나이트들 중 최고실력자 주위로 사각형을 만든다. 우리는 마치 숲속에서 거대한 표범을 만난 늑대 무리 같다. 상대가 공격해 오면 뒤로 피하면서 상대의 뒷다리를 공격하고 옆구리를 향해 칼을 휘두른다. 그렇게 놈이 피를 과다히 흘리게 만든다. 우리는 4명으로 이루어진 감옥이다. 세브로는 레이저를 허공에 휘두르며 맹렬히 울부짖는다.

"입 닥쳐!"

아자가 말하며 세브로를 향해 채찍형 칼을 휘두른다. 하지만 세브로는 춤을 추듯 뒤로 피하고 그 틈에 카시우스와 내가 앞으로 빠르게 들어가 그녀를 찌른다. 그녀는 자신의 목을 겨냥한 카시우스의 공격과 그의 두 연속 동작을 막는다. 하지만 시간 안에 나를 막지는 못한다. 나는 그녀의 배를 향해 가짜로 레이저를 찌르는 척하며 그녀의 정강이를 대신 벤다. 금속이 긁힌다. 금속 불꽃과 피가 내 칼을 뒤덮는다. 머스탱은 그녀의 종아리를 찌른다. 나는 아자가 내 쪽으로 몸을 돌릴 때 뒤로 확 물러서서 그녀가 과하게 팔을 뻗게 만든다. 세브로에게 또 한 번의 공격 기회를 만들어 준 것이다. 그리고 그는 그 기회를 잡으며 맹렬히 그녀의 오른쪽 다리의 아킬레스건을 벤다. 그녀는 끙 소리를 내고 넘어지면서 다시 그에게 칼을 휘두른다. 세브로는 춤추듯 뒤로 물러선다.

"너는 죽을 거야."

그는 살짝 씩씩거리며 사악하게 말한다.

"너는 죽을 거라고."

"입 닥쳐!"

"이건 퀸을 위한 거야."

세브로가 씩씩거리는 동안 카시우스가 아자의 왼쪽 무릎 힘줄을 가른다.

"이건 라그날을 위한 거고."

나는 아자 몰래 칼을 들어 그녀의 오른쪽 허벅지를 찌른다.

461

"이건 화성을 위한 거야."

머스탱이 아자의 팔꿈치를 절단해 버린다. 아자는 바닥에 떨어진 부속물을 바라본다. 마치 그것들이 정말 그녀의 것일까 혼란스러워하는 모습이다.

하지만 아자에게 한숨을 돌릴 새는 주어지지 않는다. 세브로가 그의 펄스피스트를 옆에 던지더니 바닥에 있던 트루스 나이트의 레이저를 집어 들고 허공에 높이 뛰어올라 칼 두 자루 모두를 그녀의 가슴에 내리꽂는다. 바닥으로부터 대략 30센티미터 떨어진 지점에 그는 매달려 있다. 둘의 얼굴은 서로로부터 몇 센티미터 안 떨어져 있으며 코끼리 거의 맞닿아 있다. 그 상태로 아자가 무릎을 꿇는 자세로 주저앉는다. 덕분에 세브로는 다시 바닥에 발이 닿는다.

"옴니스 빌 루푸스.(모두가 늑대다.)"

세브로는 아자의 코에 입을 맞추고는 레이저를 가슴에서 확 뽑아내면서 다시 팔뚝을 감는 채찍 형태로 스르륵 돌아가게 만든다. 양팔을 뻗은 채, 그는 죽어가는 프로티언 나이트로부터 떨어진다. 자신의 시대 사람들 중 최고실력자였던 그녀는 마지막 박동하는 피까지 차디찬 바닥으로 내뿜는다. 아직도 무릎을 꿇은 자세로 아자의 절망적 시선이 날아가는 곳은 군주다. 그녀의 자매들의 어머니가 되어 주고, 그녀를 키워 주고, 태양계를 지배하는 자가 사랑하는 방식대로 그녀를 진심으로 사랑해 줬으며, 이제는 그녀와 함께 죽어 가는 여자다.

"죄송합니다…… 군주님."

아자의 축축한 숨소리가 쌕쌕거린다.

"절대 미안해하지 말거라. 너는 밝게 타올랐다, 나의 퓨리여. 시간 그 자체가…… 너를 기억할 것이다."

옥타비아는 바닥에서 간신히 말한다.

"에이, 별로 그렇지도 않을 것 같은데. 코 자자, 그리무스."

세브로가 인정 없이 말한다.

그는 아자의 머리를 베어 버린 뒤 그녀의 가슴을 발로 찬다. 그녀의 몸이 뒤로 기울어지더니 바닥에 쓰러진다. 세브로는 늑대처럼 네 발로 선 자세로 그 위에 올라타서 울부짖는다. 그 끔찍한 광경에 군주의 입에서 깊은 신음이 튀어나온다. 그녀는 눈을 감는다. 우리가 그녀와 라이샌더 쪽으로 다가가는 동안 그녀의 감은 눈 사이로 눈물이 흘러내린다. 카시우스와 나는 함께 절뚝거리고 있다. 카시우스는 내 어깨에 팔을 둘러 뒤로 질질 끄는 다리의 부하를 줄인다. 머스탱이 우리를 뒤따라온다. 세브로가 자칼을 잡아둔다. 자칼의 가슴 위에 앉은 채 그의 머리 위로 레이저를 던졌다 받으며 곡예를 부리고 있다.

할머니의 피에 흠뻑 젖은 라이샌더는 바닥에 있던 옥타비아의 레이저를 쥐고는 우리의 길을 막는다.

"할머니를 죽이게 놔두지 않을 거예요."

"라이샌더…… 하지 마. 이미 너무 늦었어."

옥타비아가 말한다.

소년의 두 눈은 눈물을 흘리느라 부었다. 그의 손에 들린 레이저가 떨린다. 카시우스가 앞으로 나서며 손 하나를 내민다.

"무기를 버리렴, 라이샌더. 너를 죽이고 싶지는 않구나."

머스탱과 나는 눈길을 주고받는다. 그것은 옥타비아도 알아챈 것이며 그녀의 영혼을 몸서리치게 만들 수밖에 없는 것이다. 라이샌더는 그가 우리와 맞서 싸울 수 없다는 것을 안다. 그의 이성이 슬픔을 장악하자 그는 레이저를 떨어뜨리고는 뒤로 물러서서 우리를 공허하게 쳐다본다.

옥타비아의 두 눈은 먼 곳을 바라보고 있으며 어둡다. 그녀조차도 지배하지 않는 저편의 세상으로 이미 반쯤 가 버린 상태다. 그녀가 끝을 맞이하면 앙심을 보일 거라 생각했다. 아니면 빅수스나 안토니아처럼 애걸할 줄 알았다. 하지만 지금조차도 그녀에게서 약한 모습은 전혀 보이지 않는다. 여기엔 마지막에 찾아오는 슬픔과 잃어버린 사랑뿐이다. 그녀는 이 계층 사회를 창조하지 않았지만 그녀의 생애 동안 그것의 지킴이였다. 그리고 그 이유 때문에 그녀에게 책임을 물어야 할 것이다.

옥타비아가 슬피 고개를 저으며 카시우스에게 묻는다.

"왜?"

카시우스가 대답한다.

"왜냐하면 당신이 거짓말을 했기 때문입니다."

더는 말없이 카시우스는 탄띠에서 작은 홀로큐브를 꺼내 그녀의 피투성이 두 손 안에 놓는다. 그것은 엄지만 한 삼각형 프리즘이다. 그 표면에 이미지가 춤을 추더니 군주의 두 손 위, 허공으로 떠오른다. 카시우스의 가족이 죽어가는 광경이 흘러나오며 군주를 푸른빛으로 적신다. 그림자가 통로를 따라 이동하다 풍뎅이 스킨을 입은 사람으로 변한다. 그들은 통로에서 카시우스의 고모를 베어 버린다. 그 후 사람들은 이동하다 잠시 후 아이들을 질질 끌고 가며 모습을 드러낸다. 그리고 그 아이들을 레이저와 부츠로 죽인다. 그들은 더 많은 시체를 질질 끌고 가다 쌓아올린다. 그 후 생존자가 있을 수 없게끔 불을 붙인다. 그날 밤, 40명 이상의 아이들과 흉터가 없는 가족 구성원들이 죽었다. 그들은 무너진 남자의 어깨에 그 죄를 한껏 뒤집어씌울 수 있으리라고 생각했다. 하지만 그것은 자칼의 짓이었다. 그는 벨로나와 아우구스투스 가문 간의 전쟁을 끝내 버렸으며 군주의 협조와 침묵은 그가 내 트라이엄프를 치러 준 것에 대한 대가였다.

"저에게 왜냐고 물었습니까?"

카시우스의 목소리는 속삭임보다 아주 조금 큰 소리다.

"그것은 당신에게 명예가 없기 때문입니다. 저는 올림픽 나이트로서 소사이어티의 협정을 기리고 소사이어티의 인류에게 정의를 가져오겠다는 맹세를 했습니다. 당신도 같은 맹세를 했어요, 옥타비아. 하지만 당신은 그것이 무슨 의미인지 잊었지요. 모두가 그랬어요. 그래서 이 세계가 망가진 거예요. 어쩌면 다음 세계는 더 나을 수 있을지도 몰라요."

"이 세계는 우리가 누릴 수 있는 최선이야."

옥타비아가 속삭인다.

"정말 그 말을 믿으세요?"

머스탱이 묻는다.

"온 마음을 다해 믿는다."

"그럼 저는 당신이 불쌍하네요."

머스탱이 말한다.

그리고 카시우스도 마찬가지로 느낀다.

"제 남동생은 제 마음이었습니다. 그리고 저는 그 애가 삶을 누리기에 너무 약하다고 주장하는 세상을 더 이상 믿지 않아요. 그애는 이 일을 믿었을 거예요. 뭔가 새로운 것을 세울 수 있다는 희망을요."

카시우스가 군주 너머에 있는 나를 바라본다.

"줄리언을 위해 나도 그것을 믿을 수 있어."

카시우스는 주머니에서 다른 두 홀로큐브들을 꺼내 나에게 건넨다. 첫 번째는 내 친구들이 내 '트라이엄프'에서 살해당하던 광경이다. 두 번째는 '림'을 위한 것이다. 그들이 이 녹화본을 보게되면 내가 그들을 위해서도 군주에게 한 방 날렸다는 것을 알게될 것이다. 정치적 행위를 쉴 틈은 없다. 나는 두 홀로큐브를 첫 번째와 함께 군주의 손바닥에 둔다. '레아'가 그녀의 앞에서 빛난다. 청백색 위성이 형제인 이아페토스와 타이탄 옆에서 아름다움을 뽐내고 있다. 그렇게 그들은 거대한 토성의 궤도를 돌고 있다. 그후 거의 알아챌 수 없을 정도로 미세한 조각들이 위성의 북극 위에서 깜빡인다. 그리고 청백색 행성의 표면 위로 버섯 모양 불꽃들이 피어난다.

핵 폭파의 불꽃이 군주의 눈동자에 비치며 타오르는 동안 머스탱이 나를 위해 옆으로 비켜선다. 나는 그 죽어 가는 여자 앞에 웅크리고 앉는다. 그리고 결국 그녀가 맞이한 것이 복수가 아닌 정의라는 것을 그녀에게 부드러운 말씨로 알린다.

"제 종족 사람들은 사후 세계로 인도하는 길목에 서 있는 존재에 대한 전설을 믿습니다. 그는 악을 선으로부터 심판할 거예요. 그의 이름은 리퍼('리퍼'에는 사신이라는 뜻이 있다—옮긴이)입니다. 저는 그가 아니에요. 저는 단지 인간에 불과합니다. 하지만 곧 당신도 그를 만날 거예요. 이제 그가 당신이 저지른 모든 죄들을 심판할 겁니다."

"죄들이라고?"

옥타비아가 고개를 저으며 자신의 손바닥 안에서 춤을 추고 있는 세 개의 홀로를, 그녀의 죄로 이루어진 바다의 방울들을 돌아본다.

"이것들은 희생이다. 지배를 하기 위해서는 반드시 해야 하는 일들이었다."

그녀는 말하며 손바닥으로 그것들을 감싼다.

"나는 내 업적들을 소유하듯 이것들도 소유할 뿐이야. 당신도 알게 될 거다. 당신도 나와 똑같은 존재가 될 거야, 정복자."

"아니요, 저는 그러지 않을 것입니다."

"태양의 부재에서는 오직 어둠만이 있을 수 있다."

군주는 몸서리친다. 이제 추운 것이다. 나는 그녀의 몸 위로 무언가를 덮어 주고 싶은 충동을 애써 참는다. 그녀는 자신이 남기고 가는 것들이 무엇인지 알고 있다. 그녀가 죽을 때 그 승계의 투쟁이 시작될 것이다. 그것은 골드를 쭉 찢어 나눠 버릴 것이다.

"누군가는…… 누군가는 지배해야 한다. 아니면 지금으로부터 1000년 후, 아이들은 물을 것이다. '누가 세계들을 깨뜨렸나요? 누가 불을 껐나요?' 그리고 그들의 부모들은 그것이 당신이라고 대답할 것이다."

하지만 나는 이것을 이미 알고 있다. 내가 세브로에게 이 일이 어떻게 끝날지 아냐고 물었을 때도 알고 있었다. 나는 독재를 혼돈으로 대체하지 않을 것이다. 질서는 있어야 한다. 그것을 위해 내가 타협을 해야 하더라도 말이다. 하지만 나는 군주에게 그런 말을 하지 않는다. 그녀는 고통스럽게 침을 삼킨다. 숨을 쉬는것조차 고역이다.

"내 말을 들어. 당신이 그를 필히 막아야 한다. 당신이 필히…… 아드리우스를 막아……."

그것들이 옥타비아 오 룬의 마지막 말들이다. 그리고 그 말들이 사라지면서 그녀의 눈에서 레아의 불도 식는다. 생명은 금으로 둘러진 차가운 홍채를 떠난다. 그녀의 두 눈은 무한한 어둠 속을 응시한다. 나는 그녀의 눈을 감겨 준다. 그녀의 죽음에, 그녀의 유언에, 그녀의 두려움에 한기가 느껴진다.

60년간 치세했던 소사이어티의 군주가 죽었다.

그리고 나는 극한 두려움 외에 아무것도 느끼지 못한다. 왜냐하면 자칼이 크게 웃기 시작했기 때문이다.

제63장

침묵

자칼의 웃음소리에 방 전체가 전율한다. 홀로에서는 위성과 어둠 속에서 서로를 계속 공격하는 함대들의 모습이 보이고, 그 빛을 받은 자칼의 얼굴은 창백하다. 머스탱은 홀로 갑판의 방송을 껐으며 이미 군주의 데이터 센터를 분석하기 시작했다. 카시우스는 라이샌더 쪽으로 다가가고 나는 옥타비아의 시체 곁에서 일어선다. 몸이 부상들로 화끈거린다.

"그를 멈추라니, 군주가 무슨 의미로 그런 말을 한 거야?"

카시우스가 나에게 묻는다.

"나도 모르겠어."

"라이샌더?"

그 소년은 주변의 끔찍한 상황으로 인해 너무 심한 트라우마를 겪은 탓에 말을 못하고 있다.

"동영상 비디오는 함선과 행성에 나갔어. 사람들은 옥타비아의 죽음을 보고 있어. 공식 발표 게시판마다 문의가 쇄도하고 있고. 그들은 누가 권력을 승계했는지 모르고 있어. 우리는 그들이 누군가의 뒤에 서서 행군해 들어오기 전에 당장 움직여야 해."

머스탱의 말에 카시우스와 나는 자칼에게 다가간다.

"너 뭐한 거야?"

세브로가 묻고 있다. 그는 그 작은 남자를 쥐고 흔든다.

"그녀가 무슨 얘기를 한 거냐고?"

"네 개를 나한테서 떼 줘."

자칼이 세브로의 무릎 밑에서 말한다. 나는 세브로를 뒤로 끌어 낸다. 자칼의 주위를 서성이는 세브로는 아직도 아드레날린에 떨고 있다.

"너 뭐한 거야?"

내가 묻는다.

"그와 말을 섞어 봤자 의미 없어."

머스탱이 말한다.

"의미가 없다고? 왜 내가 군주의 앞에 있는 것을 그녀가 허락한 것 같아?"

자칼이 바닥에 누운 채 우리에게 묻는다. 그는 한쪽 무릎을 꿇고 일어나 부상당한 손을 가슴으로 가져간다.

"그녀가 말을 듣게 만드는 더 큰 위협이 있지 않았다면 왜 그녀는 내 허리춤에 있는 총을 두려워하지 않았지?"

자칼은 헝클어진 머리 사이로 나를 올려다본다. 우리가 행한 도살에도 불구하고 그의 눈빛은 침착하다. 자칼이 천천히 말한다.

"대로우, 지하에 갇혔을 때의 기분이 기억나. 손 밑의 차가운 돌. 내 주위로 명왕성 하우스 구성원들이 어둠 속에서 웅크리고 있던 모습. 나에게 의지하던 그들의 숨결에서 나오던 서리. 내가 얼마나 실패하기를 두려워했는지도 기억나. 얼마나 내가 오랜 시간 승리를 위해 준비했으며 아버지께서 얼마나 나를 하찮게 여기셨는지도. 그 몇 안 되는 순간들에 내 평생이 걸려 있었어. 그리고 그 모든 것이 내 손에서 빠져나가고 있었지. 우리는 불카누스(불과 대장일의 신—옮긴이) 하우스 사람들을 피해 성에서 도망 나오고 있었어. 그들은 너무 빨리 따라왔고. 그들이 우리를 노예로 만들기 일보직전이었어. 내가 지뢰가 터지도록 조작했을 때에도 우리 하우스 구성원 중 마지막 남은 자들은 아직 터널을 달리고 있었어. 하지만 그건 불카누스 하우스 사람들도 마찬가지였지. 내겐 아버지의 목소리가 들리는 것 같았어. 내가 그렇게나 빨리 실패한 것이 전혀 놀랍지 않다고 아버지께서 말씀하시는 것 같았어. 그리고 일주일 후, 우리는 살아남기 위해 여자애 한 명을 죽이고 그녀의 두 다리를 먹었어. 그녀는 우리에게 그러지 말아 달라고 애원했어. 자기 말고 다른 사람을 고르라며. 하지만 나는 그 순간에 깨달았지. 아무도 희생하지 않는다면 아무도 살아남지 못한다는 것을."

차가운 두려움이 내 안에 차오른다. 그것은 내 배속 깊이 자리한 허허로움에서 시작해 위로 퍼져 올라온다.

"머스탱……."

"그것들이 여기에 있어."

머스탱은 충격을 받으며 말한다.

"무슨 일이 벌어지는 거야? 뭐가 여기에 있다고?"

세브로가 씩씩거린다.

"대로우……."

카시우스가 속삭인다.

"핵무기들이 화성에 없어. 그것들은 루나에 있어."

내 말에 자칼의 미소가 길게 퍼진다. 천천히 그는 두 발로 일어서는데 우리들 중 어느 누구도 감히 그를 건드리지 못한다. 모든 조각이 들어맞는다. 군주와의 사이에 있던 긴장감. 미묘한 위협. 군주의 힘이 미치는 장소로 찾아온 대담함. 후환을 두려워하지 않으며 아자를 조롱할 수 있었던 힘.

"오, 망할. 젠장. 젠장. 젠장."

세브로가 자신의 모호크 머리를 잡아당긴다.

"나는 한 번도 화성에서 핵을 폭파시키고 싶은 적은 없었어. 나는 화성에서 태어났어. 그곳은 내 생득권이자 세상 모든 것들이 돌아갈 수 있게끔 해 주는 근원적 보물이야. 화성의 헬륨은 제국의 피지. 하지만 이 위성, 이 해골 행성은 옥타비아처럼 소사이어티의 골수를 빨아먹으며 앞으로 벌어질 수 있는 일들보다는 한때의 과거에 대해서만 울어대는 기만적인 늙은 노파야. 옥타비아는 내가 이것을 가지고 흥정을 하자 받아들였지. 그리고 너희도 마찬가지로 허락할 거야. 왜냐하면 너희는 약하며 기관에서 배웠어야 할 가르침을 배우지 못했기 때문이야. 승리하기 위해서는 희생을 치러야 한다는 것을."

"머스탱, 폭탄들을 찾을 수 있겠어?"

내가 묻는다.

"머스탱!"

머스탱은 충격에 멍해진 상태다.

"아니. 오빠가 방사선 흔적들을 가렸을 거야. 또 우리가 찾을 수 있다고 해도 우리가 그것들을 해체하지 못할 거야……."

그녀는 함대로 연락하기 위해 컴을 향해 손을 뻗는다.

"버지니아 네가 그 연락을 하면 나는 매 분마다 폭탄을 하나씩 터뜨릴 거야."

자칼이 말하며 작은 컴 하나가 임플란트된 그의 귀를 톡톡 건드린다. 릴라스가 듣고 있을 것이다. 그녀가 방아쇠를 들고 있나 보다. 아까 그가 했던 말의 의미가 그것이었다. 그녀는 그의 보험이다.

"너희가 어찌할 방도가 있다면 애초에 내가 너희에게 내 계획을 말해줬겠어?"

그는 자신의 머리를 가다듬고 갑옷에서 피를 닦아낸다.

"수주 전에 폭탄들을 설치했지. 연합체가 나를 위해 장치들을 밀수해 위성까지 가져와 줬어. 핵겨울(핵전쟁 이후에 나타날 것으로 예상되는 추위 현상—옮긴이)을 불러일으킬 정도로 많이 가져 왔어. 너희가 내 말을 안 따르면 두 번째 레아가 탄생하는 거지. 그 폭탄들이 제자리에 모두 설치된 후에 나는 옥타비아에게 내가 한 일과 요구사항들을 말했어. 옥타비아는 반란이 제압될 때까지 군주의 자리를 계속 맡을 것이라고. 그런데 그 상황에도…… 놀라운 반전이 있었지…… 보다시피. 그리고 그 후, 승리의 날에 그녀는 상원들을 소집해 모닝 옥좌에서 물러나며 다음 승계자를 지명할 것이라고. 그에 대한 대가로 나는 루나를 파괴하지 않겠다고."

"그래서 옥타비아가 상원들을 소집했던 것이구나. 오빠가 군주가 되기 위해 그런 거야?"

머스탱이 상황을 역겨워하며 말한다.

"그래."

나는 자칼로부터 물러선다. 내 어깨에 이 싸움의 무게가 느껴진다. 무리하게 움직이고 피를 흘린 탓에 몸이 약해진 것이 느껴진다. 그리고 이제 이…… 이 악이 느껴진다. 이 이기심을 나는 감당할 수 없다.

"너 우라지게 미쳤어."

세브로가 말한다.

"오빠는 미치지 않았어. 오빠가 미친 거라면 내가 용서할 수라도 있지. 아드리우스 오빠, 이 위성에는 30억 명의 사람들이 있어. 오빠는 그런 사람이 되고 싶지 않을 거야."

머스탱이 말한다.

"그들은 나에 대해 신경도 안 써. 그런데 왜 내가 그들을 신경

써야 하지?"

자칼이 묻는다.

"이건 모두 게임이야. 그리고 내가 이겼어."

"폭탄들은 어디에 있어?"

머스탱이 물으며 위협적인 걸음으로 자칼에게 다가간다.

"어허. 내 머리털 끝이라도 건드리면 릴라스가 폭탄 하나를 터뜨릴 거야."

자칼이 머스탱을 혼낸다. 머스탱은 어찌할 바를 모른다.

"이들은 사람들이야. 아드리우스 오빠, 오빠에게는 30억 명의 사람들에게 그들의 삶을 선물할 힘이 있어. 그것은 그 어느 누구도 바랄 수 있는 힘의 정도를 넘어서는 것이야. 오빠에게는 아버지보다 나은 사람이 될 기회가 있어. 옥타비아보다 나은 사람이……."

자칼이 어이없다는 투의 웃음을 살짝 보이며 말한다.

"이 거들먹거리기나 하는 개념아. 정말 네가 아직도 나를 조종할 수 있다고 생각하는군. 이번 건 네 탓이야. 릴라스, '맑음의 바다' 남쪽 지구에 있는 폭탄을 폭파해."

우리는 모두 머리 위에서 위성을 보여 주는 홀로그램을 바라본다. 그리고 가망이 없다는 것을 알면서도 어떻게든 자칼이 허풍을 떠는 것이기를, 어떻게든 신호가 송신되지 않기를 기도한다. 하지만 작은 빨간 점이 차가운 홀로그램에서 빛나더니 밖으로 팽창하며 피어난다. 너무 작아 거의 무의미해 보이는 생명이 도시 10킬로미터를 감싸 버린다. 머스탱이 컴퓨터 쪽으로 황급히 달려간다.

"핵폭발 사건이야. 저 지역에 500만 명 이상이 살고 있어."

그녀가 속삭인다.

"있었지."

자칼이 대답한다.

"이 괴물……."

세브로가 꽥 소리를 지르며 자칼에게 달려간다. 카시우스가 그를 뒤로 넘어뜨리며 그의 길을 막는다.

"내 앞길을 막지 마!"

"세브로, 진정해."

"조심하렴, 고블린! 폭탄은 수백 개 더 있어."

자칼이 말한다.

세브로는 당황한 채 가슴을 부여잡는다. 그의 심장이 약물로 인해 뒤틀리는 것이다.

"대로우, 우리 어떻게 해?"

"내 명령에 따라야지."

자칼이 말한다.

나는 억지로 묻는다.

"네가 원하는 것이 뭐야?"

"내가 원하는 게 뭐냐고?"

자칼은 이를 사용해서 피 나는 팔에 천 조각을 묶는다.

"나는 네가 언제나 원하던 대로 됐으면 좋겠어, 대로우. 나는 네가 네 아내처럼 되기를 바라. 순교자가 돼. 자살을 해. 이 자리에서. 내 여동생 앞에서. 대신 30억 명의 영혼들이 살 거야. 네가 언제나 바라던 게 그거 아니야? 영웅이 되는 것? 너는 죽고 나는 군주로서 왕위에 오를 거야. 그럼 평화가 찾아올 거야."

"안 돼."

머스탱이 말한다.

"릴라스, 폭탄을 하나 더 폭파해. 이번에는 '뱀의 바다'에 있는 걸로."

디스플레이에 또 하나의 붉음이 피어나 터진다. 핵폭탄의 불꽃이 수백만 명의 생명들을 끝내 버린다.

"멈춰! 제발, 아드리우스 오빠."

머스탱이 말한다.

"너 방금 600만 명을 죽였어."

카시우스가 상황을 납득하지 못하며 말한다.

"사람들은 우리가 그런 건 줄 알 거야."

세브로가 으르렁거리자 자칼이 동의한다.

"각 폭탄은 침략의 일부처럼 보이지. 이건 네 유산이야, 대로우. 지금 불타고 있는 아이들을 생각해. 비명을 지르는 그들의 어머니들을 생각해. 네가 방아쇠를 한 번 당기면 얼마나 많은 사람들을 살릴 수 있을지 생각해 봐."

친구들은 나를 바라본다. 하지만 내 정신은 외딴 곳에 가 있다. 라이코스의 터널을 지나는 바람의 신음소리에 귀를 기울인다. 이른 아침에 장비에 맺힌 이슬의 냄새를 맡는다. 내가 집에 돌아가면 이오가 나를 기다리고 있을 것을 안다. 이 자갈길의 끝에서 그녀가, 나롤 삼촌이, 팍스와 라그날과 퀸이 나를 기다리고 있듯이. 또 그 끝에서 로크, 론 스승님, 택터스, 그리고 그 나머지 사람들도 나를 기다려 주고 있었으면 좋겠다. 죽는다고 끝은 아닐 것이다. 그것은 새로운 무언가의 시작이 될 것이다. 나는 그렇다고 믿어야 한다. 하지만 내 죽음은 자칼을 이 세계, 이곳에 남겨둘 것이다. 내가 사랑하는 이들 위에서 군림하도록, 내가 싸워서 얻으려 했던 모든 이념들을 꺾도록 남겨 둘 것이다. 나는 언제나 이 일의 결말이 도래하기 전에 죽을 것이라 생각했었다. 내가 죽을 운명이라는 것을 알면서 터덜터덜 걸어 왔던 것이다. 하지만 친구들은 내 안에 사랑을, 내 뼈 속에 믿음을 불어넣어 줬다. 그들은 내가 살고 싶어지게 만들었다. 내가 세상을 건설해 나아가고 싶게 만들었다. 머스탱이 나를 바라본다. 그녀의 두 눈은 눈물로 반질거린다. 그녀는 내가 살기를 선택하기를 바라지만 내 대신 이 결정을 내리지는 않을 것이다.

"대로우? 네 대답이 뭐야?"

"싫다."

나는 자칼의 목을 주먹으로 친다. 그는 끄억 소리를 낸다. 숨을 쉴 수 없는 것이다. 나는 그를 때려눕힌 뒤 그 위로 올라타 그의 두 팔을 내 두 무릎으로 바닥에 내리꽂는다. 양 다리 사이에 그의 머리를 가뒀다. 나는 손을 그의 입안에 확 집어넣는다. 그의 두 눈이 미쳐 날뛴다. 두 다리가 발길질한다. 그의 이가 내 손 마디뼈를 물어서 피를 낸다.

지난번에 자칼을 바닥에 내리꽂았을 때, 나는 그에게서 잘못된 무기를 빼앗았다. 그와 같은 존재에게 손이 무슨 소용이란 말인가? 그의 모든 악은, 그의 모든 거짓말들은 혀로 빚어지는 것을. 그래서 나는 다육질의 작은 아기 살무사인 그놈을 내 헬다이버 손으로 쥔 다음 검지와 엄지 사이로 꽉 붙들어 맨다.

"이 이야기의 결말은 언제나 이렇게 될 운명이었어, 아드리우스."

나는 내 아래의 그에게 말한다.

"네 비명도, 격분도 아닌 네 침묵으로 끝난다."

그리고 강하게 잡아당기며 나는 자칼의 혀를 뽑아 버린다.

자칼은 내 아래에서 비명을 지른다. 그의 목구멍 뒤쪽의 훼손된 절단부위에서 피가 거품을 일으킨다. 그 피가 그의 입술 위로 한껏 튀긴다. 그는 몸부림친다. 나는 그를 밀어낸 뒤 짙은 격분 속에서 일어선다. 내 적이 바닥에서 울부짖는 동안 나는 그의 피투성이 기관을 쥐고 있다. 내 속에서 증오가 일어나는 것을 느끼며 내 친구들의 충격 받은 눈빛들을 마주한다. 나는 그의 귀에 컴을 남겨둔다. 릴라스가 그의 울부짖는 소리를 들을 수 있게 한 것이다. 그런 뒤 나는 홀로 조종 장치들로 성큼성큼 걸어가 빅트라의 함선에 연락한다. 빅트라의 얼굴이 나타난다. 그녀의 두 눈은 내 얼굴을 보고 커진다.

"대로우……. 너 살아 있구나……."

480

빅트라는 겨우 말한다.

"세브로······. 핵무기들······."

"너는 '화성의 사자'를 무찔러야 해. 릴라스가 그 표면에서 폭탄을 폭파시키고 있어. 도시 안에 수백 개의 핵폭탄들이 더 숨겨져 있어. 그 함선을 죽여!"

내 말에 빅트라가 항의한다.

"그건 그들 대형의 한가운데에 있잖아. 우리가 그것을 잡으러 갔다가는 우리 함대가 파괴당할 거야. 용케 그 일을 성공한다 하더라도 몇 시간씩 걸릴 거고."

"우리가 그들의 신호를 막을 수는 없을까?"

머스탱이 묻는다.

"없어."

"전자기 펄스들로 안 돼?"

세브로가 내 뒤에서 나타나며 묻는다. 그를 보자 빅트라의 표정이 밝아진다. 그러나 그녀는 고개를 젓는다.

"그들은 그것에 대한 방어체계를 갖추고 있어."

빅트라가 대답한다.

"전자기 펄스를 폭탄에 써서 그들의 무선 송신기의 신호를 합선시켜. 아이언 레인을 발사시켜서 무선 송신기들이 무용지물이 될 때까지 도시에 전자기 펄스를 떨어뜨려."

내가 말한다.

"그렇게 해서 30억 명의 사람들을 중세시대에 빠뜨리자고?"

카시우스가 묻는다.

"우리는 학살당할 거야. 우리는 아이언 레인을 할 수 없어. 우리 군대를 잃을 거야. 그럼 골드가 그냥 그대로 이 위성을 차지할 거라고."

빅트라가 말한다.

또 하나의 핵폭탄이 터진다. 이번 것은 남극에 더 가깝다. 그러고 나서 네 번째 핵폭탄이 적도에서 터진다. 우리는 각 폭탄의 결과를 알고 있다.

카시우스가 빠르게 말한다.

"릴라스는 아드리우스에게 정확히 무슨 일이 벌어졌는지 모르고 있어. 그녀는 아드리우스에게 얼마나 충직할까? 그녀가 정말 핵폭탄들을 모두 터뜨리려나?"

"그가 아직 훌쩍이고 있는 동안에는 안 그러겠지."

내가 말한다. 최소한 내 희망사항은 그렇다.

"실례합니다."

작은 목소리 하나가 끼어든다. 우리가 고개를 돌리자 뒤에 라이샌더가 서 있다. 우리는 이 아수라장 속에서 그에 대해 잊고 있었다. 그의 눈은 눈물로 뻘겋게 충혈됐다. 세브로는 펄스피스트를 들어 올려 그를 쏘려고 한다. 카시우스가 그것을 옆으로 쳐 버린다.

"제 대부에게 연락하세요. 애시 로드에게 연락하세요. 그분이라면 당신들과 말이 통할 거예요."

라이샌더가 용감하게 말하자 세브로가 비웃는다.

"오, 퍽이나 그러겠다……."

"우리는 방금 군주와 그의 딸을 죽였어. 애시 로드는……."

라이샌더가 내 말 중간에 끼어든다.

"'레아'를 파괴했죠. 맞아요. 그리고 그 일로 그분은 계속해서 괴로워하셨어요. 그분에게 연락하세요. 그럼 그분이 도와주실 거예요. 제 할머니께서도 그분이 그러시기를 원하셨을 거예요. 루나는 우리 고향이에요."

"그의 말이 맞아."

머스탱이 말하며 나를 제어반에서 밀어낸다.

"대로우, 비켜봐."

그녀의 머리는 온통 하나만 생각하는 집중의 세계로 빠져들었다. 그녀는 자신의 생각들을 우리에게 설명할 여력조차 없다. 그 상태로 그녀는 컴 주파수들을 개방해 함대에 있는 골드 집정관들에게 직통 신호를 송신하기 시작한다. 키가 우뚝한 남자와 여자들이 은빛 유령들처럼 우리 주위로 나타나 시체들 사이에 서 있다. 그들도 우리가 그 시체들을 만드는 과정을 다 지켜본 상태다. 마지막으로 나타나는 자는 애시 로드다. 그의 표정은 분노에 시달리고 있다. 그의 딸과 주인이 둘 다 우리의 손에 죽었기 때문이다.

"벨로나, 아우구스투스."

애시 로드가 우리 사이에 라이샌더가 있는 것을 확인하고는 으르렁거린다.

"그것으로도 충분하지 않았다는……."

"대부님, 우리에게는 비난할 시간이 없어요."

라이샌더가 말한다.

"라이샌더……."

"제발 이들의 말을 들어 주세요. 우리의 세계가 걸린 일이에요."

머스탱이 앞으로 나서며 목소리를 높인다.

"함대의 집정관들이여, 그리고 애시 로드여. 군주님은 죽었습니다. 여러분들의 눈앞에서 여러분의 고향을 파괴하는 핵폭발들은 레드의 무기가 아닙니다. 여러분 자신의 무기고에 있었던 것들을 제 오빠가 훔쳐온 것입니다. 그의 집정관, 릴라스는 '화성의 사자'의 교량에서 400대 이상의 핵탄두 폭파 임무를 총괄하고 있습니다. 그들은 릴라스가 죽을 때까지 그 임무를 이어갈 것입니다. 제 동료 아우리어트들이여, 변화를 받아들이던지 잊힐 운명을 받아들이십시오. 선택은 여러분들의 몫입니다."

"당신은 배신자야……."

집정관들 중 한 명이 씩씩거린다.

라이샌더가 홀로장에서 벗어나 그가 전에 앉았던 책상 앞으로 걸어간다. 그는 할머니의 홀을 집어 들고 나서 우리 곁으로 돌아온다. 그 사이에 집정관들은 머스탱을 겁박하고 있다.

"그녀는 배신자가 아니에요."

라이샌더가 말하며 머스탱에게 홀을 건네준다. 그의 할머니의 피가 그의 손에 얼룩져 있다.

"그녀는 우리의 정복자입니다."

제64장

만만세

　'화성의 사자'는 품위 없는 죽음을 맞이했다. 그것은 현 체제 지지자들과 반대자들로부터 똑같이 발포 공격을 받았다. 루나가 핵폭발로 타닥거리며 타들어가는 모습을 지켜보자 두 해군들은 그 어느 평화나 휴전 협약을 맺었을 때보다 효과적으로 서로의 피를 보려던 충동을 죽였다. 아름다움이 불타 버리는 광경을 진정으로 보고 싶어 하는 이는 몇 안 된다. 그럼에도 불구하고 위성은 불탔다. '사자'가 잠재워지기 전까지 12대 이상의 핵폭탄들이 폭발해 강철과 콘크리트로 된 도시들 사이로 불과 재로 된 새로운 도시들을 조각해 냈다. 위성은 혼란에 빠졌다.

　그것은 '골드 아르마다'도 마찬가지다. 군주의 죽음과 핵폭탄의 폭파 소식에 소사이어티는 우리의 발밑에서 떨고 있다. 부유한 집정관들은 개인 함선을 타고 따로 떠나며 금성, 수성, 또는 화성의 고향으로 향하고 있다. 그들은 하나가 된 모습을 보이지 않는다. 왜냐하면 그들은 누구 밑에서 하나로 서야 할지 모르기 때문이다.

60년간 옥타비아가 치세했다. 대부분의 살아 있는 자들의 경우, 그녀는 그들이 안 유일한 군주였다. 우리의 문명은 벼랑 끝에서 흔들리고 있다. 위성 전역의 전력망이 죽어 있다. 폭동과 공황이 퍼지는 동안 우리는 군주의 성소를 떠난다. 도주용 함선은 있지만 우리가 한 짓으로부터 도망칠 방도는 없다. 우리는 소사이어티로 부터 그 심장을 조각해 내다 버렸다. 그러니 우리가 떠난다면 무엇이 그 빈자리를 채운단 말인가?

우리가 절대 무력으로 루나를 얻을 수 없으리라는 것을 알고 있었다. 하지만 그것이 목표였던 적은 한 번도 없었다. 모든 골드들이 소멸될 때까지 싸우는 것이 라그날의 바람이 아니었듯 말이다. 라그날은 머스탱이 열쇠라는 것을 알았다. 그녀는 언제나 열쇠였다. 그래서 그는 우리의 목숨이 위험해질 것을 감수하고 카박스를 풀어 준 것이었다. 이제 머스탱은 부상당한 위성의 모습이 보이는 홀로 밑에 서서 나만큼이나 도시의 소리 없는 비명에 예민히 귀기울이고 있다. 나는 그녀에게 가까이 다가간다.

"너 준비 됐어?"

내가 묻는다.

"뭐?"

머스탱은 고개를 젓는다.

"어떻게 오빠는 이럴 수 있지?"

"나도 모르겠어. 하지만 우리가 이걸 고칠 수 있어."

"어떻게? 이 위성은 대혼란에 빠질 거야. 수천만 명이 죽었어. 그 대대적인 손상은……."

"그리고 우리가 이것을 다시 세울 수 있어, 둘이 함께."

그 말에 그녀는 희망으로 가득 찬다. 마치 우리가 어디에 있는지, 무엇을 했는지, 그리고 우리가 함께라는 것을, 살아 있다는 것을 이제 막 깨달은 것 같은 모습이다. 그녀는 빠르게 눈을 깜빡이더니 나를 향해 미소를 짓는다. 그 후 그녀는 내 오른손이 있던 자리인 팔을 보고 아자가 나를 찌른 배 부위를 만진다.

"니 어떻게 아직도 서 있을 수 있는 거야?"

"우리의 일이 아직 끝나지 않았으니까."

피투성이에 두들겨 맞은 상태로 우리는 카시우스, 라이샌더 그리고 세브로의 곁으로 가서 군주의 지성소 밖으로 이어지는 문 앞에 선다. 그 사이에 카시우스는 문을 열기 위한 올림픽 코드 번호를 입력한다. 그는 공기 냄새를 맡으며 잠시 멈칫한다.

"이 냄새 뭐지?"

"하수구 냄새 같은데."

내가 말한다.

세브로는 그가 아자에게서 빼앗은 레이저들만 뚫어져라 쳐다본다. 그것들 중에는 론 스승님의 것이었던 레이저도 있다.

"내 코엔 승리의 냄새가 나는 것 같은데."

"너 바지에 똥 싼 거야? 그랬구나."

카시우스가 세브로를 향해 눈살을 찌푸린다.

"세브로……."

머스탱이 말한다.

"가짜로 사형당하고 헤만서스 기름을 대량으로 먹으면 나타나는 불가항력적인 근육 반사 반응이라고. 내가 이런 짓을 일부러 할 것 같아?"

세브로가 툭툭댄다. 카시우스와 나는 서로를 쳐다본다. 나는 모르겠다는 듯이 어깨를 으쓱한다.

"글쎄다. 그럴지도."

"사실, 그러지."

세브로는 우리에게 십자가 모양으로 꼰 손가락을 날린 뒤 얼굴을 찌푸린다. 입술이 비틀린 것이 마치 얼굴이 폭발할 것 같은 모습이다.

"무슨 일이야? 너…… 설마 지금도……."

"아니야!"

세브로는 나에게 물병을 던진다.

"이 개자식아, 네가 아드레날린으로 가득한 주사 한 통을 내 가슴에 찔러 넣었잖아. 나 심장마비 겪는 중이라고."

우리가 그를 도와주려고 손을 내밀자 세브로는 우리 손을 쳐 버린다.

"나 괜찮아. 나 괜찮아."

세브로는 잠시 숨을 쌕쌕 거린 뒤에야 일그러진 표정으로 자세를 편다.

"너 상태 괜찮은 거 맞아?"

머스탱이 묻는다.

"왼팔은 느낌이 무디네. 아마 옐로우가 필요할 거야."

우리는 콧방귀를 끼며 웃는다. 우리의 모습은 걸어 다니는 시체들 같다. 내가 계속 서 있을 수 있는 힘의 유일한 원천은 우리가 집정관들로부터 발견한 각성제 팩들뿐이다. 카시우스는 노인처럼 절뚝거린다. 하지만 그는 라이샌더를 계속 옆에 두고 있다. 세브로가 룬의 혈통을 지금 이 자리에서 끊어 버리자고 제의하자 그는 자신의 칼을 뽑아들며 거부 의사를 밝혔다.

"이 아이는 내 비호 하에 있다."

카시우스가 으르렁거렸다. 그래서 이제 그 소년은 우리의 정당성을 표방하는 의미로 우리와 함께 걸어간다.

"너희 모두를 사랑한다."

나는 문이 신음하며 열리려는 순간에 말한다. 그리고 기절한 자칼을 조정한다. 나는 그를 전리품으로써 어깨에 들쳐 매고 있다.

"무슨 일이 벌어지든 간에."

"카시우스도?"

세브로가 묻는다.

"오늘만큼은 나를 특히 더 사랑하지."

카시우스가 농담한다.

489

"가까이 붙어 있어."

머스탱이 홀을 꽉 쥐면서 우리에게 말한다.

첫 번째 거대한 문이 양옆으로 벌어진다. 머스탱이 내 손을 꽉 쥔다. 세브로는 두려움에 몸서리친다. 그 후 두 번째 문이 우르릉 거리며 확 벌어지더니 집정관들로 가득한 홀이 나타난다. 집정관들은 무기를 꺼내 들고 벙커의 입구 쪽을 겨누고 있다. 머스탱이 힘의 상징 두 가지를 양손에 하나씩 든 채 발을 앞으로 내디딘다.

"집정관들이여, 여러분들은 군주를 섬깁니다. 군주는 죽었습니다. 새로운 별이 뜨고 있습니다."

머스탱은 계속해서 집정관들을 향해 걸어간다. 그들이 금속을 곤두세우고 있는 공격선에 가까워져도 그녀는 발걸음을 멈추지 않는다. 내 생각에 분노에 찬 눈빛을 보이는 젊은 골드 한 명이 방 아쇠를 당길 것 같다. 하지만 나이 든 대령이 그 남자의 무기에 손을 올려 그것을 내리게 만든다.

그리고 그들은 그녀를 위해 길을 터준다. 양옆으로 갈라지며 하나 둘씩 그들의 무기들을 내린다. 그들은 그녀가 지나갈 수 있도록 뒤로 물러선다. 투구들이 갑옷 안으로 다시 스르륵 들어간다. 나는 지금의 그녀처럼 이렇게나 영예롭고 강력한 여성을 본 적이 없다. 그녀는 태풍의 잔잔한 눈이며 우리는 그녀의 발길을 따른다. '드래곤 모우' 리프트를 타고 소리 없이 위로 올라간다. 50여명 이상의 집정관들이 우리와 함께한다.

우리는 혼돈에 빠진 시타델을 발견한다. 하인들은 방을 뒤지고 있고 경비들은 이중 삼중으로 자리를 비운 채 가족이나 친구들을 걱정하고 있다. 우리가 오고 있다고 선포한 옵시디언들은 아직 궤도에 있다. 세피는 함선과 함께 있다. 우리는 오직 방에서 병사들을 끌어내기 위해서 그 계략을 펼친 것이었다. 하지만 보아하니 소문이 퍼진 모양이다. 군주는 죽었다. 옵시디언들이 오고 있다.

이 혼돈 속에서 오직 단 하나의 지도자만이 있다. 그리고 우리가 시타델의 검은 대리석 통로를 따라 이동하며 우뚝 솟아오른 골드 조각상과 국무부를 지나는 동안 군사들이 우리 뒤로 모여든다. 그들의 부츠가 대리석 통로 위를 우르르 밟으며 머스탱 쪽으로 떼지어 온다. 그녀는 이 건물 안에 남아 있는 그들의 유일한 목적이자 힘의 상징이다. 그녀는 힘의 상징 두 가지를 하늘 높이 들어올린다. 그리고 우리를 향해 가장 먼저 무기를 든 자들은 그것들과 나, 카시우스, 그리고 우리 뒤로 불어나는 군대를 바라보며 그들이 밀려오는 조류와 싸우고 있다는 것을 깨닫는다. 그들은 우리와 합류하거나 도망친다. 몇몇은 우리를 향해 쏘거나 작은 무리들을 이룬 채 앞으로 황급히 나와 우리의 진보를 막는다. 하지만 그들은 머스탱으로부터 10미터 반경 안에 들어서기도 전에 베이고 만다.

우리는 상원 의원실로 이어지는 거대한 상아빛 문들 앞에 도래한다. 그 뒤로 의원들이 상원 의원들이 집정관들에 의해 격리된 상태다. 이제는 우리 뒤로 100명의 군대가 따르고 있다. 그리고 집정관들로 이루어진 얇은 줄 하나만이 우리가 의원실로 들어가는 길을 막고 있다. 줄을 이루는 자들은 도합 20명이다.

우아한 골드 나이트 한 명이 앞으로 나선다. 의원실을 경호하는 부대의 우두머리다. 그는 우리 뒤에 있는 100명을 눈여겨본다. 머스탱에게 모여든 보라색 지지자들, 옵시디언들, 그레이들, 그리고 내가 있다. 그 우두머리는 결정을 내린다. 그는 머스탱에게 각 맞춰 경례한다.

"내 오빠가 시타델 안에 30명의 수하들을 두고 있다. 본라이더들이다. 대령, 그들을 찾아서 체포하라. 그들이 저항한다면 죽여도 좋다."

머스탱이 말한다.

"네, 아우구스투스 아가씨."

대령은 손가락으로 딱 소리를 내더니 한 줌의 병사들과 함께 떠난다. 문 앞을 지키던 두 명의 옵시디언들은 문을 밀어젖혀 우리를 위해 열어 준다. 그리고 머스탱은 상원 의원실로 성큼성큼 걸어 들어간다.

의원실은 방대하다. 흰 대리석 줄이 깔때기 모양으로 둘러져 있다. 바닥 정중앙에는 군주가 10층으로 구성된 의원실 전체를 주재했던 연단이 있다. 우리는 북쪽으로 진입하며 혼란을 빚는다. 정당성을 확보한 정치꾼들의 부리부리한 눈 수백 쌍이 우리 쪽으로 집중한다. 그들은 방송을 봤을 것이다. 옥타비아가 죽은 것을 봤을 것이다. 폭탄이 그들의 위성을 파괴하는 것을 봤을 것이다. 그리고 이 공간 어딘가에서 로크의 어머니가 대리석 의자에서 일어선 채 목을 빼고 지켜보고 있을 것이다. 피투성이인 우리 무리가 흰 대리석 층계를 쿵쿵거리며 내려가 이 웅장한 의원실의 바닥 한가운데로 가면서 우리 좌우에 있는 의원들을 지나치는데도 고함이나 이의를 제기하는 소리 대신 침묵만이 찾아오는 모습을. 라이샌더가 카시우스의 뒤를 졸졸 따른다.

상원의회 대표 발언자가 당황하여 쌕쌕거리는 숨소리가 들려온다. 그의 시들어 버린 형상이 연단에서 내려오는 것을 핑크 수행단이 도와주고 있다. 그는 그 연단에서 뭔가 굉장히 중요한 이야기를 주재하고 있었던 것이다. 그들은 선거를 하고 있었다. 여기서, 지금, 이 아수라장 속에서. 그리고 이제 그들은 과자 통에 손을 집어넣다 걸린 아이들처럼 보인다. 당연히 그들은 자신들을 지키고 있던 집정관들이 이 반란을 지지할 줄은 꿈에도 몰랐을 것이다. 또한 우리가 군주의 벙커로부터 아무런 저지 없이 걸어 나올 수 있었을 것도 그들은 예상 못했을 것이다. 하지만 그들은 두려움으로 이루어진 소사이어티를 만들었다. 이곳에서는 남자와 여자 들이 살아남기 위해 떠오르는 별에 붙어 지내야 한다. 그게 이 상황의 전모다. 그 단순한 인간의 감정적 이끌림 덕에 이 쿠데타가 성공할 수 있는 것이다. 과거의 힘은 죽었다. 그들이 새로운 힘을 향해 떼로 몰려오는 모습을 보라.

머스탱은 우리 나머지가 그녀의 양옆을 지키는 동안 연단에 오른다. 나는 자칼을 바닥에 툭 내던져 상원들이 그가 어떻게 되는지를 볼 수 있게 해 준다. 그는 의식을 잃었으며 출혈로 창백하다. 머스탱은 나를 바라본다. 이것은 그녀가 절대 원하지 않았던 순간이다. 하지만 내가 리퍼로서 내 짐을 받아들였듯이 그녀도 그녀의 짐을 받아들인다. 나는 그로 인해 그녀가 얼마나 걱정하고 있는지가 보인다. 내가 그녀를 필요로 했듯 그녀도 나를 필요로 할 것이 보인다. 하지만 내가 어찌 그녀가 있는 자리에 서거나 그녀가 들고 있는 것을 들겠는가. 이 공간에 있는 모두를 파괴하기 전에는 못한다. 그들은 절대 그 상황을 받아들이지 않을 것이다. 내가 로우컬러로 잇는 다리라면 그녀는 하이컬러로 잇는 다리다. 오로지 우리가 함께여야만 이 사람들을 단합시킬 수 있다. 오로지 우리가 함께여야만 평화를 가져올 수 있다.

머스탱이 선언한다.

"소사이어티의 상원의원들이여. 저, 화성 사자 가문 출신 네로 오 아우구스투스의 딸, 버지니아 오 아우구스투스가 여러분들 앞에 섭니다. 여러분들은 저를 알지도 모르겠습니다. 60년 전, 옥타비아 오 룬은 그녀의 아버지였던 독재자의 머리를 들고 여러분들 앞에 서서 이 소사이어티의 군주 자리에 대한 소유권을 주장했습니다."

머스탱의 예리한 눈이 의원실을 샅샅이 둘러본다.

"저도 지금 독재자의 머리를 들고 여러분들 앞에 섭니다."

머스탱은 왼손을 들어 올려 옥타비아의 머리를 보여준다. 그것은 우리가 이곳까지 올 수 있도록 허가한 두 가지 중 하나였다. 골드는 오로지 한 가지만을 존중한다. 그리고 그것을 변화시키기 위해서는 바로 그 한 가지로 그들은 조련해야 한다.

"지난 시대는 소사이어티의 심장으로까지 핵무기로 의한 대학살을 가져 왔습니다. 옥타비아의 탐욕 때문에 수백만 명이 불타 버렸습니다. 또 내 오빠의 탐욕 때문에 수백만 명이 불타 버렸습니다. 우리는 인류의 유산이 재가 되기 전에 우리 자신들로부터 스스로를 구해야 합니다. 오늘 저는 새로운 시대의 시작을 선포합니다."

그녀는 나를 바라본다.

"새로운 협력자들과 함께, 새로운 방식들과 함께할 것입니다. 제 뒤는 반란군이 받쳐 주고 있습니다. 이들은 위대한 골드 가문들로 이루어진 해군으로 궤도상에서 옵시디언 무리를 데리고 있습니다. 여러분들은 선택의 기로에 놓였습니다."

그녀는 머리를 석조 연단 위에 던져 놓고는 다른 쪽 손을 들어 올린다. 그 손에는 '새벽 홀'이 들려 있다. 그것을 든 자에게는 소사이어티를 지배할 권리가 주어진다.

"그 선택은 굽히거나 부러지는 것입니다."

의원실에 침묵이 감돈다. 그 침묵이 너무나 광활하여 나는 그것이 우리 모두를 잡아 삼킨 뒤 새로이 전쟁을 일으킬 것 같은 기분이 든다. 어느 골드도 먼저 굽히지 않을 것이다. 그들이 그렇게 하도록 내가 만들 수는 있을 것이다. 하지만 내가 그들을 위해 먼저 굽히는 것이 낫다. 나는 머스탱 앞에 한쪽 무릎을 꿇고 앉는다. 그렇게 그녀의 눈을 올려다보며 내 절단된 손목을 심장부에 올린다. 이 순간이 선사하는 비현실적 기쁨에 내 자신이 휩쓸린다.

"군주님이여, 만만세."

내가 말한다. 그 뒤로 카시우스도 무릎을 꿇고 앉는다. 그리고 세브로가, 그 다음에는 라이샌더 오 룬과 집정관들이 무릎을 꿇는다. 그 후, 한 명씩 차례대로 상원 의원들이 그들의 무릎을 꿇고 앉는다. 그렇게 50명을 제외한 모두가 무릎을 꿇고 앉아 하나가 된 우렁찬 목소리로 외치며 다함께 침묵을 깬다.

"군주님이여, 만만세. 군주님이여, 만만세!"

머스탱의 즉위로부터 일주일 뒤, 나는 그녀의 오빠가 교수형 당하는 모습을 지켜보기 위해 그녀의 옆에 선다. 발리-래스와 10여 명을 제외하고는 자칼의 본라이더들은 대부분 발각되어 처형됐다. 이제 그들의 우두머리가 나를 지나 벅적한 루나 광장 가운데로 끌려간다. 그의 머리카락은 깃털 같으며 잘 빗은 상태다. 그의 점프슈트 죄수복은 라임빛 녹색이다. 우리 주위에 있는 로우 컬러들은 소리 없이 지켜보고 있다. 얇은 층을 이룬 회색 구름으로부터 눈이 살포시 가볍게 떨어진다. 나는 방사선 치료약 때문에 속이 메스껍다. 하지만 그녀가 나를 위해 로크가 묻히는 모습을 보러 왔던 것처럼 나도 그녀를 위해 왔다. 내 옆에 있는 그녀는 조용하고도 고요하다. 얼굴은 우리 발밑의 대리석만큼이나 창백하다. 텔레마누스 가문 사람들도 그녀의 옆에 서 있다. 그들이 냉담하게 지켜보는 동안 자칼은 금속 교수대의 계단을 오른다. 그 위에는 교수형 집행관인 화이트 여자가 기다리고 있다.

그 여자는 선고문을 읽는다. 군중으로부터 야유가 쇄도한다. 자칼의 발치에서 병 하나가 깨진다. 그의 이마가 돌을 맞고 상처로 벌어진다. 하지만 그는 눈을 깜빡이거나 움츠리지 않는다. 목에 올가미가 둘러지는 동안 그는 당당하고 자만하게 서있다. 나는 이 일로 팍스가 우리에게 돌아올 수 있었으면 좋겠다. 퀸과 로크와 이오가 다시 살아날 수 있었으면 좋겠다. 하지만 이 남자는 세상의 그의 자국을 새겨 넣었다. 화성의 자칼은 절대 잊히지 않을 것이다.

화이트가 레버 쪽으로 이동한다. 아드리우스의 머리에 눈이 쌓인다. 머스탱이 침을 삼킨다. 그리고 낙하 문이 열린다. 화성에는 중력이 별로 없다. 그래서 목을 부러뜨리기 위해서는 발을 밑으로 잡아당겨야 한다. 그들은 죄수를 사랑했던 이들에게 그 일을 맡긴다. 루나에는 그보다도 중력이 적다. 하지만 화이트가 사랑하는 이들을 앞으로 초대하는 동안 군중에서 아무도 나서지 않는다. 자칼의 두 다리가 발길질을 하고 얼굴이 보라색으로 변하는 동안 손가락 까닥하는 영혼 하나 없다. 그 광경을 보는 내내 내 안에는 정적이 흐른다. 마치 내가 이곳에서 100만 킬로미터 떨어져 있는 기분이다. 나는 그에게 연민을 느낄 수 없다. 이제는 못한다. 그가 한 모든 짓들이 있기에. 하지만 머스탱은 그에게 느끼는 바가 있다는 것을 안다. 이 일로 그녀의 마음이 찢어진다는 것을 안다. 그래서 나는 그녀의 손을 가볍게 쥔 뒤 그녀를 앞으로 안내한다. 그녀는 몽롱한 상태로 눈밭을 지나 쌍둥이 오빠의 발을 잡는다. 이것이 꿈인 것처럼 그를 올려다본다. 그리고 뭐라고 속삭인 뒤, 고개를 숙이고, 밑으로 잡아당긴다. 그렇게 그녀는 마지막까지도 그가 사랑받았다는 것을 그에게 전한다.

제65장

계곡

　루나의 폭격과 머스탱의 즉위로부터 수주 후, 세상이 변했다. 수백만 명이 생명을 잃었지만 처음으로 희망이 있다. 상원의원들에게 한 머스탱의 연설의 여파로 수십여 대의 골드 함선들이 탈당하여 오리온과 빅트라의 세력에 합류했다. 애시 로드는 최선을 다해 그의 해군을 소집했지만 루나가 불타고 그의 함대가 와해되며 머스탱이 군주가 된 상황에서 그가 할 수 있는 것이라고는 자신의 함선들이 적의 수중에 들어가지 않도록 막는 것밖에 없었다. 그는 그의 세력의 핵심을 데리고 수성으로 후퇴했다.

　애시 로드의 부재 속에서 머스탱은 대부분의 군사 세력으로부터 협조를 확보했다. 특히 그레이 부대와 옵시디언 노예 기사들은 따 놓은 당상이다. 그녀는 정치적 근육을 이용해 컬러 계층 구조와 군사세력에 대한 골드의 지배권을 분해해 버리는 일에 첫 발을 내디뎠다. 상원은 해체됐다. 품질 통제 위원회는 없어졌다. 수천 명이 인류에 대한 죄로 기소 당했다. 정의 실현이 자칼에게 했듯이 빠르거나 깔끔하지는 못할 것이다. 하지만 우리는 최선을 다 할 것이다.

나는 옥타비아가 죽은 뒤로 내가 쉴 수 있을 줄 알았다. 하지만 우리에게 적이 없는 상황이 아니다. 로물루스와 위성 지배자들은 여전히 '림'에 남아 있다. 애시 로드는 수성과 금성을 자신의 편으로 끌어 모을 계획을 세운다. 골드 전쟁 지도자들은 사방에서 소유권 주장을 해댄다. 그리고 루나 그 자체가 엉망이다. 폭동과 식량 부족, 그리고 퍼지는 방사선으로 가득하다. 위성은 살아남겠지만 아무리 퀵실버가 그 도시를 이전보다 높이 올려 주겠다고 약속한들 다시는 전의 같은 모습으로 돌아가지 못할 것 같다.

내 몸은 회복 중이다. 나는 루나에 착륙한 자칼의 셔틀로부터 절단된 손 부위를 찾아왔으며 미키와 비라니 의사가 그것을 다시 이어 붙여 줬다. 내가 다시 검을 쓰는 것은 고사하고 글을 쓸 수 있게 되기까지도 수개월이 걸릴 것이다. 그래도 앞으로 내가 검 쓸 일은 덜 일어나기를 바란다.

어렸을 때 나는 내가 소사이어티를 파괴할 것이라고 생각했다. 그 관습들을 와해시키고 사슬들을 깨부수면 그 재 속에서 뭔가 새롭고 아름다운 것이 그냥 자라날 것이라고 생각했다. 세상은 그렇게 돌아가는 것이 아니다. 이 절충된 승리는 인류가 바랄 수 있는 최선이다. 변화는 댄서와 아레스의 아들들이 바라는 것보다 천천히 일어나겠지만 무정부의 대가 없이 찾아올 것이다.

그렇게 우리는 바란다.

홀리데이의 감독 하에 세피는 화성으로 떠났다. 그곳에서 그녀는 극지방에 무기가 아닌 의약품들을 가지고 찾아가며 그녀의 나머지 종족 사람들을 해방시켜 주는 느린 절차를 시작했다. 나는 그녀가 자칼의 핵폭탄 분화구를 직접 봤을 때 그녀의 눈빛이 어찌나 어두워졌는지가 생각난다. 일단 지금 그녀는 오빠의 유산을 받아들였으며 그녀 종족 사람들을 위해 화성에 남겨둔 더 따뜻한 땅에 정착하려고 한다. 그녀는 이질적인 도시들로부터 자신의 종족 사람들을 차단하고 싶어 하지만 그녀도 마음 저 깊숙한 곳에서는 자신이 그들을 제어하지 못할 것을 알고 있다는 생각이 든다. 옵시디언들은 자신들의 감옥을 벗어날 것이다. 그들은 세상을 궁금해 할 것이며 세상에 퍼져 나아가고 세상과 융화될 것이다. 그들의 세상은 절대 전으로 돌아가지 못할 것이다. 그것은 내 종족 사람들의 세상도 마찬가지다. 곧 나는 화성으로 돌아가 댄서가 레드들을 지상으로 이주시키는 일을 도울 것이다. 많은 이들은 지하에 남아 그들이 알던 방식의 삶을 이어 나아갈 것이다. 하지만 다른 이들에게는 하늘 아래에서 살 수 있는 기회가 주어질 것이다.

나는 엊그제 루나를 떠나는 카시우스와 작별 인사를 나눴다. 머스탱은 그가 남아서 우리가 새로이 더 공평한 정의 시스템을 빚어 나아가는 일을 도와줬으면 했다. 하지만 그는 정치를 충분히 경험

했단다.

"떠나지 않아도 돼."

착륙장에 함께 서서 나는 그에게 말했다.

"추억 빼고는 이곳에 나를 위해 남은 게 없어. 나는 너무 오랫동안 다른 이들을 위해서만 살았어. 이제 저 밖에 다른 뭐가 있는지 보고 싶어. 그렇다고 나를 탓하면 안 되는 거잖아."

카시우스가 말했다.

"그럼 저 애는?"

나는 고개로 라이샌더 쪽을 가리키며 물었다. 라이샌더는 소지품 가방을 들고 함선 안으로 들어갔다.

"세브로는 라이샌더를 살려둔 것이 실수라고 생각하고 있어. 뭐라더라? '그건 마치 자리 밑에 살무사 알을 남겨두는 것 같은 일이야. 언젠가는 그 알이 부화할 거라고.' 그렇게 말했지."

"그럼 네 생각은 어떤데?"

"나는 세상이 달라졌다고 생각해. 그러니 우리도 그렇게 행동해야 한다고. 라이샌더의 몸에는 옥타비아의 피 만큼 론님의 피도 흐르고 있어. 이제 더 이상 누구 혈통인지에 따라 달라지는 것은 없겠지만."

키 큰 친구는 나에게 애정 어린 미소를 보낸다.

"저 앨 보면 줄리언이 떠올라. 다 떠나서 저 애는 착한 영혼을 가졌어. 내가 저 아이를 올바르게 키울 거야. 이 모든 것들로부터 떨어진 곳에서."

카시우스는 손 한쪽을 내민다. 나와 악수하기 위해서가 아니라 론과 피치너가 죽은 날 밤에 그가 내 손가락에서 빼간 반지를 돌려주기 위해서다. 나는 그의 손에 그 반지를 다시 쥐어준다.

"그건 줄리언 거였잖아."

내가 말한다.

카시우스가 부드럽게 고개를 끄덕인다.

"고마워……. 형제여."

그렇게 한때 골드 세력의 심부였던 시타델의 착륙장에서 카시우스 오 벨로나와 나는 악수를 하며 서로 작별을 고했다. 우리가 처음 만났을 때로부터 거의 6년이 지나서…….

수 주 후, 나는 해변에서 머리 위로 갈매기가 날아다니는 동안 파도가 치는 모습을 지켜본다. 흰 물결이 북쪽 해변의 바위섬을 채찍질하는 어두운 물살에 자국을 남긴다. 머스탱과 나는 소소한 2인용 비행선을 환태평양 지역의 북동쪽 해안에 착륙시킨다. 그곳은 거대한 반도에 자리한 다우림의 가장자리에 있다. 이끼가 바위에, 나무에 자란다. 공기는 상쾌하다. 자신의 숨결을 확인할 수 있을 정도로 살짝 차다. 지구에 온 것은 처음이지만 영혼이 고향으로 돌아온 것 같은 기분이다.

"이오는 이곳을 정말 좋아했을 거야, 그렇지?"

머스탱이 나에게 묻는다. 그녀는 입고 있는 검은 코트의 옷깃을 목 주위로 세웠다. 그녀의 새로운 집정관 경호원들이 반 킬로미터 떨어진 바위 위에 앉아 있다.

"맞아. 좋아했을 거야."

이런 곳이 우리 노래 속에서 두근대는 심장이다. 따뜻한 해변이나 열대 지방 낙원이 아니라 수수께끼 가득한 이 야생 땅이. 이곳은 안개 무리와 솔잎으로 이루어진 베일 뒤로 탐욕스럽게 비밀들을 감추고 있다. 이곳의 즐거움은 이곳의 비밀과 마찬가지로 노력해야 얻을 수 있다. 보다보면 내 꿈속에 등장했던 사후 세계, '계곡'이 생각난다. 우리가 유목으로 지핀 모닥불의 연기가 사선으로 날아올라 수평선을 지난다.

"계속될 것 같아?"

머스탱이 모래사장 속 우리의 자리에서 바다를 바라보며 나에게 묻는다.

"이 평화 말이야."

"그럼 최초로 유지되는 걸 테지."

내가 말한다.

머스탱이 인상을 찌푸리고는 내 품에 기대오며 눈을 감는다.

"우리에게 최소한 이것은 있으니까."

나는 미소를 짓는다. 독수리가 물 위로 낮게 비행하다 안개를 뚫고 날아올라 바위섬에서 튀어나온 나무들 사이로 사라지는 모습에 카시우스가 생각난다.

"내가 네 시험을 통과한 거야?"

"내 시험?"

그녀가 묻는다.

"포보스를 떠나려던 내 함선의 앞을 막은 이래로 너 나를 계속 시험해 왔잖아. 나는 내가 얼음 땅에서 그걸 통과했다고 생각했는데 거기서 멈추지 않던걸."

"눈치 챘구나."

머스탱이 짓궂은 미소를 살짝 지어 보이며 말한다. 그 미소는 사라지며 그녀는 눈에 흘러내린 머리카락을 쓸어 올린다.

"너를 무작정 따를 수 없었던 건 미안해. 나는 네가 세상을 세워 나아갈 수 있는 사람인지를 봐야 했어. 내 종족 사람들이 네 세상 속에서 살 수 있는지도 확인해야 했고."

"아니야, 나도 그건 이해해. 하지만 뭔가가 더 있어. 네가 우리 어머니를, 우리 형을 만났을 때 뭔가가 변했어. 네 마음속에서 뭔가가 열렸다고."

그녀는 고개를 끄덕인다. 그녀의 시선은 여전히 바다를 향하고 있다.

"너에게 할 얘기가 있어."

나는 그녀를 내려다본다.

"너는 거의 6년간 나에게 거짓말을 했어. 우리가 만났던 순간부터 말이야. 라이코스 터널 속에서 너는 우리의 관계를, 그 신뢰를, 우리가 쌓아 왔던 친근함을 깨뜨렸어. 그 조각들을 다시 이어붙이는 데에는 시간이 걸렸지. 나는 우리가 잃어버린 것을 찾을 수 있을지 봐야 했어. 내가 너를 믿을 수 있는지 봐야 했다고."

"믿을 수 있다는 건 너도 알잖아."

"지금은 알지. 하지만······."

나는 인상을 찌푸린다.

"머스탱, 너 떨고 있잖아."

"일단 내 말을 끝까지 할게. 나는 너에게 거짓말을 하고 싶지는 않았어. 하지만 네가 어떻게 반응할지를 알 수가 없었어. 네가 무엇을 할지. 나는 네가 나뿐만 아니라 다른 누군가를 위해서도 살인자 이상의 존재가 되는 쪽을 선택하기를 원했어."

그녀는 내 너머의 푸른 하늘을 바라본다. 거기에서 함선 하나가 느긋하게 하강하고 있다. 나는 손을 들어 올려 가을 햇살을 가리며 그것이 가까이 다가오는 모습을 지켜본다.

"손님이 오기로 돼 있었어?"

내가 경계하며 묻는다.

"그렇다고 볼 수도 있지."

머스탱이 일어선다. 나도 그녀를 따라 선다. 그러자 그녀는 발끝으로 서서 나에게 입을 맞춘다. 그 부드럽고 긴 키스에 나는 우리 부츠 밑의 모래를, 바람을 따라 불어오는 소나무 향과 소금 내를 잊는다. 그녀의 양볼이 빨갛다. 지난날의 모든 슬픔이, 모든 아픔이 이 순간을 더더욱 달콤하게 만든다. 고통이 살아 있는 것의 무게라면 사랑은 그 목적이다.

"내가 너를 사랑한다는 것을 네가 알았으면 해. 이 세상 그 누구보다도 많이 사랑해."

그녀는 나에게서 물러서면서 나를 끌고 간다.

"한 사람만은 제외하고."

함선은 사철나무 숲 위를 스치며 지나 해변에 착륙한다. 함선의 날개가 내려앉는 비둘기처럼 뒤로 접힌다. 그 엔진에 세차게 날리는 모래와 소금이 흩뿌려진다. 머스탱은 나와 모래사장을 느릿느릿 걸어가며 내 손가락들 사이로 자신의 손가락을 끼운다. 출입구 경사로가 펼쳐진다. 소포클스가 해변으로 질주해 나온다. 갈매기 무리를 향해 달려가는 것이다. 그의 뒤에서 들려오는 것은 카박스의 목소리와 아이의 달콤한 웃음소리다. 나는 발걸음을 주춤한다. 그리고 혼란스러운 표정으로 머스탱을 쳐다본다. 그녀는 나를 계속해서 끌고 간다. 그녀의 얼굴에는 불안한 미소가 떠 있다. 카박스가 댄서와 함께 함선에서 나온다. 빅트라와 세브로가 함께 나오며 멀리 떨어져 있는 나를 향해 손을 흔들더니 기대하는 표정으로 뒤의 출입구 경사로를 다시 올려다본다.

나는 내 생명줄이 너무 강했기에 내 친구들의 생명줄이 내 주위에 있다 닳아 버린다고 생각했었다. 이제 나는 깨달았다. 우리의 줄들이 하나로 꼬여 있을 때 끊어지지 않는 무언가를, 이 생이 끝난 이후에도 지속될 무언가를 만든다는 것을. 내 친구들은 아내의 죽음으로 인해 내 마음 속에 파인 공동을 채워 줬다. 그들은 나를 다시 온전히 만들어 줬다. 어머니께서도 이제 출입구 경사로로 올라오시면서 그들과 합류하신다. 어머니께서는 키어런 형과 함께 걸어오시면서 지구에 처음으로 발을 디디려고 하신다. 어머니께서 소금 내를 맡으시더니 내가 했던 것처럼 미소를 지으신다. 바람이 어머니의 회색 머리카락을 힘차게 날린다. 어머니의 두 눈은 반들반들하며 아버지께서 언제나 어머니에게 바라셨던 그 기쁨으로 가득하다. 그리고 어머니의 품에는 웃는 아이가 안겨 있다. 금빛 머리칼의 아이가.

"머스탱?"

내가 묻는다. 내 목소리가 떨린다.

"저게 누구야?"

"대로우……."

머스탱이 내 쪽을 향해 미소를 짓는다.

"저 앤 우리 아들이야. 이름은 팍스야."

에필로그

　팍스는 사자의 아이언 레인으로부터 9달 후에 내가 자칼의 석조 식탁 안에 누워 있는 동안 태어났다. 그의 존재를 우리 적들이 알게 된다면 그를 찾으러 나설지도 모른다는 두려움에 머스탱은 '데자 소리스'에서 그녀가 출산할 수 있을 때까지 임신한 사실을 숨겼다. 그 후, 그 아이를 소행성대에 있는 카박스의 아내의 보호 하에 맡긴 뒤, 그녀는 전쟁터로 돌아왔던 것이다.

　머스탱이 군주와 함께 만들어 나아가려 했던 그 평화는 그녀와 그녀의 사람들만을 위한 것이 아니라 그녀의 아들을 위한 것이기도 했다. 그녀는 그 애가 전쟁이 없는 세상에서 살게 해 주고 싶었던 것이다. 나는 그녀가 그랬다고 해서, 이 비밀을 나에게 감춘 것에 대해서 그녀를 미워할 수 없다. 그녀는 두려웠다. 나를 믿을 수 없다는 점뿐만 아니라 내가 내 아들에게 제대로 된 아버지가 될 준비가 안 됐다는 점 때문이었다. 이 오랜 시간 동안 그것이 그녀의 시험이었다. 그녀는 티노스에서 나에게 이 사실을 얘기할 뻔했으나 내 어머니와 상의한 뒤 그러지 않기로 결정했다. 내가 아들이 있다는 사실을 알게 되면 해야 할 일들을 못하리라는 것을 어머니께서는 알고 계셨던 것이다.

내 종족 사람들은 아버지가 아니라 검이 필요했기에.

하지만 이제, 내 인생에서 처음으로 나는 두 가지 역할을 모두 할 수 있게 됐다.

이 전쟁은 아직 끝나지 않았다. 우리가 루나를 장악하기 위해 치른 희생들은 우리의 새로운 세계를 유령처럼 맴돌 것이다. 나는 그것을 안다. 하지만 나는 더 이상 어둠 속에 홀로 있지 않다. 기관의 대문 안으로 처음 들어섰을 때 나는 세상의 무게를 양어깨에 짊어지고 있었다. 그것은 나를 짓눌렀다. 나를 산산조각 냈다. 하지만 내 친구들이 나를 다시 이어 붙여 줬다. 이제 그들은 각자 이오의 꿈의 일부를 품고 간다. 다함께 우리는 내 아들에게, 그리고 앞으로 존재할 세대들에게 적합한 세상을 만들어 나아갈 수 있을 것이다.

나는 세상을 파괴하는 자뿐만이 아니라 만들어 나아가는 자도 될 수 있다. 내가 그런 내 자신을 몰라봤을 때도 이오와 피치너는 알아봤다. 그들은 나를 믿어 줬다. 그래서 그들이 '계곡'에서 나를 기다리건 말건 간에 나는 그들의 존재를 마음속으로 느낀다. 그

510

들의 메아리가 세계 전역으로 박동하는 소리가 들린다. 그들을 내 아들 안에서 발견한다. 그리고 그 애가 충분히 나이가 들었을 때, 나는 그 애를 내 무릎 위에 올려놓고 그 애의 엄마와 함께 이야기해 줄 것이다. 아레스의 격노에 대해, 라그날의 힘에 대해, 카시우스의 명예에 대해, 세브로의 사랑에 대해, 빅트라의 의리에 대해, 그리고 내가 더 많은 것을 위해 살도록 영감을 준 소녀, 이오의 꿈에 대해.

〈끝〉

작가의 말

『모닝 스타』를 쓰기가 두려웠다.

수개월 동안 나는 첫 문장 쓰기를 미뤘다. 함선들만 도해하고 레드와 골드를 위한 노래 가사들만 지었으며 가문과 행성과 위성의 역사나 썼다. 그렇게 나는 거의 5년 전, 내 부모님의 차고 위, 내 방에서 어쩌다 마주하게 된 작고도 야만적인 세상을 세부적으로 그려 나아갔다.

어디로 향하고 있는지 몰라서 두려웠던 것이 아니다. 이 이야기가 어떻게 끝날지 정확히 알고 있었기에 두려웠던 것이다. 나는 단지 내가 독자들을 거기까지 끌고 갈 정도로 실력 있다 생각하지 않았을 뿐이다.

익숙하게 들리는가?

그래서 나는 칩거 상태로 돌입했다. 가방과 등산용 부츠를 싼 뒤 로스앤젤레스의 아파트를 두고 나왔다. 그렇게 태평양 북서부의 바람 거센 연안에 있는 우리 가족의 오두막집으로 향했다.

고립이 글 쓰는 과정을 도와줄 줄 알았다. 어쩌다 해안의 고요와 안개 속에서 내 뮤즈를 발견할 줄 알았다. 나는 일출부터 일몰까지 글을 쓸 수 있었다. 사철나무들 사이를 산책할 수 있었다. 과거 신화작자들의 영혼을 마음속에 담을 수 있었다. 이 방법이 『레드 라이징』을 쓸 때는 통했다. 『골든 선』을 쓸 때도 통했다. 하지만 『모닝 스타』를 쓸 때는 통하지 않았다.

고립이 되고 나니 사회로부터 격리된 기분이 들었다. 대로우에게 갇혔고 그가 따라갈 수 있는 수많은 길들과 머릿속의 혼잡 속에 갇혔다. 나는 도입부의 몇 장을 그런 정신 상태 속에서 썼다. 그 상황은 대로우의 눈빛에 기이하고도 슬픈 광기를 부여하면서 도입부의 틀을 잡는데 도움이 된 것 같다. 하지만 대로우가 아티카에서 구출된 이후의 이야기는 도저히 떠오르지 않았다.

내가 오두막에서 돌아왔을 때에서야 이야기는 마침내 그 목소리를 찾았으며 나는 이야기의 초점이 더 이상 대로우에게 맞춰져 있지 않다는 것을 이해하기 시작했다. 그의 주변 사람들로 초점은 옮겨졌다. 그의 가족, 친구, 애인, 그리고 그의 말과 마음에 장단 맞춰 그들의 말과 마음이 박동하는 자들의 이야기였다.

어떻게 나는 그런 이야기를 고립 상태에서 쓸 생각을 했을까? (내가 아는 흰 머리 안 난 사람들 중 가장 현명한) 타마라 펄난데즈와 커피 모임을 갖지 않고서, 조쉬 크룩과 세상을 장악할 음모를 꾸미며 이른 새벽 식사를 하지 않고서, 매디슨 애인리와 할리우드 볼 콘서트를 다니지 않고서, 매그 칼버와 로마 군사전에 대해 수 시간씩 토론하지 않고서, 자렛 르웰린과 아이스크림을 먹으러 행차하지 않고서, 캘리 영과 배틀 스타 오타쿠 놀이를 하지 않고서, 그리고 데니스 "메니스" 스트라톤과 미친 듯이 줄거리를 짜지 않고서 어떻게 쓴단 말인가?

친구들은 삶의 맥박이다. 내 친구들은 야성적이고 어마어마하며 꿈과 우스꽝스러운 면으로 가득하다. 그들이 없었다면 나는 그림자였을 것이며 이 책 표지들 사이의 내용은 비었을 것이다. 호명된, 그리고 호명되지 않은 친구들 각개 모두에게 나와 이 환상적인 삶을 함께해 줘서 감사하다.

벼락출세한 모든 사람들은 그의 길을 안내해 주고 속담에 등장에도 등장하듯 '요령'을 알려줄 어진 마법사가 필요하다. 내 경우, 내 어린 시절의 거장이 내 20대에 스승이 되어 운이 좋았다. 테리 브룩스 선생님, 해 주신 모든 응원과 조언들에 감사드립니다. 선생님이 짱이세요.

두 번째 고향을 제공해 줘서 내가 언제든 큰소리로 꿈꿀 수 있게 해 준 필립스 클랜에게도 감사하다. 그리고 5년 전, 나와 함께 그 소파에 앉아 아직 쓰이지도 않은 책을 위해 미친 듯이 개요를 짜준 조엘에게 특히나 감사하다. 조엘, 너는 환상 그 자체며 호적상을 제외하고는 모든 방면으로 내 형제다. 내 또다른 의형제들,

514

내가 글을 쓰게 만든 애론과 언제나 내가 쓴 글들을 (심지어 좋아하면 안 되는 상황에서도) 좋아해 준 네이션에게도 감사하다.

질퍽한 종이 무더기 속에서 『레드 라이징』을 찾아내 준 내 에이전트, 한나 보우맨에게도 감사를 표한다. 소설들이 28개 이상의 언어들로 번역되도록 이어 준 하비스 다우손에게, 그의 오디오북 내레이션을 통해 나를 소름 돋게 만들었던 팀 제랄드 레이놀즈에게, Bloodydamn(젠장 우라질)이나 ripWing(립윙), 또는 세브로가 한 모든 말들을 한국어나 이탈리아어, 또는 본토의 언어가 뭐든 그것으로 번역하려고 쉴 새 없이 일하는 내 외국 출판사들에게도 감사를 표한다.

『레드 라이징』이 책상을 처음 스쳤을 때부터 그것을 믿어 준 델레이의 비할 데 없는 팀에게 감사를 표한다. 나는 이보다 더 좋은 출판사를 바랄 수 없을 지경이다. 스콧 섀논, 트리샤 날와니, 키스 클레이턴, 조 스칼로라, 데이비드 모네크, 내가 보기에 여러분들은 허플퍼프의 마음과 그리핀도르의 용기를 가진 사람들이다.

언제나 내 이상한 면이 흠이 아니라 능력이라고 여겨 준 우리 가족에게도 감사하다. 또 내가 유투브에서 채널들을 돌리기보다는 숲속을 탐방하게 만든 것에 감사하다. 발휘하지 않는 힘의 우아함을 가르쳐 주신 아버지께, 그리고 힘을 잘 썼을 때의 즐거움을 가르쳐 주신 어머니께 감사하다. 또 아레스의 아들들의 팬 카페에서 지칠 줄 모르며 활동하고 나를 어느 누구보다도 잘 이해하는 내 누나에게도 감사하다.

내가 가장 깊은 감사를 표할 사람은 내 에디터, 마이크 "오 텔레마누스" 브라프다. 그가 이 책을 작업하기 전에 내 신경증을 온전히 이해하지 못했다면 지금은 너무도 잘 이해하고 있을 것이다. 마이크와 같은 에디터를 만날 정도로 운 좋은 소설가들은 소수다. 그는 내가 그러지 않을 때에도 겸허하고 침착하며 부지런하다. 이 책이 『골든 선』 이후로 1년밖에 안 지난 시점에 독자들에게 선사된 것은 그가 만든 기적이다. 나는 당신을 향해 모자를 벗고 고개 숙여 인사한다, 나의 굿맨.

그리고 모든 개개인의 독자들에게 감사하다. 여러분의 열정과 흥분 덕에 나는 내가 원하는 대로 내 삶을 살 수 있게 됐다. 그 관심을 나는 영원히 감사하고도 겸허히 받아들일 것이다. 여러분들의 창의성과 유머, 그리고 지지가 매 메시지, 트위터, 그리고 댓글로 전해진다. 작가전과 사인회에서 여러분들을 만나고 여러분들의 이야기를 들을 수 있는 것은 작가로서 누릴 수 있는 특혜들 중 하나다. 하울러들이여, 여러분들이 하는 모든 활동에 감사한다. 조만간 우리가 다시 함께 울부짖을 수 있을 기회가 있기를 바란다.

한때 나는 이 책을 쓰는 것이 불가능하리라고 생각했다. 이것은 웅장하고 완벽하며 닿을 수 없을 정도로 멀리 있는 고층 건물이었다. 지평선에서 나를 조롱했다. 하지만 우리가 그런 건물을 보며 그것이 간밤에 갑자기 세워졌다고 여기나? 아니다. 우리는 그것들과 동반되는 교통 체증을 봤다. 빛줄기와 대들보의 해골을 봤다. 떼로 몰려 있는 건설자를 보고 포크레인의 진동을 느꼈다······.

모든 위대한 것들은 일련의 자잘하고도 흉측한 순간들로부터 만들어진다. 모든 가치 있는 것들은 수 시간씩 자신을 의심하고 수일씩 고역하며 생겨난다. 여러분들과 내가 존경하는 사람들의 모든 작품들은 실패의 분수 위에 자리한다.

그러니 여러분의 프로젝트가 뭐든 간에, 투쟁하는 일이 뭐든 간에, 꿈이 뭐든 간에, 계속해서 고역 하라. 왜냐하면 세상은 여러분들의 고층 건물을 필요로 한다.

퍼 아스페라, 아드 아스트라! (별을 향해 가시밭길을 가라!)

— 피어스 브라운

옮긴이 | 이윤진

원광대학교 한의학과 졸업, 영미 문학을 너무나 사랑하는 번역가이자 한의사. 지난 20년간 영미 문학을 손에서 뗀 적이 없다. 문학 번역에서 가장 중요한 것은 작가의 의도와 분위기를 그대로 번역하여 재현하는 것이라고 생각하기에, 항상 이에 대해 가장 신경을 많이 쓰며 독자가 즐겁고 생생하게 그 문학 작품을 읽을 수 있게 번역하는 것을 추구하고 있다. 『천국 주식회사』, 『푸른 수염의 다섯 번째 아내』, 『지상의 마지막 여친』, 『골든 선』, 『당신이 살아있는 진짜 이유: 무시무시하지만 이유 있는 전염병과 의학의 세계사』, 『모닝 스타』 등을 번역했으며 『The Book of Mirrors』가 출간 예정이다. 또한 『평화의 소녀상』을 영어로 번역하기도 했다.

모닝 스타 2

1판 1쇄 찍음 2017년 4월 7일
1판 1쇄 펴냄 2017년 4월 14일

지은이 | 피어스 브라운
옮긴이 | 이윤진
발행인 | 김세희
편집인 | 김준혁
책임편집 | 최고운
펴낸곳 | 황금가지

출판등록 | 2009. 10. 8 (제2009-000273호)
주소 | 06027 서울 강남구 도산대로 1길 62 강남출판문화센터 5층
전화 | 영업부 515-2000 **편집부** 3446-8774 **팩시밀리** 515-2007
홈페이지 | www.goldenbough.co.kr

도서 파본 등의 이유로 반송이 필요할 경우에는 구매처에서 교환하시고
출판사 교환이 필요할 경우에는 아래 주소로 반송 사유를 적어 도서와 함께 보내주세요.
06027 서울 강남구 도산대로 1길 62 강남출판문화센터 6층 민음인 마케팅부

한국어판 © ㈜민음인, 2017. Printed in Seoul, Korea
ISBN 979-11-5888-255-6
ISBN 979-11-5888-256-3 04840 (set)

㈜민음인은 민음사 출판 그룹의 자회사입니다.
황금가지는 ㈜민음인의 픽션 전문 출간 브랜드입니다.